पोर्तोबॅलो की जादूगरनी

पोर्तोबॅलो की जादूगरनी

पॉलो क्वेल्हो

अनुवादः नीर कंवल मानी

हार्परकॉलिंस पब्लिशर्स इंडिया

पहली बार हिन्दी में हार्पर हिन्दी
(हार्परकॉलिंस पब्लिशर्स इंडिया, ए जॉइंट वेंचर विद द इंडिया टूडे ग्रुप)
द्वारा 2009 में प्रकाशित

ISBN: 978-81-7223-810-0

4th फ्लोर, टावर A, बिल्डिग न. 10, डीएलएफ साइबर सिटी,
डीएलएफ फेज II, गुरुग्राम, हरियाणा – 122002, भारत
www.harpercollins.co.in

मुद्रक : माइक्रो प्रिंट इण्डिया, नई दिल्ली

HarperCollins *Publishers*, Macken House, 39/40 Mayor Street Upper, Dublin 1, D01 C9W8, Ireland

न कोई जलाता है चराग, छिपाने के लिए
न मुट्ठी में बंद करने को उसकी लौ
रखता है उसे आले में,
कि आने वाले को रौशनी मिले।

ल्यूक 11:33

ओ मरियम, जिसने गर्भ लिया बिना गुनाह के,
कर उनके लिए दुआ, जो तेरी तरफ मुड़ें।
आमीन।

एस.एफ.एक्स के लिए, जो था सूरज की रौशनी और गर्माहट, और बना एक मिसाल उन सबके लिए, जो अपनी हदों के बाहर सोचते हैं।

इससे पहले कि ये सभी बयान उस रूप में छपते, जो मैंने इनके लिए चुना, मैंने सोचा था कि इन्हें एक गहरी रिसर्च पर आधारित जीवनी के सूत्र में पिरो दूँगा जो हकीकत कहेगी।

इस इरादे से मैंने कई जीवनियाँ पढ़ीं, यह सोच कर कि उनसे मुझे मदद मिलेगी। लेकिन मैंने पाया कि जीवनी लिखने वाले का दृष्टिकोण उसकी रिसर्च पर काफ़ी गहरा असर डालता है। और पाठक पर अपना दृष्टिकोण लादना मेरा इरादा कतई नहीं था। मैं तो 'पोर्तोबॅलो की जादूगरनी' की कहानी उसके मुख्य पात्रों के दृष्टिकोण से पेश करना चाहता था। इसलिए मैंने सीधी बायोग्राफी लिखने का इरादा जल्द ही छोड़ दिया और यह फ़ैसला किया कि लोगों के मुझे दिए गए बयान सीधे कागज़ों पर उतार दूँ।

हैरन रायन, 44 बरस, पत्रकार

दरवाज़े के पीछे छिपाने को तो कोई चराग नहीं जलाता। रौशनी का इरादा होता है और रौशनी पैदा करना, लोगों की आँखें खोलना, कि हर कण में हो रहे चमत्कार उन्हें नज़र आएं।

लेकिन, कोई भी औरत अपने भीतर की सबसे ज़रूरी चीज़ प्यार यूँ ही त्याग नहीं देती। कोई भी औरत अपने सपने उन हाथों में नहीं सौंपती जो उन्हें तोड़ सकते हैं, तहसनहस कर सकते हैं। कोई भी नहीं, एथीना के सिवा।

एथीना की मौत को कई बरस बीत चुके थे जब उसकी पुरानी टीचर ने मुझे स्कॉटलैंड के प्रेस्तोपान्स कस्बे में चलने को कहा था। बात यह थी कि कुछ प्राचीन सामंतवादी कानूनों के तहत, जो कि अगले महीने से अमान्य हो जाने थे, कस्बे ने उन इक्यासी लोगों – और उनकी बिल्लियों को – सरकारी माफ़ी देने का ऐलान किया था जिन्हें सोलहवीं और सत्रहवीं शताब्दी में जादू-टोना करने के जुर्म में फाँसी दी गई थी।

प्रेस्तोनग्रांज और डॉल्फ़िनस्टोन के बैरन के दरबार के सरकारी नुमाइंदे के मुताबिक इनमें से अधिकतर लोगों को आँखों देखी गवाही के आधार पर सज़ा सुनाई गई थी – यानि मुकदमे के गवाहों ने शपथ उठा कर बयान दिया था कि इन लोगों में या तो उन्हें शैतानी मौजूदगी का अहसास हुआ था, या उन्हें आत्माओं की आवाज़ें सुनाई दी थीं। प्रेस्तोनग्रांज और डॉल्फ़िनस्टोन के चौदहवें बैरन उन लोगों को 'माफ़ी' बख्श रहे थे जिन्हें बेरहमी से कत्ल कर दिया गया था।

हम इक्कीसवीं सदी तक आ पहुँचे, और फिर भी असली अपराधियों के वंशज, जिन्होंने मासूम लोगों का कत्ल किया, अभी भी सोचते हैं कि उन्हें माफ़ी बख्शने का हक है। समझ रहे हो न हैरन?

मैं समझ रहा था: नए सिरे से उत्पीड़न का दौर ज़ोर पकड़ रहा है। फिर से चुड़ैल – जादूगरनियाँ – शैतान ढूंढे जाएंगे और उनका शिकार होगा। फ़र्क सिर्फ़यह है कि इस बार हथियार लोहे की जलती सलाखें नहीं, तानाकश सवाल और मसल देने वाले सामाजिक दबाव होंगे। कोई भी, जो खुद में कुछ ख़ास पाता है और अपनी उस ख़ासियत को ज़ाहिर करता है, उसे शक से देखा जाता है। आम तौर पर उनके पति, पत्नी, पिता या बच्चा, या कोई भी, फ़ख्र महसूस करने की बजाय, उस बात के सारे ज़िक्र को दबा देते हैं कि तरह तरह की बातें बनेंगी ओर जग हँसाई होगी।

एथीना से मिलने से पहले मैं सोचता था कि ऐसे सभी 'गिफ़्ट' या कुदरत की देन लोगों की नाउम्मीदी का गलत फ़ायदा उठाने के लिए इस्तेमाल किए जाते हैं। ट्रांसिलवेनिया जाकर वैंपायरों पर डॉक्यूमैंट्री बनाना भी मेरे इसी मक़सद का एक हिस्सा था: मैं दिखाना चाहता था कि लोग कितनी आसानी से बेवकूफ़ बनाए जा सकते हैं। कुछ अंधविश्वास, चाहे वे कितने ही अजीब क्यों न लगें, इंसानी कल्पना में बने रहते हैं, और अकसर सौदागर इनका फ़ायदा उठाते हैं। जब मैं ड्रैकुला के महल गया, जिसे सिर्फ़ टूरिस्टों को ध्यान में रखकर बनाया गया था, तो एक सरकारी अफ़सर मेरे पास आया और उसने मुझे समझाया कि जब यह फिल्म बी.बी.सी. पर दिखाई जाएगी तो मैं भी कुछ 'भारी' ईनाम की उम्मीद कर सकता हूँ। ऐसा इसलिए, कि मैं भी ड्रैकुला की 'मिथ' को बढ़ावा दे रहा था क्योंकि फिल्म देख कर और टूरिस्ट वहाँ आएंगे, और आमदनी होगी, तो इससे मैं भी ईनाम का हकदार बनता था। एक गाइड के मुताबिक हर बरस टूरिस्टों की तादाद बढ़ती जा रही है और इस जगह का कोई भी ज़िक्र फ़ायदा ही पहुँचाएगा, चाहे वह इस महल को झूठा बताने वाला प्रोग्राम ही क्यों न हो; चाहे वह यही कहे कि व्लाद ड्रैकुला वाकई इंसान था, जिसका आदमखोर चमगादड़ों की मिथक से कोई वास्ता नहीं था, और जो कि एक आयरिश लेखक की बेलगाम कल्पना का नतीजा था, जो कभी ट्रांसिलवेनिया गया ही नहीं था।

तब मैं समझ गया कि चाहे कितनी ही सच्चाई से लिखूं, न चाह कर भी मैं उस झूठ को फैलाने में मदद कर रहा था। चाहे कि मेरा इरादा उस स्थान

को मिथक से बेनकाब करने का था, लोग तो वह विश्वास करेंगे जो वे करना चाहेंगे; गाइड सही था, मेरी हर कोशिश उस जगह को मशहूरी ही देती।

मैं रिसर्च और उस पूरी ट्रिप पर काफ़ी पैसे खर्च कर चुका था। लेकिन ट्रांसिलवेनिया की उस यात्रा का मेरे जीवन पर ज़बरदस्त प्रभाव होना ही था क्योंकि वहीं मुझे एथीना मिली जब वह अपनी माँ का पता लगाने की कोशिश कर रही थी। यह थी नियति – रहस्यमयी, अटल नियति – जिसने हम दोनों को मिलाया, एक मामूली होटल के मामूली से एंट्रेंस हॉल में। मैं ही गवाह था डीयेड्री या ऍडा – जैसे कि वह बुलाया जाना पसंद करती थी – से उसकी पहली बातचीत का। उस वक्त मैं था सिर्फ़ एक मूक दर्शक, जो अपने जीवन को बाहर से देख रहा था, अपने दिल की जद्दोजहद को, कि उस औरत से मोह न लगा जो तेरी दुनिया की नहीं।

जब सारे तर्क और दिमाग़ी सलाहें हार गईं तो मेरे दिल ने जश्न मनाए, और मैंने घुटने टेक यह माना कि मुझे प्रेम हो गया था।

उस प्रेम ने मुझे वह सब दिखाया जो मेरी कल्पना तक में नहीं था – धर्म में डूबे और जादू से रचे अनुष्ठान, आत्माओं का स्थूल रूप में प्रकटीकरण, और ट्राँस जैसी मोहावस्थाएं।

मैं प्रेम में अंधा हूँ, यह मान कर मैंने ऐसी हर चीज़ पर संदेह किया। अविश्वास मुझे रोक तो न पाया बल्कि मुझे उन महासागरों की ओर धकेलता चला गया कभी जिनके अस्तित्व तक को मैं स्वीकार नहीं कर सकता था। और यह वही एनर्जी, वही ताकत थी, जिसने मुझे मुश्किल वक्तों में जर्नलिस्ट साथियों के शक का सामना करने और एथीना व उसके काम के बारे में लिखने का साहस दिया। और क्योंकि वह प्रेम अब भी ज़िंदा है, वह एनर्जी भी ज़िंदा है, चाहे कि एथीना मर चुकी है, चाहे कि अब मैं सिर्फ़ यह चाहता हूँ कि मैं भूल जाऊँ वह सब जो मैंने देखा और सीखा। उस दुनिया के रास्तों की पहचान मैं सिर्फ़ एथीना के साथ कर सकता था, उसका हाथ पकड़े हुए।

ये उसके बागीचे थे, उसकी नदियाँ, उसके पहाड़। अब वह जा चुकी है, मैं चाहता हूँ कि सब जल्द-से-जल्द पहले जैसा हो जाए। मैं अपना ध्यान

लगाऊँगा ट्रैफ़िक की समस्याओं पर, ब्रिटेन की फॉरेन पॉलिसी पर, और कि हम जनता से लिए टैक्स का क्या करते हैं। मैं लौट आना चाहता हूँ पहले वाली मनस्थिति में, कि जादू की दुनिया सिर्फ़ एक छलावों और हाथ की सफ़ाई से दिखाए नज़ारों की दुनिया हैं, कि लोग अंधविश्वासी हैं, कि वह सब, जो विज्ञान की हद से बाहर है, सच नहीं है।

जब पोर्टोबॅलो में हो रहीं मीटिंग्स काबू से बाहर होने लगीं, हम सब में बेहिसाब बहसें हुई कि वह किस तरह से और क्या कर रही थी, जबकि शुक्र है उसने मेरी नहीं सुनी। किसी बेहद प्यारे और करीबी इंसान को खो देने की ट्रैजेडी में यदि कोई दिलासा है तो सिर्फ़ यही, कि जो हुआ, शायद अच्छे के लिए ही हुआ।

रोज़ सुबह उठता हूँ, रोज़ रात को सोता हूँ, और इसी विश्वास के साथ – अच्छा हुआ, एथीना जब चली गई, चली गई – नहीं तो अपने ही गुनाहों में जलती इस दुनिया की आग उसे भी अपने भीतर खींच लेती। हर लम्हा, हर घड़ी, वह इसी आग में जीती जाती, जलती जाती, लड़ती जाती। उन घटनाओं के बाद, जिनसे उसे पोर्टोबॅलो की जादूगरनी का उपनाम मिला, वह अपने मन की शांति नहीं लौटा पाती – उसकी बाकी की सारी ज़िंदगी महज़ लड़ाई होकर रह जाती – उसके अपने सपनों और एक आम सच्चाई के बीच। जैसे मैं उसे जानता था, वह आख़िर तक लड़ती रहती। अपनी खुशी, अपनी एनर्जी, अपनी हिम्मत उन चीज़ों पर बेकार ज़ाया करती जाती जिन्हें वह सिद्ध करना चाहती थी और जिन पर कोई भी विश्वास करने को तैयार नहीं था।

कौन जाने डूबता हुआ जैसे ज़मीन ढूंढता है, ज़िंदगी ढूंढता है, वैसे ही शायद वह मौत ढूंढ रही थीः कितने ही अंडरग्राउंड स्टेशनों पर देर रात उसने छुरेबाज़ों का इंतज़ार किया होगा, जो कभी नहीं आए। ज़रूर ही वह लंदन के सबसे ज़ोखिम भरे इलाकों में मीलों चली होगी, एक ऐसे कातिल की तलाश में, जिसने कभी दर्शन नहीं दिए; या शायद उसने शरीर से ताकतवरों को उकसाने की कोशिश की होगी जिन्होंने आपा खोने से भी इन्कार कर दिया होगा। तब तक, जब आख़िर में वह खुद का बेरहमी से कत्ल करवाने में कामयाब हो ही गई।

लेकिन, फिर भी, हममें से कितने हैं जो बच जाएंगे उस दुख से, जो अपने जीवन की सबसे कीमती चीज़ों को ओझल होते देख कर होता है, एक पल से दूसरे पल। मेरा अर्थ सिर्फ़ लोगों से नहीं बल्कि हमारे विचारों, हमारे सपनों से भी है। हो सकता है हम एक पल ज़िंदा रहें, या एक सप्ताह, या कुछ बरस, लेकिन अंत में हमारी हार तय है। हमारा शरीर ज़िंदा रहता है, लेकिन कभी न कभी हमारी आत्मा पर आख़िरी वार होना निश्चित है। परफ़ेक्ट क्राइम। क्योंकि हम नहीं जानते कि किसने हमारी खुशियों का कत्ल किया, उसका इरादा क्या था, या कि उन अपराधियों को कहाँ ढूंढा जा सकता है। क्या इन बेनाम अपराधियों को अपने जुर्म का अहसास है? मुझे नहीं लगता, क्योंकि वे भी – जो हैं घमंडी, नपुंसक या शक्तिशाली – वे सब भी उस सच्चाई के शिकार हैं जो उन्होंने ख़ुद रची है।

न तो वे एथीना की दुनिया जानते हैं और न ही उनमें समझने की काबिलयत होगी। एथीना की दुनिया उसकी दुनिया थी, और उसे यही कहना ठीक होगा।

आख़िरकार मैं यह मानने लगा हूँ कि मुझे उस दुनिया में कुछ देर रहने की इजाज़त मिली थी, एक अहसान के तौर पर, जैसे कोई ख़ुद को एक ख़ूबसूरत महल में पाए, एक से एक स्वादिष्ट भोजन करते हुए, लेकिन यह जानते हुए कि यह सिर्फ़ एक दावत है, कि महल किसी और का है, कि भोजन कोई और लाया था, और वह वक्त भी आएगा जब रौशनियाँ बुझा दी जाएंगी, मेज़बान सोने चले जाएंगे, दरवाज़ा बंद हो जाएगा, और वह फिर से वापिस गली में होगा, नुक्कड़ पर टैक्सी या बस की इंतज़ार में, जो उसे आम ज़िंदगी में वापिस ले जाएगी।

मैं वापिस जा रहा हूँ; या कि ऐसे कहूँ, कि मेरा एक हिस्सा वापिस जा रहा है उस दुनिया में, जहाँ सिर्फ़ वही समझ आता है जिसे देखा, छुआ और समझाया जा सके। मैं वापिस चला जाना चाहता हूँ ट्रैफ़िक चालानों की दुनिया में, बैंक कैशियर से तू तू-मैं मैं, नागवार मौसम, हॉरर फिल्मों और फॉर्मूला वन रेसिंग की दुनिया में। यह वह दुनिया है जिसमें मुझे आख़िरी साँस तक जीना होगा। मैं शादी करूंगा, मेरे बच्चे होंगे और मेरा अतीत

एक लगातार दूर होती हुई याद बन जाएगा, जो अंत में मुझे खुद से पूछने को मज़बूर कर देगा कि मैं इतना अंधा कैसे हो गया था? मैं इतना भोला कैसे था?

मुझे यह भी मालूम है कि रात को मेरा एक और हिस्सा स्पेस में भटक रहा होगा, उन चीज़ों के साथ, जो मेरे सामने रखे सिग़रेट के पैकेट और जिन वाइन के गिलास की तरह ही सच है। आहिस्ता धीमी थिरकन मेरी आत्मा एथीना की आत्मा के साथ स्पेस में आहिस्ता धीमे थिरकते हुए, और नींद में मैं उसी के साथ होऊँगा; पसीने से तर मैं जाग उठूँगा और किचन में पानी का गिलास लेने जाऊंगा। मैं यह समझ जाऊंगा कि अतीत की छायाओं से लड़ाई में वे हथियार इस्तेमाल करने होते हैं जिनका हक़ीक़त से कोई वास्ता नहीं होता। तब, अपनी दादी की सलाह मानते हुए मैं सिरहाने की मेज़ पर खुली कैंची रख दूंगा जो मेरे सपने का छोर काट देगी।

अगले दिन, मैं कैंची को देखूंगा तो मन में हल्का सा पछतावा होगा। लेकिन मुझे इस दुनिया में रहने की आदत डालनी होगी, वरना पागल हो जाऊंगा।

एंड्रिया मैक्केन, 32 बरस, एक्ट्रेस

कोई किसी से धोखे से काम नहीं करवा सकता। किसी भी रिश्ते में दोनों पार्टियों को मालूम होता है कि वे क्या कर रहे हैं। चाहे वे बाद में दावा करें कि उन्हे इस्तेमाल किया गया था!

एथीना तो कम-से-कम यही कहती थी, लेकिन उसका खुद का बर्ताव इससे एकदम अलग था क्योंकि उसने मेरी भावनाओं की परवाह किए बग़ैर मुझे मनमर्ज़ी इस्तेमाल किया। और क्योंकि हम यहाँ जादू की बात कर रहे हैं, यह इल्ज़ाम और भी संगीन हो जाता है; आख़िरकार वह मेरी टीचर थी, उसे ही मुझे पवित्र रहस्य सौंपने थे, और जगाना था उस अबूझ ताकत को, जो हम सब में दबी है। जब हम उस अनजाने समंदर में उतरते हैं, तो आँखें बंद कर भरोसा करते हैं अपने खिव्वैये पर, क्योंकि हम मानते जो हैं कि वे हमसे ज़्यादा जानते हैं।

तो मैं गारंटी दे सकती हूँ कि ऐसा कतई नहीं है। न एथीना, न ऍडा, न ही कोई भी और, जिन्हें मैं इन दोनों की वजह से मिली। उसने मुझे कहा कि वह सिखाते सिखाते ही सीख रही थी, और, चाहे कि पहले-पहल मैं यह मानने को तैयार नहीं थी, बाद में मैं यह मानने लगी कि शायद यह सच था। मुझे यह समझ आ गया कि यह उसके कई तरीकों में से एक था। कि हम अपनी बुद्धि के हथियार छोड़, उसके मोह में, उसकी आँखों से देखें। जो लोग आध्यात्म की खोज में होते हैं, वे सोचते नहीं, वे बस अंजाम चाहते हैं और वे बेनाम भीड़ से ताकतवर और बेहतर महसूस करना चाहते हैं। वे स्पेशल होना चाहते हैं। लोगों की इन भावनाओं से एथीना खतरनाक खेल खेली।

धीरे-धीरे मुझे समझ आया कि लिसियू की संत थेरीस के लिए उसे गहरी चाहत रही थी। मुझे कैथलिक मत में कोई दिलचस्पी नहीं है, लेकिन

जो मैंने सुना वह यह था कि थेरीस को भगवान के साथ मिस्टिकल और शारीरिक अनुभव हुआ था। एथीना ने एक बार कहा भी था कि वह ऐसी ही नियति चाहेगी। तो भाई, ऐसा था तो उसे किसी कॉन्वेंट में दाखिला ले प्रार्थनाओं या गरीबों की सेवा में जज़्ब हो जाना था। वह दुनिया के लिए भी फ़ायदेमंद रहता और उसकी उन कारगुज़ारियों से कम खतरनाक, जैसे वह संगीत व अनुष्ठान का इस्तेमाल कर लोगों को उस सम्मोहक अवस्था में ले आती थीं जिनमें उनकी सबसे बेहतर भी और सबसे जघन्य सच्चाइयाँ भी सामने आ जाती थीं।

मैं उससे तब मिली जब मैं अपने जीवन के मायने ढूंढ रही थी। पहली बार मिलने पर मैंने ऐसा कुछ नहीं कहा। मुझे शुरू में ही समझ जाना चाहिए था कि एथीना को ऐसी बातों में कोई ख़ास दिलचस्पी नहीं थी; वह जीना चाहती थी, चाहती थी कि नाचे, चाहे घूमे, लोगों को अपने गिर्द इकट्ठा करे ताकि उन्हें दिखा सके कि वह कितनी ज़हीन थी, अपनी शक्तियाँ दुनिया को दिखा सके और पड़ोसियों को उकसा सके। हम सब में जितना कुछ भी नाख़ुदा है, प्रोफ़ेन है, वह सबका पूरा इस्तेमाल करना चाहती थी चाहे कि इन इरादो को उसने हमेशा ही एक स्पिरिचुअल जामा ओढ़ाने की कोशिश की।

हम जब भी मिले, चाहे कोई जादुई अनुष्ठान करने के लिए, चाहे कभी यूँ ही ड्रिंक पर, मुझे उसकी शक्ति का अहसास रहता था, जो इतनी पुरज़ोर थी कि शायद मैं उसे छू ही लेती। शुरु में तो मैं जैसे सम्मोहित सी ही हो गई थी और उस जैसा ही बनना चाहती थी। लेकिन एक दिन, बार में बैठ कर वह तीसरे अनुष्ठान चक्र के बार में बात करने लगी, जिसका ताल्लुक़ 'सेक्शुऐलिटी' से है। यह बात उसने मेरे बॉयफ्रेंड के सामने कही। उसका बहाना यह था कि वह मुझे कुछ सिखा रही थी। उसका असली इरादा उस इंसान को छीनने का था, जिसे मैं प्यार करती थी।

और, यक़ीनन, वह कामयाब हुई। जो लोग अब इस जीवन को छोड़ आत्माओं व सूक्ष्म शरीरों की दुनिया में चले गए, उनकी बुराई तो नहीं करनी चाहिए। चाहे एथीना को मुझे जवाब देने की ज़रूरत नहीं लेकिन जवाब

तो देना पड़ेगा उसे उन सभी ताकतों को, जिन्हें उसने अपने फ़ायदे के लिए इस्तेमाल किया क्योंकि यदि वह चाहती तो उन्हें इंसानियत के फ़ायदे और अपनी आत्मा के उत्थान के लिए भी इस्तेमाल कर सकती थी।

सबसे दुख भरी बात यह है कि यदि उसमें आदतन अपनी नुमाइश करने की ज़िद न होती, तो जो कुछ हमने मिल कर शुरु किया था, वह सब वाक़ई कामयाब हो सकता था। यदि उसने कुछ समझ से काम लिया होता, तो हम ख़ुद को बख्शे गए मिशन को पूरा कर रहे होते। लेकिन वह तो खुद पर क़ाबू न रख सकी; उसने सोचा कि सिर्फ वही 'सच' जानती थी, और कि वह अपनी मोहक शक्तियों से सभी बाधाएँ पार कर सकती थी।

और नतीजा यह कि, मुझे उस राह पर अकेले ही चलना पड़ा। और काम मैं अधूरा नहीं छोड़ सकती – मुझे आख़िर तक चलना होगा, चाहे कई बार मैं बेहद कमज़ोर और हताश महसूस करती हूँ। मुझे हैरानी नहीं कि उसकी ज़िंदगी उस तरह से खत्म हुई। वह हमेशा ही खतरों से खेल रही होती थी।

लोग कहते हैं कि मिलनसार लोग इंट्रोवर्ट लोगों से ज़्यादा दुखी होते हैं, और इसकी भरपाई वे ख़ुद को लगातार विश्वास दिला कर करते हैं, कि वे जीवन से कितने खुश और संतुष्ट, और आराम से हैं। कम-से-कम एथीना के बारे में यह बात पूरी तरह सच है।

एथीना अपने करिश्माई वजूद के बारे में अच्छी तरह जानती थी। हर कोई जो उसे प्यार करता था, एथीना ने उसे भरपूर दुख दिए। मुझे भी।

डीएड्री ओ' नील उर्फ एँडा, 37 बरस, डॉक्टर

यदि कोई अजनबी आदमी एक दिन फ़ोन करता है और कुछ बातें करता है, कोई सलाहें नहीं देता, कुछ ख़ास बात भी नहीं करता, पर फिर भी तुम पर इस तरह से ध्यान देता है जो हमें विरले ही मिलता हैः हम उसी रात उसके साथ हमबिस्तर होने को तैयार हो सकते हैं चूंकि लगता है कि शायद यही प्यार है। हम औरतें ऐसी ही होती हैं, और इसमें गलत भी क्या – औरत की फ़ितरत है कि वह प्यार की ख़ातिर अपना सब कुछ न्यौछावर कर देती है।

वह यही प्यार था जिसने मुझे 'मदर' से पहली बार मिलने के लिए प्रेरित किया। तब मैं उन्नीस बरस की थी। एथीना भी उसी उम्र की थी जब पहली बार वह ट्रांस में गई, नाचते हुए। लेकिन हम दोनों के बीच बस यही चीज़ एक सी थी – उस नए जीवन के शुरुआत की उम्र।

और किसी भी पहलू में, हम पूरी तरह अलग थे, ख़ास तौर पर दूसरों से पेश आने के तरीके में। उसकी टीचर के तौर पर मैंने उसे खुद को खोजने में पूरी-पूरी मदद करने की कोशिश की। उसकी दोस्त होने के नाते – जबकि मुझे यक़ीन नहीं कि उसे भी मैं दोस्त लगती थी – मैंने उसे सावधान करने की कोशिश की थी, कि दुनिया उस तरह के बदलाव के लिए तैयार नहीं जो वह प्रेरित करना चाहती थी। मुझे याद है वे जागी रातें जो मैंने जद्दोजहद में बिताई, इससे पहले कि मैंने उसे पूरी आज़ादी और अपने मन की करने की छूट देने का फैसला किया।

उसकी सबसे बड़ी परेशानी यह थी कि वह बाईसवीं सदी की औरत थी जो इक्कीसवीं सदी में जी रही थी, और वह यह बात छिपा भी नहीं रही थी।

तो क्या उसे इसकी कीमत चुकानी पड़ी? यक़ीनन हाँ। लेकिन, वह इससे भी बड़ी कीमत चुकाती यदि वह अपनी असली बेलौस शख्सियत को दबा देती। वह कड़वाहट और कुंठा से भर जाती, और हमेशा ही यह सोचती कि 'दूसरे क्या सोचेंगे', हमेशा यह कहते हुए 'बस मैं ये कुछ चीज़ें निपटा दूं, फिर अपने सपने को जिऊंगी,' और हमेशा ही यह कहती, कि हालात कभी ठीक ही न हुए।'

हर कोई परफ़ेक्ट टीचर या आदर्श गुरू की तलाश कर रहा होता है, लेकिन चाहे उनके उपदेश देवताओं के हों, टीचर तो इंसान ही होते हैं, और यही बात हज़म करने में लोगों को मुश्किल होती है। लेकिन टीचर को सबक से कन्फ़्यूज़ नहीं करना चाहिए, न अनुष्ठान को आलौकिक आनंद से, न ही प्रतीक बताने वाले को प्रतीक से। परम्परा हमारे जीवन की शक्तियों से संपर्क में आने के बारे में है, संपर्क कराने वाले लोगों के बारे में नहीं। लेकिन हम कमज़ोर हैं, हम 'मदर' को रहनुमा भेजने को कहते हैं; और वह भेजती हैं सिर्फ़ रास्ते की ओर इशारा करते निशान।

तरस खाओ उन लोगों पर, जो आज़ादी की चाह छोड़ गडरिये को ढूंढते हैं। अक्षत शक्ति से मिलन हर किसी के लिए खुला है, लेकिन उन लोगों से कोसों दूर, जो अपना दायित्व दूसरों पर डालते हैं। इस धरती पर हमारा समय पवित्र है, और हमें हर पल को उत्सव की तरह मनाना चाहिए।

इसका महत्व पूरी तरह भुला दिया गया है – यहाँ तक कि धार्मिक अवकाश भी समंदर किनारे या पार्क पिकनिक करने के मौके बन कर रह गए हैं। रोज़मर्रा के काम-काज अब 'पवित्र' का स्वरूप नहीं बनते। हम भोजन बनाते हैं और साथ ही गिला करते हैं कि यह वक्त की बरबादी है, जबकि हमें उस भोजन को बनाते हुए उसमें प्यार घोल रहे होना होता है। हम काम तो करते हैं लेकिन यह मान कर कि यह एक दैवी श्राप है, जबकि हमें अपनी महारत खुशी देने और 'मदर' की एनर्जी फैलाने में लगानी चहिए।

एथीना उस भरपूर विशाल विश्व को ऊपर ले आई जिसें हम अपनी आत्मा में लिए घूमते हैं, लेकिन भोली लड़की जानती न थी कि लोग अभी अपनी ताकतों को स्वीकार करने के लिए तैयार नहीं।

हम औरतें, जब हम अपनी ज़िंदगी के मानी या ज्ञान की राह ढूंढ रही होती हैं, तब चार में से किसी एक आदि रूप या आदर्श से हमारी पहचान होती हैं;

'वर्जिन' (**virgin**), और यहाँ मेरा अर्थ कुंवारी से नहीं: उसकी खोज उसकी पूरी आज़ादी से ही पैदा होती है। उसमें अकेले चुनौतियों का सामना करने की सामर्थ्य होती है और वह जीवन में जो कुछ भी सीखती है वह इसी काबिलियत का नतीजा होता है।

'मार्टर' (**martyr**), आत्मबलिदानी, जो दुख, समर्पण व त्रास पाकर ही आत्मज्ञान प्राप्त करती है।

'सेंट' (**saint**) यानि संतिनी, जो अपने जीवन के मायने बिना शर्त प्यार, और बिना कुछ पाने की इच्छा के, सिर्फ देते जाने में पाती है।

और आख़िर में है 'विच' (**witch**), जादूगरनी, जो परिपूर्ण और अंतहीन आनंद की खोज के रास्ते पर चल कर अपने जीवन का अर्थ सफल करती है।

आम तौर पर, किसी भी औरत को इन पारंपरिक आदिरूपों में से किसी एक को चुनना होता है, लेकिन एथीना ने ये चारों रूप एक साथ जिए।

ज़ाहिर है कि हम उसके बर्ताव को यह कह कर समझा सकते हैं कि वे सब जो ट्रांस या चरम आनंद की अवस्था में चले जाते हैं, उनका हक़ीक़त से नाता टूट जाता है। लेकिन यह सच नहीं; शारीरिक दुनिया और आत्मा की दुनिया एक ही हैं। हर धूल के कण में हम दैवी चमक देख सकते है, लेकिन फिर भी उसे गीले कपड़े से पोंछे बिना नहीं रह पाते। दैवी चमक ओझल नहीं हो जाती; वह साफ़सतह की चमक बन जाती है।

एथीना को ज़्यादा एहतियात बरतनी चाहिए थी। जब मैं अपनी शागिर्द की ज़िंदगी और मौत के बारे में सोचती हूँ, मुझे लगता है कि मुझे भी अपना बर्ताव बदल लेना चाहिए।

लॅल्ला तैनब, 64 बरस, न्यूम्रॉलॉजिस्ट

एथीना? नाम तो दिलचस्प है। देखें...इसका अधिकांश नंबर नौ है। खुश रहने वाली, मेल-जोल रखने वाली, भीड़ में सबसे अलग दिखेगी। यक़ीनन लोग इसकी ओर खिंचाव महसूस करेंगे – इसके पास उनके लिए करुणा, दया, समझ और उदार मन होगा, और इसी वजह से इसे संभल कर रहना होगा, क्योंकि पॉपुलर होने के ये गुण इसके सिर चढ़ जाएंगे और यह पाने से कहीं ज़्यादा खो बैठेगी। इसे बात भी सोच समझ कर करनी चाहिए, क्योंकि यह बिना सोचे समझे बोल पड़ती है।

इसका शून्यांक ग्यारह है, मुझे लगता है कि यह रहनुमाई करना चाहती है। इसे परा-आत्मिक विषयों में रुचि है और इनके माध्यम से यह अपने आस-पास के लोगों में सौहार्द्र लाने की कोशिश करती है।

लेकिन फिर भी, यह नंबर नौ के साथ सीधी टक्कर में है जो कि इसके जन्म के दिन, महीने और वर्ष का जोड़ है: यह हमेशा ही ईर्ष्या, उदासी, चुप्पी और अचानक लिए फैसलों की शिकार रहेगी। इसे ध्यान रखना होगा कि यह कभी भी नेगेटिव वाइब्रेशन्स को खुद पर हावी न होने दे: अत्यधिक महत्वाकांक्षा, सहनशीलता खो देना, शक्ति का दुरुपयोग, और खुद को लुटा देने की आदत, यह इन सब से बचे।

इस विरोध की वजह से मैं सलाह दूंगी कि यह ऐसा पेशा अपनाए जिसमें लोगों के साथ भावुक संपर्क न हो, जैसे कम्प्यूटर्स या इंजीनियरिंग।

ओह, वह मर चुकी है? मुझे अफ़सोस है। लेकिन वह करती क्या थी?

एथीना क्या करती थी? उसने थोड़ा-थोड़ा सभी कुछ किया, लेकिन यदि मुझे उसका जीवन संक्षेप में बताना होता, तो मैं कहती वह एक पुजारिन

थी जो प्रकृति की शक्तियों को समझती थी या, इससे भी बेहतर, वह वो थी जिसके पास खोने को कुछ न था, और न ही पाने की कुछ उम्मीद, तो उसने बाकी लोगों से ज़्यादा जोखिम उठाए और ऐसा करते-करते वह खुद उस ताकत में बदल गई जिसपर उसने सोचा था, कि वह काबू पा चुकी है।

वह सुपरमार्केट के कैश काउंटर पर काम करती एक लड़की थी। एक बैंक की मुलाज़िम, एक प्रॉपर्टी डीलर, और इनमें से हर एक नौकरी में उसके अंदर की पुजारिन उजागर होती थी। मैं उसके साथ आठ बरस रही और यह मुझ पर उसका कर्ज़ थाः उसकी यादें लौटाऊं, उसका वजूद लौटा दूं।

ये सभी बयान जुटाने में सबसे कठिन था लोगों को मनाना, कि मैं उनके असली नाम इस्तेमाल करूं। कुछ ने कहा कि वे इस तरह की कहानी में शामिल नहीं होना चाहते थे; बाकियों ने अपने विचार और असली भावनाएं छिपाने की कोशिश की।

मैंने समझाया भी कि मेरा असली मक़सद उन सभी की एथीना को बेहतर समझने में मदद करना था, और कि कोई भी पाठक बेनाम बयानों पर विश्वास न करेगा।

आख़िरकार वे तैयार हो गए क्योंकि उन सभी को विश्वास था कि वे किसी भी घटना का अकेला और सही सच जानते थे, चाहे वह कितनी ही मामूली क्यों न रही हो।

रिकॉर्डिंग के दौरान मैंने देखा कि कोई भी बात आख़िरी हद तक आख़िरी सच नहीं होती, वह हर इंसान के नज़रिये पर निर्भर होती है। और खुद को जानने का सबसे बेहतर तरीका यही होता है कि यह जान लें, कि बाकी हमारे बारे में क्या सोचते हैं।

इसका यह अर्थ नहीं कि हम वही करें जो दूसरे चाहते हैं, लेकिन इससे हम खुद को बेहतर समझ सकते हैं। और यह मेरा एथीना के प्रति फ़र्ज़ था कि मैं उसकी कहानी ढूंढ लाऊं, और लिखूं – उसकी मिथक।

समीरा आर. खलील, 57 बरस, गृहस्थ, एथीना की माँ

प्लीज़, उसे एथीना मत कहो। उसका असल नाम शिरीन है। शिरीन ख़लील, हमारी बेहद प्यारी, चहेती बेटी, जिसे काश हम दोनों, मैंने और मेरे शौहर ने जना होता।

फिर भी, शायद ज़िंदगी के इरादे कुछ और थे। जब किस्मत मेहरबान होती है, तो एक कुआँ भी ज़रूर होता है जिसमें हमारे सारे सपने लुढ़क सकते हैं।

हम उन दिनों बेरूत में रहते थे जब मिडल-ईस्ट में उसे सबसे खूबसूरत शहर कहा जाता था। मेरे पति एक सफल उद्योगपति थे। हमने प्रेम विवाह किया था, हर बरस हम यूरोप जाते थे। हमारे बहुत से दोस्त थे, हमें सभी ख़ास मौकों पर बुलावा आता था, और एक बार अमेरिका के राष्ट्रपति खुद, सोचो ज़रा, हमारे घर आए! वे तीन कभी न भुलाए जा सकने वाले दिन, जिनमें से दो दिन तो अमेरिकी सीक्रेट सर्विस हमारे घर के चप्पे-चप्पे की तलाशी लेती रही। और एक दिन के लिए, या दो घंटों के लिए, हमने जश्न मनाया। हमारे दोस्तों की आँखों में वह लालसा, और इस ग्रह पर सबसे शक्तिशाली इंसान के साथ हमारी फ़ोटो, यह सब भला कभी भूल पाऊंगी!

हमारे पास सब कुछ था, सिवा उसके जो हमें दुनिया में सबसे ज़्यादा चाहिए था – एक बच्चा। और इसलिए हमारे पास कुछ भी न था।

हमने सब कुछ आज़माया। मन्नतें मांगी और वादे किए, हर उस जगह गए जहाँ शर्तिया करिश्मे होते थे। हम डॉक्टरों के पास गए, ओझा-पीरों के पास भी दवाएं खाईं, चरणामृत और जादू-बुझे पानी पिए।

दो बार कृत्रिम गर्भाधान भी करवाया और दोनों बार बच्चा गर्भ में ही खो दिया। दूसरी बार में तो मुझे अपनी बाईं ओवरी भी खो देनी पड़ी, और उसके बाद कोई भी डॉक्टर दोबारा ऐसा जोखिम उठाने को तैयार न था।

तब हमारे कई दोस्तों में से एक ने एक ही मुनासिब रास्ता सुझाया – एडॉप्शन। कि हम बच्चा गोद ले लें। उसने कहा कि रोमानिया में उसकी कई जानकारियाँ थीं, और पूरी कारवाई में ज़्यादा वक्त नहीं लगेगा।

एक महीने बाद हम एक हवाई यात्रा पर थे। रोमानिया पर राज कर रहे तानाशाह के साथ हमारे दोस्त के व्यापारिक संबंध थे, और जिसका नाम अब मैं भूल रही हूँ (सपांदक का नोटः निकोलाई चाउसेस्कू), तो हम लालफीताशाही की भूलभुलैयों से बचते हुए सीधे ट्रांसिल्वेनिया में सिबियू के एडॉप्शन सेंटर पहुँच गए। वहाँ हमारा स्वागत कॉफ़ी, सिगरेट, मिनरल वॉटर, और सभी तरह से तैयार पूरे कागज़ात से हुआ। सिर्फ़ बच्चा चुनने की देर थी।

वे हमें एक सर्द नर्सरी में ले गए। मैं कल्पना भी नहीं कर सकती कि वे ऐसी ठंडी जगह में बच्चों को कैसे रख सकते थे। मेरा पहला और तुरंत इरादा तो उन सभी को गोद ले कर लेबनान ले जाने का था, जहाँ धूप और आज़ादी थी, लेकिन ज़ाहिर है कि वह पागलपन था। छोटे-छोटे पालनों के बीच हम कई बार चले, बच्चों की रुलाइयों के बीच बेहद घबराए हुए, उस फ़ैसले से भयभीत, जो हमेशा के लिए हमारी ज़िंदगी बदल देने वाला था।

एक घंटे से ज़्यादा वक्त तक हमारे मुँह से एक शब्द भी न निकलाः न मेरे मुँह से, न मेरे शौहर के। हम बाहर गए, कॉफ़ी पी, सिगरेट पी, और फिर वापिस भीतर आए – और यह कई बार हुआ। मैंने देखा कि एडॉप्शन की इंचार्ज महिला सब्र खो रही थी; वह तुरंत फ़ैसला चाहती थी। उस पल, एक ऐसी भावना के काबू में आकर जिसे मैं ममता कह सकती हूँ – जैसे कि मैंने वह बच्चा पा लिया जिसे इस जन्म में मेरा ही होना था, लेकिन जो किसी और औरत के गर्भ से पैदा हुआ – मैंने एक बच्ची की ओर इशारा किया।

औरत ने हमें दोबारा सोचने को कहा। और जबकि वह हमारे फ़ैसले के लिए अधीर हो रही थी। लेकिन मैं अटल थी।

फिर भी – चाहे उसने कोशिश की कि हमारी भावनाओं को ठेस न पहुँचाए। उसने सोचा कि रोमानिया सरकार के ऊँचे पदों तक हमारी पहचान थी। उसने मुझे फुसफुसा कर कहा, ताकि मेरे शौहर न सुन लें: 'मैं जानती हूँ कि यह एडॉप्शन कामयाब न होगी; वह जिप्सियों की जनी है।'

मैंने रुखाई से जवाब दिया, कि संस्कृति जिस्म से और डी.एन.ए. से विरासत में नहीं मिलती। वह बच्ची, जो बस तीन माह की थी, हमारी बेटी होगी और हमारे रीति-रिवाज़ों में पलेगी-बढ़ेगी। वह हमारे चर्च जाएगी, हमारे बालू-तटों पर खेलेगी, फ्रेंच में किताबें पढ़ेगी, और बेरूत के अमेरिकी स्कूल में पढ़ेगी। वैसे भी, मुझे जिप्सी संस्कृति के बारे में कुछ भी मालूम न था – और अभी भी नहीं है। मैं बस यह जानती हूँ कि वे ख़ानाबदोश होते हैं, कभी-कभार ही नहाते हैं, कानों में बालियाँ पहनते हैं, और उन पर यक़ीन नहीं किया जा सकता। पुरानी कहानियों के मुताबिक वे बच्चे चुराते हैं और उन्हें अपने कारवानों में ले जाते हैं, लेकिन यहाँ तो ठीक उसके उलट था; वे मेरे लिए ख़याल रखने को एक बच्ची छोड़ गए थे।

औरत ने फिर से मेरा मन बदलने की कोशिश की, लेकिन मैंने तो कागज़ों पर हस्ताक्षर किए और अपने शौहर से भी वैसा करने को कह दिया। वापिस बेरूत जाने वाली उड़ान पर दुनिया बदली हुई लग रही थी। भगवान ने मुझे जीने की वजह दे दी थी; इस आँसुओं की घाटी में जूझने और जद्दोजहद की अब कोई वजह तो थी। अब हमारी अपनी एक बच्ची थी।

शिरीन जैसे-जैसे बड़ी होती गई, और ज़्यादा समझदार और खूबसूरत होती गई – शायद सभी माँ-बाप यही कहते हैं। लेकिन सच में, मैं सोचती हूँ कि वह वाकई एक ख़ास बच्ची थी। एक शाम जब वह पाँच बरस की थी, तो मेरे भाई ने कहा कि कुछ बरस बाद यदि वह विदेशों में काम करना चाहेगी तो उसका नाम उसकी पहचान खोल देगा। उसने सुझाव दिया कि उसका नाम बदल कर 'एथीना' जैसा कुछ रख देना चाहिए, जिससे बच्ची

पर कोई आँच न आए। अब, मैं जान गई हूँ कि एथीना का अर्थ, न केवल ग्रीस की राजधानी बल्कि ज्ञान, बुद्धिमत्ता और युद्ध की देवी भी होता है।

शायद मेरे भाई को ये सब मालूम था, पर साथ ही शायद यह भी मालूम था कि अरब नाम होना भविष्य में कितना बड़ा बोझ बन सकता था क्योंकि वो, और मेरा बाकी परिवार भी राजनीति से अहम तौर पर जुड़े थे, और अपनी बहन की बेटी को उन मुसीबत के सायों से छाँव देना चाहते थे जो सिर्फ वे ही आती देख सकते थे। सबसे हैरानी की बात यह थी कि शिरीन को 'एथीना' पुकारा जाना पसंद आया। उस दोपहर से ही उसने खुद को एथीना कहना शुरू कर दिया, और फिर तो कोई भी उसे उस नाम से जुदा न कर सका। उसे खुश करने के लिए हमने भी वह दुलारा नाम अपना लिया, यह सोच कर, कि यह कुछ दिन का शौक था।

क्या कोई नाम किसी की ज़िंदगी बदल सकता है? वक्त गुज़रा लेकिन मेरी बच्ची एथीना ही रही। बचपन से ही उसे धर्म के प्रति गहरी रुचि थी। वह अपना सारा वक्त चर्च में बिताती थी और सभी 'गॉस्पल' उसे मुँहज़ुबानी याद थे। यह बात वरदान भी थी लेकिन एक तरह का अभिशाप भी। एक ऐसी दुनिया में, जो धर्म के नाम पर ज़्यादा से ज़्यादा बँटती जा रही थी, मुझे अपनी बच्ची की जान की फ़िक्र होती थी, और तभी शिरीन ने हमें बताना शुरु किया कि उसके कई 'अदृश्य' दोस्त थे – फ़रिश्ते और संत जिनकी तस्वीरें हम अपने चर्च में रोज़ ही देखा करते थे। जगह चाहे कोई भी हो, बच्चों को तो ऐसे दर्शन होते ही रहते हैं। लेकिन धीरे-धीरे, बड़े होने पर वे यह सब भूल जाया करते हैं। वे तो अपने खिलौनों, जैसे गुड़िया और स्टफ़्ड टॉयज़, चीते – भालुओं को भी सचमुच ज़िंदा ही मानते हैं। फिर भी मुझे लगा कि एथीना कुछ ज़्यादा ही हद कर रही थी जब एक दिन स्कूल से लौटते वक्त उसने मुझे बताया कि उसने सफ़ेद कपड़ों में लिपटी एक औरत देखी थी, जैसे खुद मरियम पाक।

कुदरती तौर पर मैं फ़रिश्तों में यक़ीन करती हूँ। मैं तो यह भी यक़ीन करती हूँ कि फ़रिश्ते नन्हे बच्चों से बात करते हैं, लेकिन जब बच्चों को

इस तरह के 'विज़न' असलिया तौर पर होने लगें तो फिर यह कुछ और बात होती है। मैंने कई चरवाहों और देहात के लोगों के बारे यह पढ़ा है कि उन्होंने सफ़ेद कपड़ों में लिपटी औरत देखने के दावे किए हैं और कि कैसे इससे उनकी ज़िंदगी तबाह हो गई, क्योंकि बाकी लोग उनसे करिश्मे की चाह में उनके पीछे लग गए; फिर पादरियों ने धर्म के नाम पर पूरे गाँव को ही तीर्थ बना डाला, और वे बेचारे बच्चे किसी न किसी कॉन्वेंट या मौनगाह में कैद हो कर रह गए। इसलिए मैं बेहद परेशान थी। शिरीन की उम्र में उसे मेक-अप, नेलपॉलिश, रोमांटिक टी.वी. सीरियल्स और बच्चों के प्रोग्राम देखने में दिलचस्पी होनी चाहिए थी। मेरी बच्ची में ही कोई कमी थी, और मैंने एक एक्स्पर्ट से सलाह ली।

'रिलैक्स,' उसने कहा।

उस बाल मनोवैज्ञानिक और उस जैसे ही बाकी डॉक्टरों के मुताबिक अदृश्य दोस्त बच्चे के सपनों का ही ठोस रूप होते हैं और बल्कि यह बच्चे को उसकी इच्छाएं और भावनाएं समझने में मदद करते हैं।

'हाँ, ठीक है, लेकिन किसी सफ़ेदपोश औरत का दिखाई देना?'

उसने जवाब दिया कि शायद शिरीन को अभी हमारी तरह दुनिया को देखना या समझना नहीं आया। उसने सुझाव दिया कि हमें धीरे-धीरे उसे यह बताने की तैयारी शुरू कर देनी चाहिए कि उसे गोद लिया गया था।

उस के डॉक्टर के मुताबिक, यह बुरा होगा कि उसे अपने आप पता लगे। फिर वह हर किसी पर शक करने लगेगी और फिर वह कोई चीज़ क्यों करती है, यह जानना मुश्किल हो जाएगा।

तब से, हमने उससे बात करने का तरीका बदल लिया। मैं नहीं जानती कि बच्चे अपने बचपन की बातों को कितना याद रखते हैं, लेकिन हम उसे हर तरह से जताने लगे कि हम उसे कितना प्यार करते थे और कि उसे किसी अलग, कल्पना की दुनिया में पनाह लेने की ज़रूरत नहीं थी। उसे यह देखने की ज़रूरत थी कि उसके चारों तरफ की दुनिया हर तरह से खूबसूरत थी, कि उसके माँ-बाप उसे हर मुमकिन खतरे से बचाएंगे, कि बेरूत एक खूबसूरत शहर था और उसके बालू-तट सूरज से सुनहरी थे।

'सफ़ेदपोश औरत' का कभी भी ज़िक्र किए बिना, मैं अपनी बच्ची के साथ ज़्यादा वक़्त बिताने लगी; उसके स्कूल के दोस्तों को घर बुलाती और हर मुनासिब मौके पर मैं उस पर ढेरों प्यार बरसाती।

यह तरकीब कामयाब रही। मेरे पति काम के सिलसिले में अक्सर घूमते थे, और शिरीन हमेशा ही उन्हें बहुत याद करती थी। प्यार के नाम पर उन्होंने अपने काम के तरीके को कुछ बदलने का फ़ैसला किया। अकेले में खुद से बातें करने की जगह माँ-बाप के साथ खिलखिलाते खेलों ने ले ली।

सब ठीक चल रहा था। फिर, एक रात वह रोती हुई हमारे कमरे में आई और बोलने लगी कि उसे डर लग रहा था और जहन्नुम की ताकतें नज़दीक आ रही थीं।

मैं घर पर अकेली थी। मेरे पति को फिर से बाहर जाना पड़ा था, और मैंने सोचा कि शायद यही उसके दुख का कारण था। लेकिन जहन्नुम? क्या उसे स्कूल और चर्च में यह सिखाया जा रहा था? मैंने फ़ैसला किया कि अगले दिन स्कूल जाकर उसके टीचर से बात करूंगी।

लेकिन तब तक, शिरीन का रोना रुकने का नाम नहीं ले रहा था। मैं उसे खिड़की पर ले गई और उसे बाहर फैला मेडिटरेनियन का समंदर दिखलाया जिस पर पूरे चाँद की रौशनी फैली थी। मैंने उसे बताया कि कहीं कोई शैतान नहीं थे, सिर्फ आकाश में सितारे और हमारे अपार्टमेंट के बाहर पेड़ों वाली सड़क पर सैर करते लोग। समझाया कि उसे डरने की कोई ज़रूरत नहीं थी, लेकिन वह रोती रही और थर-थर काँपती रही। जब उसे मनाते आधा घंटा बीत गया तो मुझे फ़िक्र होने लगी। मैं उसके आगे गिड़गिड़ाई कि चुप हो जाए, आख़िर वह अब बच्ची नहीं थी। मैंने सोचा कि शायद उसकी माहवारी शुरू हो गई थी और धीरे से पूछा कि क्या उसे खून आ रहा था।

'हाँ, बहुत सारा।'

मैं थोड़ी रुई लाई और उसे लेटने को कहा कि मैं उसके 'घाव' को पोंछ सकूं। कोई बड़ी बात नहीं थी। मैं कल सुबह समझा दूंगी। लेकिन उसकी

माहवारी तो शुरू नहीं हुई थी। वह कुछ देर और रोती रही, लेकिन ज़रूर थक गई थी क्योंकि वह थोड़ी देर में सो गई।

और अगली सुबह, वाक़ई खून था। चार लोगों का कत्ल कर दिया गया था। मेरे लिए तो यह क़बीलों की आपसी लड़ाई का ही एक और वाक़िया था जिसकी मेरे लोगों को आदत पड़ चुकी थी, शिरीन के लिए इसका कोई मतलब नहीं था क्योंकि उसने अपने बुरे ख्वाब का कोई ज़िक्र नहीं किया।

लेकिन उस दिन के बाद, हर दिन, जहन्नुम और नज़दीक आता गया, और आज तक भी गया नहीं हैं। उसी दिन, छब्बीस फ़िलीस्तीनी एक बस में मारे गए। यह सुबह हुए चार कत्लों के बदले में किया गया था।

चौबीस घंटे बाद, घर के बाहर गली में चलना नामुमकिन हो गया क्योंकि हर तरफ़ से गोलियों की बौछार हो रही थी। स्कूल बंद हो गए। शिरीन को उसकी एक टीचर छिपते-छिपाते घर ले आई। पूरा माहौल तेज़ी से बिगड़ता गया। मेरे पति ने अपनी यात्रा बीच में ही छोड़ी और घर आ गए, जहाँ उनका सारा वक्त फ़ोन पर सरकार में अपने दोस्तों के साथ बात करने में बीतता था, लेकिन किसी ने कुछ नहीं कहा जिससे कुछ समझ आता। शिरीन बाहर गोलियाँ चलने की आवाज़ें सुनती और अंदर मेरे पति के चिल्लाने की आवाज़ें, लेकिन मुझे हैरानी थी कि उसने कुछ नहीं कहा। मैंने उसे बताने की कोशिश की कि यह जल्द ही खत्म हो जाएगा, लेकिन वह सिर्फ मुँह मोड़ लेती, या कोई किताब मांगती, या कोई म्यूज़िक रिकॉर्ड। जिस दौरान जहन्नुम अपनी जड़ें कायम कर रहा था, शिरीन या तो पढ़ रही थी या संगीत सुन रही थी। लेकिन बुरा न मानिएगा, मैं उस बारे में बात नहीं करना चाहती। नहीं सोचना चाहती कि हमें कितनी धमकियाँ मिलीं, कि कौन सही था, कौन कसूरवार था और कौन मासूम। सच यह है, कि कुछ महीने बाद, अगर गली पार करनी हो, तो साइप्रस के टापू के लिए किश्ती चढ़ कर, वहाँ से पूरा गोल घूम कर वापिस आकर, तभी गली के दूसरे किनारे उतरना हो सकता था।

लगभग एक बरस हम इसी तरह अपने घर में छिप कर रहे, इस उम्मीद में कि हालात सुधर जाएंगे, हमेशा ही यह सोचते हुए, कि यह सब कुछ ही

दिन की बात थी, और कि सरकार जल्द ही हालात पर काबू पा लेगी। एक सुबह, जब वह अपने छोटे पोर्टेबल रिकॉर्ड प्लेयर पर संगीत सुन रही थी, शिरीन उठ कर नाचने लगी। और वह कुछ इस तरह बोल रही थी, 'यह सब अभी बहुत, बहुत देर तक चलने वाला है!'

मैंने उसे चुप कराने की कोशिश की, लेकिन मेरे पति ने मेरी बाज़ू पकड़ कर मुझे रोक लिया। मैंने देखा कि वे उसका कहा ध्यान से सुन रहे थे। क्यों, मुझे कभी समझ नहीं आया, और हमने इसके बारे में कभी बात नहीं की। कुछ ऐसा है कि हमें इस बारे में बात करने से रोक देता है।

दो हफ़्ते बाद हम लंदन की ओर जाने वाले जहाज़ पर रवाना हो गए। बाद में हमें पता लगा कि गृह युद्ध के उन चार बरसों में लगभग 44,000 लोगों की जानें गईं, 1,80,000 घायल हुए, और हज़ारों बेघर हुए। लड़ाई और मार-काट और कारणों से जारी रही, देश पर विदेशी फ़ौजों का कब्ज़ा था, और वह जहन्नुम आज तक बरक़रार है।

'यह सब बहुत, बहुत देर तक चलने वाला है,' शिरीन ने कहा था। बदकिस्मती से वह सही थी।

ल्यूकास जैसन-पीटरसन, 32 बरस, इंजीनियर, पहले पति

जब मैं एथीना से पहली बार मिला, वह पहले ही जानती थी कि उसे गोद लिया गया था। वह सिर्फ उन्नीस वर्ष की थी और उस वक्त युनिवर्सिटी कैफ़ेटेरिया में एक और साथी स्टूडेंट के साथ टक्कर लेने को थी क्योंकि उस स्टूडेंट ने एथीना को ब्रिटिश सोच कर (गोरी, सीधे बाल, आँखें जो कभी हरी लगती थी और कभी सलेटी) मिडल-ईस्ट के बारे में कुछ बेहूदा टिप्पणी कस दी थी।

इन छात्रों के लिए यह सत्र का पहला दिन था और वे एक दूसरे के बारे में कुछ नहीं जानते थे। लेकिन एथीना ने उछल कर खड़ी हुई दूसरी लड़की को कॉलर से पकड़ा और चिल्लाने लगी 'तुम रेसिस्ट हो!'

मैंने लड़की की आँखों में झलकता आतंक देखा और कि दूसरे छात्र अब जोश में थे, यह देखने को कि आगे क्या होगा। मैं एक वर्ष अगली क्लास में था, और मैं जानता था कि क्या नतीजा निकलेगा। उन दोनों को वाइस-चांसलर के सामने पेश किया जाएगा, शिकायत दर्ज़ होगी, जिसके बाद उन दोनों को युनिवर्सिटी से निकाल बाहर किया जाएगा और रेसिज़्म के इल्ज़ाम की पुलिस जाँच की जाएगी, वगैरह-वगैरह। इसमें सभी का नुकसान था।

'शट-अप!' मैं चिल्लाया, बिना जाने कि मैं क्या बोल रहा था।

मैं दोनों ही लड़कियों को नहीं जानता था। मैं दुनिया को बचाने का ज़िम्मा लिए इस ज़मीन पर नहीं उतरा था, और ईमानदारी से कहूं तो जवान लोग एक-आध लड़ाई काफ़ी पसंद करते हैं, लेकिन मैं खुद को रोक नहीं पाया।

'रोको यह सब!' मैं उस सुंदर लड़की पर फिर से चिल्लाया, जिसने अभी भी दूसरी सुंदर लड़की को गले से पकड़ रखा था। उसने मुझे बेहद गुस्से से देखा। फिर अचानक, कुछ बदल गया। वह मुस्कुराई, जबकि उसके हाथ अभी भी अपनी साथी का गला कसे हुए थे।

'तुम "प्लीज़" कहना तो भूल ही गए,' वह बोली। सब हँस पड़े।

'रोको यह सब,' मैंने फिर से कहा। 'प्लीज़!' उसने लड़की को छोड़ दिया और मेरे पास आई।

'यू हैव एक्सिलेंट मैनर्ज़। क्या सिगरेट भी रखते हो?'

मैंने उसे अपनी सिगरेट का पैकेट दिया, और हम सिगरेट पीने बाहर चले गए। उसका मूड बदल गया था और अब वह उबलने की बजाय एकदम बेफ़िक्र लग रही थी, और कुछ ही मिनट बाद वह खुल कर हँसते हुए मौसम और पॉप म्यूज़िक की बातें कर रही थी। मैंने क्लास में जाने की घंटी सुनी और बेहद संजीदगी से उस नियम को त्याग दिया जिसे मानने को मुझे बड़ा किया गया था: अपना कर्तव्य करो। मैं वहीं रुका रहा, यूँ बातें करता हुआ जैसे न कोई युनिवर्सिटी थी, न लड़ाई, न कोई कैन्टीन, न हवा, न ठंड, न धूप। सिर्फ़ सलेटी आँखों वाली वह लड़की थी, सबसे बोरिंग और बेमतलब बातें करती हुई, लेकिन फिर भी ऐसी, कि ज़िंदगी भर के लिए मैं उसका हो गया। दो घंटे बाद हम एक साथ लंच खा रहे थे। सात घंटे बाद हम एक 'बार' में थे, रात का खाना और ड्रिंक लेते हुए, जो हमारे थोड़े से पैसों में मुनासिब था। धीरे-धीरे हमारी बातें और गहरी होती गईं, और ज़्यादा वक्त न गुज़रा कि मैं उसकी ज़िंदगी के बारे में लगभग सब कुछ जान गया था–

मुझे कुरेदना भी न पड़ा और एथीना ने अपने बचपन से यौवन तक की सभी बातें बता डालीं। बाद में मुझे समझ आया कि वह सभी के साथ इतनी ही बेलौस थी, लेकिन उस दिन, मैं खुद को ज़मीन पर सबसे ख़ास और खुशकिस्मत इंसान समझ रहा था।

वह लेबनान में छिड़े गृह युद्ध से बचने के लिए यहाँ लंदन आई थी। उसके पिता को – जो कि एक मेनोनाइट क्रिश्चियन थे (संपादक का नोट: मैनोनाइट कैथलिक चर्च की एक शाखा है, जो, चाहे कि वैटिकन

की सत्ता के अधीन है, फिर भी पादरियों को ब्रह्मचर्य ज़रूरी नहीं करती और मध्य-पूर्वी और सनातनी अनुष्ठानों का प्रयोग करती है।) – मौत की धमकियाँ मिलने लगी थीं क्योंकि वे लेबनान सरकार के लिए काम करते थे। लेकिन इसके बावजूद, वे काम व देश छोड़ कर जाने का मन नहीं बना पा रहे थे। तब एथीना, जिसने फ़ोन पर हुई एक ऐसी ही बातचीत सुन ली थी, ने फ़ैसला किया कि अब वक्त आ गया था कि वह बड़ी हो जाए और अपने माँ-बाप के प्रति अपना फ़र्ज़ निभाएः उन्हें बचाए जिन्हें वह प्यार करती थी।

उसने एक तरह का डांस शुरु किया और नाचते-नाचते जैसे वह ट्रांस में चली गई (उसने यह सब स्कूल में संतों की जीवनियों में पढ़ा था), और तरह-तरह की भविष्यवाणियाँ करने लगी। मैं नहीं जानता कि कैसे कोई बच्चा अपने कहे से बड़ों के फ़ैसले बदल सकता है, लेकिन, एथीना के मुताबिक, बिल्कुल यही हुआ। उसके पिता इस तरह की बातों में काफ़ी यक़ीन रखते थे और उसे यक़ीन था कि उसने अपने परिवार की जान बचाई थी।

वे यहाँ बतौर रिफ़्यूजी आए थे, लेकिन भिखारियों की तरह नहीं, लेबनानी लोग पूरी दुनिया में बिखरे हैं, और उसके पिता ने जल्द ही अपना काम दोबारा जमाने के तरीके ढूंढ निकाले और ज़िंदगी फिर चलने लगी। एथीना अच्छे स्कूलों में ही पढ़ी, उसने डांस की तालीम ली – क्योंकि डांस तो उसका जुनून था – और जब उसने सैकंडरी स्कूल खत्म कर लिया तो उसने इंजीनियरिंग में डिग्री लेने का फ़ैसला किया।

जब वे लंदन में रहने लगे तो एक दिन उसके माता-पिता ने उसे शहर के बेहद महंगे रेस्तरां में डिनर पर बुलाया और फिर, पूरी एहतियात बरतते हुए, उसे यह बता दिया कि उसे गोद लिया गया था। एथीना ने हैरान होने का नाटक किया, दोनों के गले लगी, और उन्हें विश्वास दिलाया कि कोई भी चीज़ उनका रिश्ता नहीं बदल सकती थी।

जब कि सच्चाई यह थी, कि परिवार के एक दोस्त ने किसी बहस के दौरान उसे 'बेग़ैरत यतीम' कह दिया था और उसके तौर तरीकों को

यह कह कर झटक दिया था कि 'आख़िर वह अपने "माता-पिता" की "असली" बेटी' तो थी नहीं। एथीना ने उस पर ऐशट्रे फैंक मारी थी जिससे उसका चेहरा काफ़ी कट गया था। उस जलनखोर दोस्त के चेहरे पर घाव का निशान हमेशा ही रहा और वह यह कह पीछा छुड़ाता था कि वह निशान गली में गुंडों के हमले में मिले घाव का था।

मैंने उससे पूछा कि क्या वह अगले दिन मेरे साथ बाहर जाना चाहेगी। उसने मुझे बताया कि वह अब भी कुंवारी थी, हर रविवार नियम से चर्च जाती थी, और उसे रोमांटिक उपन्यासों में कोई दिलचस्पी नहीं थी – उसे मिडल-ईस्ट के हालात के बारे में पढ़ने की ज़्यादा फ़िक्र थी।

संक्षेप में, उसके पास वक्त नहीं था।

'लोग सोचते हैं कि किसी भी औरत का सपना सिर्फ़ शादी और बच्चे पैदा करना होता है। और जो भी मैंने तुम्हें बताया है उससे तुम शायद सोचते होगे कि मैंने जीवन में बहुत दुःख उठाए हैं। यह सच नहीं है, और यह भी, कि यह सब मैं पहले भी देख चुकी हूँ। मैं ऐसे कई मर्दों को जानती हूँ जो मुझे इन "दुखों" से बचाना चाहते थे। जो सच्चाई वे सभी भूल जाते हैं वह यह है, कि प्राचीन यूनान से अब तक, जो लोग जंग से लौटते थे, वे या तो अपनी ढाल पर लाश बन कर, या पहले से ज़्यादा ताकतवर बन कर लौटते थे, चाहे अपने घावों की वजह से, या उनके बावजूद। और ऐसे ही बेहतर रहता है: मैं जंग के मैदान में ही हूँ, पैदा होने से अब तक, लेकिन मैं अभी भी ज़िंदा हूँ और मुझे किसी बचाने वाले की ज़रूरत नहीं।'

वह साँस लेने को रुकी।

'देखा मैं कितनी सुसंस्कृत हूँ!

'हाँ, बहुत, लेकिन जब तुम अपने से कमज़ोर पर हमला करती हो तो लगता है कि वाक़ई तुम्हें कोई बचाने वाला चाहिए। ठीक वहीं और उसी वक्त तुम युनिवर्सिटी में मिला दाखिला खत्म कर देती।'

'तुम सही हो। ठीक है, मैं तुम्हारे साथ चलूंगी।'

हम एक दूसरे से मिलने लगे, और मैं जितना उसके करीब आता गया, उतना ही मैं अपने अंदर की लौ को समझता गया, क्योंकि वह हमेशा ही

मुझे अपनी पुरज़ोर कोशिश करने का हौसला देती थी। उसने कभी भी जादू या क्लिष्ट विषयों पर किताबें नहीं पढ़ी थीं। वह कहती थी कि वे शैतान के औज़ार होते हैं, और मुक्ति तो सिर्फ़ जीसस के रास्ते से ही हो सकती है – बात खत्म। लेकिन कभी कभी वह ऐसी बाते कहती थी जो चर्च के उपदेशों से मेल नहीं खाती थीं।

'ईसा मसीह खुद को भिखारियों, वेश्याओं, टैक्स उगाही करने वालों और मछुआरों से घिरा रखते थे। मुझे लगता है कि इससे उनका इरादा यह समझाने का था कि ईश्वर की लौ हर आत्मा में है और कभी नहीं बुझती। जब मैं अटल बैठती हूँ या जब मैं बहुत बेचैन महसूस कर रही होती हूँ, तो मुझे लगता है जैसे मैं पूरे यूनिवर्स के साथ उद्दीपन में हूँ, जैसे कि कोई वाइब्रेशन। और उस अवस्था में वह मालूम होता है जो वैसे आम तौर पर नहीं, जैसे कि भगवान मेरे कदम रखवा रहा हो। कुछ पल ऐसे होते हैं जब मुझे लगता है कि मेरे लिए ही सब राज़ खुल रहे हों।'

फिर वह खुद को टोकतीः 'लेकिन यह गलत है।'

एथीना हमेशा दो दुनियाओं के बीच जीती थीः एक वह दुनिया जिसे वह सच मानती थी और दूसरी वह, जो उसे उसके धर्म और मत ने सिखाई थी।

एक दिन, जब समीकरणों, गणित-गणना और संरचना अध्ययन की छमाही खत्म होने को थी, उसने फ़ैसला सुनाया कि वह युनिवर्सिटी छोड़ रही थी।

'लेकिन तुमने इसके बारे में तो मुझे कभी कुछ नही कहा!' मैंने कहा।

'यह बात तो मैं खुद से करने में भी डर रही थी, लेकिन आज मैं अपने हेयरड्रेसर से मिलने गई। उसने दिन-रात मेहनत की ताकि उसकी बेटी अपनी समाजशास्त्र की डिग्री खत्म कर ले। बेटी ने आख़िरकार ग्रेजुएशन पूरा किया, और कई दरवाज़ों पर दस्तक देने के बाद, एक सीमेंट के कारखाने में सेक्रेटरी के काम पर लग गई। लेकिन आज भी मेरी हेयरड्रेसर ने फ़ख्र से कहाः "मेरी बेटी के पास डिग्री है।" मेरे माता-पिता के ज़्यादातर दोस्त और उनके बच्चों के पास डिग्रियाँ हैं। इसका यह अर्थ नहीं कि वे

अपनी मर्ज़ी का काम ढूंढ पाए। बिल्कुल नहीं; किसी ने कह दिया होगा कि दुनिया में तरक्की करने के लिए डिग्री की ज़रूरत होती है, और इस दुनिया ने कुछ बेहतरीन माली, बेकरी वाले, एंटीक डीलर, मूर्तिकार और लेखक खो दिए।'

मैंने उसे इतना बड़ा कदम उठाने से पहले थोड़ा और सोचने की सलाह दी, लेकिन उसने रॉबर्ट फ्रॉस्ट की ये पंक्तियाँ मुझे सुना दीं।

पीले पतझड़ के वन में दो राहें जाती थीं अलग-अलग
चुनी वो मैंने जिस पर विरले ही लोग चले थे;
बदल गई तब से सारी दुनिया मेरी।

अगले दिन वह क्लास में नहीं आई। अगली बार मिलने पर मैंने पूछा कि वह क्या करने वाली थी।

'मैं शादी करूंगी और मुझे एक बच्चा चाहिए।' यह कोई धमकी या अल्टीमेटम नहीं था। मैं बीस वर्ष का था, वह उन्नीस की, और मुझे लगा कि इस तरह का कोई भी वादा करना जल्दबाज़ी होगी।

लेकिन एथीना इस बारे में काफ़ी गंभीर थी। और मुझे चुनाव करना था। कि या तो मैं वह एक चीज़ खो दूं जो दिन रात मेरे ख़यालों में थी – उस औरत के लिए मेरा प्यार – या फिर खो दूं अपनी आज़ादी और वे सब संभावनाएँ जो भविष्य ने मेरे लिए संजोए थे।

ईमानदारी से कहूं तो फ़ैसला आसान था।

फ़ादर जियान्कार्लो फ़ॉन्टाना, 72 बरस

अवश्य ही मैं हैरान हुआ था जब ये दोनों मेरी चर्च में अपनी शादी की बात करने आए थे। ल्यूकास जैसन-पीटरसन को मैं न के बराबर ही जानता था, लेकिन उसी दिन मुझे मालूम हुआ कि उसका परिवार जो कि डेनमार्क के संभ्रांत घरानों में से था, इस शादी के विरुद्ध था। वे केवल इस शादी के ही नहीं, पूरे ईसाई धर्म के ही विरुद्ध थे।

उसके पिता के तर्क वैज्ञानिक तर्क थे जिनका कोई जवाब देना संभव न था। उसके अनुसार बाइबल, जिस पर हमारा धर्म टिका है, कोई ग्रंथ न थी बल्कि छियासठ अलग-अलग पांडुलिपियों को जोड़ कर बनाई गई थी, जिसके लेखकों के असली नाम या पहचान उपलब्ध नहीं; उसने कहा कि पहली और आख़िरी पांडुलिपि लिखी जाने के बीच एक हज़ार वर्षों का फ़ासला था, और यह समय उस समय से भी अधिक था जब कोलम्बस ने अमेरिका की खोज की थी। और इस पृथ्वी पर किसी भी जीवित प्राण ी, बंदरों से ले कर तोतों तक को सही व्यवहार समझने के लिए दस महान उपदेशों की ज़रूरत नहीं होती। यह संसार मिल-जुल कर रहे, इसके लिए सिर्फ़ यह ज़रूरत होती है कि हर जीव प्रकृति के नियमों का पालन करें।

स्वाभाविक है कि मैं बाइबल पढ़ता था और इतिहास के बारे में भी मुझे थोड़ा-बहुत पता था, लेकिन जिन इंसानी हाथों ने बाइबल लिखी, वे दैवी शक्ति के माध्यम थे। और जीसस ने दस महान उपदेशों से कहीं अधिक शक्तिशाली एक रिश्ते की नींव रखी – यानि प्रेम के रिश्ते की नींव। पक्षी और बंदर, या भगवान के रचे कोई भी जीव अपने जन्मजात स्वभाव का पालन करते हैं। लेकिन मनुष्य जीवन बेहद जटिल है क्योंकि हम मनुष्य, प्रेम और इसके बंधनों के बारे में जानते हैं।

ओह डियर, यह तो मैं फिर उपदेश देने लगा, जबकि मैं तो तुम्हें एथीना और ल्यूकास से मेरी मुलाकात के बारे में बता रहा था। जब मैं उस नौजवान से बात कर रहा था – और मैं उसे बात करना ही कहूंगा, क्योंकि हम दोनों का धर्म एक नहीं, और इसलिए 'कन्फेशनल', यानि दूसरे की बात को गुप्त रखने के नियम यहाँ लागू नहीं होते – मुझे मालूम हुआ कि परिवार के धर्म विरोधी होने के साथ-साथ इस शादी के विरोध में एक और पहलू भी था, वह यह कि एथीना विदेशी थी। मेरा मन बाइबल में से एक पंक्ति उसे सुनाने को हुआ, जो ईश्वर में विश्वास के बारे में नहीं, केवल अपनी 'कॉमन सेन्स' प्रयोग करने के बारे में है:

न तो करोगे घृणा किसी विदेशी से, क्योंकि वह है तुम्हारा भाई;
न ही करोगे घृणा किसी मिस्त्रवाले से, कभी तुम थे अजनबी, उसके देश में।

सॉरी, मैं फिर से बाइबल में खो गया था लेकिन अब वादा करता हूँ कि खुद पर काबू रखूंगा। नौजवान से बात करने के बाद मैंने एथीना के साथ दो घंटे से भी ज़्यादा समय बिताया।

एथीना मेरे लिए एक अबूझ पहेली सी थी। जब से उसने चर्च आना शुरू किया, मुझे लगा कि जीवन में उसकी एक स्पष्ट महत्वाकांक्षा थी: वह संत बनना चाहती थी।

उसने मुझे बताया – चाहे कि उसका मंगेतर नहीं जानता था – कि बेरूत में गृह युद्ध छिड़ने से कुछ देर पहले, उसे काफ़ी हद तक वैसा ही अनुभव हुआ था जैसा कि लिसियू की सेंट थेरीस को। उसने खून से बहती गलियाँ देखी थीं। कोई इसे बचपन या लड़कपन में हुए किसी हादसे का नाम दे सकता था, लेकिन सच तो यह है, कि चाहे कम हद तक या ज़्यादा, सभी क्रिएटिव लोगों को ऐसे अनुभव होते हैं जिन्हें हम 'पवित्र रूह का आ जाना' कहते हैं।

अचानक़, एक पल हमें लगता है कि हमारा पूरा जीवन सकारथ है, हमारे पाप माफ़, और कि प्रेम अब भी सबसे शक्तिशाली ताकत है; वही, जो हमें हमेशा के लिए नया गढ़ सकता है।

लेकिन साथ में हमें डर भी लगता है।

प्रेम में समर्पित होने का अर्थ है, सब कुछ छोड़ देनाः हमारी झिझक, हमारी मर्यादाएं और सभी सीमाएं, या अपने फ़ैसले खुद ले पाने की ताकत। इसका अर्थ है प्रेम शब्द की गहराई तक जाने वाला प्यार। सच यह है कि हम ये चाहते तो हैं कि हम बच जाएं या बचा लिए जाएं, लेकिन ईश्वर के चुने रास्ते से नहीं; हम हर कदम पर अपना नियंत्रण चाहते हैं, हम हर फ़ैसला पूरे होशोहवास में करना चाहते हैं, और चाहते हैं कि अपने आराध्य हम खुद चुनें।

प्रेम के साथ ऐसा नही होता – वह आता है, मन में बस जाता है, और फिर, हर फ़ैसला उसी का होता है। केवल बहुत साहस वाले ही खुद को प्रेम के बहाव में बह जाने देते हैं, और एथीना में इसी तरह का साहस था। इतना साहस, कि घंटों गहरे ध्यान में डूबी रहती थी। उसे संगीत के लिए भी ईश्वर की देन थी, लोग कहते हैं कि डांस भी बहुत अच्छा करती थी, लेकिन क्योंकि चर्च उसके लिए सही स्थान नहीं, वह हर सुबह अपना गिटार लाती थी और अपनी क्लास में जाने से पहले कुछ देर पाक मरियम के लिए गाती थी।

मुझे अब भी याद है जब मैंने पहली बार उसे गाते हुए सुना। मैंने उन भक्तों के साथ भोर की मास (पूजा) खत्म की थी जो जाड़े की सुबह जल्द जागने को तैयार हुए थे, जब मुझे याद आया कि मैंने दान पात्र में से पैसे उठा कर नहीं रखे। जब मैं वापिस गया तो मैंने ऐसा संगीत सुना जिसने सब कुछ छुआ और उसमें नए रंग भर डाले, जैसे कि कोई फ़रिश्ता आया हो पल भर के लिए। एक कोने में, भक्ति के उन्माद में करीब बीस बरस की एक लड़की बैठी गिटार बजा रही थी और ईश्वर की इबादत में गीत गा रही थीः उसकी आँखें पवित्र मरियम पर टिकी थीं।

मैं दान पात्र के पास गया। उसने मुझे देखा और गाना रोक दिया, लेकिन मैंने सिर के इशारे से उसे गाते रहने को कहा। फिर मैं लकड़ी के बैंचो में से एक पर बैठ गया और आँखें बंद कर लीं। वह फिर गाने लगी।

उस पल एक ऐसा अहसास हुआ जो स्वर्ग सा सुदंर था; एक पवित्र रूह के भीतर आ बसने का अहसास ज्यों आकाश से उतर आया हो। जैसे

कि वह समझ रही थी मेरे दिल में जो गुज़र रहा था, वह लड़की गाने के बीच-बीच में चुप हो जाती थी। हर बार जब उसने गिटार बजानी रोकी, मैं एक छोटी-सी प्रार्थना करता, फिर संगीत दोबारा शुरू हो जाता।

और मुझे अहसास था कि मैं कुछ ऐसा जी रहा था जो भुलाया न जाएगा, कुछ जादुई पल जो बीत जाने पर ही समझ आते हैं।

मैं पूरी तरह उस पल में था, न कोई बीता वक्त था, न कोई वक्त उसके बाद आना था। मैं बस डूबा था उस सुबह के अहसास में, संगीत में, मिठास में और उस प्रार्थना में, जो बिना कहे आ गई थी। मैं ईश्वर के औदार्य के प्रति सिर झुकाए पूजा में लीन था। एक राहत थी कि अपने परिवार की इच्छाओं के विरुद्ध भी मैंने ईश्वर के प्रति समर्पण की राह चुनी थी। उस छोटे से गिरजे की सादगी में, उस लड़की की आवाज़ में, और सुबह की फैलती रौशनी में मुझे फिर से अहसास हुआ कि ईश्वर हमारे पास ही, हर साफ़दिल में बसते हैं।

जब आँसू मन भर कर बह लिए और जैसे कि असीम युगों बाद लड़की ने गिटार एक ओर रख दी, मैं मुड़ा और मैंने देखा कि वह हमारे चर्च के सदस्यों में से ही एक थी। उसके बाद हमारी दोस्ती हो गई, और जब भी हो सका, हम इसी तरह मिलकर, संगीत से ईश्वर में लीन हो जाते थे।

लेकिन उसकी शादी की बात मेरे लिए एकदम आश्चर्यजनक थी, और ऐसी तो मैंने उम्मीद ही न की थी। क्योंकि हम दोनों एक दूसरे को अच्छी तरह जानते थे तो मैंने उससे पूछा कि उसके पति के परिवारजन इस शादी पर कैसे रिएक्ट करेंगे।

'बुरी तरह, बेहद बुरी तरह।'

जितना हो सके, उसकी भावनाओं को ठेस न पहुँचाते हुए, मैंने उससे पूछा कि कहीं वह किसी दबाव के कारण तो शादी नहीं कर रही थी।

'नहीं, मैं अभी भी कुंवारी हूँ। गर्भ से नहीं हूँ।'

मैंने पूछा कि क्या उसने अपने परिवार को बता दिया था, और वह बोली कि हाँ, और कि उन्होंने भी बुरी तरह रिएक्ट किया था, माँ ने आँसुओं से, और पिता ने धमकियाँ दी थीं।

'जब मैं यहाँ कुंवारी मरियम की स्तुति करने आती हूँ, मुझे परवाह नहीं कि लोग क्या सोचेंगे, मैं सिर्फ़ अपनी भावनाएं उसे बताने आती हूँ। और हमेशा से ऐसा ही रहा है, जब से मैंने होश संभाला है। मैं वह बर्तन हूँ जिसमें दैवी शक्ति खुद को साकार रूप दे सकती है। और अब वह शक्ति कह रही है कि मुझे जन्म देना है ताकि मैं उस बच्चे को वह सब दे सकूं जो मुझे जन्म देने वाली माँ कभी न दे सकी: प्यार और सुरक्षा की छाँव।'

'इस धरती पर कोई सुरक्षित नहीं,' मैंने उत्तर दिया। उसके आगे लम्बी उम्र थी; नये जीवन को जन्म देने के करिश्मे के लिए बहुत से बरस। लेकिन एथीना अटल थी।

'सेंट थेरीस ने अपनी बीमारी के विरुद्ध विद्रोह न किया, इसके उलट, उसने बीमारी को भी ईश्वर का वरदान माना। सेंट थेरीस तो सिर्फ पंद्रह बरस की थी, मुझसे भी छोटी, जब उसने कांवेंट में प्रवेश करने का फ़ैसला किया था। उसे मनाही की गई, लेकिन उसने ज़िद की। उसने खुद पोप से जाकर बात करने का फ़ैसला किया – सोच सकते हो, पोप से जाकर बात करना!! और जो वह चाहती थी, उसे हासिल किया। वही शक्ति मुझसे कुछ और भी आसान और उदार मांग रही है – कि मैं माँ बनूं। यदि मैं और इंतज़ार करूंगी तो अपने बच्चे की साथी नहीं बन सकूंगी, उम्र का अंतर बढ़ता जाएगा, और हम एक जैसी बातों में रुचि न ले पाएंगे।'

तो ऐसी वह अकेली तो न थी, मैंने कहा। लेकिन वह बोलती गई, जैसे उसने मेरी बात ही न सुनी हो।

'मैं सिर्फ़ तब खुश होती हूँ जब मुझे लगता है कि ईश्वर हैं और मुझे सुन रहे हैं; लेकिन जीने के लिए यह काफ़ी नहीं जब और कुछ भी समझ नहीं आता, तब मैं ऐसी खुशी का दिखावा कर रही होती हूँ जो मैं महसूस नहीं करती; मैं अपनी उदासी छिपा लेती हूँ ताकि मुझे प्यार करने वालों को मेरी फ़िक्र न हो। कुछ दिन गए तो मैंने खुदकुशी करने की भी सोची। रात को सोने से पहले मैं खुद से काफ़ी देर बात करती हूँ कि यह विचार मेरे मन से निकल जाए, क्योंकि यह तो बेग़ैरती होगी, भगोड़ापन, और ज़मीं पर दुख और निराशा फैलाने का तरीका। सुबहों को मैं यहाँ आती हूँ, सेंट थेरीस

से बात करने, और भीख माँगने, कि मुझे उन बलाओं से आज़ाद कर दें, जिनसे मैं रात को बात करती हूँ। अब तक तो यह तरीका कामयाब रहा है, लेकिन मैं कमज़ोर पड़ रही हूँ, मैं जानती हूँ कि इस दुनिया में मेरा एक मिशन है जिसे मैंने बहुत देर से नकार रखा है, और जिसे अब मुझे स्वीकार करना है। वह मिशन है, माँ बनना। या तो मुझे यह मिशन पूरा करना है, या मैं पागल हो जाऊंगी। यदि मैं अपने भीतर पनपते जीवन को महसूस न कर सकी तो अपने बाहर के जीवन को कभी स्वीकार न कर पाऊंगी।'

ल्यूकास जॅसन-पीटरसन, भूतपूर्व पति

जब वियोरल पैदा हुआ तो मैं बस बाईस बरस का था। अब मैं वह स्टूडेंट नहीं था जिसने अपनी साथी स्टूडेंट से शादी की थी, बल्कि एक मर्द जिस पर अपने परिवार की ज़िम्मेदारी थी और कंधों पर बड़ा सा बोझ। मेरे माँ-बाप, जो शादी तक पर नहीं आए थे, किसी भी तरह की मदद से पहले यह शर्त लगाए बैठे थे कि मैं एथीना को छोड़ दूं लेकिन बच्चे को कानूनी तौर पर हासिल कर लूं (या कम-से-कम मेरे पिता ने तो यही कहा, क्योंकि मेरी माँ मुझे फ़ोन किया करती थीं और रो-रो कर हर बार यही कहती कि ज़रूर मैं पागल हो गया था, लेकिन साथ ही यह, कि वे अपने पोते को कलेजे से लगाने को तड़प रही थी।) मुझे उम्मीद थी कि जब वे एथीना के लिए मेरे प्यार को समझ जाएंगे और उसके साथ रहने के मेरे अटल इरादे को भी, तो समय के साथ उनका विरोध भी टूट जएगा।

ऐसा नहीं हुआ। और अब मुझे अपनी पत्नी और बच्चे के लिए कमाना था। मैंने अपनी इंजीनियरिंग की पढ़ाई छोड़ दी। मेरे पिता का फ़ोन आया, एक तरफ़ लालच, दूसरी ओर दबावः वे बोले कि यदि मैं ऐसा ही रहा तो मुझे जायदाद से बेदख़ल कर दिया जाएगा, लेकिन यदि मैं वापिस युनिवर्सिटी गया, तो वे मेरी मदद करने पर विचार करेंगे। मैंने इंकार कर दिया। जवानी की रोमांटिक सोच हमेशा ही अटल इरादों पर जाकर ठहरती है। मैं अकेला ही अपनी मुश्किलों से निपट सकता था, मैंने जवाब दिया।

वियोरल के पैदा होने के पहले एथीना ने मुझे खुद को बेहतर समझने में मदद करनी शुरू की। यह सेक्स से शुरू नहीं हुआ – क्योंकि मैं बता दूं कि हमारे सेक्स संबंध काफ़ी नए और कच्चे थे – बल्कि यह म्यूज़िक से शुरू हुआ।

जैसा कि मुझे बाद में समझ आया, संगीत इंसान जितना ही पुराना है। हमारे पुरखे, जो एक गुफ़ा से दूसरी गुफ़ा सफ़र करते थे, वे ज़्यादा बोझ नहीं उठा सकते थे, लेकिन आजकल की गई खुदाइयों से पता चलता है कि खाने का थोड़ा बहुत अनाज जो वे उठा कर चल पाते थे, उसके साथ में कोई न कोई संगीत का साज़ ज़रूर होता था। ज़्यादातर एक ड्रम, या ढोल। संगीत सिर्फ़ वह नहीं जो हमारा ध्यान बटाँता या हमें दिलासा देता है, यह उसके भी आगे की बात है।

यह एक पूरी आइडियॉलजी है, विचारधारा है। तुम लोगों के बारे में सब जान सकते हो यदि यह मालूम हो जाए कि वे किस तरह का संगीत सुनते हैं। जैसे मैंने एथीना को अपनी प्रेग्नैंसी के दौरान नाचते देखा और जिस तरह वह गिटार बजा कर अंदर गर्भ में बच्चे को शांत करती थी और उसे यह जताती थी कि उसे बेइंतहा प्यार किया जाता था, मैंने भी दुनिया को एथीना के नजरिये से देखना शुरू किया। और इससे मेरी ज़िंदगी में भी कई बदलाव आए।

जब वियोरल पैदा हुआ, तो उसे घर लाते ही जो पहला काम हमने किया वह था कि हमने एल्बिनोनी का धीमा संगीत 'अदाजियो' बजाया। जब भी हममें तकरार होती तो, हमेशा ही संगीत की ताकत – चाहे दोनों में कोई संबंध नहीं, गो कि शायद हिप्पियों की तरह – हमें उन मुश्किल वक्तों में से निकलने में मदद करती।

लेकिन यह सारी रोमांटिक सोच पैसा तो न लाई। क्योंकि मैं कोई साज़ नहीं बजाता था, तो किसी 'बार' में बैकग्राउंड म्यूज़िक तक न दे सकता था। आख़िरकार आर्किटॅक्ट्स की एक फ़र्म में मुझे ट्रेनिंग पर रख लिया गया जहाँ मैं इमारतों के ढांचे के गणित लगाया करता था। वे मुझे घंटे के हिसाब से थोड़े से पैसे देते थे, और इसलिए मैं सुबह जल्दी घर छोड़ कर देर रात वापिस आता था। अपने बेटे को मैं विरले ही देख पाता, जो तब तक सो चुका होता था, और मैं इतना थक चुका होता कि न तो बीवी से बात कर पाता, न प्यार। हर रात मैं खुद से पूछताः हम कब अपनी माली हालत सुधार पाएंगे और कब ठीक से रहेंगे?

चाहे कि मैं कुल मिलाकर एथीना से सहमत था कि डिग्री फ़िज़ूल होती है, लेकिन इंजीनियरिंग और कानून या डॉक्टरी में कुछ तकनीकी बातें होती हैं जो आनी ज़रूरी हैं वरना लोगों की जान को ख़तरा हो सकता है, और मुझे अपने चुने हुए पेशे में पढ़ाई बीच में छोड़नी पड़ी थी, जिसका सीधा असर मेरे उस सपने पर पड़ा जो मेरे लिए अहम था।

झगड़े शुरू हो गए। एथीना को शिकायत थी कि मैं बच्चे के लिए वक्त नहीं निकाल रहा, कि उसे एक पिता की ज़रूरत थी, कि यदि उसे सिर्फ़ बच्चा चाहिए होता, वह अकेले भी कर सकती थी, बिना मुझे ये सारी परेशानियाँ दिए। कई बार मैं दरवाज़े पर भड़ास निकालता, घर से चला जाता, यह कहते हुए कि वह मुझे समझ नहीं रही थी, और कि न मैं खुद समझ पाया कि बीस की उम्र पर बच्चा पैदा करने के पागलपन को मैं तैयार कैसे हो गया, जबकि हमारे पास फूटी कौड़ी तक न थी। धीरे-धीरे, मारे थकान और चिड़चिड़ेपन के, हमने प्यार करना भी छोड़ दिया।

मैं डिप्रेशन में धँसने लगा। मुझे लगा कि मेरा इस्तेमाल किया गया था, वह भी उसके द्वारा जिसे मैं प्यार करता था। एथीना ने मेरी यह अजीब मानसिक हालत देखी जो दिन पर दिन बिगड़ती जा रही थी, लेकिन मेरी मदद करने की बजाय वह अपनी सारी ताकत वियोरल और संगीत में लगाने लगी। तो काम ही ने मुझे बचाया। मैं कभी-कभी अपने माता-पिता से बात करता, और वे यही कहते, जैसे कि पहले सैकड़ों बार कहा था, कि उसने मुझसे शादी करने के लिए ही शादी से पहले बच्चा पैदा किया था।

वह धीरे-धीरे और धार्मिक भी होती गई। उसने हमारे बेटे के लिए एक रोमानी नाम चुना, वियोरल, और उसी से उसका बपतिस्मा करवाया। कुछ बाहर से आकर बसे लोगों के सिवा, मुझे नहीं लगता कि इंग्लैंड में किसी का यह बपतिस्मा नाम है, लेकिन मुझे यह तो लगा कि यह नाम उसकी कल्पना दर्शाता है, और मुझे यह भी समझ आ गया कि इस नाम से वह अपने किसी अनजान अतीत के साथ रिश्ता जोड़ रही थी, जो उसने सिबियू के अनाथालय में बिताया था।

मैंने बदलते हालात के मुताबिक खुद को ढालने की कोशिश की, लेकिन मुझे लगा कि मैं बच्चे की वजह से एथीना को खोता जा रहा था। हमारी तकरार और ज़्यादा बढ़ गई, और उसने मुझे छोड़ कर जाने की धमकी दी क्योंकि उसे डर था कि हमारे झगड़ों से वियोरल के आसपास 'नेगेटिव एनर्जी' बढ़ रही थी। एक रात, जब उसने फिर से छोड़ कर जाने की धमकी दी, तो मैं ही बाहर निकल गया, यह सोच कर कि शांत हो जाने पर वापिस चला जाऊंगा।

मैं लंदन में इधर-उधर घूमता रहा, उस जीवन को कोसते, जो मैंने चुना था, उस बच्चे को कोसते, जो मैंने जना था, और उस बीवी को कोसते, जिसे मुझमें अब दिलचस्पी न रही थी। रास्ते में पड़ी पहले 'बार' में मैं घुस गया, एक मेट्रो स्टेशन के पास, और चार गिलास व्हिस्की एक के बाद एक लगातार गले के नीचे उतार दी। जब ग्यारह बजे 'बार' बंद होने का वक्त हुआ तो मैंने एक और दुकान ढूंढ निकाली जो सारी रात खुली रहती है, और एक बोतल व्हिस्की खरीदी, एक चौक में लगी बैंच पर बैठा और पीना जारी रखा। मेरे पास कुछ लड़के आए। वे मेरी बोतल से पीना चाहते थे। जब मैंने इंकार कर दिया, तो उन्होंने मुझ पर हमला कर दिया। पुलिस आ गई, और हम सभी को गाड़ी में भर कर पुलिस स्टेशन ले गई।

मेरा बयान लेने के बाद मुझे छोड़ दिया गया। मैंने उन लड़कों पर मुकद्दमा नहीं किया, और यह कह कर टाल दिया कि वह बस एक मूर्खता भरी बहस थी। मैं अगले कुछ महीने अदालतों के चक्कर नहीं लगाना चाहता था, कि मैं किसी हमले का बेचारा शिकार था। मैं तब भी नशे में इतना धुत था कि चलते वक्त मुझे ठोकर लगी और मैं इंस्पैक्टर की मेज़ पर ही चित हो गया। वह काफ़ी नाराज़ हो गया था लेकिन मुझे वहीं कैद करने की बजाय उसने मुझे बाहर गली में फ़ेंक दिया।

और बाहर उन्हीं लड़को में से एक खड़ा था। उसने कहा कि मैं कीचड़ और खून में लथपथ था, और बेहतर होगा कि घर वापिस जाने से पहले मैं कपड़े बदल लूं। अपनी राह पकड़ने से पहले मैंने उससे एक अहसान मांगा: कि वह मेरी कहानी सुने, क्योंकि मुझे किसी से बात करने की सख्त ज़रूरत थी।

एक घंटा वह बिना कुछ कहे मेरे दुखड़े सुनता रहा। मैं उससे सच में बात नहीं कर रहा था, बल्कि खुद से ही – एक नौजवान, जिसकी पूरी ज़िंदगी उसके सामने खड़ी थी, शायद एक शानदार कैरियर भी, साथ ही ऐसा परिवार जो अपने रसूख से कई मौके दिलवा सकता था – लेकिन जो अब भिखारी बना खड़ा था – नशे में धुत, थका-हारा, निराश और खाली जेब। और यह सब उस औरत के लिए जो मेरी ओर देखती तक नहीं थी।

कहानी के अंत तक मुझे अपनी हालत का काफ़ी साफ अंदाज़ा हो चला था: मैंने यह विश्वास रख, कि प्यार हर बाधा पार कर लेता है, एक ज़िंदगी चुनी थी। और यह सच नहीं। कई बार प्यार हमें अंतहीन गहराइयों में ले जाता है, जिनमें हम उन्हें भी साथ ले गिरते हैं जिन्हें हम प्यार करते हैं। मेरे केस में सच यह था कि न सिर्फ़ मैं अपनी ज़िंदगी तबाह कर रहा था, बल्कि एथीना और वियोरल भी उसकी लपेट में आ रहे थे।

उस वक्त मैंने एक बार फिर खुद से कहा कि मैं एक मर्द था, वह लड़का नहीं जो दौलत के ऐशो-आराम में जन्मा था, और कि मैंने अपने जीवन की सभी चुनौतियों का पूरी इज्ज़त से सामना किया था। एथीना सोई हुई थी, बच्चे को गोद में लिए। मैं नहाया, अपने मैले कपड़े फेंकने बाहर गया, और फिर आकर लेट गया। अब मैं अपने पूरे होशोहवास में था।

अगले दिन मैंने एथीना को बता दिया कि मैं तलाक चाहता था। उसने मुझसे पूछा कि क्यों।

“क्योंकि मैं तुम्हें प्यार करता हूँ। क्योंकि मैं वियोरल से प्यार करता हूँ। और क्योंकि मैं सारे वक्त सिर्फ़ तुम्हें और वियोरल को दोष देता हूँ कि मुझे अपना इंजीनियर बनने का सपना छोड़ना पड़ा। यदि हमने थोड़ा इंतज़ार किया होता, तो हालात फ़र्क होते, लेकिन तुम तो अपने ही प्लान के बारे में सोच रही थी और उनमें मुझे शामिल न किया।”

एथीना ने कुछ न कहा, जैसे कि वह पहले से ही जानती थी, या जैसे अनजाने में वह मुझे यही करने को उकसा रही थी।

मेरा दिल खून के आँसू रो रहा था, क्योंकि मुझे अब भी उम्मीद थी कि वह मुझे रुक जाने को कहेगी। लेकिन वह शांत और तैयार लग रही थी,

जैसे उसने पहले ही समझौता कर लिया था, बस बच्चे की फ़िक्र थी कि कहीं वह हमारी बातें न सुन ले। उस वक्त मुझे यक़ीन हो गया कि उसने मुझे कभी प्यार नहीं किया था, और कि मैं उसके उन्नीस की उम्र में बच्चा पैदा करने के पागल सपने में सिर्फ़ एक मामूली सा मोहरा था।

मैंने उसे कहा कि वह और घर सामान अपने पास रख सकती थी, लेकिन उसने एक न सुनी। वह कुछ देर अपने माता-पिता के साथ रहेगी और फिर नौकरी ढूंढेगी, और किराए का एक अपार्टमेंट। उसने पूछा कि क्या मैं वियोरल के लिए पैसे से मदद करूंगा, और मैं तुरंत मान गया।

मैं खड़ा हुआ, उसे आख़िरी बार प्यार से चूमा और फिर से ज़िद की कि वह उसी घर में रहे, लेकिन उसने फिर से अपना फ़ैसला दोहरा दिया, कि जैसे ही उसका सामान पैक हो जाएगा, वह अपने माता-पिता के घर चली जाएगी। मैं एक सस्ते होटल में जाकर रहने लगा और हर रात उसके फ़ोन का इंतज़ार करता कि वह मुझसे वापिस आ एक नई ज़िंदगी की शुरुआत करने को कहेगी। मैं तो ज़रूरत पड़ने पर पुरानी ज़िंदगी जीने को भी तैयार था, क्योंकि इस जुदाई से मैं समझ गया था कि मेरे लिए मेरी बीवी और बच्चे से ज़्यादा दुनिया में और कुछ भी न था।

एक हफ़्ते बाद उसका फ़ोन आया। लेकिन उसने सिर्फ़ यह कहा कि उसने घर खाली कर दिया था और वापिस नहीं जाएगी। उसके दो हफ़्ते बाद मुझे मालूम हुआ कि उसने बैसेट रोड पर एक छोटी सी बरसाती किराए पर ली थी, जहाँ उसे रोज़ बच्चे को उठा कर तीन मंज़िल सीढ़ियां चढ़नी पड़ती थी। कुछ महीने बाद हम दोनों ने तलाक के कागज़ों पर दस्तख़त कर दिए।

मेरा असली परिवार हमेशा के लिए चला गया और जिस परिवार में मैं जन्मा था उसने बाहें फैला कर मेरा स्वागत किया।

एथीना से अलग हो जाने के बाद और उसके बाद की गहरी पीड़ा ने मुझे सोचने पर मजबूर कर दिया कि कहीं मैंने फिर से कोई ग़ैरज़िम्मेदाराना फ़ैसला तो नहीं लिया था, जो ऐसे लोग करते है जिन्होंने लड़कपन में ढेरों प्रेम कहानियाँ पढ़ी होती हैं और जो रोमियो – जूलियॅट की कहानी जीना

चाहते हैं। जब दुख कुछ कम हुआ – और वह तो वक्त के साथ ही होता है – मैंने देखा कि वक्त ने मुझे उस एक औरत से मिलाया था जिसे मैं प्यार कर सकता था। उसके साथ बिताया हर पल सकारथ था, और मौका मिलने पर, चाहे जो कुछ हुआ हो, उसके बावजूद भी, मैं दोबारा वही करता – उससे प्यार।

लेकिन वक्त ने पुराने घाव भरने के साथ ही, एक अजीब चीज़ भी सिखलाई कि एक ही जीवन में एक से ज़्यादा प्यार भी संभव है।

मैंने दोबारा शादी कर ली। मैं अपनी नई बीवी के साथ बहुत खुश हूँ, और मैं उसके बिना जीने की कल्पना भी नहीं कर सकता। इसके यह मानी नहीं कि मुझे अपनी पिछली ज़िंदगी को त्याग देना है, जब तक कि मैं ख़याल रखूं कि दोनो ज़िंदगियों को आपस में तौलना नहीं। प्यार को यूँ नाप नहीं सकते जैसे किसी सड़क की लंबाई या इमारतों की ऊँचाई।

एथीना से मेरे रिश्ते की ख़ास बात तो रही हीः एक बेटा, जिसे पैदा करना उसका महान सपना था, जिसके बारे में उसने शादी से पहले ही खुलकर बता दिया था।

दूसरी बीवी से मेरा एक और बच्चा है, अब मैं पिता बनने की ऊँचाइयों और गहराइयों दोनों के लिए बेहतर तैयार हूँ, बारह बरस पहले से कहीं ज़्यादा।

एक बार, जब मैं वीकएंड पर वियोरल को लेने गया, जो कि वह मेरे साथ बिताता था, मैंने एथीना से पूछा कि जब मैंने अलग होने की बात की थी, तो वह इतनी शांत क्यों रही थी।

'क्योंकि पूरी ज़िंदगी मैंने चुप रह कर दुख उठाने सीखे,' उसने जवाब दिया।

तब मेरे गले में बाहें डाल एथीना वो सारे आँसू रोई जो उसने पहले न रोए थे।

फ़ादर जियान्कार्लो फॉन्टाना

मैंने उसे तब देखा जब वह रविवार की पूजा में आई, हमेशा की तरह बच्चे को गोद में लिए। मैं जानता था कि उसके और ल्यूकास के बीच तनाव चल रहा था, लेकिन उस हफ़्ते तक वे उस तरह की गलतफहमियाँ लग रही थी जो हर पति पत्नी के बीच आम तौर पर होती हैं। और चूंकि दोनों ही दिल छू लेने वाले अच्छे इंसान थे, तो मुझे उम्मीद थी कि देर-सवेर वे अपने फ़ासले मिटा देंगे।

एक बरस बीत चुका था जब से वह आख़िरी बार चर्च में सुबह के वक्त गिटार बजाने और मरियम की स्तुति गाने आई थी। वह अपना वक्त वियोरल का ख़याल रखने में बिताती थी जिसे बैप्टाइज़ करने का सम्मान भी मुझे ही मिला था, जब कि मुझे मानना पड़ेगा कि मैं किसी भी संत को न जानता था जिसका नाम वियोरल था। लेकिन अब भी हर रविवार के सुबह की पूजा में एथीना ज़रूर आती थी, और बाकी सब के चले जाने के बाद हम कुछ देर बातें करते थे। वह कहती थी कि मैं उसका अकेला दोस्त था। हमने एक साथ ईश्वर की आराधना की थी; लेकिन अब, उसे मेरे साथ अपने इस संसार के दुख बांटने थे।

वह ल्यूकास से इतना प्रेम करती थी जितना इस धरती पर किसी भी और मर्द से नहीं; वह उसके बेटे का पिता था, वह इंसान जिसके साथ उसने जीवन बिताने का निश्चय किया था वही था जिसने अपना सब कुछ त्याग उसके साथ परिवार शुरू करने का साहस किया था।

जब कठिनाइयाँ बढ़ी, तो एथीना ने उसे विश्वास दिलाने की कोशिश की कि वह केवल कुछ दिन की बात थी, कि उसे अपने बेटे पर पूरा ध्यान लगाना था, ताकि वियोरल एक बिगड़ा हुआ बच्चा न बने। जल्द ही वह

उसे जीवन की चुनौतियाँ अकेले झेलने देगी। उसके बाद, वह वही पत्नी और औरत होगी जिसे ल्यूकास पहले जानता था, और शायद और गहराई और कशिश के साथ, क्योंकि अब उसे अपने फ़ैसले से जुड़े कर्तव्यों और ज़िम्मेदारियों की बेहतर समझ थी। ल्यूकास अभी भी ओपरा महूसस करता था; एथीना ने खुद को पति और बच्चे के बीच बांटने की जी-तोड़ कोशिश की, लेकिन हमेशा ही उसे चुनाव करना पड़ जाता था, और जब भी ऐसा हुआ, वह कभी न झिझकीः उसने वियोरल को चुना।

जो थोड़ा बहुत मनोविज्ञान मैंने पढ़ा था, उसके अनुसार मैंने कहा कि ऐसी कहानी मैंने पहली बार नहीं सुनी थी, और इन परिस्थितियों में मर्द अक्सर ओपरा और रिजेक्टेड महसूस करते हैं, लेकिन यह अहसास कुछ दिन बाद चला जाता है।

एक दिन हमारी बातों के दौरान एथीना ने माना कि शायद उसने जल्दबाज़ी की थी; छोटी उम्र में माँ बनने के रोमांच ने उसे बच्चा पैदा होने के बाद की असली चुनौतियों के प्रति अंधा बना दिया था। लेकिन पछताने के लिए अब काफ़ी देर हो चुकी थी।

उसने मुझसे पूछा कि क्या मैं ल्यूकास के साथ बात करूंगा, जो कभी चर्च नहीं आता था, शायद इसलिए कि उसे भगवान में विश्वास नहीं था या कि वह रविवार की सुबहें अपने बेटे के साथ बिताना चाहता था। मैं ऐसा करने को मान गया बशर्ते वह खुद आए। जैसे ही एथीना उससे यह बात करने को हुई वह आख़िरी हादसा हो गया, और वह उसे और वियोरल को छोड़ कर चला गया।

मैंने उसे धीरज रखने की सलाह दी, लेकिन उसे बहुत गहरा दुख पहुँचा था। एक बार उसे बचपन में भी बेसहारा छोड़ दिया गया था और अपनी जन्म देने वाली माँ के प्रति उसकी सारी घृणा अब ल्यूकास के प्रति घृणा में जा जुड़ी, जबकि जैसा मुझे पता लगा, वे फिर से अच्छे दोस्त बन गए। परिवार के रिश्ते तोड़ना एथीना के लिए इस दुनिया का सबसे बड़ा पाप था।

उसने रविवार को चर्च आना जारी रखा, लेकिन उसके बाद बिना रुके वह सीधी घर चली जाती थी। उसके पास कोई न था जिसके पास वह

अपने बेटे को छोड़ती, तो पूरी पूजा के दौरान वह पूरे जोश से रोता था और हर किसी के ध्यान में बाधा डालता था। कभी विरले ही हमारी बात होती, लेकिन एक बार एथीना ने बताया कि वह एक बैंक के लिए काम कर रही थी, किराए के अपार्टमेंट में रहती थी और कि मुझे उसकी फ़िक्र करने की ज़रूरत नहीं थी। वियोरल का पिता (अब वह उसका नाम कभी न लेती) अपनी आर्थिक जिम्मेदारियाँ निभा रहा था।

और फिर वह रविवार आया जिस दिन से सब बदल गया।

मुझे मालूम हो गया था कि उस सप्ताह क्या हुआ था – हमारे चर्च के ही एक सदस्य ने मुझे बता दिया था। मैंने कई रातें प्रार्थना में बिताई कि कोई फ़रिश्ता आए और मुझे प्रेरणा दे, राह दिखाए कि मैं किस के प्रति विश्वास निभाऊं – चर्च के प्रति, या हाड़-माँस के बने इंसानों के प्रति। जब कोई फ़रिश्ता न आया, मैंने अपने से बड़े की राय ली, और उसने कहा कि चर्च आज तक बची ही इसलिए हुई है कि वह हमेशा ही लिखित आचार संहिता और नियमों का कड़ाई से पालन करती आयी है, और यदि इसमें ढील दी जाने लगी तो हम वापिस मध्य युगों में चले जाएगें। मैं जान गया कि अब क्या होने वाला था। मैंने एथीना को फ़ोन करने की सोची लेकिन उसने मुझे अपना नया नम्बर नहीं दिया था।

उस सुबह, पूजा के दौरान मेरे हाथ काँप रहे थे, जैसे मैंने 'होस्ट' उठाया और 'कम्यूनियन' की ब्रेड को प्रसाद बनाया। मैंने वही शब्द उच्चारे जो एक हज़ार बरस पुरानी परम्परा से होकर मुझ तक पहुँचे थे, उसी शक्ति से, जो एक पीढ़ी से दूसरी पीढ़ी प्रवर्तकों ने मुझ तक पहुँचाई थी।

लेकिन फिर मैं उस लड़की के बारे में सोचने लगा, गोद में बच्चा लिए, एक तरह की कुंवारी मरियम, जो एकांत में पनपती ममता और प्रेम का आँखों देखा करिश्मा थी, और जो अब भक्तों की पंक्ति में आ खड़ी हुई थी, धीरे-धीरे पास पहुँचती हुई, 'कम्यूनियन' लेने को।

मुझे लगता है कि वहाँ मौजूद हर एक को मालूम था कि क्या हो रहा था। और वे सब मुझ पर नज़रें टिकाए थे, कि मैं क्या करुँगा। मैंने खुद को उस वक्त घिरा पाया, वहाँ सही आचरण वाले भी थे और पापी भी,

फ़ारसी, सन्हेद्रिन के सदस्य, प्रवर्तक, शिष्य, अच्छा चाहने वाले और बुरा भी।

एथीना मेरे सामने खड़ी हुई और हमेशा की तरह प्रसाद लेने की मुद्रा बनाईः उसने आँखें बंद की और 'ब्रेड' यानि ईसा मसीह की देह पाने को मुँह खोला।

ईसा की देह मेरे हाथों में ही रही। उसने आँखें खोली, अब भी न समझी कि क्या हो रहा था।

'हम बाद में बात करेंगे,' मैं फुसफुसाया। लेकिन वह अपनी जगह से न हिली।

'तुम्हारे पीछे लोग क्यू में हैं। हम बाद में बात करेंगे।'

'यह सब क्या है?' उसने पूछा। क्यू में खड़े सभी लोग उसका सवाल सुन सकते थे।

'हम बाद में बात करेंगे!'

'तुम मुझे कम्यूनियन क्यों नहीं दोगे? क्या तुम देख नहीं सकते कि तुम मुझे सबके सामने शर्मिंदा कर रहे हो? जो मैंने अब तक सहा, क्या वह काफ़ी नहीं?'

'एथीना, चर्च तलाकशुदा लोगों को पवित्र प्रसाद देने की मनाही करती है। तुमने इस सप्ताह तलाक के कागज़ों पर साइन कर दिए हैं। हम बाद में बात करेंगे,' मैंने फिर कहा।

जब वह तब भी न हिली, मैंने उसके पीछे खड़े व्यक्ति को आगे आने का इशारा किया। मैं कम्यूनियन देता रहा जब तक आख़िरी व्यक्ति प्रसाद पा चला न गया। और तब, जब मैं चर्च की वेदी की ओर मुड़ने लगा, वह आवाज़ आई।

अब यह उस लड़की की आवाज़ न थी जो कुंवारी मरियम की स्तुति गाती थी, जो अपनी 'प्लान' की बात करती थी, जो मुझे संतों के जीवन के बारे में बताते हुए भाव विभोर हो उठती थी, और जो मुझे अपनी शादी की कठिनाइयाँ सुनाते रो ही पड़ती थी। वह आवाज़ एक चोट खाए जानवर की थी जिसे सबके सामने शर्मिंदा किया गया था, और जिसका दिल अब नफ़रत से भरा था।

'इस जगह पर श्राप गिरे!' उस आवाज़ ने कहा। 'श्राप पड़े उन सब पर जिन्होंने क्राइस्ट की आवाज़ सुनी और उसके संदेश को पत्थर की इमारत में बदल दिया। क्योंकि क्राइस्ट ने कहा था, "मेरी शरण आओ तुम सब, जो मेहनतकश हो और जूझ रहे हो बोझ तले; मैं तुमको राहत दूंगा।" आज मुझे पता चला कि चर्च ने उन शब्दों को बदल दिया है: "मेरी शरण आओ तुम सब, जो हमारे कानून मानते हो, और दुख के बोझ तले दबे लोग भाड़ में जाएं!"'

लकड़ी की बैंच पर पहली कतार में बैठी एक औरत ने उसे चुप हो जाने को कहा। लेकिन मैं सुनना चाहता था। मुझे वह सब सुनने की ज़रूरत थी। मैं उसकी ओर मुड़ा, सिर झुकाए हुए; सिर्फ़ यही तो कर सकता था मैं।

'मैं कसम खाती हूँ कि आज से फिर कभी भी किसी चर्च में पैर न रखूंगी। एक बार फिर मुझे एक परिवार ने बेसहारा छोड़ दिया है, और इस बार बात पैसे की तंगी या उनकी नहीं जो कच्ची उम्र की बेवकूफी में शादी करते हैं। श्राप गिरे उन सब पर जो एक माँ और उसके बच्चे के मुँह पर दरवाज़ा बंद कर देते हैं। तुम सब उन्हीं की तरह हो जिन्होंने पहले पवित्र परिवार को शरण न दी, उन की तरह जिन्होंने क्राइस्ट को उस वक्त इंकार किया जब उसे एक दोस्त की सबसे ज़्यादा ज़रूरत थी।'

वह मुड़ी और रोती हुई चली गई, गोद में अपना बच्चा लिए। मैंने पूजा खत्म की, आख़िरी ब्लैसिंग दी और सीधे अंदर सैक्रिस्टी में चला गया – उस रविवार न तो भक्त जनों से मिलना हो सकता था, न कोई बेमतलब बातें। उस रविवार मेरे सामने एक दोराहा था: मैंने एक संस्था का आदर चुना था, बजाए उन शब्दों के, जिन पर वह संस्था टिकी थी।

अब मैं बूढ़ा हो रहा हूँ, और ईश्वर मुझे कभी भी बुला सकते हैं। मैं अपने धर्म के प्रति निष्ठावान रहा हूँ और मेरा यह विश्वास है कि सारी कमियों के बावजूद मेरा धर्म भलाई की कोशिश कर रहा है। इसमें दसियों बरस लग जाएंगे, शायद सैकड़ों, लेकिन एक दिन ऐसा आएगा जब केवल प्रेम को माना जाएगा, और ईसा मसीह के शब्दों को: 'मेरी शरण आओ तुम सब जो मेहनतकश हो, और जूझ रहे हो बोझ तले, मैं तुमको राहत दूंगा।'

मैंने अपना पूरा जीवन पादरी होने को समर्पित कर दिया और मुझे अपने फ़ैसले पर एक पल के लिए भी पछतावा नहीं। फिर भी कुछ पल ऐसे होते हैं, उस रविवार की तरह, जब, चाहे मुझे अपने धर्म पर संदेह तो न हुआ, लेकिन इंसानों पर ज़रूर।

मैं अब जानता हूँ कि एथीना के साथ क्या हुआ, और सोचता हूँः क्या यह सब उस पल आरंभ हुआ था, या वह पहले से ही उसकी आत्मा में था? मैं उन सभी एथीनाओं और ल्यूकास के बारे में सोचता हूँ जिनमें तलाक हो चुका है और जिसकी वजह से वे 'यूकरिस्ट' का पवित्र प्रसाद नहीं ले सकते; वे सिर्फ ईसा मसीह को दुख झेलते सूली पर टंगे याद कर सकते हैं और उनके शब्द सुन सकते हैं, शब्द जो सदा वैटिकन के नियमों के अनुसार नहीं होते। उनमें से कुछ लोग चर्च छोड़ देते हैं, लेकिन उनमें से ज़्यादातर फिर भी रविवार को चर्च आते हैं, चाहे कि वे जानते हैं कि ब्रैड और वाइन का ईसा की देह और खून में बदल जाने का करिश्मा अब उन्हें कभी न मिलेगा।

मैं कभी-कभी कल्पना करता हूँ, अपनी खुशी के लिए, कि जब वह चर्च छोड़ कर गई, तो एथीना जीसस से मिली। रोते हुए और कुछ न समझ पाते हुए उसने खुद को जीसस की बाहों में डाल दिया होगा, यह पूछते हुए कि उसे पनाह से क्यों निकाला जा रहा था, सिर्फ़ एक कागज़ की वजह से, जिस पर उसने साइन किए थे, जिसका आत्मिक दुनिया में कोई महत्व नहीं था, और जिसका सरोकार केवल रजिस्ट्री दफ़्तर और टैक्स वालों से था।

और एथीना को दयावान आँखों से देखते हुए जीसस ने जवाब दिया होगाः 'मेरी बच्ची, वहाँ से तो मुझे भी निकाल दिया गया है। मुद्दतें बीत गईं जब से मुझे वहाँ पनाह मिली।'

पावॅल पॉदबिल्स्की, 57 बरस, अपार्टमेंट का मालिक

मैं और एथीना एक बात में एक जैसे थे। हम दोनों ही जंग से बच कर आए रिफ़्यूजी थे और बचपन में ही इंग्लैंड आ गए थे, हालांकि मैंने पोलैंड पचास से भी ज़्यादा साल पहले छोड़ा था। हम दोनों को पता था कि बाहरी बदलाव आने के बावजूद, देश से निकाले जाने पर भी हमारी परम्पराएं कायम रहती हैं – हमवतन एक दूसरे को ढूंढ निकालते हैं, ज़ुबान और धर्म ज़िंदा रहते हैं, और उस जगह, जो कभी अपना देश नहीं बन सकती, लोग एक दूसरे का ख़याल रखते ही हैं।

परम्पराएं तो कायम रहती हैं, लेकिन वापिस जाने की इच्छा धीरे-धीरे खत्म हो जाती है। उस इच्छा को हमारे दिलों में ज़िंदा रहना होता है, एक ऐसी उम्मीद की तरह जिससे चाहे हम खुद को धोखा देना चाहें, लेकिन जिस पर कभी अमल न होगा। मैं कभी भी चस्तोखोवा जाकर न रहूंगा, और एथीना और उसका परिवार कभी बेरूत नहीं जाएगा।

यह इस तरह का रिश्ता था जिसकी वजह से मैंने बैसेट रोड वाले घर की तीसरी मंज़िल उसे किराए पर दे दी – आम तौर पर मैं ऐसे किराएदार रखता हूँ जिनके बच्चे न हो। वह गलती मैं एक बार पहले कर चुका था, और दो बातें हुई थीं। दिन में वे शोर मचाते थे और मैं नाराज़ होता था, और रात को मेरे शोर मचाने पर वे शिकायत करते थे। दोनों ही तरह के शोर आत्मा की आवाज़ थे – रोना और संगीत, लेकिन वे दोनों अलग-अलग जहान से थे और दोनों का एक साथ रहना बेहद मुश्किल।

मैंने उसे इस बारे में पहले ही बता दिया था लेकिन उसे यह बात पूरी तरह समझ नहीं आई, और कहा कि मुझे उसके बेटे की फ़िक्र करने की

ज़रूरत नहीं। वैसे भी वह पूरा दिन अपनी नानी के यहाँ बिताता था, और अपार्टमेंट उस लोकल बैंक के पास ही था जहाँ वो काम करती थी।

मेरी चेतावनी के बावजूद और आठ दिन की बहादुरी के बाद, मेरे दरवाज़े की घंटी बजी। बाहर एथीना थी, बच्चा गोद में लिए।

'मेरा बेटा सो नहीं पा रहा। क्या तुम एक रात के लिए भी आवाज़ धीमी नहीं कर सकते?'

कमरे में बैठा हर कोई उसे एकटक घूर रहा था। 'यह सब क्या है?'

बच्चे ने तुरंत रोना बंद कर दिया, जैसे कि लोगों की उस भीड़ को देख कर वह भी अपनी माँ जितना ही हैरान था।

मैंने कैसेट प्लेयर पर 'पॉज़' बटन दबाया और उसे इशारे से अंदर बुला लिया। फिर मैंने दोबारा संगीत चलाने को 'रीस्टार्ट' का बटन दबाया ताकि हमारा 'रिचुअल' जारी रहे। एथीना कमरे के एक कोने में बैठ गई, बच्चे को धीरे-धीरे झुलाती, थपथपाती। वह ड्रम और कांसे के साज़ों से निकलते शोर के बावजूद धीरे-धीरे सो गया। वह अनुष्ठान पूरा होने तक रुकी रही और बाकी मेहमानों के साथ ही वापिस गई, लेकिन जैसा कि मैंने सोचा था – अगले दिन काम पर जाने से पहले उसने मेरी घंटी बजाई।

'तुम्हें समझाने की ज़रूरत नहीं कि मैंने कल क्या देखा – आँखें बंद किए नाचते हुए लोग – क्योंकि मैं जानती हूँ कि उसके क्या मायने हैं। मैं खुद भी अक्सर ऐसा ही करती हूँ और फ़िलहाल वही लम्हे मेरे जीवन में अमन और चैन के लम्हे हैं। माँ बनने से पहले मैं अपने पति और दोस्तों के साथ क्लबों में जाती थी और वहाँ भी लोग आँखें मूंदे डाँस कर रहे होते थे। जबकि उनमें से कुछ सिर्फ़ 'कूल' लगने की कोशिश में ऐसा करते थे, और कुछ यूँ लगते थे जैसे वाक़ई कोई ताकतवर शाक्ति उन पर हावी थी, और जब से मैंने होश संभाला है, डांस ही वह ज़रिया है जिससे मैं उस कहीं ज़्यादा ताकतवर और पुरअसर शक्ति से हमएक हुई हूँ। चलो छोड़ो, क्या तुम मुझे बताओगे कि वह संगीत क्या था?'

'तुम इस इतवार क्या कर रही हो?'

'कुछ ख़ास नहीं। शायद मैं वियोरल के साथ रीजेंट पार्क जाऊँ, ताजी हवा के लिए'

'मैं तुम्हारे साथ चल सकता हूँ, अगर तुम चाहो तो।'

हमारी सैर से पहले के दो दिन एथीना हमारा 'रिचुअल' देखने आती रही। उसका बेटा पहले कुछ मिनटों में ही सो जाता था, और वह बिना कुछ बोले सिर्फ देखती रहती। वह सोफ़े पर एकदम शांत बैठती थी लेकिन मुझे यक़ीन था कि उसकी आत्मा डांस कर रही होती थी।

इतवार की दोपहर, जब हम पार्क में सैर कर रहे थे, मैंने उसे हर उस चीज़ पर ध्यान देने को कहा जो वह देख और सुन रही थी। हवा में हिलते पत्ते, झील पर लहरें, पंछियो का गाना, कुत्तों का भौंकना, बच्चों का शोर, और उनके नन्हे खेल।

'हर चीज़ हरकत में है, और हर चीज़ किसी धुन पर चल रही है।'

'हर चीज़ जो धुन पर चलती है, वह ध्वनि पैदा करती है। इस पल यहाँ और सारे जहाँ में एक ही बात हो रही है। हमारे पुरखों ने यही बात देखी जब वे सर्दी से बचने को गुफ़ाओं में गएः सब गतिशील था और आवाज़ पैदा करता था। हो सकता है वे शुरू में डर गए हों, लेकिन जल्द ही वह डर ऊँचे सम्मान में बदल गयाः वे समझ गए कि यही वह तरीका है जिससे कोई ऊपरी ताकत उन्हें संदेश भेज रही थी। उसी संदेश को वापिस भेजने के लिए उन्होंने अपने चारों ओर की ध्वनियों और मुद्राओं को दोहराने की कोशिश की – और इस तरह नृत्य और संगीत पैदा हुए। कुछ दिन पहले तुमने बताया था कि डांस तुम्हें अपने से अधिक बड़ी शक्ति के साथ मिला देता है।'

'हाँ, जब मैं डांस करती हूँ, तो मैं स्वच्छंद होती हूँ, या बल्कि एक फ्री स्पिरिट जो यूनिवर्स के पार जा सकती है, जो आज के बारे में सोच सकती है और कल को जान सकती है, और जो ढल सकती है, एक पाक साफ़ ताकत में, जिसे प्योर एनर्जी कहा जा सकता है।' और वह मुझे विशाल आनंद देती है। ऐसा आनंद जो हमेशा ही हर उस खुशी के पार जाता है जो मैंने कभी जियी, या अपने जीवन में जियूंगी।

एक वक्त था जब मैं संत बनने को आतुर थी, कि संगीत और थिरकन से ईश्वर की स्तुति करूंगी, लेकिन अब वह रास्ता मेरे लिए हमेशा के लिए बंद हो गया है।'

'किस रास्ते की बात कर रही हो?'

उसने अपने बेटे को उसकी छोटी सी बग्गी में और आराम से बैठाया। मैंने देखा कि वह उस सवाल का जवाब नहीं देना चाहती थी और इसलिए मैंने वह सवाल फिर पूछाः जब ज़ुबान बंद हो जाती है, तो इसलिए कि कुछ ख़ास है जिसे कहना अभी बाकी है।

बिना चेहरे पर कोई भी भाव लाए, जैसे कि उसे खुद पर लदे जीवन के बोझ चुप रह कर ही सहने थे, उसने मुझे चर्च में हुई सारी बात बताई, जब पादरी ने, जो शायद उसका एक ही दोस्त था, उसे कम्यूनियन देने से इंकार कर दिया था। उसने मुझे उस श्राप के बारे में भी बताया, जो उसने वहाँ कहा था। कि उसने कैथोलिक चर्च हमेशा के लिए छोड़ दी थी।

'संत वो है जो अपना जीवन सम्मान से जीते है।' मैंने बात खोल कर समझाते हुए कहा। हमें सिर्फ़ यही ज़रूरी है कि हम अपने इस दुनिया में होने की वजह ठीक से समझ लें और उस के प्रति खुद को समर्पित कर दें। तब हम अपने छोटे बड़े दुखों पर हँस सकते हैं। और हमारा हर प्रयास निडर होगा और तब हम खुद को वर्टेक्स से निकलती रौशनी के हवाले कर सकते हैं।

'वर्टेक्स से तुम्हारा क्या मतलब है? गणित में वह त्रिकोण का सबसे ऊँचा कोण होता है।'

'जीवन में भी, यह अंतिम शीर्ष है, उन सभी की मंज़िल, जो हर तरह की तरह गलतियाँ करते हुए भी, अपने सबसे अंधेरे पलों में भी, अपने दिलों से निकलती रौशनी ओझल नहीं होने देते। हम अपने ग्रुप में यही करने की कोशिश कर रहे हैं। वर्टेक्स हमारे अंदर ही छुपी है, और हम उस तक पहुँच सकते हैं अगर हम उसकी रौशनी को पहचानें और स्वीकारें।'

मैंने बताया कि पिछली रातों को जो डांस उसने देखा था, उसका नाम मैंने 'द सर्च फॉर द वर्टेक्स' रखा था, 'वर्टेक्स की तलाश।' उस डांस

में हर उम्र के लोग शामिल हुए थे और उस दिन हम दस लोग थे जिनकी उम्र उन्नीस से पैंसठ के बीच थी। एर्थीना ने मुझसे पूछा कि मुझे उस डांस के बारे में कहाँ पता लगा था।

मैंने बताया कि दूसरा विश्व युद्ध खत्म होते ही मेरे परिवार के कुछ लोग पोलैंड पर कब्ज़ा कर रहे कम्यूनिस्ट शासन से बच निकले थे और उन्होंने इंग्लैंड में बसने का फ़ैसला किया। उन्हें अपने साथ आर्ट की चीज़ें और प्राचीन किताबें लाने की सलाह दी गई थी जो वहाँ काफ़ी ऊँची कीमत पाती थीं।

पेंटिंग्स और मूर्तियाँ तो जल्द ही बिक गईं, लेकिन किताबें बची रहीं, जिन पर अब धूल जमती जा रही थी। मेरी माँ चाहती थी कि मैं अपनी मातृभाषा 'पोलिश' पढ़ना और बोलना सीखूं और वे किताबें मेरी पढ़ाई में शामिल हो गईं। उनमें से कुछ किताबें मेरे दादा की थीं जिनकी मौत हिटलर के कंसनट्रेशन कैंप की यातनाओं में हुई थी। एक बार थॉमस माल्थस की किताब के उन्नीसवीं सदी के संस्करण में मुझे दादा की लिखाई में दो पन्ने मिले थे। मैंने पढ़ना शुरू किया, सोचा कि या तो यह पैसा छोड़ कर जाने के बारे में होगा, या किसी गुप्त प्रेमिका के नाम ख़त, क्योंकि कहा जाता था कि वे रूस में किसी लड़की से प्यार कर बैठे थे।

दरअसल मेरा अंदाज़ा गलत नहीं था। उन पन्नों में कम्यूनिस्ट शासन के दौरान उनकी साइबेरिया की यात्रा का ज़िक्र था। वहाँ, दूर दराज़ के गांव 'दिएदोव' में वे एक एक्ट्रेस से प्यार कर बैठे। (संपादकः इस गांव को नक्शे में नही ढूंढा जा सका। या तो नाम जान-बूझ कर बदल दिया गया, या स्टालिन के शासन के दौरान विस्थापित किए गए गांवों में से वह एक रहा होगा; शायद इसीलिए उस गांव का कोई सबूत नहीं।) दादा के मुताबिक वह एक्ट्रेस एक ऐसे मत से थी जिसे विश्वास था कि हर तरह के दुख-परेशानी का इलाज एक ख़ास तरह के डांस से किया जा सकता था, क्योंकि वह डांस नाचने वाले को वर्टेक्स की रौशनी के साथ जोड़ देता था। उन्हें डर था कि यह परम्परा लुप्त हो जाएगी; गांव के लोगों को जल्द ही दूसरी जगह ले जाया जाना था। एक्ट्रेस और उसके दोस्तों ने दादा से

वह सब लिख देने को कहा, जो उन्होंने सीखा था। उन्होंने लिख तो दिया लेकिन शायद उसे कोई ख़ास महत्व न दिया क्योंकि उन्होंने वे पन्ने एक किताब में रख छोड़े थे, और वे उस दिन तक वहीं थे जहाँ मुझे मिले थे।

एथीना ने टोक कर कहाः 'लेकिन डांस कोई ऐसी चीज़ नहीं जिसे लिखा जाए, वह तो करना होता है।'

'बिल्कुल सही। पन्ने सिर्फ़ यह कहते हैंः नाचो, जब तक तुम पूरी तरह थक कर पस्त हो जाओ, जैसे कि तुम कोई पहाड़ चढ़ रहे हो, एक पवित्र पर्वत। तब तक नाचो कि जब तक सांस न बचे, कि तुम्हारे शरीर को किसी और तरह से ऑक्सीजन लेनी पड़े, और अंत में न तुम्हारी पहचान रहेगी, न स्थान और न समय से कोई सरोकार। केवल ड्रम या तबले की थाप पर नाचो; हर रोज़ यही करो; यह जानो और याद रखो कि किसी एक ख़ास पल, तुम्हारी आँखें अपने आप बंद हो जाएंगी, और तुम्हें एक रौशनी दिखने लगेगी जो अंदर से आती है; एक रौशनी जो तुम्हारे सवालों के जवाब देती है और तुम्हारी छिपी हुई शक्तियों को विकसित करती है।'

'क्या तुम्हारी कोई ख़ास शक्तियाँ विकसित हुई हैं?'

जवाब देने की बजाय मैंने सुझाव दिया कि वह हमारे ग्रुप का हिस्सा बन जाए और वैसे भी उसका बेटा ड्रम और बाकी साज़ों की ऊँची आवाज़ से अब रोता नहीं। अगले दिन वह शुरुआत के लिए तैयार थी। मैंने उसे अपने दोस्तों से मिलाया, यह बताते हुए कि वह मेरे ऊपर रहने वाली पड़ोसन थी। किसी ने भी अपनी ज़िंदगी के बारे में कुछ न कहा, न ही उसके बारे में कुछ पूछा। जब शुरू करने का वक्त हुआ तो मैंने संगीत चला दिया और हम नाचने लगे।

उसने बच्चे को गोद में लेकर नाचना शुरू किया। लेकिन बच्चा जल्द ही सो गया, और एथीना ने उसे सोफ़े पर लिटा दिया। इससे पहले कि मैं आँखें बंद कर ट्रांस में चला जाता, मैंने देखा कि वह एकदम सही समझ गई थी कि वर्टेक्स के रास्ते का क्या अर्थ था।

सिवा इतवार के, वह हर दिन वहाँ आती थी। हम स्वागत के कुछ शब्द कहते। फिर मैं वह म्यूज़िक लगा देता जो मेरा दोस्त रूस की स्तेपी

चरागाहों से लाया था और हम सब थकावट की आख़िरी हद तक नाचते। एक महीने बाद उसने उस टेप की कॉपी मांगी।

'मैं हर सुबह काम पर जाने से पहले डांस करना चाहती हूँ।'

मैंने उसे रोकने की कोशिश की।

'मुझे नहीं पता, लेकिन जब कोई ग्रुप एक तरह की एनर्जी से जुड़ा होता है तो उससे एक तरह का समा बंधता है जो हर एक को ट्रांस में पहुँचने में मदद करता है। साथ ही, काम पर जाने से पहले डांस करना नौकरी से निकाले जाने को बुलावा देना है, क्योंकि तुम पूरे दिन थकी रहोगी।'

एथीना ने एक पल सोचा, फिर बोलीः 'जब तुम सामूहिक एनर्जी की बात करते हो तो बिल्कुल सही हो। मसलन तुम्हारे ग्रुप में चार जोड़े हैं और तुम्हारी बीवी। उन सभी को अपना प्यार मिल गया है। इसलिए वे मेरे साथ इतनी पौज़िटिव वाइब्रेशन बांट सकते हैं। इसलिए उनका स्पंदन मेरे भीतर के स्पंदन को पहचानता और उससे मिल जाता है। लेकिन मैं अकेली हूँ, या कहूँ तो, अपने बेटे के साथ, लेकिन अभी वह अपना प्यार वैसे नहीं जता सकता जैसे हम समझते हैं। तो बेहतर है कि मैं अपना अकेलापन स्वीकार करूँ। यदि मैं इस तथ्य को स्वीकार करती हूँ और उस के खिलाफ़ नहीं लड़ती, तो हो सकता है मेरे हालात बदल जाएं। मैंने महसूस किया है, देखा है कि जब हम अपने अकेलेपन को दबाने की कोशिश करते हैं तो वह और ताकतवर होता जाता है; लेकिन अगर उसे नज़रअंदाज़ करें तो वह कमज़ोर होता जाता है।'

'क्या तुम प्यार की तलाश में हमारे ग्रुप में शामिल हुई थी?'

'वह एक बहुत अच्छा कारण होता, लेकिन जवाब "नहीं" है। मैं अपने जीवन के मायने की तलाश में आई थी, क्योंकि फ़िलहाल उसके मायने सिर्फ वियोरल है, मेरा बेटा। और मुझे डर है कि कहीं उसका ज़रूरत से ज़्यादा ख़याल रख कर, या अपने अधूरे सपनों को उस पर लाद कर, उसकी ज़िंदगी तबाह न कर दूं। फिर एक रात, जब मैं डांस कर रही थी, मुझे लगा कि मेरा इलाज मिल गया था। यदि हम किसी शरीर की बीमारी

की बात कर रहे होते तो हम शायद उसे करिश्मा कहते, लेकिन मुझे तो आत्मिक रोग दुख दे रहा था, और वह अचानक दुख न रहा।'

मैं जानता था कि वह क्या कह रही थी।

'उस म्यूज़िक पर नाचना मुझे किसी ने नहीं सिखाया,' एथीना ने आगे कहा, 'लेकिन मुझे अहसास है कि मैं सही हूँ।'

'यह कुछ ऐसा नहीं जो सीखना पड़ता है। याद है जब हम पार्क में सैर कर रहे थे तो हमने वहाँ क्या देखा? प्रकृति अपनी लय खुद बनाती है और खुद को हर पल के मुताबिक ढालती रहती है।'

'मुझे किसी ने प्रेम करना भी नहीं सिखाया, लेकिन मैंने भगवान से प्रेम किया, मैंने अपने पति से प्रेम किया, मैं अपने बेटे और अपने परिवार से प्रेम करती हूँ। लेकिन फिर भी, अभी कुछ कमी है। चाहे कि मैं नाचते हुए थक जाती हूँ, जब मैं रुकती हूँ तो मैं कृपा और दयालुता की बारिश में लिपटी होती हूँ, एक अद्भुत आनंद में होती हूँ मैं चाहती हूँ कि वह आनंद सारे दिन मेरे साथ हो और वह मेरी उसे ढूंढने में मदद करे, जो मेरे पास नहीं है: एक मर्द का प्रेम। जब मैं डांस कर रही होती हूँ तो उस आदमी का दिल देख सकती हूँ, लेकिन उसका चेहरा नहीं। मुझे महसूस होता है कि वह आस-पास ही है, इसलिए मुझे चौकन्ना, चेतन रहना होगा। मुझे सुबह डांस करने की ज़रूरत है ताकि मैं पूरा दिन हर उस चीज़ पर ध्यान दूं जो मेरे चारों ओर रही है।'

'क्या तुम जानती हो कि "ऐक्स्टॅसी" के मायने क्या हैं? यह ग्रीक भाषा से उपजा है और इसके मायने हैं, अपने से बाहर खड़े होना। पूरा दिन अपने से बाहर बिताने का अर्थ है शरीर और आत्मा से बहुत ज़्यादा उम्मीद रखना।'

'फिर भी मैं कोशिश करना चाहूँगी।'

मैंने देखा कि बहस करने का कोई फ़ायदा न था और उस टेप की एक प्रति बना कर उसे दे दी। और तब से मैं हर सुबह ऊपर संगीत और नृत्य की आवाज़ से उठता था, और हैरान होता कि वह लगभग एक घंटा ट्रांस में रहने के बाद बैंक का काम कैसे झेल सकती थी। जब हम अचानक

गलियारे में मिले तो मैंने उसे कॉफी के लिए अंदर बुला लिया और उसने बताया कि उसने टेप की और प्रतियाँ बना ली थी और अब उसके बैंक में काम कर रहे कई साथी वर्टेक्स की तलाश मे लगे थे।

'क्या मैंने गलत किया? क्या यह सीक्रेट था?'

ऑफ कोर्स यह संगीत सीक्रेट नहीं था। बल्कि इसके उलट वह एक ऐसी परंपरा को जीवित रखने में हमारी मदद कर रही थी जो लगभग लुप्त हो चुकी थी।

मेरे दादा के लिखे नोट्स के मुताबिक उन औरतों में से एक ने कहा था कि उस इलाके में आए एक भिक्षुक के अनुसार हम में से हर एक अपने पूर्वज और आने वाली पीढ़ियाँ खुद में समाये होता है। जब हम अपने बंधन काटते हैं तो हम सारी मानवता को आज़ाद कर रहे होते हैं।

'तो साइबेरिया के उस गांव के सभी मर्द और औरतें भी यहीं होंगे और बहुत खुश भी। उनका काम इस दुनिया में फिर से जन्म ले रहा है, तुम्हारे दादा की वजह से। तुम से एक बात पूछना चाहूंगीः वो कागज़ के पन्ने पढ़ कर तुमने डांस करने का फ़ैसला क्यों किया? यदि तुमने उसकी जगह खेलकूद के बारे में पढ़ा होता, तो क्या तुम खिलाड़ी बन जाते?'

यह सवाल तो मुझसे किसी ने नहीं पूछा था।

'क्योंकि उस वक्त मैं बीमार था। मैं आर्थराइटिस की एक विरल किस्म का शिकार था। डॉक्टरों ने मुझे बता दिया था कि मैं व्हीलचेयर में ज़िंदगी बिताने के लिए तैयार रहूं और वह भी पैंतीस की उम्र में। मुझे लगा कि मेरे पास अब ज़्यादा वक्त न था और मैंने फ़ैसला किया कि किसी ऐसी चीज़ में वक्त लगाऊंगा जो बाद में न कर सकूंगा। मेरे दादा ने कागज़ के उन पन्नों पर लिखा था कि दिएदोव के निवासी ट्रांस में बीमारियाँ ठीक करने की ताकत पर यक़ीन करते थे।'

'और लगता है कि वे सही थे।'

मैंने कुछ नहीं कहा, लेकिन मुझे खुद पूरा यक़ीन नहीं था। शायद यह बात, कि मैं पराये देश से था, और बीमार होने का खर्च बरदाश्त नहीं कर सकता था, मेरे ज़ेहन में इतने अंदर तक बैठ गई कि उसका सीधा असर मेरे

शरीर पर दिखाई दिया। या शायद वह सच में करिश्मा था, चाहे कि वह मेरे कैथोलिक धर्म के उपदेश के एकदम उलट है: डांस इलाज नहीं है।

मुझे याद है कि लड़कपन में मुझे कोई अनुमान न था कि मुझे कैसा संगीत अच्छा लगेगा, तो इसलिए मैं अपने सिर को काले कपड़े में लपेट लेता और कल्पना करता कि मेरे चारों ओर की दुनिया अब न थी और मेरी आत्मा यात्रा कर, दिएदोव पहुँच जाती, उन मर्दों और औरतों के बीच, अपने प्यारे दादा और उनकी एक्ट्रेस प्रेमिका के साथ। अपने बेडरूम के एकान्त में मैं उन्हें डांस सिखाने को कहता, कि मुझे अपनी हदों के पार जाना सिखाएं, क्योंकि जल्द ही मेरे हाथ पैर लकवे से जड़ हो जाएंगे, और मैं हिल तक न सकूंगा। जितना मैं नाचता गया, मेरे दिल के अंदर की रौशनी उतनी ही तेज़ होती गई, और उतना ही ज़्यादा मैं सीखता गया – शायद अकेले ही, शायद अतीत के सायों से। मैंने तो उस संगीत तक की कल्पना कर डाली जो वे अपने अनुष्ठानों के दौरान सुनते होंगे, और जब कई बरसों बाद साइबेरिया से कोई दोस्त मुझे मिलने आ रहा था, तो मैंने उसे कुछ रिकॉर्ड्स लाने को कहा। मेरी हैरानी का अंत न था जब पाया कि एक रिकॉर्ड काफ़ी हद तक वैसा ही था जैसा मैंने दिएदोव में होने वाले नाच के साथ बजता सोचा था।

बेहतर था कि एथीना से इस सब का ज़िक्र न किया जाए। वह आसानी से सब मान लेती थी, और मेरे ख़याल में, वह थोड़ी-सी हिली हुई थी।

'शायद जो तुम कर रही हो वह सही है,' मैंने बस इतना कहा।

उसके मिडल-ईस्ट जाने से कुछ दिन पहले हमने फिर बात की। वह काफ़ी संतुष्ट लगी, जैसे उसे वह सब मिल गया था, जो वह चाहती थी: प्रेम।

'बैंक में मेरे साथियों ने एक ग्रुप बना लिया है, और वे खुद को "पिल्ग्रिम्स ऑफ द वर्टेक्स" कहते हैं: 'वर्टेक्स के यात्री' और यह सब तुम्हारे दादा की मेहरबानी से है!'

'सारी मेहरबानी तुम्हारी है, क्योंकि आवाज़ तुम्हारे अंदर से आई, कि इस नाच की ज़रूरत औरों को भी है। मैं जानता हूँ कि तुम जा रही हो,

लेकिन जो मैं इतने बरसों से कर रहा था, तुमने उसमें एक और पहलू जोड़ दिया है। मैं इस रौशनी को कुछ ही लोगों में बांट रहा था, जिन्हें इसमें वाक़ई दिलचस्पी थी। लेकिन हमेशा ही फूंक-फूंक कर कदम रखे, डरते हुए कि कहीं इस सब का मज़ाक न बन जाए।'

'जानना चाहोगे मैंने क्या सीखा? मैंने सीखा कि चाहे ऐक्स्टॅसी अपने से बाहर निकल जाने की काबिलियत है, सिर्फ़ नृत्य है जो स्पेस में लगातार ले जाता है। यही है जो देह में बसा होकर भी स्पिरिचुएलिटी के नए पहलुओं से नाता जोड़ सकता है। जब हम नाच रहे होते हैं तो आध यात्मिक और असल दुनिया बिना टकराव एक साथ बसी और जुड़ी होती हैं। मुझे लगता है कि शास्त्रीय नर्तक इसीलिए सिर्फ़ पैरों की उंगलियों की नोक पर नाचते हैं क्योंकि वे एक साथ धरती और आसमान को छूने की कोशिश में होते हैं।'

जहाँ तक मुझे याद है, ये मुझसे कहे उसके आख़िरी शब्द थे। किसी भी नाच के दौरान, जिसमें हम खुशी से समर्पण करते हैं, हमारे फ़ैसले दिमाग से नहीं होते। तब हमारे फ़ैसले दिल करता है। सिर्फ़ वही पल है जब वर्टेक्स प्रकट होता है। लेकिन तभी तक दिखता है, जब तक हमें उस पर विश्वास हो।

पीटर शर्नी, 47 बरस, ब्रांच मैनेजर (बैंक का नाम गुप्त) हॉलेंड पार्क, लंदन

मैंने एथीना को सिर्फ़ इसलिए नौकरी दी क्योंकि उसका परिवार हमारे बहुत ख़ास ग्राहकों में से एक था; आख़िर दुनिया आपसी फ़ायदे पर चलती है। वह मुझे काफ़ी बेचैन सी शख्स लगी इसलिए मैंने उसे काफ़ी धीमा, क्लर्क का काम दिया, इस उम्मीद से, कि वह जल्द, खुद ही इस्तीफ़ा दे देगी। इस तरह मैं उसके पिता को आसानी से बता दूंगा कि मैंने तो उसकी मदद करने की कोशिश की थी, लेकिन बात बनी नहीं।

बैंक मैनेजर होने के तजुर्बे ने मुझे लोगों की दिमागी हालत पहचानना सिखा दिया था, चाहे वे कुछ न बताएं। एक मैनेजमेंट कोर्स के दौरान हमें पढ़ाया गया था कि यदि तुम किसी से पीछा छुड़ाना चाहो, तो हर वह कोशिश करो जिससे वह तैश में आकर आपा खो दे, जिससे तुम्हें उसे निकाल देने का एकदम जायज़ बहाना मिल जाए।

मैंने एथीना के साथ अपना मकसद हासिल करने के लिए सब कुछ किया। वह अपनी तन्ख्वाह पर तो गुज़ारा कर नहीं पाती, और जल्द ही समझ जाएगी कि यह सब कितना बेमानी था: सुबह जल्दी उठना, अपने बेटे को अपनी माँ के यहाँ छोड़ना, पूरा दिन गुलामों की तरह धीमी और ऊबाऊ नौकरी करना, फिर बेटे को वापिस लाना, सुपरमार्केट जाना, बेटे को सुलाने से पहले उसके साथ वक्त बिताना, और फिर, अगले दिन, तीन और घंटे लोकल ट्रेन और बसों में, और यह सब बिना वजह, जब उसके पास दिन बिताने के कई और बेहतर तरीके थे। वह लगातार और चिड़चिड़ी होती गई, और मुझे अपनी तरकीब पर काफ़ी नाज़ हो रहा था।

उसने अपने अपार्टमेंट की बुराई करनी शुरू कर दी, यह कह कर, कि उसके मकान मालिक ने रात को सोना दूभर कर दिया था, कि वह बहुत ऊँचा संगीत बजाए रखता था।

फिर अचानक, एक बदलाव आया। पहले तो, सिर्फ़ एथीना, फिर पूरी ब्रांच ही बदल गई!

मैंने यह बदलाव कैसे देखा? ऐसे था कि एक जगह काम करने वाले एक ऑर्केस्ट्रा की तरह होते हैं; एक अच्छा मैनेजर उसे चलाता है और वह जानता है कि कौन बेसुरा बजा रहा है, कौन मन लगा कर बजा रहा है और कौन बस बाकियों के पीछे चल रहा है। एथीना अपना साज़ बिना जोश बजा रही थी; वह उखड़ी हुई लगती थी, अपनी ज़्याती ज़िंदगी के सुख-दुख किसी से भी न बांटती, और यह जता कर कि काम से वापिस जाने के बाद अपना सारा वक्त वह अपने बेटे के साथ बिताती थी। फिर अचानक लगा कि उसकी ज़िदगी में टिकाव आ गया थाः वह लोगों से बात करने लगी और जो कोई भी उसकी सुने, वह बताने लगी कि उसे खुद को फिर से बनाने का सुराग मिल गया था।

'पुनर्जीवन' , यक़ीनन, जादुई शब्द है। लेकिन महज़ इक्कीस बरस की लड़की के होठों से निकले तो काफ़ी अटपटा लगता है लेकिन फिर भी स्टाफ़ के बाकी सदस्यों ने उस पर विश्वास किया और उससे वह सीक्रेट फॉर्मूला मांगने लगे।

उसका काम भी सुधरा, चाहे कि उस पर उतना ही भार था। उसके साथी, जिन्होंने उससे कभी 'गुड मॉर्निंग' या 'गुड नाइट' से ज़्यादा बात नहीं की थी, उसे दोपहर के खाने पर ले जाने लगे। वापिस आने पर वे काफ़ी खुश दिखाई देते, और विभाग का काम और मुनाफ़ा तेज़ी से बढ़ने लगा।

मैं जानता हूँ कि जो लोग प्रेम में होते हैं उनका आस-पास के माहौल पर काफ़ी असर पड़ता है, तो मैंने तुरंत ही यह मान लिया कि ज़रूर एथीना को अपना प्यार या कोई ऐसा मिल गया है जो उसकी ज़िंदगी में बहुत ख़ास है।

मैंने पूछा तो वह मान गई, और यह भी कहा कि उसने पहले कभी किसी ग्राहक के साथ मेल जोल नहीं बढ़ाया लेकिन इस बार वह इंकार न कर सकी थी। आमतौर पर यह नौकरी से निकाले जाने के लिए काफ़ी बड़ी वजह थी।

बैंक के कानून एकदम साफ़ हैं: ग्राहकों के साथ व्यक्तिगत तौर पर मिलना जुलना निषेध है। लेकिन तब तक मैंने देख लिया था कि उसकी खुशी का असर पूरी ब्रांच पर पड़ा था। उसके कुछ साथी काम के बाद इकट्ठा होने लगे, और ऐसा सुनने में आया कि कुछ उसके घर भी हो आए थे।

यह बात खतरनाक थी। वह छोटी उम्र की लड़की जिसे मैंने ट्रेनिंग पर रखा था क्योंकि उसे काम का कोई तजुर्बा न था, और जो अब तक शर्मीलेपन और बहसबाज़ी के बीच झूल रही थी, अब मेरे मातहतों के बीच एक 'लीडर' बन कर उभर रही थी। यदि मैं उसे काम से निकालता तो वे सोचते ईर्ष्या की वजह से मैंने ऐसा किया, और मैं उनकी इज्ज़त खो देता। यदि न निकालता, तो कुछ ही महीनों में पूरे ग्रुप पर मेरा नियंत्रण न रहता।

मैंने थोड़ा इंतज़ार करने का फ़ैसला किया, लेकिन इस दौरान पूरे बैंक में 'एनर्जी' तो वाकई बढ़ी थी। (वैसे मुझे इस शब्द से नफ़रत है क्योंकि इसका कोई ख़ास मतलब नहीं होता, सिवा बिजली के।) जो भी था, ग्राहक पहले से कहीं ज़्यादा खुश थे और औरों से भी हमारी तारीफ़ की। काम करने वाले भी खुश थे और चाहे कि उनका काम दोगुणा बढ़ गया था, मुझे और स्टाफ़ रखने की ज़रूरत न पड़ी क्योंकि वे सारा काम आराम से निपटा लेते थे।

एक दिन मुझे अपने से ऊपर वाले अफ़सरों से पत्र आया। वे मुझे एक ग्रुप मीटिंग के लिए बार्सिलोना भेजना चाहते थे ताकि मैं अपनी मैनेजमेंट के तरीके उन्हें समझाऊं। उनके मुताबिक मैं खर्चा बिना बढ़ाए मुनाफ़ा बढ़ाने में कामयाब हुआ था, और इसी बात में हर जगह के एक्ज़ीक्यूटिव्स को दिलचस्पी रहती है। लेकिन कौन से तरीके? कौन सी टेक्नीक?

कम-से-कम मुझे यह तो मालूम था कि यह सब कहाँ से शुरू हुआ था और इसलिए मैंने एथीना को अपने ऑफ़िस में बुलाया। मैंने उसके बेहतरीन काम और उत्साह के लिए उसकी तारीफ़की, और उसने मुस्कुरा कर शुक्रिया कर दिया।

मैं सावधानी से बात आगे बढ़ा रहा था, कि कहीं गलत न समझा जाऊं।

'और तुम्हारा बॉयफ्रैंड कैसा है ? मैंने देखा है कि जब कोई प्रेम करता है, वह दुनिया को और भी ज़्यादा देता है। वह क्या काम करता है?'

'वह स्कॉटलैंड यार्ड मे काम करता है।' (संपादक : यह लंदन मैट्रोपॉलिटन पुलिस के साथ जुड़ा पुलिस खोज विभाग है।)

मैंने और ज़्यादा सवाल न पूछना बेहतर समझा, लेकिन बात आगे बढ़ानी ज़रूरी थी।

'मैंने देखा है कि तुममें काफ़ी बदलाव आया है और -'

'क्या आपने बैंक में आए बदलाव को भी देखा है?'

ऐसे सवाल का जवाब कैसे दिया जाए? एक ओर तो मैं उसे ज़रूरत से ज़्यादा भाव दे सकता था, जो ठीक न होता, और दूसरी ओर, यदि मैं उससे सीधी बात न करता, तो मुझे वे जवाब न मिलते जिनकी मुझे ज़रूरत थी।

'हाँ, मैंने काफ़ी बड़ा बदलाव महसूस किया है, और मैं तुम्हें तरक्की देने की सोच रहा हूँ।'

'मुझे अब ट्रैवल की ज़रूरत है। मैं लंदन से बाहर और नई मंज़िलें तलाशना चाहती हूँ।'

ट्रैवल? जब बैंक में सब इतना अच्छा चल रहा था, तभी वह जाना चाहती थी?

'मैं बैंक की और मदद कर सकती हूँ यदि आप मुझे और ज़िम्मेदारी दें तो,' वो बोली।

हाँ, वह मुझे एक बेहतरीन मौका दे रही थी। मैंने इस बारे में पहले क्यों नहीं सोचा? 'ट्रैवल' का अर्थ था उससे पीछा छुड़ा कर ग्रुप पर फिर से नियंत्रण पा लेना, और वह भी बिना उसे निकाले और बिना लोगों का

विद्रोह सहे। लेकिन मुझे इस पर सोचने की ज़रूरत थी, क्योंकि बैंक की मदद करने से कहीं ज़्यादा मुझे उसकी मदद की ज़रूरत थी। अब जबकि मेरे ऊपर वालों ने मुनाफ़े में बढ़ोतरी देख ली थी तो मैं जानता था कि इसे मुझे कायम रखना था वरना इज़्ज़त और साख तो डूबेगी ही और मेरा पहले से भी ज़्यादा नुकसान होगा। कई बार मुझे समझ आता है कि मेरे साथी आगे बढ़ने के लिए कुछ भी क्यों नही करतेः यदि वे सफ़ल नहीं होते, तो उन्हें नक्कारा कहा जाता है। यदि वे सफ़ल हो जाते हैं तो उन्हें हर वक्त बेहतर ही करना होता है, और यह दिल के दौरे की गारंटी है।

मैंने अगला कदम बहुत संभल कर बढ़ायाः जब किसी के हाथ कोई रहस्य हो तो उसे डराना या बिदकाना अच्छी बात नहीं, ख़ास तौर पर जब तक वह आपको बता न दे। बेहतर होता है कि उसकी मांग पूरी करने का दिखावा तो करो।

'मैं तुम्हारी बात अपने अफ़सरों के सामने रखूंगा। सच तो यह हैं कि मेरी उनके साथ मीटिंग है, बार्सिलोना में, जिसकी वजह से मैंने तुम्हें यहाँ बुलाया था। क्या यह कहना सही होगा कि जब से बाकी ब्रांच के साथ तुम्हारे संबंध बेहतर हुए हैं, हमारी काम करने की क्षमता बढ़ गई है?'

'या कि ऐसा कहें कि उनके खुद के साथ संबंध बेहतर हुए?'

'हाँ, लेकिन उनका हौसला तुमने बढ़ाया – या मैं गलत हूँ?

'आप अच्छे से जानते हैं कि आप गलत नहीं।'

'क्या तुम मैनेजमेंट पर कोई ऐसी किताब पढ़ रही हो जिसके बारे में मैं नहीं जानता?'

'मैं उस तरह की किताबें नहीं पढ़ती, लेकिन मैं आपसे वादा चाहती हूँ कि आप मेरी रिक्वेस्ट को याद रखेंगे।'

मैंने उसके स्कॉटलैंड यार्ड वाले बॉयफ्रेंड के बारे में सोचा। यदि मैंने कोई वादा किया और उसे पूरा न कर सका तो क्या मुझसे बदला लिया जाएगा? क्या ऐसा हो सकता था कि उसने एथीना को कोई बिल्कुल नई 'कटिंग एज' टेक्नोलोजी सिखाई थी जो नामुमकिन चीज़ें हासिल करना मुमकिन कर देती थी?

'मैं आपको सब कुछ बता दूंगी, चाहे आप अपना वादा पूरा न करें, लेकिन यदि मेरे कहे पर अमल न किया तो फिर मेरे जैसे नतीजे मिलने की गारंटी नहीं।'

'तुम्हारा मतलब "पुनर्जीवन टेक्नीक" से है?'

'बिल्कुल वही!'

'क्या सिर्फ़ थ्योरी जान लेने से काम नहीं चलेगा?'

'मुमकिन है। जिसने मुझे सिखाया, उसने खुद इसे कागज़ के पन्नों से सीखा था।'

शुक्र था कि वह मुझे अपने उसूलों या काबिलियत के बाहर फ़ैसले करने को मजबूर नहीं कर रही थी, लेकिन मुझे मानना होगा कि मुझे उसकी पूरी कहानी में ज़्याती दिलचस्पी भी थी क्योंकि मैं खुद भी अपनी संभावनाओं, और अपने पोटेंशियल को बढ़ाने के तरीकों के सपने देखता था। मैंने वादा किया कि जो मेरे वश में हुआ वह मैं ज़रूर करूंगा और एथीना ने उस लम्बे और मुश्किल से समझ आने वाले डांस का खुलासा करना शुरू किया जिसे वह वर्टेक्स, या शायद एक्सिस (अब याद नहीं) छूने के लिए किया करती थी। जब वह बोल रही थी तो उसके इन पागल ख़यालों को मैंने बिना भावुक हुए शब्दों में बांधने की कोशिश की। एक घंटा भी काफ़ी साबित न हुआ, तो मैंने उसे अगले दिन आने को कहा और हमने मिल कर वह रिपोर्ट तैयार करनी थी जो बैंक के निदेशकों के सामने पेश होनी थी। बातें करते करते एक जगह वह मुस्कुरा कर बोलीः

'टेक्नीक को उन्हीं शब्दों में बताने की फ़िक्र न करना जो हमने यहाँ इस्तेमाल किए हैं। मुझे लगता है कि बोर्ड ऑफ डायरेक्टर्स में भी मेरे और तुम्हारे जैसे लोग हैं, हाड़-माँस के बने, और उन्हें भी लकीर से हटकर नए तरीकों में दिलचस्पी हागी।'

एथीना बिल्कुल गलत थी। इंग्लैंड में हमेशा ही नएपन और नया करने की जगह परंपरा हमेशा हावी रही है। लेकिन थोड़ा खतरा उठाने में नुकसान भी क्या था, जब तक मेरी नौकरी पर आँच न आए? वह सब मुझे बिल्कुल बेतुका लगा था, लेकिन मुझे उसे संक्षेप में और ऐसी भाषा

में समझाना था जिसे सब समझ सकें। बस इतना ही। इससे पहले कि मैं बार्सिलोना में अपना 'पेपर' पेश करता, पूरी सुबह मैं खुद से दोहराता रहाः 'मेरी' तकनीक कामयाब है, और यही असली बात है। मैंने उस विषय पर कुछ किताबें पढ़ीं और सीखा कि किसी नए विचार को पुरज़ोर असर कराना हो तो उसे पेश करने वाले को भाषण भी उतने ही उत्तेजक तरीके से बनाना चाहिए। तो पांच सितारा होटल में इकट्ठा हुए एक्ज़ीक्यूटिव्स को अपना भाषण मैंने सेंट पॉल के इन शब्दों से शुरू कियाः 'ईश्वर ने बुद्धिजीवियों से सबसे ख़ास बातें छिपा कर रखी क्योंकि वे समझ नहीं सकते वह, जो आसान है।'

जब मैंने यह कहा तो सभी दर्शक, जिन्होंने पिछले दो दिन ग्राफ़ और आंकड़ों की उधेड़बुन में बिताए थे, अब चुप हो गए। मुझे लगा कि अब तो नौकरी गई ही समझो, पर मैं बोलता गया। पहली बात, क्योंकि अब तक उस विषय पर मैं रिसर्च कर चुका था और मुझे अपने कहे पर यक़ीन था; तो मुझे उसकी शाबाशी लाज़मी थी। दूसरी बात, कि चाहे कुछ मुद्दों पर मुझे एथीना के हावी असर पर चुप रहना पड़ा, फिर भी मैं झूठ नहीं बोल रहा था।

'मैंने देखा है कि आजकल अपने स्टाफ़ को प्रेरित करने के लिए हमारे ट्रेनिंग सैंटर द्वारा दी गई ट्रेनिंग काफ़ी नहीं। हममें से हर एक के भीतर कुछ छिपा है जो अज्ञात है, अबूझा है, जो बाहर आ जाने पर बड़े से बड़े करिश्मे कर सकता है।

'हम सभी किसी कारण से काम करते हैं। अपने बच्चों का पेट भरने के लिए, अपने जीवन को सार्थक बनाने के लिए, या थोड़ी-बहुत साख के लिए। लेकिन उस पूरे दौरान थका देने वाले पल लंबे हो जाते हैं, और पूरा रहस्य इस बात में छिपा है कि कैसे उस वक्त को खुद से, या किसी अपने से बड़ी शक्ति से पहचान के वक्त में बदल दिया जाए।

'मसलन, सुंदरता की तलाश किसी भी प्रैक्टिकल फ़ायदे से नहीं जुड़ी है लेकिन फिर भी हम उसकी यूँ तलाश करते हैं जैसे कि वह दुनिया की सबसे ख़ास और अहम चीज़ है। पक्षी गाना सीखते हैं, लेकिन इसलिए

नहीं कि वह उन्हें खाना ढूंढने में मदद करेगा, या उन्हें खतरों से बचाएगा या उन्हें परजीवी कीड़े-मकोड़ों से सुरक्षा देगा। डार्विन के मुताबिक वे इसलिए गाना गाते हैं क्योकि अपने साथी को आकर्षित करने और अपने वंश को बढ़ाने का यही एक तरीका है।'

जिनेवा के प्रतिनिधि ने मेरी बात काटी और कहा कि मैं काम की बात करूं। लेकिन मुझे खुशी हुई जब डायरेक्टर-जनरल ने मुझे बात जारी रखने को कहा।

'डार्विन पर वापिस आते हैं जिसने पूरी मानव जाति की दिशा बदल दी (संपादकः द ओरिजिन ऑफ़ द स्पीशीज़, 1859, जिसमें उसने पहली बार यह तथ्य साबित किया कि इंसान बंदर की एक प्रजाति से विकसित हुआ था)। डार्विन के मुताबिक, अपने साथी को रिचुअल्स की मदद से रिझाना हमारी इंसानी कौम के ज़िंदा रहने और वंश बढ़ाने के लिए हमेशा से ज़रूरी रहा है। तो अब, इंसानी कौम के विकास और किसी बैंक की ब्रांच के विकास में क्या फ़र्क है? कोई फ़र्क नहीं। दोनों एक ही कानून से चलते हैं। सिर्फ़ सबसे ताकतवर ही ज़िंदा बचते हैं और उन्हीं का विकास होता है।'

अब यहाँ मुझे मानना पड़ा कि यह विचार मैंने हमारी एक स्टाफ़, शिरीन ख़लील की सहज और उदार सांझी सोच से विकसित किया था।

'शिरीन, जो कि एथीना बुलाया जाना पसंद करती है, हमारे बैंक में एक नई भावना लेकर आई – पैशन, यानि जज़्बा। जब हम ऋण या नफ़े-मुनाफ़े की स्प्रेडशीटस् की बात कर रहे होते हैं तो जज़्बे की तो सोचते ही नहीं। मेरे स्टाफ़ ने ग्राहकों से बेहतर संबंध बनाने के लिए संगीत का इस्तेमाल करना शुरू किया।'

एक एक्ज़ीक्यूटिव ने मेरी बात काटी, कि इसमें नया क्या थाः सुपरमार्केट भी अपने ग्राहकों से खरीदारी बढ़वाने के लिए हर वक्त म्यूज़िक चला कर रखते हैं।

'मैं यह नहीं कह रहा कि हमने बैंक में संगीत चलाया। सिर्फ़ हमारे स्टाफ़ ने अपने जीने का अंदाज़ बदल दिया, क्योंकि शिरीन, या कहें कि एथीना ने उन्हें रोज़ सुबह, काम पर आने से पहले डांस करना सिखाया। मैं नहीं

जानता कि इससे लोगों में क्या चीज़ या बात जाग जाती है; मैनेजर के तौर पर मैं सिर्फ़ अंजाम से सरोकार रखता हूँ। मैं खुद डांस में शामिल नहीं हुआ, लेकिन जो मुझे समझ आया वह यही था कि डांस के ज़रिये उन सभी को अपने काम से ज़्यादा खुशी और संतोष मिलने लगा।

'हमें जन्म से यही सिखाया जाता है, कि वक्त पैसे की तरह कीमती है। हम जानते हैं कि पैसा क्या है, लेकिन 'वक्त' के क्या मानी हैं? एक दिन चौबीस घंटों से बना होता है और उसमें होते हैं अनगिनत पल। हमें उन में से हर एक का अहसास हो, और हम उनको जहाँ तक हो सके भरपूर जिएं। यक़ीनन इससे वक्त के लम्हे लम्बे होते जाएंगे, लेकिन क्या यह बेहतर नहीं कि उस वक्त को खुशनुमा बातों के बारे में सोच कर बिताएं और खुश हों कि हम ज़िंदा हैं?'

डायरेक्टर-जनरल हैरान हो मेरी ओर देख रहा था। मुझे यक़ीन था कि वह मुझसे और खुल कर बात करने की उम्मीद कर रहा था लेकिन वहाँ बैठे कुछ लोग अब बेचैन हो रहे थे।

'मैं समझ रहा हूँ कि तुम क्या कह रहे हो,' वह बोला। मैं यह भी समझ गया हूँ कि तुम्हारा स्टाफ़ पहले से बेहतर और जोश से काम कर रहा है, क्योंकि वे अपने दिन में कुछ वक्त ऐसा निकालते हैं जब वे खुद से पूरी तरह जुड़े होते हैं। मैं तुम्हारी तारीफ़ करता हूँ कि तुमने इतना लचीलापन दिखाया कि इस तरह के नए प्रयोग रोके नहीं, जो कि अब इतने शानदार नतीजे दे रहे हैं। लेकिन जब बात वक्त की हो रही है, तो यह एक कांफ्रेंस है और तुम्हारे पास अपनी बात खत्म करने के लिए सिर्फ़ पाँच मिनट हैं। क्या तुम वे ज़रूरी पॉइंट बता सकोगे जो इस सिद्धान्त को हमारी बाकी शाखाओं में लागू करना संभव कर सकें?'

वह सही था।

'जो हमने खुद देखा, उसके आधार पर शिरीन ख़लील और मैंने कुछ पॉइंट बनाए हैं जिन पर मैं बात करूंगा। वे इस तरह से हैं:

1. हम सभी में एक अनजानी काबिलियत है जो शायद हमेशा अनजान रहेगी। लेकिन फिर भी वह काबिलियत हमारी मददगार दोस्त बन

सकती है। क्योंकि उस काबिलियत को मापा या उसे पैसे के तौर पर तौला नहीं जा सकता, तो कोई भी उसे गंभीरता से नहीं लेता। कोई उस पर ध्यान नहीं देता।

2. मेरी ब्रांच में मेरे स्टाफ़ने उस काबिलियत से जुड़ना सीख लिया है। एक नाच के रास्ते, जो उस लय पर आधारित है जिस पर एशिया के रेगि़स्तानी इलाकों में नृत्य होता है। संगीत चाहे कहीं का भी हो, ज़रूरी यह है कि उसकी लय आत्मा की बात शरीर से कहलवा सके देह से वह व्यक्त कर सके। मैं जानता हूँ कि "आत्मा" शब्द गलत समझा जा सकता है। तो मेरा सुझाव है कि इन्ट्यूशन या अंतर्ज्ञान की शक्ति' जैसे शब्दों का प्रयोग बेहतर होगा। लेकिन यदि यह भी अटपटा लगे तो हम "मूल भावनाएं" जैसे वैज्ञानिक शब्द ले सकते हैं जबकि इनका अर्थ पहले दो शब्दों से कहीं ज़्यादा हल्का है।
3. सुबह काम शुरू करने से पहले, अपने स्टाफ़ से फ़िटनेस के एरोबिक अभ्यास की जगह मैं उन्हें एक घंटा डांस करने के लिए बढ़ावा देता हूँ। इससे शरीर और मन दोनों सक्रिय हो जाते हैं: वे दिन की शुरुआत खुद से अधिक उम्मीद लेकर करते हैं और अपनी बढ़ती हुई एनर्जी को बैंक के काम में ढाल देते हैं।
4. ग्राहक और स्टाफ एक ही दुनिया में रहते है। जो हम सोचते हैं कि हमने "देखा" है वह सिर्फ़ एनर्जी की एक तरंग है जो दिमाग के अंधेरे में कौंधी है। लेकिन, जब हम दूसरे लोगों के साथ एक जैसी तरंगे बाँटें तो उस रिएलिटी को बदल सकते हैं। एक ख़ास तरीके से जो मुझे मालूम नहीं, खुशी एक इंसान से दूसरे इंसान में फैलती है, ठीक वैसे, जैसे कि जोश और प्रेम। या जैसे उदासी, निराशा या नफ़रत – जो ग्राहक या बाकी स्टाफ़ इन्ट्यूटिवली या बिना कहे, भावनाओं के स्तर पर पकड़ लेते हैं। तो अपना काम या व्यवहार बेहतर बनाने के लिए हमें ऐसे तरीके अपनाने होंगे जो इन पॉज़िटिव वाइब्रेशन्स को बढ़ावा दें।'

'अजीब पहेली है,' एक औरत, जो कैनेडा में इन्वेस्टमेंट फ़ंड की देखरेख करती थी, बोली।

मेरे आत्मविश्वास ने गोता खाया। मैं किसी को भी समझा, मना न पाया था। फिर भी, मैंने जानबूझ कर उसकी ओर न देखा और अपनी सारी सूझ-बूझ लगा कर, अपने पेपर को एक प्रैक्टिकल अंजाम देने की कोशिश की:

'बैंक को इस बारे में और रिसर्च करने के लिए एक फ़ंड अलग से कायम करना चाहिए कि इस तरह भावनाओं का फैलना और बंटना कैसे काम करता है। इस तरह हम अपना मुनाफा कई गुणा बढ़ सकते हैं।'

यह अच्छा-सा और सबको ठीक लगने वाला निष्कर्ष था। मैंने बाकी बचे दो मिनटों का इस्तेमाल न करना ही बेहतर समझा। वह सेमिनार खत्म हुआ, तो डायरेक्टर-जनरल ने मुझे शाम के खाने पर बुलाया, और उसने ऐसा बाकी सभी साथियों के सामने कहा, जैसे कि वह हर तरह से मेरे लिए समर्थन दिखाना चाहता था। डायरेक्टर-जनरल के साथ खाना खाने का मौका मुझे कभी न मिला था, तो मैंने उस मौके का पूरा फ़ायदा उठाने की कोशिश की। मैंने हमारी सफलता, हमारे मुनाफ़े, स्टॉक एक्स्चेंज में होने वाली परेशानियाँ और उन बाज़ारों की बात की, जहाँ हम अपना काम फैला सकते थे। उसने मेरी बात को बीच में ही काट दिया; वह यह जानने को ज़्यादा उत्सुक था कि मैंने एथीना से और क्या सीखा था।

अंत में मुझे हैरानी हुई, कि उसने बातचीत को ज़्याती मामलों की ओर मोड़ दिया: 'मैं समझ गया था कि तुम्हारा क्या अर्थ था, जब अपने पेपर के दौरान, तुम वक्त के बारे में बात कर रहे थे। नए वर्ष के दौरान जब मैं छुट्टियाँ मना रहा था, मैंने थोड़ी देर बागीचे में जाकर बैठने का फ़ैसला किया। अखबार उठा लाया, लेकिन उसमें कोई ख़ास बात न थी, सिर्फ़ वही जो पत्रकारों ने फ़ैसला किया था कि हमें जाननी चाहिएं, या जिनमें हमें शामिल होना चाहिए, या फिर जिनके बारे में हमें राय बनानी चाहिए।

'मैंने काम पर किसी को फ़ोन करने की सोची, लेकिन यह काफ़ी मूर्खता की बात लगती, क्योंकि वे सब अपने परिवारों के साथ थे। मैंने अपनी

बीवी, बच्चों और नाती-पोतों के साथ दोपहर का खाना खाया, थोड़ी देर सो गया, और जागने पर थोड़ी पढ़ाई-लिखाई की, और फिर देखा कि अभी भी दोपहर के सिर्फ़ दो बजे थे। मेरे पास बिताने को अगले तीन दिन थे, और चाहे अपने परिवार के साथ होना मुझे बहुत अच्छा लगता है, मैं बेकार और ख़ाली महसूस करने लगा।

'अगले दिन, इस ख़ाली वक्त का फ़ायदा उठाते हुए, मैं अपने पेट की जाँच कराने डॉक्टर के पास गया, और किस्मत से, कुछ ज़्यादा सीरियस नहीं निकला। मैं दांतों के डॉक्टर के पास गया और वहाँ भी कुछ गलत नहीं था। फिर मैंने बीवी, बच्चों और नाती-पोतों के साथ लंच किया, फिर से सो गया और फिर से दोपहर दो बजे उठ गया। मैंने पाया कि मेरे पास ध्यान देने लायक कुछ भी न था।

'मुझे बेचैनी हो रही थीः क्या मुझे कुछ करना नहीं था? हम सभी के पास प्रोजेक्ट होते हैं जिन्हें हमें आगे बढ़ाना होता है, बिजली के बल्ब बदलने होते हैं, घर के आंगन से पत्ते बुहारने होते हैं, किताबें होती हैं जिन्हें उठा कर रखना होता है, कम्प्यूटर में फ़ाइल तरतीब से रखनी होती है वगैरह। लेकिन अगर ख़ालीपन का सामना करें तो? उस वक्त मुझे कुछ ऐसा याद आया जो मुझे काफ़ी ज़रूरी लगाः मुझे लैटरबॉक्स तक जाना था जो देहात में मेरे घर से एक मील से भी कम दूरी पर है – और एक क्रिस्मस कार्ड पोस्ट कर के आना था जो मेरी मेज़ पर भूला पड़ा हुआ था। और मैं हैरान थाः मुझे वह कार्ड आज ही क्यों भेजना था? क्या यह इतना मुश्किल था कि मैं टिक कर बैठा रहूँ, कुछ न करते हुए?

'मेरे मन में एक के बाद एक विचार उठेः वे दोस्त जो ऐसी चीज़ों की फ़िक्र करते हैं जो अभी हुई नहीं; जानकार, जो अपने जीवन के हर मिनट को ऐसे कामों से भरे रखते हैं जो दूर से बेमतलब लगते हैं – बेमतलब की बातें; टेलीफ़ोन पर मीलों लंबी बात जिसमें कोई काम की बात नहीं कही जाती। मैंने अपने डायरेक्टर्स को अपनी नौकरी कायम रखने के लिए तरह-तरह के काम इजाद करते देखा है; मेरे स्टाफ़ के वे लोग, जिन्हें डर लगने लगता है यदि किसी दिन उन्हें ख़ास काम न दिया जाए, जिसका यह

अर्थ हो सकता है कि उनकी अब ज़रूरत नहीं। मेरी बीवी, जो सोच-सोच कर खुद को दुख देती रहती है कि हमारे बेटे का तलाक हो गया, मेरा बेटा, जो यह देख कर दुखी है कि उसके बेटे के स्कूल में कम नम्बर आए हैं, हमारा पोता, जो इस बात से घबराया हुआ है कि वह अपने माता-पिता को दुख पहुँचा रहा है – चाहे कि हम सभी जानते हैं कि नम्बर न आना इतनी बड़ी बात नहीं।

'मैंने खुद से एक काफ़ी लम्बा और कड़ा संघर्ष किया कि उस कुर्सी से न उठूं। धीरे-धीरे, लेकिन फिर भी, चिंता की जगह गहरे ध्यान ने ले ली, और मैं अपनी आत्मा की आवाज़ को सुनने लगा या जिसे आप इन्ट्यूशन, या मूलभूत भावनाएं, या उसे तुम और जो भी कहना चाहो। मेरा वह हिस्सा मुझसे बात करने को तरस रहा था, लेकिन मैं हमेशा ही बहुत व्यस्त रहा।

'उस वक्त, वह डांस नहीं, लेकिन शोर और हलचल का पूरी तरह रुक जाना था; एक चुप्पी थी जिसने मुझे खुद से जोड़ा। और यक़ीन करो न करो, मुझे उन बहुत सी परेशानियों का पता चला जो मुझे सता रही थीं चाहे कि मेरे वहाँ बैठे-बैठे वे सभी परेशानियाँ फ़ना हो गईं। मैंने भगवान को नहीं देखा, लेकिन मुझे आगे आने वाले फ़ैसलों की बेहतर और साफ़ समझ आई, जो मुझे करने थे।'

बिल अदा करने से पहले डायरेक्टर-जनरल ने सुझाव दिया कि उस लड़की को दुबई भेज दूं जहाँ बैंक नई ब्रांच खोल रहा था, और जहाँ जोखिम भी बहुत थे। एक अच्छे मैनेजर की तरह वह जान गया था कि मुझे जो सीखना था वो मैं सीख चुका था, और अब मुझे सिर्फ़ उस तरीके को जारी रखना था। मेरी वह मातहत कहीं और अपना योगदान दे सकती थी। वह जानता नहीं था लेकिन वह मुझे मेरा वादा पूरा करने में मदद भी कर रहा था।

जब मैं लंदन वापिस पहुँचा, मैंने तुरंत एथीना को उस बुलावे के बारे में बताया, और वह तुरंत ही मान गई। उसने मुझे बताया कि वह अरबी भाषा बोलने में माहिर थी (मैं यह पहले ही जानता था, उसके पिता से),

जबकि वहाँ भी हम अरब जनता से नहीं, ज़्यादातर विदेशियों से ही सौदे कर रहे होंगे, वहाँ की भाषा जानना ज़रूरी नहीं था। मैंने उसका मेरी मदद करने के लिए शुक्रिया किया लेकिन उसने कान्फ़्रेंस या मेरे पेपर के बारे में कोई दिलचस्पी नहीं दिखाई और सिर्फ़ यह पूछा कि उसे कब जाना था।

मैं अभी भी नहीं जानता कि स्कॉटलैंड यार्ड वाले बॉयफ्रेंड की बात धोखा थी या नहीं। यदि यह सच था तो उसका कातिल अब तक हिरासत में होना चाहिए था। क्योंकि उस जुर्म के बारे में अखबारों ने जो भी लिखा, मैं उसे कतई नहीं मानता। मैं पैसे की इंजीनियरिंग समझ सकता हूँ, और चाहे महंगी पड़े, मैं यह बात भी कबूल कर सकता हूँ कि नाचने से मेरे स्टाफ़ को बेहतर काम करने में मदद मिलती है, लेकिन यह मैं कभी न समझ पाऊँगा कि दुनिया की सबसे काबिल पुलिस फ़ोर्स कुछ कातिलों को पकड़ सकती है, लेकिन बाकियों को क्यों नहीं।

नबील अलाही, उम्र अज्ञात, बेदुइन

मुझे यह जान कर खुशी हुई कि एथीना ने मेरी तस्वीर अपने अपार्टमेंट में इज्ज़त से रखी थी, लेकिन मुझे नहीं लगता कि मैंने उसे कोई काम आने वाली चीज़ सिखाई।

वह यहाँ रेगिस्तान में आई, एक तीन बरस के बच्चे को साथ लेकर। उसने अपना थैला खोला, एक रेडियो-कैसेट प्लेयर निकाला और मेरे खेमे के बाहर बैठ गई। मैं जानता हूँ कि शहरी लोग अक्सर मेरा नाम उन विदेशियों को दे देते हैं जो हमारी तरह का खाना आज़माना चाहते हैं। तो मैंने उसे बता दिया कि अभी शाम के खाने में देर थी।

'मैं किसी और वजह से आई थी,' वह बोली। 'तुम्हारा भतीजा उस बैंक का ग्राहक है जहाँ मैं काम करती हूँ, और उसने मुझे बताया कि तुम बहुत सयाने हो।'

'हमीद एक बेवकूफ़ लड़का है जो मुझे सयाना तो कह सकता है लेकिन जो इस सयाने की सलाह नहीं मानता। पैगम्बर मुहम्मद, अल्लाह की इनायत उन पर बरसे, वे सयानफमंद थे।'

मैंने उसकी कार की ओर इशारा किया। 'तुम्हें उस जगह अकेले कार में नहीं आना चाहिए जिसे तुम जानती नहीं, और तुम्हें यहाँ बिना गाइड के भी नहीं आना चाहिए।'

जवाब देने की बजाय उसने अपना रेडियो-कैसेट चला दिया। फिर बस मुझे रेत के टीलों पर नाचती वह लड़की दिखाई दी और उसे देखता हुआ उसका बच्चा, और वह आवाज़ उस रेगिस्तान के ख़ालीपन को जैसे भरती जा रही थी।

नाच खत्म हो जाने के बाद उसने पूछा कि क्या उसका नाच मुझे अच्छा लगा?

मैंने कहा हाँ। हमारे मज़हब में भी एक मत है जिसमें नाच को अल्लाह – उनका नाम रौशन हो – तक पहुँचने का रास्ता बनाया जाता है। (संपादकः यहाँ सूफ़ी मत की बात हो रही है)। औरत ने कहा, जिसने अपना नाम एथीना बताया था, 'जबसे मैं छोटी थी, मैंने चाहा कि मैं ईश्वर के और नज़दीक जाऊँ, लेकिन ज़िंदगी हमेशा मुझे उससे और दूर ले जाती गई। संगीत एक तरीका है जो मैंने खोजा है लेकिन वह काफ़ी नहीं। जब भी मैं नाचती हूँ तो मुझे एक रौशनी दिखाई देती है, और अब वह रौशनी मुझे आगे बढ़ने को कह रही है। लेकिन मैं अकेली और आगे नहीं सीख सकती; मुझे किसी ऐसे के साथ की ज़रूरत है जो मुझे आगे सिखाए।'

'कोई भी चीज़ काफ़ी है,' मैंने उसे बताया, 'क्योंकि अल्लाह परवरदिगार हमेशा पास में ही होते हैं। एक साफ़-सुथरी ज़िंदगी जियो, और वह काफ़ी होगा।'

लेकिन मुझे लगा कि औरत को यक़ीन नहीं हुआ। मैंने कहा कि मैं मसरूफ़ था, कि मुझे अब शाम का खाना बनाना था क्योंकि टूरिस्ट कभी भी आ सकते थे। उसने कहा कि जितनी भी देर लगे, वह इंतज़ार करेगी।

'और तुम्हारा बच्चा?'

'उसके बारे में फ़िक्र मत करो।'

रोज़ की तरह मैंने खाना बनाने की तैयारी की और उस दौरान उन माँ-बेटे को देखता रहा। वे रेत में इधर-उधर भाग रहे थे, साथ-साथ हँसते हुए, एक दूसरे पर रेत फेंकते और टीलों से नीचे लुढ़कते। गाइड तीन जर्मन टूरिस्ट लेकर आया जिन्होंने खाना खाया और बियर मांगी, और मुझे उन्हें समझाना पड़ा कि मेरे धर्म में शराब पीने या परोसने की मनाही थी। मैंने औरत और उसके बेटे को खाने की दावत दी और अचानक वहाँ एक औरत को मौजूद देख एक जर्मन काफ़ी खुल कर बात करने लगा। उसने कहा कि वह ज़मीन खरीदने की सोच रहा था, कि उसने बहुत सा पैसा बचा रखा था ओर उसे यक़ीन था कि उस इलाके में काफ़ी तरक्की होने वाली थी।

'मैं भी ऐसा ही मानती हूँ।'

'अच्छा होगा कि कहीं साथ चल कर खाना खाएं ताकि इस बारे में ठीक से बात कर पाएं और –'

'नहीं,' उसने अपना कार्ड निकालते हुए कहा, लेकिन चाहो तो मेरे बैंक में जाकर बात कर सकते हो।'

जब टूरिस्ट चले गए, तो हम खेमे के बाहर बैठ गए। बच्चा जल्द ही उसकी गोद में सो गया। मैं हम सभी के लिए कम्बल ले आया, और हम तारों जड़े आसमान को देखते बैठे रहे। आख़िरकार उसने चुप्पी तोड़ी।

'हमीद ने ऐसा क्यों कहा था कि तुम बहुत सयाने हो?'

'शायद इसलिए कि मैं उसके साथ और धीरज बरतूं। एक वक्त था जब मैंने उसे अपना हुनर सिखाने की कोशिश की, लेकिन मुझे लगा कि हमीद को पैसा कमाने में दिलचस्पी थी। शायद अब तक उसे यह यक़ीन भी हो गया होगा कि वह मुझसे ज़्यादा जानता है। उसके पास एक अपार्टमेंट है और एक किश्ती भी, जबकि मैं यहाँ रेत में बैठा इक्के-दुक्के टूरिस्टों का खाना बनाता हूँ। वह यह नहीं समझता कि मैं अपने काम से खुश हूँ।'

'वह अच्छे से समझता है और वह हमेशा ही तुम्हारे बारे में बहुत इज्ज़त से बात करता है। और तुम्हारा अपने "हुनर" से क्या मतलब है?'

'आज मैंने तुम्हें नाचते हुए देखा। मैं भी यही करता हूँ, फ़र्क सिर्फ़इतना है कि मैं अपने शरीर से नहीं, हरफो से इबादत करता हूँ।'

एथीना काफ़ी हैरान थी।

'अल्लाह, उसका नाम हमेशा रौशन रहे – उसकी इबादत का मेरा ज़रिया "कैलिग्राफ़ी" है, जिसमें हर अक्षर उसके नाम की तारीफ़ और मायने की खुशनवीसी बन जाता है। हर एक अक्षर में उसके मानी और उसकी ताकत को निचोड़ उसका अर्क बना डालना होता है, जैसे उसके मायने नक्काशी में ढाले जा रहे हों। जब पाक़ किताबें लिखी जाती हैं तो उनमें लिखने वाले की रूह का भी हिस्सा होता है जो उन्हें पूरी दुनिया में फैलाने का ज़रिया बना। और यह सब पाक़ किताबों के बारे में ही सच नहीं बल्कि हर उस निशान के बारे में सच है जो हम कागज़ पर बनाते हैं।

क्योंकि लकीर उतारी तो हाथ से जाती है पर उसके पीछे बंदगी करने वाली रूह का हाथ होता है।'

'क्या तुम यह सब मुझे सिखाओगे?'

'पहली बात, मुझे नहीं लगता कि तुममें इतना सब्र होगा, क्योंकि तुममें बहुत एनर्जी है। दूसरी, यह तुम्हारी दुनिया का हिस्सा नहीं, जहाँ हर चीज़ बिना सोचे समझे छाप देने का रिवाज़ है।'

'मैं कोशिश तो कर सकती हूँ।'

तो छह महीने से भी ज़्यादा, वह औरत जिसे मैं बेहद बेचैन और जोशीली समझता था – कि वह एक लम्हा भी टिक कर न बैठ सके – हर जुम्मे मुझसे मिलने आती रही। उसका बेटा मेरे ख़ेमे के एक कोने में चला जाता, और वह भी अपने कागज़ रंग और कूचियों से वह सब नमू करता जो ऊपर वाले की मर्ज़ी थी।

जब मैंने देखा कि सही तरीके से बैठने और उसी तरह बैठे रहने में एथीना को कितनी ज़्यादा कोशिश करनी पड़ रही थी, तो मैं बोला, 'क्या तुम्हें नहीं लगता कि तुम्हें कुछ और करना चाहिए, जो आसान हो?'

उसने जवाब दिया, 'नहीं, मुझे इसी की ज़रूरत है। मुझे अपनी रूह को चैन में लाना है, और अभी भी मैंने वह सब नहीं सीखा जो तुम मुझे सिखा सकते हो। वर्टेक्स की रौशनी ने मुझे कहा कि मुझे यह कोशिश जारी रखनी है।'

न तो मैंने उससे पूछा कि वर्टेक्स क्या था, न ही मुझे दिलचस्पी थी।

पहला सबक, और जो शायद सबसे मुश्किल था, वो थाः 'सब्र!'

लिखना महज़ ख़याल को लिख डालना न था, बल्कि यह हर शब्द के मायने पर इत्मिनान से सोचने का तरीका था। हमने साथ-साथ एक अरबी शायर की किताब पर काम शुरू किया, क्योंकि मुझे नहीं लगता कि किसी दूसरे मज़हब में पले हुए को क़ुरान की खुशनवीसी करनी चाहिए। मैं हर हर्फ़ बोलता था, ताकि वह सिर्फ़ लिखे और मायनों में उलझ कर न रह जाए।

'एक बार मुझे किसी ने बताया था कि संगीत ईश्वर ने रचा था, और तेज़ नाच ज़रूरी है ताकि हम खुद से जुड़ सकें,' एथीना ने एक दोपहर

कहा। 'बरसों तक मुझे लगा कि यह सच था, और अब मुझे दुनिया में सबसे मुश्किल काम करने को कहा जा रहा है – कि मैं रफ़्तार छोड़ धीमी हो जाऊं। सब्र की इतनी अहमियत क्यों है?'

'क्योंकि सब्र हमें ध्यान देने पर मजबूर करता है।'

'लेकिन मैं तो सिर्फ अपनी रूह की आवाज़ पर नाच सकती हूँ, जो मुझे खुद से कहीं बड़ी चीज़ पर ध्यान देने के लिए मजबूर करती है, और मुझे ईश्वर के साथ जोड़ती है – अगर मैं उसे ईश्वर कहूं। डांस ने पहले ही मुझे अपनी ज़िंदगी में कई चीज़ें बदलने में मदद की है, मेरा काम क्या सब्र से ज़्यादा ज़रूरी नही?'

'वाकई है, लेकिन अगर तुम्हारी रूह तुम्हारे दिमाग से जुड़ सके, तो तुम और भी ज़्यादा चीज़ें बदल सकोगी।'

हमने अपना काम जारी रखा। मैं जानता था कि कभी न कभी मुझे उसे कुछ ऐसा बताना पड़ेगा जो वह सुनने को तैयार न थी, इसलिए मैंने वक्त के हर क़तरे का इस्तेमाल किया कि उसकी रूह को पक्का करूं। मैंने समझाया कि हर शब्द पहले ख़याल होता है। और ख़याल से पहले एक इलाही चमक होती है जिसने उसे वहाँ रखा। सब कुछ, यानि कि इस ज़मीन पर हर चीज़ के मायने हैं, उसका सबब है, और हर छोटी से छोटी चीज़ पर भी हमारा ध्यान जाना चाहिए।

'मैंने अपने शरीर को सिखाया है कि वह मेरी रूह में हो रहे हर अहसास को बयान करे, ज़ुबान दे,' उसने कहा।

'अब तुम्हें सिर्फ अपनी उंगलियों को सिखाना है, ताकि वे तुम्हारे शरीर में हो रहे हर अहसास को ज़ुबान दें। इससे तुम्हारे शरीर की पूरी ताकत एक हो जाएगी, और एक ही काम पर लगाने से पुरअसर अंजाम देगी।'

'क्या तुम एक टीचर भी हो?'

'टीचर क्या होता है? मैं बताता हूँः टीचर वो नहीं जो तुम्हें कुछ सिखाता है, बल्कि वह अपने शागिर्द को सबसे बेहतर बनने के लिए उकसाता है, ताकि शागिर्द की अपने भीतर छिपी सच्चाई से पहचान हो जाए।'

मुझे बिना कहे यह मालूम था कि उम्र में छोटी होने के बावजूद एथीना को यह अहसास हो चुका था। लिखाई इंसान की शख़्सियत का आईना होती है, और मैंने देखा कि एथीना को यह अहसास था कि उसे पूरे दिल से चाहने वाले थेः न सिर्फ़ उसका बेटा, बल्कि उसके माँ-बाप और शायद कोई मर्द भी। मैंने यह भी देखा कि उसे कई चीज़ों में खुदा की देन थी, लेकिन मैंने यह ज़ाहिर नहीं किया, कि मुझे मालूम था। क्योंकि ऐसी अबूझ सौगातें उसे खुदा से मिला सकती थी, पर साथ ही जला कर राख भी कर सकती थी।

मैंने उसे खुशनवीसी का महज़ तरीका न सिखा कर उसे खुशनवीसों का गहरा फ़लसफ़ा भी समझाने की कोशिश की।

जिस ब्रश से तुम ये लकीरें बना रही हो वह महज़ एक ज़रिया है। इसमें कोई ज़िंदा होने का अहसास नहीं; यह अपने को पकड़ने वाले की मर्ज़ी पर चलता है। और इस बात में यह ठीक "ज़िंदगी" की तरह है। इस दुनिया में बहुत से लोग सिर्फ एक किरदार निभा रहे है, जानते कि कोई अनदेखा हाथ उन्हें कठपुतलियों की तरह नचा रहा है। इस पल, तुम्हारे हाथ में, हर हर्फ़ को लिखते ब्रश में तुम्हारी रूह के सारे इरादे हैं, इस बात की अहमियत समझने की कोशिश करो।'

'मैं समझती हूँ, और यह भी कि इसमें एक तरह की खूबसूरती बरकरार रखना ज़रूरी है। तुम मुझे एक ख़ास तरीके से बैठने को कहते हो, और कि मैं जिन रंगों, स्याही, कागज़ और ब्रशों का इस्तेमाल करने वाली हूँ, उनके लिए मन में इबादत का अहसास रखूं, और उसके बाद ही खुशनवीसी शुरू करूं।'

ज़ाहिर था कि अगर वह अपने ब्रश की इबादत करेगी तो खुद जान जाएगी कि खुशनवीसी सीखने के लिए उसमें सुकून और खूबसूरती का जज़्बा होगा। और सुकून तो दिल से आता है।

'खूबसूरती कोई सतही चीज़ नहीं, यह तो वो तरीका है जिससे इंसान ने ज़िंदगी और काम की इज्ज़त करना सीखा है। इसलिए जब तुम एक तरह से बैठी-बैठी थक जाओ तो यह न सोचो कि यह झूठी या नकली हैः यह

सच और हक़ीक़त इसीलिए है क्योंकि यह मुश्किल है। इस तरह बैठने का मतलब है कि ब्रश और कागज़, दोनों को ही तुम्हारी कोशिश पर फ़ख्र है। तब कागज़ सपाट, बेरंग सतह न रह कर उस पर चितेरी चीज़ों की गहराई ले लेता है। लिखाई उम्दा होने के लिए बैठने का तरीका भी खूबसूरत होना चाहिए। यही ज़िंदगी के साथ भी हैः जब जब सतही और फालतू खयाल निकाल दिए जाएं तो हमें सादगी और ध्यान देने की ताकत मिलती है। बैठने का तरीका जितना सादा और ग़ैर दिखावटी होगा, वह उतना ही खूबसूरत होगा चाहे शुरू में वह मुश्किल या बेआराम लगे।'

कभी-कभी वह अपने काम के बारे में बात करती। उसने बताया कि उसे काम में मज़ा आता था और उसे हाल ही में एक नामी-गिरामी अमीर से नौकरी का बुलावा आया था। वह बैंक में मैनेजर से मिलने गया था जो उसका दोस्त भी था। और जब वह एथीना से बात कर रहा था तो उसने ज़िक्र किया कि वह कोई ऐसा मुलाज़िम चाहता था जो उसकी ज़मीनों की बिक्री की ज़िम्मेवारी ले ले, और वह सोच रहा था कि क्या एथीना को इसमें दिलचस्पी थी।

रेगिस्तान के बीचों-बीच या दूर दराज़ की पत्तन में भला कौन ज़मीन खरीदना चाहेगा? मैंने चुप रहने का फैसला किया और मुझे खुशी है कि उस वक्त मै चुप रहा।

सिर्फ एक बार उसने उस मर्द का ज़िक्र किया जिसे वह प्यार करती थी, जबकि जब भी उसके सामने टूरिस्ट आते, तो कोई न कोई हमेशा उसमें दिलचस्पी दिखाता और बात आगे ले जाने की कोशिश करता। आमतौर पर एथीना सिर्फ मुँह फेर लेती, लेकिन एक दिन, एक ने कहा कि वह उसके आशिक को जानता था, तो उसका रंग एकदम ज़र्द पड़ गया और उसने घबरा कर अपने बेटे की ओर देखा, जो, खुशकिस्मती से यह बात नहीं सुन रहा था।

'तुम उसे कैसे जानते हो?'

'मैं मज़ाक कर रहा हूँ,' वह मर्द बोला। 'मैं सिर्फ यह जानना चाहता था कि तुम्हारा किसी से ऐसा रिश्ता है या नहीं।'

उसने कुछ नहीं कहा, लेकिन मुझे इस बात से यह समझ आया कि अब जो उसकी ज़िंदगी में था वह उसके बेटे का वालिद नहीं था।

एक दिन वह वक्त से पहले आ गई। उसने बताया कि उसने बैंक की नौकरी छोड़ दी थी, और अब वह ज़मीन बेचने का काम करती थी। इसलिए अब उसके पास ज़्यादा खाली वक्त होगा। मैंने उसे समझाया कि मैं वक्त से पहले हमारी क्लास शुरू नहीं कर सकता था क्योंकि मेरे पास और भी काम थे।

'मैं दोनों चीज़ें एक साथ कर सकती हूँ: थिरकना और स्थिरता; आनंद और ध्यान।'

वह कार तक गई और अपना रेडियो-कैसेट प्लेयर ले आई, और तब से, हमारी क्लास शुरू होने से पहले एथीना रेगिस्तान में नाचती थी। उसका छोटा सा लड़का खिलखिलाता हुआ उसके गिर्द भागता रहता। जब वह खुशनवीसी करने बैठती, उसका हाथ पहले से कहीं ज़्यादा टिका हुआ होता।

'दो तरह के हर्फ़ होते है,' मैंने समझाया। 'पहला सटीक होता है, पर उसमें रूह नहीं होती। ऐसे में, चाहे खुशनवीस ने तरीके पर महारत हासिल कर ली हो, उसने सिर्फ तकनीक पर ध्यान दिया, जिस वजह से वह आगे न बढ़ा, बस खुद को बार-बार दोहराने लगा; वह आगे न बढ़ सका है, और एक दिन वह लिखाई छोड़ देगा क्योंकि यह उसे रोज़ाना की मशक्कत लगने लगेगा।

'दूसरे तरह के हर्फ़ गहरी तकनीक से लिखे जाते हैं, लेकिन रूह के साथ। ऐसा होने के लिए लिखने वाले का इरादा शब्द के साथ तालमेल में होना चाहिए। ऐसे में, उदास से उदास शायरी भी ग़मगीन नहीं रहती और राह चलते मिली ज़िंदगी में तबदील हो जाते हैं।'

'तुम अपनी तस्वीरों का क्या करते हो,' लड़के ने साफ़ ज़ुबान अरबी में पूछा। वह हमारी बातें चाहे न समझ सके, लेकिन वह अपनी माँ के काम में हिस्सा ज़रूर लेना चाहता था।

'बेच देता हूँ।'

'क्या मैं अपनी तस्वीरें बेच सकता हूँ?'

'तुम्हें अपनी तस्वीरें ज़रूर बेचनी चाहिए। एक दिन इस तरह तुम अमीर हो जाओगे और अपनी माँ की मदद कर सकोगे।'

वह मेरी बात से खुश हुआ और वापिस तस्वीर बनाने में लग गया जो एक बेहद रंग-बिरंगी तितली की थी।

'और मैं अपनी लिखाई का क्या करूंगी?' एथीना ने पूछा।

तुम्हें अब वे मुश्किलें मालूम हैं जो सही तरीके से खूबसूरती में बैठने में होती है, अपनी रूह को सुकून में लाने में होती हैं, कि अपने इरादे साफ रखो और हर शब्द के हर्फ़ को इज्ज़त देनी होती है। इस दौरान, रियाज़ जारी रहे। ढेरों रियाज़ के बाद, हम उन सभी ज़रूरी कदमों के बारे में नहीं सोचते, जो हमें उठाने होते हैं; वे हमारी सांसों में घुलमिल जाते हैं। लेकिन उस सीढ़ी पर पहुँचने से पहले, तुम्हें ढेरों रियाज़ करना और उसे दोहराना है। और अगर वह काफ़ी नहीं, तो और रियाज़ करो।

'एक सधे हुए लोहार को इस्पात का काम करते हुए देखो। नासमझ को वह एक-जैसा वार करता हुआ दिखाई देता है, लेकिन जिसने खुशनवीसी के हुनर में तालीम ली हो वह जानता है कि हर बार जब हथौड़ा उठता है और लोहार उसे नीचे लाता है, तो वार के पीछे पड़ते ज़ोर में फ़र्क है। रियाज़ और दोहराने में भी यही है। देखने में एक जैसा लग सकता है, लेकिन होता हमेशा ही फ़र्क है। एक ऐसा वक्त आएगा कि तुम यह नहीं सोचोगी कि तुम क्या कर रही हो। तुम खुद ही वो अक्षर बन जाओगी, खुद ही स्याही, कागज़ और खुद ही हर्फ़।'

यह वक्त लगभग एक बरस बाद आया था। तब तक दुबई में एथीना को लोग अच्छे से जानने लगे थे। वह अपने ग्राहकों को मेरे खेमे में खाना खाने के लिए भी भेजा करती थी, और उन्हीं से मुझे मालूम हुआ कि उसका काम बढ़िया चल रहा था: वह रेगिस्तान के टुकड़े लोगों को बेच रही थी। एक रात उसका अमीर मालिक खुद भी मेरे यहाँ आया, अपने कारिंदों की पूरी फ़ौज के साथ। मेरा तो दम निकल गया: मैं इसके लिए तैयार न था, पर उसने तुरंत ही मेरा डर निकाल दिया और जो मैं उसकी मुलाज़िम के लिए कर रहा था उसके लिए मेरा शुक्रिया अदा किया।

'वह एक बेहतरीन शख़्स है और उसके मुताबिक उसकी खासियतें तुम्हारी सिखाई गई बातों का नतीजा हैं। मैं उसे कंपनी में हिस्सेदार बनाने की सोच रहा हूँ। और मुझे लगता है कि मुझे अपने बाकी स्टाफ़ को भी खुशनवीसी सीखने भेजना चाहिए, ख़ास तौर पर जब वह एक महीने की छुट्टी पर जाने को है। 'इससे कोई फ़ायदा नहीं होगा,' मैंने जवाब दिया। खुशनवीसी सारी पसंद-नापसंद एक तरफ रख कर दिमाग टिकाना सीखाती है और सब्र, अदावत और नवाज़िश, लेकिन हम ये सब और तरीकों से भी सीख सकते हैं, जैसे –'

'डांस' , एथीना ने बात पूरी की। वह पास ही खड़ी थी।

'या ज़मीन बेच कर,' मैंने जोड़ा।

जब वे सब चले गए तो एथीना का बेटा खेमे के एक कोने में लेट गया क्योंकि उसकी आँखें नींद से बोझिल हो रही थीं। मैंने अपना खुशनवीसी का सामान निकाला और एथीना से कुछ लिखने को कहा। लिखने के बीच मैंने उसके हाथ से ब्रश ले लिया। अब वह कहने का वक्त आ गया था जो बताया जाना बाकी था। मैंने कहा कि हम बाहर रेत में सैर के लिए जा सकते थे।

जो तुम्हें सीखने की ज़रूरत थी, वह सीख चुकी हो, मैंने कहा। 'तुम्हारी लिखाई हर बार पहले से बेहतर होती है – और वह तुम्हारी अपनी शख़्सियत की रवानगी से लिखी जा रही है। वह अब खूबसूरती की दोहराई नहीं, बल्कि तुम्हारी रौशनी और अलग अंदाज़ का आईना है। तुम वह समझ गई हो जो दुनिया के सब नायाब तस्वीरसाज़ जानते हैं: कायदे-कानून भूलने के लिए उन्हें जानना और उनकी इज्ज़त करना ज़रूरी है।'

'अब तुम्हें उन चीज़ों की ज़रूरत नहीं जिनसे तुमने सीखने में मदद ली। कागज़ स्याही ने सिर्फ तुम्हें रास्ता दिखाया, और अब रास्ता ही ज़्यादा ज़रूरी है। एक बार तुमने मुझे बताया था कि जिसने तुम्हें नाचना सिखाया, वह अपने दिलो-दिमाग में बजते संगीत की धुन पर नाचता था, और फिर भी ज़रूरी हाव-भाव और ताल पर सही थिरकन कर सकता था।'

'हाँ, बिल्कुल।'

'अगर सारे हर्फ़ जोड़ दिए जाएं, तो उनके मायने न रहेंगे, या कम-से-कम, उन्हें समझना लगभग नामुमकिन हो जाएगा। तो हर्फ़ों के बीच की ख़ाली जगहें बेहद ज़रूरी हैं।'

उसने सिर हिला कर हामी भरी।

'और चाहे कि तुमने हर्फ़ों पर महारत हासिल कर ली है तुम्हे ख़ाली जगहों पर काबू पाना नहीं आया है। जब तुम पूरा ध्यान लगा कर लिखती हो तो तुम्हारा हाथ ऐन सधा हुआ होता है, लेकिन जब तुम एक हर्फ़ से दूसरे हर्फ़ पर जाती हो तो वह खो जाता है।'

यह तुम्हें कैसे मालूम?

'क्या मैं सही हूँ?'

'बिल्कुल। जब मैं दूसरे हर्फ़ पर ध्यान देती हूँ तो एक पल के लिए खो जाती हूँ। जिन चीज़ों के बारे में मैं सोचना नहीं चाहती, वे मेरी सोच पर हावी हो जाती हैं।'

'और तुम वाकई जानती हो कि वे चीज़ें क्या हैं।' एथीना जानती थी, लेकिन वह तब तक न बोली जब तक हम खेमे में वापिस न चले गए जहाँ उसने अपने सोते हुए बेटे को गोद में ले लिया। उसकी आँखें आँसुओं से लबालब भरी थीं।

'अमीर ने कहा कि तुम छुट्टी मनाने जा रही हो।' उसने कार का दरवाज़ा खोला, चाबी लगाई और इंजिन चालू किया। कुछ लम्हे सिर्फ इंजिन की आवाज़ रेत की खामोशी में धड़क रही थी।

'मैं जानती हूँ कि तुम्हारा क्या सबब है,' वह आख़िर में बोली। 'जब मैं लिखती हूँ, जब मैं नाचती हूँ, तब वो हाथ जिसने सब कुछ बनाया, मुझे रास्ता दिखाता है। जब मैं वियोरल को सोता देखती हूँ तो मुझे मालूम है कि वह जानता है कि वह उसके पिता के लिए मेरे प्यार का फल है, चाहे मैं उससे एक बरस से भी ज़्यादा से नहीं मिली हूँ। लेकिन मैं...'

वह फिर चुप हो गई। उसकी यही खामोशी हर्फ़ों के बीच की खाली जगह थी।

'...लेकिन मैं उस हाथ को नहीं जानती जिसने पहली बार मुझे पालने में झुलाया। वो हाथ जिसने मुझे दुनिया की किताब में लिखा।' 'क्या तुम्हें लगता है कि इससे फ़र्क पड़ता है?'

'कुछ ख़ास नहीं। लेकिन तुम्हारे लिए, जब तक तुम वह हाथ न छू लोगी, तुम्हारी खुशनवीसी बेहतर न होगी।'

'मुझे समझ नहीं आता कि मैं उसे ढूंढने की परवाह क्यों करूं जिसने मुझे कभी प्यार करने की ज़हमत तक न उठाई।'

उसने कार का दरवाज़ा बंद किया, मुस्कुराई और चली गई। उसके आख़िरी अल्फाज़ के बावजूद, मैं जानता था कि उसका अगला कदम क्या होगा।

समीरा आर. ख़लील, एथीना की माँ

यूँ लगा जैसे उसकी सारी प्रोफेशनल कामयाबी, उसकी पैसा कमाने की काबिलियत, उसका नया प्यार पा लेने की खुशी, अपने बेटे के साथ खेलते हुए मिलता सुकून – सब छोटा हो गया था। मैं तो बुरी तरह घबरा गयी थी जब शिरीन ने मुझे बताया कि वह अपनी जन्म देने वाली माँ को खोजना चाहती थी।

शुरू में, ऑफकोर्स, मैंने खुद को यह कह कर दिलासा दिया कि अब तक तो वह एडॉप्शन सैंटर रहा ही न होगा, सारे कागज़ात गुम चुके होंगे, जिन अफसरों से वो मिलेगी, वे उसकी मदद से साफ इन्कार कर देंगे, रोमानिया में सरकार गिरने से वहाँ जाना ही नामुकिन हो जाएगा, और जिस औरत ने उसे जन्मा था, वह कब की फ़ना हो गयी होगी। लेकिन इससे तो कुछ देर की ही राहत मिलीः मेरी बच्ची अपनी ज़िद में कुछ भी कर सकती थी।

तब तक हमारे घर में इस मुद्दे पर बात नहीं होती थी। शिरीन जानती थी कि उसे गोद लिया गया था, क्योंकि बेरूत में दिमागी डॉक्टरों ने मुझे यही सलाह दी थी कि जैसे ही वह समझने लायक हो, उसे यह बात बता देनी चाहिए। लेकिन उसने कभी भी यह जानने की इच्छा नहीं ज़ाहिर की कि वह कहाँ से आई थी। बेरूत ही उसका घर था, जब तक वह हमारा भी घर था।

मेरी एक दोस्त के गोद लिए बेटे ने सोलह की उम्र में खुदकुशी कर ली थी जब उसकी बहन पैदा हुई शिरीन के बाद हमने कभी भी अपने बच्चे पैदा करने की कोशिश न की, और हमने उसे यह जताने की हर कोशिश की कि वही हमारी खुशियों, हमारे प्यार और उम्मीदों की इकलौती वजह

थी। और फिर भी, ऐसा लगा जैसे कि इन सब का कोई फ़ायदा नहीं हुआ। हे ईश्वर, बच्चे कितने नाशुक्रे हो सकते हैं!

जिस तरह मैं अपनी बच्ची को जानती थी, मैं समझ गई कि उससे इस बारे में बहस करने का कोई फायदा नहीं। मैं और मेरे शौहर पूरा एक हफ़्ता नहीं सोए, और हर सुबह, हर शाम एक ही सवाल की बौछार होती: रोमानिया में मैं कहाँ पैदा हुई थी? हालात यूँ ही कम खराब न थे कि वियोरल सारे वक्त रोता रहा, जैसे कि वह जानता था कि क्या हो रहा था।'

मैंने फिर से एक दिमागी डॉक्टर की सलाह लेने का फैसला किया। मैंने पूछा कि एक जवान लड़की, जिसके पास ज़िंदगी में सब कुछ था, इतनी नाखुश क्यों रहती थी।

'हम सब जानना चाहते हैं कि हम कहाँ से आए हैं,' वह बोला। 'फ़लसफ़े की तह में हर इंसान के लिए यह पहला सवाल है। तुम्हारी बेटी के केस में यह बिल्कुल जायज़ है कि वह अपनी जड़ों की खोज में जाना चाहे। क्या तुम नहीं जानना चाहती?'

'नहीं, बिल्कुल नहीं। इसके उलट, मुझे लगता है कि किसी ऐसी चीज़ की खोज में जाना जिसने मेरा हक छीन कर मुझे निकाल दिया था जब मैं बेसहारा थी और अपने बूते पर ज़िंदा नहीं रह सकती थी, बेहद खतरनाक है।'

लेकिन डॉक्टर तो अड़ा रहा।

'ऐसा दिखाओ जैसे तुम्हें खुद पर भरोसा है और तुम्हें कोई घबराहट नहीं। और आख़िर में, यदि वह सचमुच कदम उठाती है, तो आराम से उसे वह सब बता दो जो वह जानना चाहती है। जैसा मुझे समझ आता है, वह हमेशा से ही आम बच्चों से जुदा है। शायद इस खोज के बाद वह खुद में ज़्यादा ताकत पाएगी।'

मैंने पूछा कि क्या डॉक्टर के अपने बच्चे थे। उसने 'न' में जवाब दिया, और तब मैं समझ गई कि वह मुझे सलाह देने के लिए सही इंसान नहीं था।

उस रात जब हम टीवी के सामने बैठे थे, तो शिरीन उसी मुद्दे पर वापिस आ गई:

'आप क्या देख रही हो?'

'खबरें।'

'किसलिए?'

'यह पता लगाने के लिए कि लेबनान में क्या हो रहा है।' मेरे शौहर ने जवाब दिया।

मैंने गड्ढा देख लिया था, लेकिन तब तक बहुत देर हो चुकी थी। शिरीन तुरंत इस मौके पर लपकी।

'देखिए, आपको भी जानने का मन करता है कि आपके अपने देश में, जहाँ आप पैदा हुए थे, क्या हो रहा है। आप अब इंग्लैंड में बस गए हैं, आपके दोस्त हैं, पापा खूब पैसा कमाते हैं, आपको कोई खतरा नहीं और फिर भी आप लेबनान के अखबार खरीदते हैं। आप तब तक चैनल बदलते रहते हैं जब तक कहीं बेरूत के बारे में कोई छोटी-सी ही, खबर न मिल जाए। आप आने वाले वक्त को गुज़रे वक्त की तरह सोच कर चलते हैं और यह नहीं समझ रहे कि जंग कभी नहीं रूकेगी। मैं यही कह रही हूँ, कि जब आप अपनी जड़ों से जुड़े नहीं होते, तो ऐसा लगता है जैसे अपनी पूरी दुनिया से नाता टूट गया है। तो क्या आपके लिए इतना मुश्किल है वह समझ पाना जो मैं महसूस कर रही हूँ?'

'तुम हमारी बेटी हो।'

'और मुझे इसका फ़ख्र है। और मैं हमेशा ही आपकी बेटी रहूँगी। आपके लिए जो मेरा प्यार है, और जितनी मैं शुक्रगुज़ार हूँ उस पर कभी शक मत कीजिए। आपने मेरे लिए बहुत कुछ किया है। मैं सिर्फ यह मांग रही हूँ कि मुझे अपने जन्म स्थान पर जाने का मौका दीजिए और कि शायद मैं अपनी जन्म देने वाली माँ से पूछ सकूं कि उसने मुझे बेसहारा क्यों छोड़ दिया, या सिर्फ उसकी आँखों में देखूं, और कुछ भी न कहूं। यदि मैं कम-से-कम यह नहीं करती, तो मैं खुद की नज़रों में कायर कहलाऊंगी और फिर मैं उन ख़ाली जगहों को कभी न समझ पाऊंगी।'

'ख़ाली जगहें?'

'जब मैं दुबई में थी तो मैंने वहाँ कैलिग्राफी सीखी। जब भी मौका मिले तो मैं डांस करती हूँ, लेकिन म्यूज़िक तभी ज़िंदा होता है जब उसमें खामोशी के लम्हे भी ज़िंदा होते हैं। जब मैं कुछ कर रही होती हूँ तो मैं खुद में पूरी होती हूँ, लेकिन कोई भी पूरे चौबीस घंटे तो काम में लगा नहीं रह सकता। जैसे ही मैं आराम को थमती हूँ, एक पल के लिए भी, तो मुझे लगता है जैसे कोई कमी है। आपने मुझे अक्सर कहा है कि मैं काफी बेचैन किस्म की लड़की हूँ, लेकिन मैंने ऐसा होना खुद नहीं चुना। मुझे भी अच्छा लगे, यहाँ आराम से बैठना, टी वी देखना। कई बार मुझे लगता है कि मैं पागल होती जा रही हूँ। हमेशा ही मुझे नाचना, लिखना, ज़मीन बेचना, वियोरल को संभालना, या जो हाथ में आ जाए उसे पढ़ रहे होना होता है। क्या आपको लगता है कि यह "नॉर्मल" है?'

'शायद यही तुम्हारा स्वभाव है,' मेरे शौहर ने कहा। बातचीत वहीं खत्म हो गई, जैसे कि हमेशा होती थी, क्योंकि वियोरल रोने लगा था। शिरीन अपनी खामोशी में सिमट गई, और मैं अपने इस विश्वास में, कि बच्चे आपके किए को कभी इज्ज़त नहीं देते। लेकिन अगले दिन, ब्रेकफ़ास्ट पर मेरे शौहर ने ही वह मुद्दा फिर से उठाया।

'कुछ अर्सा पहले, जब तुम मिडल-ईस्ट में थी, मैंने बेरूत लौट जाने के इरादे पर गौर किया। मैं उस गली में गया जहाँ हम रहते थे। हमारा घर अब नहीं है, लेकिन, विदेशियों के कब्ज़े के बावजूद, और लगातार गुरिल्ला हमलों के बावजूद, वे धीरे-धीरे देश को दोबारा बना रहे हैं। मुझे इससे बेहद खुशी हुई कि शायद एक नई शुरुआत का वक्त आ गया था। और यही ख़याल, "फिर से नई शुरुआत करें" मुझे वापिस सच्चाई पर ले गया। वह वक्त गुज़र चुका है जब मैं खुद को इस खुशफ़हमी में रख सकता था। आजकल मैं वही किए जाना चाहता हूँ, जो मैं कर रहा हूँ, और मुझे और नए एडवेंचर्स की ज़रूरत नहीं।

'मैंने उन लोगों को ढूंढा जिनके साथ मैं काम के बाद एक आधी ड्रिंक ले लेता था। उनमें से ज़्यादातर देश छोड़ कर जा चुके हैं, और जो बचे

हैं वे हर वक्त खतरे में होने का रोना रोते हैं। मैं अपनी पुरानी पसंदीदा जगहों के पास से गुज़रा और मुझे खुद ही अजनबी जैसा लगा। मेरा वहाँ लौटने का सपना धीरे-धीरे डूब गया। फिर भी, इस समझ के लिए मुझे वहाँ जाना तो ज़रूरी था। अब मैं जानता हूँ कि मैं लेबनान में फिर कभी न रहूंगा।'

'पापा, आप मुझे क्या बताने की कोशिश कर रहे हैं?'

'कि तुम सही हो। कि शायद उन ख़ाली जगहों को समझना ही बेहतर होगा। तुम्हारे पीछे से हम वियोरल का ख़याल रखेंगे।'

वे बेडरूम में गए और एडॉप्शन के काग़ज़ों की पीली फ़ाइल लेकर आए। उन्होंने वह फाइल शिरीन को दे दी, उसे चूमा और कहा कि उनके काम पर जाने का वक्त हो गया था।

हैरन रायन, पत्रकार

1990 की एक सुबह, मेरे होटल की छठी मंज़िल की खिड़की से सिर्फ वह सबसे बड़ी सरकारी इमारत देखी जा सकती थी। उसकी छत पर एक झंडा चढ़ा दिया गया था, ठीक उस जगह जहाँ से वह खूंखार पागल तानाशाह अपने हेलिकॉप्टर में फरार हुआ था, और कुछ ही घंटे बाद उसे उन्हीं के हाथों मौत मिली जिन्हें उसने पिछले बाईस बरसों से आतंकित किया हुआ था।

एक ऐसी राजधानी बनाने को, जो वॉशिंगटन का मुकाबला करेगी, चाउसेस्कु ने सभी पुराने घरों को गिराने का हुक्म दिया था। असल में बुख़ारेस्ट को ही यह बदनाम शोहरत हासिल थी कि जंग या किसी कुदरती आपदा के अलावा यदि कोई शहर इतनी बुरी तरह ढहा था तो वह यही था।

जिस दिन मैं शहर में आया, मैंने अपने दुभाषिये के साथ सैर पर जाने की कोशिश की, लेकिन गलियों में जो मुझे दिखा वह यही था, चारों ओर गरीबी, बौखलाहट। और यह अहसास कि न कोई भविष्य था, न अतीत, न वर्तमान लोग एक तरह के अधर में लटके जी रहे थे, और उनके अपने देश में या दुनिया में क्या हो रहा था इसका उन्हें कोई अंदाज़ा न था। जब मैं दस बरस बाद गया, और पूरे देश को अपनी राख से उठते देखा, मुझे समझ आया कि लोग किसी भी मुसीबत से उबर सकते हैं, और रोमानिया के लोग इसकी बेहतरीन मिसाल थे।

लेकिन उस दूसरी धुंधली सुबह, एक धुंधले होटल के सलेटी हॉल में, मुझे एक ही फ़िक्र थी, कि क्या मेरा दुभाषिया एक कार का इंतज़ाम कर पाएगा ताकि मैं बीबीसी डॉक्यूमेंट्री के लिए कुछ आख़िरी रिसर्च कर

सकूं। वह काफ़ी वक्त लगा रहा था, और मेरी उम्मीद ढल रही थी। पहले ही कई इतिहासकारों के साथ कान्ट्रेक्टों में मैं काफ़ी पैसे खर्च चुका था। फिर स्क्रिप्ट में, इंटरव्यू रिकॉर्ड करने वगैरह में भी काफ़ी पैसे लग चुके थे। लेकिन इससे पहले कि बी बी सी पक्के कॉट्रेक्ट पर साइन करती, वे चाहते थे कि मैं ड्रैकुला के महल को एक बार खुद देख कर आऊं, कि वह किस हाल में था।

मैंने अपनी गर्लफ्रैंड को फ़ोन करने की कोशिश की, लेकिन मुझे कहा गया कि लाइन मिलने के लिए मुझे लगभग एक घंटा इंतज़ार करना पड़ेगा। मेरा दुभाषिया किसी भी वक्त आने को था तो मैंने इंतज़ार का खतरा नहीं उठाया।

मैंने आसपास पूछा कि क्या कहीं अंग्रेज़ी अखबार मिलेगा, लेकिन एक भी अखबार नहीं था। अपने फ़िक्र से ध्यान हटाने के लिए, मैंने बेहद संभल कर, अपने चारों ओर बैठे चाय पीते लोगों का मुआयना करना शुरू किया, जो शायद एक बरस पहले हुई उन सब घटनाओं से अनजान थे – आम जनता के आंदोलन, तिमिसोरा में लोगों का संगीन कत्लेआम, गलियों में लोगों और खौफ़नाक सीक्रेट सर्विस के बीच गोलियाँ चलना, जब कि सीक्रेट सर्विस हाथ से फिसलती सत्ता को पकड़े रहने की नाकाम कोशिश कर रही थी।

फिर मुझे तीन अमेरिकन लोगों का दल दिखाई दिया, एक काफी दिलचस्प लग रही औरत जो एक फ़ैशन मैगज़ीन में आँखें गड़ाए थी, और कुछ आदमी, जो मेज़ के गिर्द बैठे किसी अनजान भाषा में, ऊँची आवाज़ में बातें कर रहे थे।

मैं फिर से उठकर दरवाज़े पर जाने वाला था कि कहीं मेरा दुभाषिया आ पहुंचा हो, जब वह अंदर आई। वह बीस बरस से ज़्यादा की नहीं रही होगी। वह बैठी, उसने ब्रेकफ़ास्ट का ऑर्डर दिया, और मैंने देखा कि वह अंग्रेज़ी बोल रही थी। बाकी मौजूद लोगों ने उस पर कोई ध्यान न दिया, लेकिन दूसरी औरत ने एक पल को पढ़ना छोड़ दिया।

शायद मेरी फ़िक्र की वजह से या उस जगह की उदासी की वजह से, जो मुझ में बैठती जा रही थी, मैं उठा और हिम्मत करके उसके पास गया।

'माफ़ कीजिए, मैं ऐसा अक्सर नहीं करता। मुझे लगता है कि ब्रेकफ़ास्ट दिन का सबसे ज़रूरी वक्त होता है जो खुद के साथ ही बिताना चाहिए।'

वह मुस्कुराई, अपना नाम बताया, और मैं तुरंत ही चौकन्ना हो गया। यह सब बहुत आसानी से हो गया था – शायद वह कोई वेश्या थी, लेकिन उसकी अंग्रेज़ी एकदम साफ और सटीक थी और उसने बेहद बढ़िया लेकिन सादे कपड़े पहने हुए थे। मैंने कुछ भी न पूछने का फ़ैसला किया और अपने बारे में आराम से बात करने लगा, और मैंने देखा कि दूसरी मेज़ पर बैठी औरत ने अपनी मैगज़ीन नीचे रख दी थी और वह हमारी बातें सुन रही थी।

'मैं एक फ्री-लांस प्रोड्यूसर हूँ और लंदन में बी. बी. सी. के लिए काम कर रहा हूँ; और फ़िलहाल मैं ट्रांसिल्वेनिया पहुँचने का ज़रिया तलाश रहा हूँ...'

मैंने उसकी आँखों में रौशनी बदलती देखी। '...ताकि मैं मानवभक्षी चमगादड़ की मिथक पर अपनी डॉक्यूमेंट्री पूरी कर सकूं।'

मैं एक पल को रुका। यह मुद्दा हमेशा ही लोगों को आगे बात करने पर मजबूर कर देता था, लेकिन जैसे ही मैंने अपनी यात्रा की वजह बताई, वह दिलचस्पी खो बैठी।

'तुम्हें बस से जाना पड़ेगा,' वह बोली। 'चाहे कि मुझे शक है कि जो तुम ढूंढ रहे हो वह तुम्हें नहीं मिलेगा। यदि तुम ड्रैकुला के बारे में जानना चाहते हो तो किताब पढ़ो। लेखक खुद कभी रोमानिया नहीं आया।'

'और तुम, क्या तुम्हें ट्रांसिल्वेनिया के बारे में पता है?'

यह कोई जवाब नहीं था, शायद इसलिए कि इंग्लिश उसके ब्रिटिश लहज़े के बावजूद उसकी मातृभाषा नहीं थी।

'लेकिन मैं भी वहाँ जा रही हूँ,' उसने बोलना जारी रखा। 'बस से ही।'

उसके कपड़ों से वह ऐसी एडवेंचरस तो नहीं लगती थी जो दुनिया जहाँ की चुनिंदा जगहें देखने निकली थी। उसके वेश्या होने का ख़याल

मेरे दिल में फिर से आया; शायद वह मेरे नज़दीक आने की कोशिश कर रही थी।

'क्या तुम्हें लिफ्ट चाहिए?'

'मैंने पहले ही टिकट खरीद लिया है।'

मैंने ज़ोर दिया, यह सोच कर कि पहले 'न' करना इस खेल का हिस्सा होता है। उसने फिर से मना किया, और कहा कि उसे यह सफ़र अकेले करना था। मैंने उससे पूछा कि वह कहां की थी, और काफ़ी देर चुप रहने के बाद उसने जवाब दिया: 'जैसे मैंने कहा, ट्रांसिल्वेनिया से।'

'तुमने बिल्कुल यह तो नहीं कहा था। लेकिन यदि ऐसा है तो शायद फिल्म के लिए लोकेशन ढूंढने में तुम मेरी मदद कर सकती हो और...'

मैं बहुत-बहुत ज़ोर से चाहता था कि वह मेरे साथ चले। उसने शालीनता से मेरी पेशकश ठुकरा दी। दूसरी औरत अब हमारी बातचीत में शामिल हो गई जैसे कि उसे बचाना चाहती थी, और तब मुझे लगा कि मैं उनकी बातों में खलल डाल रहा था और मैं वहाँ से चला गया।

मेरा दुभाषिया थोड़ी ही देर में आ पहुँचा; उसकी सांस चढ़ी हुई थी और उसने कहा कि सारे इंतज़ाम हो गए थे, लेकिन जैसा कि हमें पहले ही अंदाज़ा था, सब कुछ बहुत महंगा पड़ने वाला था। मैं ऊपर अपने कमरे में गया, अपना सूटकेस उठाया, जिसे मैंने पहले ही तैयार कर लिया था, उस खटारा रूसी कार मे घुसा और दूर-दूर तक खाली सड़कों पर कार भगाते हुए मुझे अहसास हुआ कि मेरे साथ मेरा छोटा-सा कैमरा था, मेरे कपड़े और सामान, मेरे फ़िक्र, दो मिनरल वॉटर की बोतलें थी, कुछ सैंडविच और किसी ऐसी लड़की की छवि, जो मेरे दिलो-दिमाग से हटने का नाम नहीं ले रही थी।

आने वाले दिनों में, जब मैं ड्रैकुला की ऐतिहासिक शख़्सियत पर एक स्क्रिप्ट बनाने की कोशिश कर रहा था और मानवभक्षी चमगादड़ की मिथक पर स्थानीय लोगों और बुद्धिजीवियों, दोनों तरह के लोगों से इंटरव्यू ले रहा था, और जैसा कि मैं पहले से जानता था, इसमें सफलता कम ही मिल रही थी, मुझे धीरे-धीरे समझ आया कि मैं अब ब्रिटिश टेलिविज़न के लिए

डॉक्यूमेंट्री नहीं बना रहा था। मैं उस घमंडी, ग़ैरदोस्ताना और खुद में खुश लड़की से मिलना चाहता था जिसे मैंने बुख़ारेस्ट के एक होटल के डाइनिंग रूम में देखा था, और जो, उस पल, कहीं आस-पास ही थी। मैं उसके बारे में कुछ भी नहीं जानता था, सिवा उसके नाम के, लेकिन जो, मिथक के वैंपायर की तरह, जैसे मेरी सारी एनर्जी चूस लिए जा रही थी।

मेरी दुनिया में, और जिन के साथ मैं रहता था, उनकी दुनिया में, यह बेतुकी, बकवास और नागवार बात थी।

डिएड्री ओ' नील, उर्फ एँडा

मैं नहीं जानती कि तुम यहाँ क्या करने आई थी, लेकिन तुम उसे पूरा ज़रूर करना।

वह चौंक गई और मुझे ध्यान से देखा।

'तुम कौन हो?'

मैं उसे अपने हाथ में पकड़ी मैगज़ीन के बारे में बताने लगी और थोड़ी देर में उसके पास बैठा आदमी उठ कर चला गया। अब मैं खुल कर बात कर सकती थी।

'अगर तुम्हारा मतलब मेरे पेशे से है, तो कुछ बरस पहले मैंने डॉक्टरी पास की थी, लेकिन मुझे नहीं लगता कि तुम्हें वैसा जवाब चाहिए।'

'लेकिन मैंने उस पल कुछ नहीं कहा। फिर बोलीः कुछ घुमा-फिरा कर तुम यही जानने की कोशिश करोगी कि मैं इस देश में क्या कर रही हूँ जो बरसों की तानाशाही से उबर रहा है।'

'तो मैं सीधे-सीधे पूछती हूँ। तुम यहां क्यों आई थी?'

मैं कह सकती थी कि मैं अपनी टीचर के अंतिम संस्कार के लिए आई थी। क्योंकि मुझे लगा कि उन्हें यह श्रद्धाजंलि देनी ज़रूरी थी। लेकिन इस मुद्दे पर बात करना अक्लमंदी नहीं थी। उसने वैंपायरों में चाहे दिलचस्पी न दिखाई हो, लेकिन 'टीचर' शब्द ज़रूर ही उसका ध्यान खींच लेगा। क्योंकि मेरी शपथ मुझे झूठ बोलने की इजाज़त नहीं देती, मैंने आधे झूठ का सहारा लिया।

'मैं यह देखना चाहती थी कि मर्सिया एलिएड नाम के लेखक कहाँ रहते है। तुमने शायद उनके बारे में सुना न होगा, लेकिन एलिएड, जिन्होंने अपना ज़्यादातर जीवन फ्रांस में बिताया, मिथकों के ज्ञान के लिए पूरी दुनिया में प्रसिद्ध थे।'

उस लड़की ने अपनी घड़ी की ओर देखा, वह दिलचस्पी न दिखाने का बहाना कर रही थी। मैंने अपनी बात जारी रखीः

'और मैं वैंपायरों के बारे में बात नहीं कर रही, मैं उन लोगों के बारे में बोल रही हूँ जो उसी राह चल रहे हैं जिस पर तुम चल रही हो।'

वह अपनी कॉफ़ी की चुस्की लेने वाली थी, लेकिन रुक गईः

'क्या तुम सरकारी जासूस हो? या कि मेरे माँ-बाप ने तुम्हें मेरा पीछा करने को लगाया है?'

अब हिचकिचाने की मेरी बारी थी। उसका जवाब ज़रूरत से ज़्यादा तल्ख था। लेकिन मैं उसके शरीर के गिर्द फैली चिंता देख सकती थी – जिसे 'औरा' कहते हैं। वह काफ़ी हद तक मेरे जैसी थी जब मैं उसकी उम्र की थीः ढेरों ज़ख्म अंदर और बाहर, जिन्होंने मुझे इस रास्ते चलाया, कि मैं लोगों के बाहर के ज़ख्म भर दूं, और उन्हें अपने आध्यात्मिक रास्ते को ढूंढने में मदद करूं।

मैं कहना चाहती थीः तुम्हारे ज़ख्म तुम्हारी मदद करेंगे, और फिर अपनी मैंगज़ीन उठा वहाँ से चली जाती।

अगर मैं ऐसा करती तो एथीना की राह बिल्कुल अलग होती, और वह अब भी ज़िंदा होती और उसने अपने बेटे को पाला होता और उसे बड़ा होता देखती। वह अमीर होती, शायद किसी ज़मीन बेचने वाली कंपनी की मालिक, और उसमें वे सभी गुण थे जिनसे कामयाबी और खुशी मिलती है।

वह इतना कुछ सह चुकी थी कि अपने ज़ख्मों का सही फ़ायदा उठा सकती थी, और थोड़े ही वक्त उसने अपनी फ़्रिक पर काबू पाकर आगे बढ़ जाना था। तो वह क्या था जिसने मुझे वही बैठाए रखा, कि मैं बात जारी रखने की कोशिश करती रही। जवाब आसान है – कौतुहल।

मैं समझ नहीं पा रही थी, उस सर्द होटल में वह पुरज़ोर रौशनी क्या कर रही थी।

मैंने आगे कहाः

'मर्सिया एलिएड ने अजीबोगरीब नामों वाली किताबें लिखीः मसलन "काला जादू, जादूगरी और सांस्कृतिक चलन" वगैरह। या "पवित्रता और पाप"।

'मेरे टीचर,' (मुझसे यह शब्द बिना सोचे कहा गया, लेकिन या तो वह सुन नहीं रही थी, या उसने ध्यान न देने का बहाना किया) को एलिएड के से बहुत प्यार था। और मुझे लगता है कि तुम भी उन विषयों में दिलचस्पी रखती हो।'

उसने फिर से अपनी घड़ी पर नज़र डाली।

'मैं सिबियू जा रही हूँ,' वह बोली। मेरी बस एक घंटे में जाएगी। मैं अपनी माँ को ढूंढ रही हूँ, अगर तुम यह जानना चाहती हो। मैं मिडल-ईस्ट में एक ज़मीन बेचने वाली एस्टेट एजेंट के तौर पर काम करती हूँ; मेरा एक बेटा है जो लगभग चार बरस का है; मैं तलाकशुदा हूँ और मेरे माँ-बाप लंदन में रहते है। उन्होंने मुझे गोद लिया था क्योंकि जब मैं बहुत छोटी-सी थी, तभी मुझे मेरी माँ ने छोड़ दिया था। साफ था कि वह अनजाने में ही सब समझ रही थी और चाहे उसे पता न था, वह मेरे साथ जुड़ चुकी थी।

'हाँ, मैं यही जानना चाहती थी।'

'क्या तुम्हें एक लेखक के बारे में रिसर्च करने के लिए इतनी दूर आना पड़ा। जहाँ तुम रहती हो क्या वहाँ लाइब्रेरी नहीं?'

'बात यह है कि एलिएड रोमानिया में सिर्फ तब तक रहे जब तक वे युनिवर्सिटी से ग्रेजुएट न हो गए। तो यदि मैं उनके काम के बारे में और जानना चाहूं तो मुझे पेरिस, लंदन या शिकागो जाना चाहिए, जहाँ उनकी मौत हुई। लेकिन आमतौर पर रिसर्च से जो मायने निकलते हैं, मैं वह नहीं कर रही। मैं वह ज़मीन देखना चाहती थी जहाँ उन्होंने अपने कदम रखे। मैं महसूस करना चाहती थी वह सब, जिसने उन्हें उन विषयों लिखने की प्रेरणा दी जो मेरे और उन लोगों के जीवन पर असर डालते हैं।'

'क्या उन्होंने डॉक्टरी पर भी लिखा है?' बेहतर होगा मैं इस सवाल का जवाब न दूं। मैंने देखा कि उसने 'टीचर' शब्द पकड़ लिया था, और यह मान कर चल रही थी कि ज़रूर यह मेरे पेशे से जुड़ा था।

लड़की खड़ी हो गई। मुझे लगा कि वह जानती थी कि मैं क्या कह रही थी। मैंने देखा कि उसकी रौशनी और तेज़ चमक रही थी। मुझे यह सब

तभी इतना बेलौसी दिखाई देता हैं जब मैं अपने जैसे ही किसी के साथ होती हूँ।

'क्या तुम मेरे साथ बस स्टेशन तक चल सकती हो?' उसने पूछा।

'बिल्कुल। मेरी फ़्लाइट उस रात काफ़ी देर में थी और एक लंबा दिन मेरे सामने मुँह बाए खड़ा था। कम-से-कम कुछ देर मैं किसी से बात करते बिता सकती थी।

वह ऊपर गई, और हाथों में सूटकेस और ज़हन में कई सवाल लिए लौटी। जैसे ही हम होटल से बाहर निकले, उसने सवालों की झड़ी लगा दी।

'शायद मैं तुमसे कभी न मिलूँ,' वह बोली, 'लेकिन मुझे लगता है हमारी कई बातें मिलती हैं। हो सकता है कि इस जन्म में बात करने का यह आख़िरी मौका हो, तो प्लीज़ मेरी बातों का सीधा-सीधा जवाब देना।' मैंने सिर हिला कर हामी भर दी। उन किताबों में जो कुछ तुमने पढ़ा है, उनकी बिना पर क्या तुम्हें यह मुनासिब लगता है कि डांस के माध्यम से हम ऐसी ट्रांस जैसी अवस्था में पहुँच जाएँ जिसमें एक रौशनी दिखाई देती है। और कि वह रौशनी कुछ नहीं बताती – सिर्फ यह कि हम खुश हैं या उदास?'

सवाल बढ़िया था।

'बिल्कुल, और यह सिर्फ डांस से ही नहीं होता, बल्कि हर उस चीज़ से हो सकता है जो ध्यान लगाने और शरीर को स्पिरिट से अलग करने में मदद करे। जैसे योगा या प्रार्थना या बुद्ध की मेडिटेशन टेक्नीक।

'या कैलिग्राफी?'

'मैंने उस के बारे में नहीं सोचा था लेकिन यह मुमकिन है। ऐसे पलों में, जब शरीर आत्मा को आज़ाद छोड़ देता है, तब जैसी मन की अवस्था है उसके अनुसार ही आत्मा या तो स्वर्ग की ऊँचाई तक जाएगी या नरक की खाई में गिरेगी। दोनों ही स्थितियों में यह वही सीखती है जो इसे सीखना है: या तो विनाश करना या ज़ख्म भरना। लेकिन मैं अब हर एक के अकेले रास्तों के बारे में नहीं सोचती। मेरी परंपरा में, मुझे ऐसे लोगों की मदद चाहिए...क्या तुम सुन रही हो?'

'नहीं।'

वह गली के बीचों बीच रुक गई थी और एक छोटी-सी लड़की को देख रही थी जिसे शायद छोड़ दिया गया था। उसने अपने बैग में से पैसे निकालने को हाथ बढ़ाया।

'ऐसा मत करो,' मैंने रोका। 'सड़क के पार उस ज़ालिम आँखों वाली औरत को देखो। उसने उस बच्ची को जान कर वहाँ छोड़ा है ताकि – '

'मुझे परवाह नहीं।'

उसने कुछ सिक्के निकाले। मैंने उसका हाथ पकड़ लिया।

'चलो उसे कुछ खाने को खरीद देते हैं। उससे ज़्यादा फ़ायदा होगा।'

मैंने उस बच्ची को हमारे साथ कैफ़े चलने को कहा और उसे एक सैडंविच खरीद दिया। बच्ची मुस्कुराई और हमें धन्यवाद कहा। गली पार खड़ी औरत की आँखें नफ़रत से चमक रही थी, लेकिन पहली बार मेरे साथ चल रही लड़की की सलेटी आँखों में मेरे लिए इज्ज़त थी।

'तो तुम क्या कह रही थी?' उसने पूछा।

'छोड़ो, जाने दो। क्या तुम जानती हो तुम्हें कुछ मिनट पहले क्या हुआ था? तुम उसी ट्रांस मे चली गई थीं जो तुम्हे डांस करने से होता है।'

'नहीं, तुम गलत हो।'

'मैं सही हूँ। कुछ था जिसने तुम्हारे अवचेतन को छुआ। शायद तुमने खुद को उस हालत में देखा यदि तुम्हें गोद न लिया गया होता – गली में भीख मांगते हुए। उस पल तुम्हारी आत्मा ने तुम्हें छोड़ा और तुम्हारे अतीत के दानवों से मिलने नीचे नर्क में चली गई। उस वजह से तुमने गली के पार खड़ी औरत को नहीं देखा। तुम ट्रांस में थी, एक अनगढ़, बौखलाई हुई अवस्था जो तुम्हें वह करने पर मजबूर कर रही थी जो थ्योरी में तो अच्छा था लेकिन असल में बेमानी। जैसे कि तुम – '

'हर्फ़ों के बीच की ख़ाली जगह में थी। उस लम्हे में जहाँ संगीत का एक सुर खत्म होता है और दूसरा अभी शुरू नहीं हुआ होता।'

'एकदम वहीं। और ऐसा ट्रांस खतरनाक हो सकता है।'

मैं कहने लगी थी, ऐसा ट्रांस डर से पैदा होता है। यह इंसान को लकवे में कस देता है, उसे रिएक्ट करने से रोक देता है; शरीर कुछ करता नहीं,

आत्मा पहले ही जा चुकी होती है। तुम बुरी तरह डर गई थी कि यदि किस्मत ने तुम्हें तुम्हारे माँ-बाप के रास्ते न डाला होता तो तुम्हारे साथ क्या कुछ हो सकता था।

उसने अपना सूटकेस ज़मीन पर रख दिया था और वह मेरे सामने खड़ी हो गई।

'तुम हो कौन? और तुम यह सब क्यों कह रही हो?'

'डॉक्टर के तौर पर मैं डीएड्री ओ' नील के नाम से जानी जाती हूँ। तुमसे मिल कर खुशी हुई, और तुम्हारा नाम क्या है?'

'एथीना। जबकि अपने पासपोर्ट के मुताबिक मैं शिरीन ख़लील हूँ।'

'तुम्हें एथीना नाम किसने दिया?'

'यह जानना ज़रूरी नहीं। लेकिन मैंने तुम्हारा नाम नहीं पूछा, मैंने पूछा कि तुम कौन हो और तुमने मुझसे बात क्यों की। और मुझे भी तुमसे बात करने की उतनी ही ज़रूरत क्यों लगी। क्या यह इसलिए कि उस होटल के डाइनिंग रूम में हम दो ही औरतें थीं? मुझे ऐसा नहीं लगता। और तुम मुझसे वो बातें कह रही हो जो मेरी ज़िंदगी को मायने दे रही हैं।'

उसने अपना सूटकेस दोबारा उठाया, और हम फिर से बस स्टेशन की ओर चल दिए।

'मेरा एक और नाम भी है – एँडा। लेकिन वह अपने आप नहीं चुना गया, न ही मैं यह मानती हूँ कि हमारा मिलना कोई इत्तेफ़ाक है।'

हमारे सामने बस स्टेशन का गेट था, लोग भीतर-बाहर आ जा रहे थे – वर्दी में सैनिक, किसान, खूबसूरत औरतें, पचास के दशक की पोशाकों में।

'यदि इत्तेफ़ाक नहीं था, तो फिर क्या था?' बस छूटने से पहले अभी आधा घंटा बचा था, और मैं कह सकती थी कि यह 'मदर' का करिश्मा था। कुछ चुनिंदा स्पिरिट्स एक ख़ास रौशनी छोड़ती है और वे एक दूसरे के पास खिंची चली आती है, और तुम – शिरीन या एथीना, ऐसी ही स्पिरिट हो, लेकिन इस एनर्जी को अपने फ़ायदे के लिए इस्तेमाल करने के लिए तुम्हें बहुत मेहनत करनी होगी।

मैं बता सकती थी कि चाहे हर रास्ता एक दूसरे से अलग है, हमेशा ही एक जगह ज़रूर होती है जहाँ सब लोग आकर जुड़ जाते है, मिल कर ज़िंदगी का जश्न मनाते हैं, अपनी मुश्किलें बांटते हैं और खुद को 'मदर' के पुनर्जन्म के लिए तैयार करते हैं। मैं कह सकती थी कि दैवी रौशनी का स्पर्श किसी भी इंसान के लिए सबसे बड़ी सच्चाई है जो वह जी सकता है, और फिर भी, मेरी परम्परा में वह स्पर्श अकेले नहीं पाया जा सकता, क्योंकि हमने सदियों का उत्पीड़न सहा है और इसने हमें कई चीज़ें सिखाई हैं।

'बस का इंतज़ार करते हम कॉफ़ी पी सकते हैं, अगर तुम चाहो?'

मैं नहीं चाहती थी। इससे ज़रूर ही मेरे मुँह से कुछ ऐसा बोला जाता जिसका फिलहाल गलत मतलब लगाया जा सकता था।

'कुछ लोग मेरी ज़िंदगी में बहुत ख़ास रहे हैं,' उसने बोलना जारी रखा। 'जैसे कि मेरा मकान-मालिक, या वो खुशनवीस जिससे मैं दुबई के पास रेगिस्तान मे मिली थी। कौन जाने, तुम्हारे पास भी मुझे कहने को कुछ ऐसा हो जो मैं उनके साथ बाँट सकूं, और उनके सिखाए का कर्ज़ अदा कर सकूं।'

तो उसकी ज़िंदगी में पहले भी टीचर रहे थे – बहुत बढ़िया! उसकी आत्मा तैयार थी। सिर्फ उसे सीखना जारी रखना था, वरना वह सब खो देगी जो उसने हासिल किया था। लेकिन क्या मैं उसके लिए सही थी?

मैंने 'मदर' से मुझे प्रेरणा देने को कहा, कि मुझे बताएं कि मैं क्या करूं। मुझे कोई जवाब नहीं मिला, और इससे मुझे कोई हैरानी नहीं हुई। तो वह हमेशा ही ऐसा बर्ताव करती हैं जब वे चाहती हैं कि मैं अपने फ़ैसले की ज़िम्मेदारी लूं।

मैंने एथीना को अपना बिज़नेस कार्ड दिया और उससे उसका कार्ड मांगा। उसने मुझे दुबई का पता दिया, एक ऐसा देश जो मैं दुनिया के नक्शे में ढूँढ भी न पाती।

मैंने एक छोटा सा मज़ाक आजमाने का फ़ैसला किया, कि देखें वह कितने पानी में थीः 'क्या यह छोटा सा इत्तेफ़ाक नहीं कि तीन अंग्रेज़ बुख़ारेस्ट के एक होटल में मिलें?'

'तुम्हारे कार्ड से पता चलता है कि तुम स्कॉटलैंड की हो। जिस शख़्स से मैं मिली वह कहता है कि वह इंग्लैंड में काम करता है लेकिन मैं उसके बारे में और कुछ नहीं जानती।'

उसने एक गहरी सांस लीः

'और मैं...रोमानिया की हूँ।'

मैंने बहाना बनाया और कहा कि मुझे होटल जल्द वापिस पहुँचना था और सामान पैक करना था।

अब वह जानती थी कि मुझे कहाँ मिला जा सकता था; कि यदि हमारा दोबारा मिलना लिखा था तो हम मिलेंगे ही। अहम बात यह है कि हमें किस्मत को मौका देना होता है कि वह हमारी ज़िंदगी के फैसलों में शामिल हो।

वोशो 'बुशालो', 65 बरस रेस्तरां का मालिक

ये यूरोपियन यहाँ ये सोच कर आते हैं कि इन्हें सब पता है, चाहते हैं कि इन्हें सबसे बेहतरीन बर्ताव मिले, कि इन्हें हम से कुछ भी पूछने का हक है, और कि हम तो जवाब देंगे ही। और दूसरी ओर सोचते हैं कि हमें 'मुसाफिर' या 'रोमा' जैसा कोई फुकरा नाम दे कर वे इन सभी ज़्यादतियों की भरपाई कर सकते हैं।

हमें जिप्सी कह कर मामला खत्म क्यों नहीं करते और उन सब कहानियों को भी, जो हमें यूँ दर्शाती हैं जैसे हमें कोई श्राप मिला हुआ हो। हमारा कसूर यह बताया जाता है कि हम एक औरत और खुद शैतान के बीच नाजायज़ रिश्ते की औलाद हैं। कहते हैं कि हम में से एक ने वे कीलें बनाई थी जिनसे ईसा मसीह को सूली पर ठोका गया था; कि जब हमारा कारवां पास से गुज़रे तो माँओं को चौकस हो जाना चाहिए क्योंकि हम बच्चे चुरा कर उन्हें अपना गुलाम बना लेते हैं। और इस वजह से इतिहास में बार-बार कत्लेआम हुए हैं; मध्य युगों में चुड़ैल कह कर हमारा शिकार हुआ; सदियों तक जर्मनी की अदालतों में हमारी गवाही सच न मानी जाती थी। मैं यूरोप में नाज़ी हवाओं के बहने से पहले पैदा हुआ था और मैंने अपने पापा को पोलेंड में हिटलर के कन्सनट्रेशन कैंप की ओर ले जाते जाया देखा, और उनके कपड़ों पर वह शर्मनाक काला त्रिकोण सिला हुआ था जो एक जिप्सी होने की निशानी थी। गुलामी की मशक्कत करने को भेजे गए पाँच लाख जिप्सियों में से महज़ पाँच हज़ार ज़िंदा बचे, हमारी दास्तां सुनाने को।

और वह दास्तां कोई नहीं, कोई भी नहीं सुनना चाहता।

इस अभागे देश में पिछले बरस तक भी हमारी संस्कृति, धर्म और जुबान पर ताले लगे थे, जहाँ हमारे ज़्यादातर कबीलों ने बसने का फैसला लिया था। अगर शहर में किसी से भी पूछो कि वे जिप्सियों के बारे में क्या सोचते हैं, तो उनका तुरंत जवाब आताः 'चोर हैं साले सब।' हम ज़ितना चाहें एक आम ज़िंदगी जीने की कोशिश करें, कि खाना-बदोशी छोड़ ऐसी जगहों पर रहें जहाँ हमें आसानी से पहचाना जा सके, रंग-भेद तो जाता नहीं। हमारे बच्चों को मजबूरन क्लास में पीछे बैठना पड़ता है और हफ़्ता नहीं बीतता कि कोई न कोई उनकी बेइज्ज़ती कर देता है।

फिर लोग शिकायत करते हैं कि हम सीधे जवाब नहीं देते, कि हम अपना भेस बदलते हैं, कि हम खुल कर अपनी पहचान नहीं बताते। हम ऐसा क्यों करें? सब जानते हैं कि जिप्सी कैसे लगते हैं, और सब यह भी जानते हैं कि हमारे 'श्राप' से खुद को कैसे 'बचाना' होता है।

जब कोई घमंडी, ज़हीन लड़की आती है और मुस्कान बिखेरती हमारी संस्कृति और जात की होने का दावा करती है, तो मैं तुरंत चौकन्ना हो जाता हूँ। हो सकता है उसे सिक्यूरितात ने भेजा हो – वो खुफ़िया पुलिस जो उस पागल तानाशाह के लिए काम करती है। लोग कहते हैं कि उस पर मुकद्दमा चला कर गोली मार दी गई थी, पर मैं नहीं मानता। हो सकता है उसका बेटा फिलहाल लापता है, लेकिन इन इलाकों में वह अभी भी ताकत रखता है।

यह लड़की तो पीछे पड़ गई है; यूँ मुस्कुराती है जैसे कुछ बेहद मज़ेदार कह रही हो और मुझे कहती है कि उसकी माँ जिप्सी है जिसे वह ढूंढना चाहती है। वह उसका पूरा नाम जानती है। बिना सिक्यूरितात की मदद के उसके पास ऐसी जानकारी कहाँ से आई?

बेहतर है कि जिन लोगों की सरकार में जानकारी हो, उन्हें नाराज़ नहीं करते। मैं उसे कहता हूँ कि मैं कुछ नहीं जानता, मैं सिर्फ एक जिप्सी हूँ जिसने ईमान की ज़िंदगी जीने का फैसला किया है, लेकिन वह सुनती नहीं: वह अपनी माँ को ढूँढना चाहती है। मैं जानता हूँ कि उसकी माँ कौन

है, और मुझे यह भी पता है कि बीस बरस से भी पहले उसके एक बच्चा हुआ था जिसे उसने एक अनाथालय को दे दिया था और जिससे उसकी कभी बात न हुई। हमें उसे अपनी शरण लेना पड़ा क्योंकि एक लुहार जो खुद को दुनिया का मालिक समझता था, इस ज़िद पर अड़ गया था। लेकिन यह गारंटी कौन ले कि यह ज़हीन लड़की जो मेरे सामने खड़ी है, वाकई लिलियाना की बेटी है? अपनी माँ को ढूंढने की कोशिश से पहले कम-से-कम इसे हमारे कुछ रिवाज़ों की तो कद्र करनी चाहिए, और लाल कपड़ों में क्यों आई अगर आज इसकी शादी नहीं। साथ ही इसे ज़्यादा लम्बी स्कर्ट पहननी चाहिए ताकि मर्दों की लार न टपके। और इसे और इज्ज़त से पेश आना चाहिए।

जो मैं उसके बारे में यूँ बात कर रहा हूँ कि यह सब आँखों के सामने हो रहा है, तो वह इसलिए कि हम जिप्सियों के लिए, वक्त के कोई मानी नहीं, हम सिर्फ स्पेस में सोचते हैं। हम सुदूर से आए थे, कुछ कहते हैं भारत से, कोई मिस्र, लेकिन सच यह है कि हम अपना अतीत अपने साथ लिए चलते हैं जैसे कि वह अभी घटा हो। और अतीत से चला आ रहा उत्पीड़न अभी जारी है।

वह जवान लड़की अच्छा बनने की कोशिश कर रही है और यह भी जता रही है कि वह हमारी संस्कृति के बारे में जानती है, जबकि इससे कोई फर्क नहीं पड़ता। आख़िरकार, उसे हमारी परंपराएं मालूम होनी ही चाहिए।

'शहर में मुझे बताया गया था कि तुम एक रॉम बारो हो, कबीले के मुखिया। यहाँ आने से पहले मैंने हमारे इतिहास के बारे में बहुत कुछ जान लिया है– '

'"हमारे" नहीं प्लीज़। वह मेरा इतिहास है, मेरी बीवी, मेरे बच्चे, मेरा कबीला। तुम यूरोपियन हो। तुम्हें गलियों में पत्थर नहीं पड़े जैसे मुझ पर जब मैं पाँच बरस का था।'

'मुझे लगता है कि हालात सुधर रहे हैं।'

'हालात हमेशा ही सुधर रहे होते हैं, फिर तुरंत ही सब बदतर हो जाता है।'

लेकिन वह मुस्कुराती रही। वह व्हिस्की का ऑर्डर देती है। हमारी औरतों में से कोई यह हरकत न करती।

यदि वह यहाँ सिर्फ ड्रिंक लेने या दोस्त ढूंढने आई होती, तो मैं उससे किसी भी और ग्राहक की तरह पेश आता। जब मेरे ग्राहक जिप्सियों के बारे में और जानना चाहते है, तो मैं उन्हें कुछ अजीब बातें बता देता हूँ, और उन्हें बाद में गाने बजाने वाले दल के गाने सुनने का न्यौता देता हूँ, हमारी संस्कृति के बारे में थोड़ी बहुत बातें बता देता हूँ और फिर वे यह खुशफहमी लिए वापिस चले जाते हैं कि वे हमारे बारे में सब कुछ जानते हैं।

लेकिन यह लड़की कोई आम टूरिस्ट नहीं: यह कहती है कि यह हमारी ज़ात की है।

वह मुझे फिर से वह सर्टिफिकेट दिखाती है जो उसने सरकार से लिया है। और सरकार चाहे जैसी हो लेकिन वह झूठे कागज़ देने का जोखिम नहीं उठाएगी। तो वह सचमुच लिलियाना की बेटी होगी, क्योंकि सर्टिफिकेट में उसका पूरा नाम और पता दर्ज़ है।

मैं सर्टिफिकेट पर एक और नज़र डालता हूँ और फिर सोचता हूँ कि उसे बताऊं या नहीं, कि उसकी माँ कहाँ है। लिलियाना को हक है कि वह इस ज़हीन लड़की से मिले जो 'हममें से एक' होने का दावा करती है। लिलियाना को हक है कि वह इस औरत की आँखों में आँखें डाल कर देखे। उसने अपने हिस्से के दुख बहुत उठा लिए, जब उसने अपने लोगों का साथ छोड़ा, एक गादजे (सपांदक का नोटः परदेसी) के साथ हमबिस्तर हुई और अपने माँ-बाप की शर्मिंदगी की वजह बनी। शायद उसके नर्क का अंत करने की घड़ी आ गई है; कि वह देखे कि उसकी बेटी ज़िंदा रही, अमीर बनी और शायद उसकी गरीबी में मदद भी कर सके, जिसमें वह आज रहती है।

शायद यह जवान औरत मुझे जानकारी देने की कीमत देगी; शायद इससे हमारे कबीले का कुछ फायदा हो, क्योंकि हम आज बुरे वक्त में जी रहे है। हर कोई कह रहा है कि देश का तानाशाह मर चुका है, और वे उसकी मौत की तस्वीरें भी दिखाते है, लेकिन, कौन जाने, वह कल वापिस

आ सकता है, और यह सब उसका महज़ छलावा हो, यह देखने की चाल, कि कौन उसकी ओर था और कौन उसे धोखा देने को तैयार।

जल्द ही साज़िंदे आ जाएंगे और संगीत शुरू हो जाएगा, तो मैं सौदे की बात कर लेता हूँ।

'मैं जानता हूँ तुम इस औरत को कहाँ पाओगी। मैं तुम्हें इसके पास ले जा सकता हूँ। 'लेकिन मुझे लगता है कि इस जानकारी की कीमत लगेगी।'

'मैं इसके लिए तैयार थी,' वह कहती है, और उसके हाथ में मेरे अंदाज़े से कहीं ज़्यादा नोट हैं।

'इससे तो टैक्सी का किराया भी नहीं निकलेगा।'

'अपनी मंज़िल पर पहुँचने पर मैं इतने ही पैसे और दूंगी।'

और मुझे लगा कि, पहली बार, उसे यक़ीन नहीं हो रहा था। अचानक, वह जो करने जा रही थी, उससे डर रही थी। तुरंत, मैं काउंटर पर रखे पैसे उठा लेता हूँ।

'कल मैं तुम्हें लिलियाना से मिलवाने ले जाऊँगा।' उसके हाथ काँप रहे हैं। वह एक और व्हिस्की का आर्डर देती है, लेकिन अचानक बार में एक आदमी आता है, उसे देखता है, और शर्म से लाल हो जाता है और सीधे उसके पास आ जाता है। उनकी बातों से मुझे पता चलता है कि वे कल ही मिले थे, लेकिन अब वे यूँ बातें कर रहे है जैसे वे पुराने दोस्त है। मर्द की आँखों में चाहत भरी है। वह यह जानती है और उसे बढ़ावा देती है। मर्द वाइन की बोतल का ऑर्डर देता है, और दोनों एक मेज़ पर बैठ जाते है, और ऐसा लगता है जैसे वह अपनी माँ के बारे में सब कुछ भूल गई है।

लेकिन मुझे बाकी पैसा चाहिए। जब मैं उनकी ड्रिंक ले कर जाता हूँ तो उसे बता देता हूँ कि कल सुबह दस बजे मैं उसे उसके होटल पर लेने आऊँगा।

हैरन रायन, पत्रकार

वाइन का पहला गिलास खत्म होते ही उसने मुझे मेरे बिना पूछे बता दिया कि उसका एक बॉयफ्रेंड था जो स्कॉटलैंड यार्ड के लिए काम करता था। यह झूठ था। उसने ज़रूर मेरी आँखें पढ़ ली होंगी और यह उसका दूरी बनाए रखने का तरीका था।

मैंने भी उसे बता दिया कि मेरी एक गर्लफ्रैंड थी, तो हिसाब बराबर हो गया।

संगीत शुरू हुए दस ही मिनट हुए थे कि वह खड़ी हो गई। हमने बहुत थोड़ी-सी बात की थी – उसने वैंपायरों पर मेरी रिसर्च के बारे में कोई सवाल नहीं पूछे, और हमने सिर्फ आम बातें की – शहर के बारे में हमारे ख़याल, सड़कों की खराब हालत पर कोफ़्त। बाहें ऊपर उठाए उसने संगीत पर थिरकना शुरु किया। और फिर मैंने उसके बाद जो देखा या रेस्तरां में हर एक ने देखा – वो एक देवी थी, अपनी पूरी रौशनी और शान में प्रकट होती हुई, एक पुजारिन जो फरिश्तों और दानवों, दोनो को बुलावा दे रही थी। उसकी आँखें बंद थी और वह कौन थी या कहाँ थी या वहाँ क्यों थी, इन बातों से पूरी तरह बेखबर थी।

ऐसा था मानो वह धीमी मुद्राओं में तैर रही थी, अपने अतीत को बुलाती, वर्तमान बताती और भविष्य की कहती, खुद में खोई, कामुकता और पवित्रता का संगम, ज्यों अश्लीलता और ईश्वरीय शब्द की पहली किताब हो – मिली-जुली, भगवान और प्रकृति की आराधना सब एक साथ, एक ही लम्हे में।

लोग खाना छोड़ देखने लगे जो हो रहा था। वह संगीत को छोड़ चुकी थी, साज़िंदे उसकी थिरकन का साथ निभाने की कोशिश कर रहे थे, और

सिबियू शहर की एक पुरानी इमारत के तहखाने में बना वह रेस्तरां मिस्त्र के मंदिर में तब्दील हो गया था जहाँ इसिस के भक्त अपने प्रजनन के अनुष्ठानों के लिए इकट्ठे होते थे। भुने माँस और वाइन की मिली जुली गंध अपना स्वरूप बदल ऐसी लोबान में बदल गई जिसने हमें वैसी ही ट्रांस की अवस्था में पहुँचा दिया। वह अहसास था अस्तित्व की किसी अज्ञात परत में चले जाने का, और था इस दुनिया से अलग होने का अहसास।

तबले को छोड़ कर सभी साज़ चुप हो चुके थे। एथीना यूँ नाच रही थी जैसे वह अब वहाँ थी ही नही; चेहरे पर पसीने की धारें बहते, नंगे पैर लकड़ी के फर्श पर बरबस थाप में। एक औरत उठी और आहिस्ता से उसके गले में स्कार्फ लपेट दिया क्योंकि उसका ब्लाउज़ कंधों से बार-बार फिसल रहा था। लेकिन एथीना शायद इससे भी बेखबर थी। वह दूसरे ही ग्रहों में विचर रही थी, उन दुनियाओं की सरहदों को महसूस करते जो हमारी दुनिया को लगभग छू जाती हैं, लेकिन अपना पता नहीं बतातीं।

रेस्तरां में बैठे बाकी लोग संगीत की थाप पर ताली बजाने लगे, और एथीना तेज़, और तेज़ रफ़्तार पर नाचती जा रही थी, उस एनर्जी पर दम लेती, अपने गिर्द घेरे पर घेरा लेती, शून्य में संतुलन बनाती, और हर उस चीज़ को लपक कर अपना ग्रास बनाती, जो हम, तुच्छ नश्वर, उस आदि शक्ति को अर्पण करना चाहते थे।

और अचानक वह रुकी। हर कोई रुक गया, ड्रम वाले भी। उसकी आँखें अभी भी मूंदी थीं, पर अब उसके गालों पर आँसू बह रहे थे। हवा में ऊंचे बाहें उठाए वह पुकार उठीः

'जब मैं मर जाऊँ तो मुझे सीधे खड़े दफ़नाना क्योंकि मैंने अपनी सारी ज़िंदगी अपने घुटनों पर जियी है।'

किसी ने कुछ नहीं कहा। उसने अपनी आँखें खोली जैसे लंबी नींद से जगी हो, और वापिस मेज़ पर आ गई जैसे कुछ भी न हुआ था। साज़िंदे फिर शुरू हो गए और जोड़े डांस के लिए उठे भी, कि शायद रात में मज़ा बाकी हो, लेकिन वहाँ का माहौल बिल्कुल बदल चुका था। जल्द ही लोग अपने बिल अदा कर के रेस्तरां से जाने लगे।,

'सब ठीक तो है?' मैंने पूछा जब वह नाचने की थकान से उबरती हुई लगी।

'मुझे डर लग रहा है। एक ऐसी जगह पहुँचने का रास्ता पा लिया है मैंने, जहाँ मैं जाना नहीं चाहती।'

'क्या तुम चाहोगी कि मैं साथ चलूँ?'

उसने सिर हिला कर न कर दी।

आने वाले दिनों में मैंने डॉक्यूमेंट्री के लिए अपनी रिसर्च पूरी की, अपने दुभाषिये को किराए की कार के साथ वापिस बुख़ारेस्ट भेज दिया, और सिबियू में सिर्फ इसलिए रुका रहा क्योंकि मैं उससे फिर मिलना चाहता था। मेरी पूरी ज़िंदगी मैंने दिमाग की सलाह मानी और मैं जानता हूँ कि प्रेम को पाया ही नहीं, बनाया भी जा सकता है, लेकिन मुझे आभास था कि यदि मैं उससे फिर कभी न मिला तो मैं अपनी ज़िंदगी का बेहद अहम हिस्सा ट्रांसिल्वेनिया में छोड़ जाऊँगा चाहे कि इसका अहसास मुझे बाद में ही हो।

उन अंतहीन घंटों की बोरियत के खिलाफ मैं बहुत जूझा; एक बार नहीं, कई बार मैं बुख़ारेस्ट जाने वाली बसों के वक्त का पता करने बस-स्टेशन गया; एक तरफ बी बी सी को और दूसरी तरफ अपनी गर्लफ्रेंड को फोन कर करके मैंने अपना छोटा सा बजट बुरी तरह हिला दिया। बहाना यह बनाया कि अभी मेरे पास उतनी फिल्म और मैटीरियल इकट्ठा नहीं हुआ था जिनकी मुझे ज़रूरत थी, और अभी भी कुछ कमी थी, कि हो सकता था कि एक दिन और लगे, या कि एक हफ़्ता; मैंने कहा कि रोमानियन लोगों को समझाना मुश्किल हो रहा था और वे बेहद नाराज़ हो जाते थे यदि कोई उनके खूबसूरत शहर को ड्रैकुला की भयानक कहानी से जोड़े। आख़िरकार मैंने प्रोड्यूसरों को मना लिया और उन्होंने मुझे वहाँ कई दिन और रुकने की इजाज़त दे दी।

हम शहर के इकलौते होटल में रुके थे और एक दिन उसने मुझे बाहर के हॉल में देखा। एक झटके में उसे हमारी पहली मुलाकात याद आ गई।

इस बार उसने मुझे बाहर चलने का न्यौता दिया, और मैंने अपनी खुशी खुद में समाने की कोशिश की। शायद मैं भी उसके लिए कुछ था।

बाद में मुझे पता चला कि जो शब्द उसने डांस के अंत में बोले थे, वे एक पुरानी जिप्सी कहावत थे।

लिलियाना, दर्ज़िन, उम्र और वंश अज्ञात

जो मैं यूँ बात कर रही हूँ कि आज की ही बात है तो वह इसलिए कि हमारे लिए ज़िंदगी कतार में नहीं चलती, फैलाव में बसती है। और वैसे भी, यूँ लगता है जैसे अभी कल ही सब हुआ।

अपने कबीले की एक ही रीत मैंने नहीं निभायी, कि मेरी बच्ची एथीना को जन्मते वक्त मेरा मर्द मेरे साथ नहीं था। यह जानते हुए भी, कि मैं एक परदेसी के साथ हमबिस्तर हुई थी, सभी दाइयाँ मेरी मदद को आई। उन्हों ने मेरे बाल खोले, नामी-नाल को काटा, उसमे कई तरह की गांठे बांधी और मुझे पकड़ा दिया। उस वक्त, परंपरा थी कि बच्चे को उसके पिता के पहने कपड़े मे लपेटा जाए। वह एक स्कार्फ छोड़ गया था जिसमें मैं अपना चेहरा छिपा उसे अपने पास महसूस करती थी। लेकिन अब वह खुशबू मुझे हमेशा के लिए छोड़ जाने वाली थी।

मैंने बच्चे को स्कार्फ में लपेटा और उसे फर्श पर रख दिया ताकि उसे ज़मीन से एनर्जी मिले। मैं वहीं रही, उसके पास, नहीं जानती थी कि क्या महसूस करुँ या क्या सोचूँ मेरा फैसला हो चुका था।

दाइयों ने मुझे कहा कि एक नाम चुनूं और किसी को न बताऊँ – वह तभी बोला जा सकता था जब बच्चे का बाप्तिस्मा हो जाए। उनमें से एक ने मुझे फ़िक्र न करने को कहा, कि पूरा कबीला मेरी बच्ची का ख़याल रखेगा और चाहे कि मेरी काफ़ी लानत-मलानत हो, कुछ दिन में सब कुछ ठीक हो जाएगा। उन्होंने मश्वरा भी दिया कि सांझ ढलने के बाद और सूरज उगने से पहले बाहर न निकलूँ क्योंकि त्सिन्वान (दुष्ट आत्माएं) हमला कर के हम दोनों के भीतर घुस सकती थी।

एक हफ़्ते बाद, सूरज उगने पर मैं सिबियू में एक यतीमघर गई और उसे दरवाज़े की दहलीज़ पर रख दिया, इस उम्मीद में कि कोई दयालु उसे उठा कर अंदर ले जाएगा। जब मैं ऐसा कर रही थी तो एक नर्स ने मुझे पकड़ लिया और घसीट कर अंदर ले गई। उसने मुझे हर मुनासिब तरीके से बेइज़्ज़त किया और बोली कि मैं दुनिया में एक बच्चा लाने की ज़िम्मेदारी से यूँ आसानी से बच कर नहीं जा सकती थी।

'जबकि एक जिप्सी से और उम्मीद भी क्या की जा सकती है।' उन्होंने मुझे एक फॉर्म में अपनी सारी तफ़सील भरने पर मजबूर किया, और क्योंकि मैं लिखना नहीं जानती थी, उसने कई बार वही ताना कसा कि एक जिप्सी से ओर उम्मीद भी क्या की जा सकती है। 'और हमें झूठी बातें कर चकमा देने की कोशिश मत करना। ऐसा किया तो जेल जाओगी।' मैं बुरी तरह घबरा गई और उन्हें सारा सच बता दिया।

मैंने अपने बच्चे को एक आख़िरी नज़र देखाः 'बिना नाम के बच्चे, दुआ है कि तुझे प्यार मिले, ज़िंदगी में तुझे ढेरों प्यार मिले।'

उसके बाद मैं घंटों तक जंगल को पैदल नापती रही। याद करती रही अपने गर्भ से होने के वो दिन – अपने बच्चे और उसे मेरे भीतर डालने वाले मर्द से भी प्यार और नफरत से भरे।

सभी औरतों की तरह मैंने भी ऐसे शहज़ादे के सपने देखे थे जो मुझसे ब्याह करेगा, मुझे ढेरों बच्चे देगा और मेरे कुनबे की खैर-खातिर करेगा। और बहुतों जैसे, मैं ऐसे मर्द से प्यार कर बैठी जो इनमें से कुछ भी न दे सका, लेकिन जिसके साथ मैंने कुछ ऐसे लम्हे जिए जो भुलाए न भूलेंगे। वो लम्हे जो मेरी बच्ची कभी समझ न पाएगी, क्योंकि वह हमेशा ही हमारे कबीले में 'गादज़े' नाजायज़ की लड़की कह कर धिक्कारी जाएगी।

मैं वह सब सह लेती पर मैं नहीं चाहती थी कि उसे वह सब सहना पड़े, वह धिक्कार जो मैं उस दिन से सह रही थी जब मुझे पहली बार समझ आया कि मैं पेट से थी। मैं ज़ार-ज़ार रोई और अपने ही नाखूनों से खुद को फाड़ती रही, सोचती रही कि खून की लकीरें मुझे सोचने से बचा लेंगी, कि क्या होना था जब मैं वापिस जा अपनी शर्म की कहानी सुनाऊँगी।

कोई-न-कोई बच्चे को सँभाल लेगा, और मैं हमेशा ही उम्मीद पाले जियूंगी, कि एक दिन जब वो बड़ी हो जाएगी तो उसे देख पाऊंगी।

मैं रोती जा रही थी, मिट्टी में बैठ मैंने पेड़ के तने के गिर्द बाहें डाल दी। लेकिन जैसे ही मेरे आँसुओं और घावों से निकले खून ने पेड़ के तने को छुआ, मेरे अंदर अजीब-सी शांति आ ठहरी।

यूँ लगा जैसे कोई आवाज़ मुझे फ़िक्र न करने को कह रही थी, कि मेरे खून और मेरे आँसुओं ने मेरी बच्ची की राह पवित्र कर दी थी और मेरी मुश्किलें कम। उस दिन से हमेशा जब भी निराशा घिर आती है, मैं उस आवाज़ को याद करती हूँ और फिर से शांत हो जाती हूँ।

इसलिए मैं हैरान न हुई जब मैंने उसे अपनी बेटी को हमारे कबीले के रॉम बारो के साथ आते देखा। मुझसे कॉफ़ी और शराब ले, वह मक्कारी से मुस्कुराता हुआ चला गया। उस आवाज़ ने मुझे कहा था कि मेरी बच्ची वापिस आएगी, और अब वो यहाँ है, मेरे सामने। सुंदर है। वो अपने पिता जैसी लगती है। मैं नहीं जानती उसके मन में मेरे लिए क्या है। शायद नफ़रत, क्योंकि मैंने उसे छोड़ दिया था। मुझे यह बताने की ज़रूरत नहीं कि मैंने जो किया, वो क्यों किया; कोई भी न समझ पाएगा, कभी भी।

जैसे हज़ारों बरस हम यूँ ही बैठे रहे, बिना कुछ बोले, बस देखते – न मुस्कुराते न रोते, कुछ नहीं। मेरी रूह की गहराई से प्यार की हिलोर उठती है, पर मुझे नहीं पता कि उसे मेरे जज़्बात में दिलचस्पी है।

'भूख लगी है? क्या तुम कुछ खाओगी?'

माँ होने का सच। हर सच से ऊपर। वह सिर हिला कर हामी भरती है। हम उस छोटे-से कमरे में अंदर जाते हैं जहाँ मैं रहती हूँ, और मेरा सोना, उठना-बैठना, खाना-पकाना और कपड़े सिलना उसी छोटे से कमरे में है। वह भौंचक्की हो चारों ओर देख रही है लेकिन मैं अनजान बनी स्टोव के पास जाती हूँ और मीट और सब्ज़ियों के गाढ़े सूप के दो प्याले ले आती हूँ। मैंने कड़क कॉफी भी बनाई है और जैसे ही मैं चीनी डालने लगती हूँ वह पहली बार बोलती है:

'चीनी नहीं, थैंक्यू। मैं नहीं जानती थी कि तुम इंग्लिश बोल लेती हो।'

मैं कहने को थी कि तुम्हारे पिता से सीखी थी, लेकिन जीभ काट लेती हूँ। हम खामोशी में खाते है और धीरे-धीरे मुझे सब जाना-पहचाना लगने लगता है; मेरी बेटी मेरे पास है; वह बाहरी दुनिया में गई थी और अब वह वापिस आ गई है; उसने मुझसे अलग राहें चली और अब घर आ गई है। मैं जानती हूँ कि यह छलावा है, लेकिन ज़िंदगी ने मुझे कड़वे सच के इतने पल दिए कि थोड़े से सपने देखने में कोई हर्ज़ नहीं।

'वो संत कौन है,' वह दीवार पर लगी तस्वीर की ओर इशारा कर पूछती है।

'संत सारा, जो जिप्सियों का ख़याल रखती है। चर्च देख कर आऊँ लेकिन मैं देश नहीं छोड़ सकती। न तो मुझे पासपोर्ट मिलेगा, न इजाज़त...'

मैं कहने को हूँः और अगर मिल भी जाए, तो मेरे पास जाने का किराया भी कहाँ होगा, लेकिन मैं वक्त रहते खुद को रोक लेती हूँ। कहीं वो यह सोचे कि मैं उससे कुछ माँग रही थी।

'...और वैसे भी मुझे बहुत काम है।' फिर चुप्पी वापिस आ जाती है। वह अपना सूप खत्म करती है, और सिगरेट सुलगा लेती है।

'क्या तुमने सोचा था कि तुम कभी मुझसे मिलोगी?'

मैं कहती हूँ कि हाँ, मैंने सोचा था; और कि मैंने कल रॉम बारो की बीवी से सुना था कि वह उसके रेस्तरां गई थी।

'तूफ़ान आने वाला है। क्या तुम थोड़ी देर सोना नहीं चाहोगी?'

'मुझे तो कुछ सुनाई नहीं दे रहा। हवा भी पहले से न तो ज़्यादा तेज़ चल रही है, न ज़्यादा कम। मैं बातें करना चाहती हूँ।'

'यक़ीन करो, मेरे पास दुनिया का सारा वक्त है। मेरी बाकी ज़िंदगी इसीलिए है; तुम्हारे साथ, तुम्हारा साथ देने को।'

'ऐसा मत कहो।'

'लेकिन तुम थक गई हो,' मैं कहती जाती हूँ, जैसे कि मैंने उसकी बात नहीं सुनी। मुझे तूफ़ान आता दिख रहा है। हर तूफ़ान की तरह वह पहले विनाश करेगा, लेकिन साथ ही वह खेतों को भिगो देगा और यह भी सच है

कि आसमानों का इलहाम बारिश के साथ बरसता है। हर तूफ़ान की तरह, यह भी चला जाएगा। और यह जितना खूंखार होगा, उतना ही जल्दी चला जाएगा। और मैंने, शुक्र है भगवान का, तूफ़ानों को झेलना सीख लिया है।

और जैसे कि समंदर की सभी पवित्र मरियम मेरी सुन रही थी, बारिश की पहली बूंदे टीन की छत पर पड़ने लगी। वो जवान लड़की अपनी सिगरेट खत्म करती है और मैं उसे हाथ पकड़ कर अपने बिस्तर तक ले जाती हूँ। वो लेट जाती है और आँखें मूंद लेती है।

मैं नहीं जानती वह कितनी देर सोई। मैं बिना कुछ सोचे उसे देखती रही, और वह आवाज़ जो मैंने एक बार जंगल में सुनी थी, अब मुझे बता रही थी कि सब ठीक था, कि मुझे फ़िक्र करने की ज़रूरत नहीं, कि जिन-जिन तरहों से किस्मत लोगों को बदलती है वे हमेशा फ़ायदे के लिए होते हैं, अगर सिर्फ हम उनके सही मायने समझ सकें।

मैं नहीं जानती कि उसे यतीमघर से किसने बचाया और पाल-पोस कर इस तरह की आज़ाद लड़की बनाया। मैंने उस कुनबे के लिए दुआ की जिसने मेरी बेटी को ज़िदा रखा और एक बेहतर ज़िंदगी हासिल करने की इजाज़त दी। लेकिन दुआ के साथ-साथ मैंने महसूस किया यह सब भी – जलन, निराशा, पछतावा। क्या उसे वापिस लाना सच में इतना ज़रूरी था? उस बिस्तर पर वह सब था जो मैंने खो दिया था, और जो मैं कभी वापिस न पा सकती थी।

लेकिन उसी बिस्तर पर मेरे प्यार का सबूत भी था। मैं कुछ भी न जानती थी और फिर भी मुझे सब बता दिया गया थाः मुझे वो वक्त याद आए जब-जब मैंने खुदकुशी की सोची, और बाद में, बच्चा गिराने की। जब मैंने दुनिया का वो हिस्सा छोड़ कर चले जाने की सोची, जहाँ तक मेरे पैर और मेरी ताकत चले; मुझे पेड़ के तने पर बहा अपना खून और आँसू याद आए, और प्रकृति के साथ अपनी बात जो उसी पल से और गहरी होती गई थी, और जो तब से मुझे कभी छोड़ कर न गई। मेरे कबीले के कम ही लोगों को इसका अंदाज़ा है। लेकिन मुझे बचाने वाला समझ

गया था, जिसे मैं जंगल में भटकती मिली थी; और कुछ दिन पहले वह भी गुज़र गया।

वह अकेला एक ही था जिसने मुझे अपनाया और कबीले को मनाया कि मैं फिर से उनकी दुनिया का हिस्सा बन सकती थी।

और दुख यह है कि वही मेरी बेटी से न मिल सकेगा। मैं अपने उस रक्षक के लिए रोई जब मेरी बेटी बिस्तर पर सोई पड़ी थी, मेरी बेटी, जिसे सारी दुनिया के सारे आरामों की आदत थी। मेरे मन में हज़ारों सवाल घिरे थे – उसे गोद लेने वाले माँ-बाप कौन थे, वह कहाँ रहती थी, क्या वह युनिवर्सिटी में पढ़ने गई थी, क्या कोई था जिसे वह प्रेम करती थी, उसने आगे की ज़िंदगी के लिए क्या सोचा था? लेकिन वो मैं नहीं थी जो उसकी तलाश में पूरी दुनिया घूम कर आई थी। मैं वहाँ सवाल पूछने के लिए नहीं, जवाब देने के लिए थी।

उसने अपनी आँखें खोली। मैं उसके सिर पर हाथ फेरना चाहती थी, उसे वह सारा प्यार देना चाहती थी जो इतने बरस मैंने अपने अंदर ताले में रखा था, लेकिन जानती न थी कि उसे अच्छा लगेगा या नहीं।

'तुम यहाँ यह पता लगाने आई थी कि क्यों...'

'नहीं, मैं नहीं जानना चाहती कि क्यों कोई माँ अपने बच्चे को छोड़ देगी। ऐसा करने की कोई वजह नहीं हो सकती, किसी के भी लिए।'

उसके शब्द मेरे दिल पर घाव किए देते हैं, लेकिन मैं नहीं जानती कि क्या कहूँ।

'मैं कौन हूँ? मेरी नसों में किसका खून है? कल, जब मुझे पता लगा कि तुम कहाँ रहती हो, मैं बुरी तरह डर गई थी। कहाँ से शुरू करूँ मैं? शायद सभी जिप्सियों की तरह तुम भी आने वाला कल देख सकती हो।'

'नहीं, यह सच नहीं। वह तो हम सिर्फ परदेसियों के लिए करते हैं, रोटी कमाने के लिए। अपने कबीले में हम न तो कभी हाथ देखते हैं न कार्ड पढ़ कर भविष्य बताने की कोशिश। और तुम...'

'...मैं कबीले की अपनी हूँ। चाहे कि जो औरत मुझे दुनिया में लाई, उसी ने मुझे दूर भेज दिया।'

'हाँ।'

'तो मैं यहाँ क्या कर रही हूँ? अब जब कि मैंने तुम्हारी शक्ल देख ली है, मैं लंदन वापिस जा सकती हूँ। मेरी छुट्टियाँ भी खत्म होने को है।'

'क्या तुम अपने पिता के बारे नहीं में जानना चाहती?

'नहीं, मुझे उसमें ज़रा सी भी दिलचस्पी नहीं।'

और अचानक मैं समझ गई कि मैं उसकी मदद कर सकती थी। यूँ था जैसे कि मेरे मुँह से किसी और की आवाज़ बोल रही थी।

'उस खून को समझने की कोशिश करो जो मेरी नसों में और तुम्हारे दिल में बहता है।' वो मेरे टीचर थे जो मेरे ज़रिये बोल रहे थे। उसने फिर से आँखें मूँद ली और फिर दो घंटे और सोती रही।

अगले दिन मैं उसे सिबियू के बाहरी इलाकों में ले गई जहाँ उस इलाके में पाए जाने वाले तरह-तरह के घरों के नमूने थे। पहली बार मुझे अपनी बेटी के लिए नाश्ते बनाने की खुशी मिली। वो आज इतनी थकी हुई नहीं लग रही थी। उसने मुझसे जिप्सी संस्कृति के बारे में सवाल पूछे, लेकिन मेरे बारे में कोई सवाल नहीं। उसने अपनी ज़िंदगी के बारे में थोड़ा ही बताया। मुझे पता लगा कि मेरा एक नाती भी था। अपने पति या अपने दूसरे माँ-बाप का उसने कोई ज़िक्र नहीं किया और बस यही बताया कि वह यहाँ से बहुत दूर एक देश में ज़मीन खरीदने-बेचने का काम करती थी। और जल्द ही वहाँ काम पर वापिस चली जाएगी।

मैंने उसे बताया कि मैं उसे बुरी नज़र से बचाने वाले तावीज़ बनाना सिखा सकती थी लेकिन उसने कोई दिलचस्पी नहीं दिखाई। लेकिन जब मैंने उससे जड़ी-बूटियों की दवाएं बनाने के बारे में बात की तो उसने मुझसे उन्हें पहचानने के तरीके सिखाने को कहा। पार्क में चलते-चलते मैंने उसे सारी विद्या दे देने की कोशिश की जो मेरे पास थी, चाहे मुझे यक़ीन था कि वह इंग्लैंड पहुँचते ही सब भूल जाएगी।

'हम ज़मीन के मालिक नहीं, ज़मीन हमारी मालिक है। हम तो ख़ानाबदोश थे, लगातार सफ़र करते थे, और जो कुछ हमारे चारों ओर था, वह हमारा थाः पौधे, पानी, वो नदी-पहाड़-ज़मीन जहाँ से हमारे कारवां

गुज़रते थे। हमारे कानून कुदरत के कानून थे: ताकतवर ही ज़िंदा रहते थे। और हम, कमज़ोर, हमेशा के लिए देश से निकाले गए, अपनी ताकत को छिपा कर रखना सीख गए और कि उसे तभी इस्तेमाल करना होता है जब ज़रूरी हो। हमारा विश्वास इसमें नहीं कि सृष्टि की रचना ईश्वर ने की। हमारा विश्वास इसमें है कि भगवान ही सृष्टि है, और कि हम उसमें समाए हैं और वह हममें। चाहे फिर भी...'

मैं बोलते-बालते रुक गई, फिर सोचा कि कह ही देती हूँ, क्योंकि यही मेरी श्रद्धांजलि थी उसे, जिसने मुझे बचाया था।

'मेरे ख़याल से हमें उसे 'देवी' या 'मदर' कह कर बुलाना चाहिए। उस औरत की तरह नहीं जो अपनी बच्ची को अनाथालय में डाल आती है बल्कि उस 'औरत' की तरह, जो हम सब में है, जो हमें तब बचाती है जब हम खतरे में होते हैं। वह हमारे साथ हर पल में होगी जब तक हम अपने रोज़ के काम प्रेम और खुशी से करते हैं, यह समझते हुए कि शून्य ही दुख भोगने की स्थिति है कि हर चीज़ 'सृष्टि' की प्रशंसा का माध्यम है।'

एथीना ने पार्क में बने एक घर को देखा।

'वो क्या है – चर्च?'

जो घंटे मैंने उसके साथ बिताए थे, उनमें मैंने अपनी खोई ताकत बटोर ली थी। मैंने पूछा कि क्या वह बात बदलने की कोशिश कर रही थी। जवाब देने से पहले उसने कुछ देर सोचा।

'नहीं, जो कुछ तुम्हारे पास बताने को है उसे मैं सुनते जाना चाहती हूँ, चाहे, यहाँ आने से पहले मैंने जो कुछ पढ़ा था, वह जिप्सी परंपरा का हिस्सा नहीं।'

मेरी रक्षा करने वाले ने मुझे यह सब सिखाया। उसे वे बातें पता थी जो जिप्सी नहीं जानते और उसी ने कबीले को मुझे पनाह देने पर मजबूर किया। और जैसे-जैसे मैं उससे सीखती गई, मैं 'मदर' की शक्ति समझती गई – मैं, जिसने माँ होने की देन को ठुकरा दिया था।

मैंने एक छोटी-सी झाड़ी की ओर इशारा किया।

'यदि किसी दिन तुम्हारे बेटे को बुखार हो, उसे इस तरह के छोटी उम्र के पौधे के पास लिटा देना, इस तरह, और पौधे के पत्ते हिलाना। बुखार पौधे में चला जाएगा। यदि तुम्हें कभी किसी बात की चिंता हो, तब भी यही करना।'

'मुझे अपने रक्षक के बारे में और बताओ।'

उसने मुझे सिखाया कि शुरू में सृष्टि इतनी अकेली थी कि उसने किसी और की रचना इसीलिए की ताकि वह उससे बातें कर सके। उन दो प्राणियों ने, प्रेम के द्वारा एक तीसरा इंसान बनाया, और तब से वे हज़ारों और लाखों की तादाद में बढ़ते गए। तुमने उस चर्च के बारे में पूछा जो हमने अभी देखी थी: मैं नहीं जानती कि वह कब बनी, न मैं जानना चाहती हूँ।' मेरा मंदिर पार्क है, आकाश, झील का पानी और वह नदी जो उसे भरती है। मेरे लोग वो हैं जो मेरे जैसों का ख़याल रखते हैं, न कि वो जिनसे मैं खून के रिश्तों से बंधी हूँ। इन लोगों के साथ होना और उनके साथ अपने चारों ओर की दुनिया की खुशी मनाना ही पूजा है। तुम घर कब जाना चाहोगी?'

'शायद कल। मैं तुम्हें परेशान नहीं करना चाहती।'

मेरे दिल को एक और घाव लगा, लेकिन मैं कुछ न कह सकी।

'नहीं, प्लीज़, जब तक रुकना चाहो, रुको। मैंने तो इसलिए पूछा कि मैं तुम्हारे आने की खुशी बाकियों के साथ बांटना चाहती हूँ। अगर तुम हाँ कहो तो यह आज रात भी कर सकती हूँ।'

वह कुछ नहीं कहती, और मैं इसे उसकी हाँ मान लेती हूँ। वापिस जा कर मैं उसे और खाना देती हूँ और वह कहती है कि उसे सिबियू में अपने होटल जाकर और कपड़े लाने की ज़रूरत है। जब तक वह वापिस आती है, सारी तैयारी हो चुकी है। हम कस्बे के दक्षिण से एक पहाड़ी पर जाते है; हम ताज़ी जलाई गई आग के गिर्द बैठते हैं; हम साज़ बजाते हैं, गाने गाते हैं, नाचते हैं और कहानियाँ सुनाते हैं। वह देख रही है लेकिन शामिल नहीं होती जबकि रॉम बारो ने मुझे बताया था कि वह बहुत बढ़िया नाचती है। पहली बार, इतने बरसों में, मैं खुश हूँ क्योंकि मुझे पहली बार अपनी

बच्ची के लिए कोई अनुष्ठान करने का मौका मिला है। यह करिश्मा ही तो है कि हम दोनों एक साथ हैं, ज़िंदा, और सेहतमंद और उस विशाल 'मदर' के प्रेम में सराबोर।

बाद में, वह कहती है कि वह उस रात होटल जा कर सोएगी। मैं पूछती हूँ कि क्या यह अलविदा है लेकिन वो कहती है कि नहीं। वह कल वापिस आएगी।

पूरा एक सप्ताह, मैं और मेरी बेटी सृष्टि की उपासना में एक थे। एक रात वह अपने दोस्त को लाई, यह साफ-साफ बताते हुए कि न तो वह उसका बॉयफ्रेंड था न ही उसके बच्चे का पिता। उस आदमी ने, जो उम्र में उससे दस बरस बड़ा रहा होगा, पूछा कि हम अपने अनुष्ठानों में किसकी पूजा कर रहे थे। मैंने बताया कि किसी की पूजा करना मेरे रक्षक के मुताबिक उसे हमारी दुनिया से बाहर का स्थान देना था। हम किसी इंसान या चीज़ की पूजा नहीं कर रहे; हम सिर्फ सृष्टि से जुड़ रहे होते हैं।

मुझे लगा कि एथीना को मेरे जवाब पर फ़ख्र था, लेकिन मैं तो अपने रक्षक के शब्द ही दोहरा रही थी।

'और इसे बाकियों के साथ क्यों करना है, जब हम सब अकेले-अकेले भी सृष्टि का जश्न मना सकते है?'

'क्योंकि बाकी सब भी मैं ही हूँ। और बाकी सब में मैं भी शामिल हूँ।'

'मैं कल जा रही हूँ,' एथीना ने कहा।

'जाने से पहले अपनी माँ को अलविदा कहने ज़रूर आना।'

उन सभी दिनों में वह पहली बार था जब मैंने 'माँ' शब्द का इस्तेमाल किया। मेरी आवाज़ काँपी नहीं, मेरी नज़र सीधी थी और मैं जानती थी कि हर बात के बावजूद, मेरे सामने जो खड़ी थी वह मेरे खून के क़तरों से बनी थी, मेरी कोख की औलाद थी।

उस पल मैं उस छोटी लड़की की तरह थी जिसे अभी-अभी पता लगा था कि दुनिया भूत-प्रेतों और श्रापों से नहीं भरी थी, जैसा हमारे बड़ों ने सिखाया था। वह प्यार से भरी है, और इससे कोई फ़र्क नहीं पड़ता कि वह

प्यार क्या रूप लेकर आएगा। वह ऐसा प्यार है जो हमारी गलतियाँ माफ़ करता है और हमें पाप की दलदल से ऊपर उठा लेता है।

वह देर तक मेरे गले लगी रही। फिर उसने मेरे हिजाब को वापिस ठीक से सीधा किया जो मैं अपने बालों को ढकने के लिए पहनती थी। चाहे मेरा कोई शौहर नहीं था, लेकिन जिप्सी परंपरा के मुताबिक मुझे हिजाब पहनना होता था क्योंकि मैं कुंवारी नहीं थी ... क्या जाने कल और क्या लेकर आए जबकि वह जा रही थी जिसे मैंने दूर से ही सही, हमेशा प्यार किया था, और जिसके खौफ़ में मैं हर पल जियी थी।

मैं ही सब थी, और हर कोई मैं, और मेरा अकेलापन।

अगले दिन एथीना आई, फूलों का गुलदस्ता लिए। उसने मेरा कमरा ठीक किया, मुझे चश्मा पहनने को कहा क्योंकि सिलाई करते-करते मेरी आँखें कमज़ोर होती जा रही थी। उसने पूछा कि जिन साथियों के साथ मैं जश्न-अनुष्ठान करती थी, क्या उन्हें कबीले से परेशानी का सामना तो नहीं करना पड़ता था, और मैंने कहा कि नहीं, ऐसी कोई बात नहीं थी। मेरे रक्षक की कबीले में बहुत इज्ज़त थी, उसने हमें बहुत सी चीज़ें सिखाई थी और पूरी दुनिया में उनके अनुयायी फैले हुए थे। मैंने यह भी बता दिया कि उसके आने से कुछ दिन पहले उनकी मौत हो गई थी।

'एक दिन, एक बिल्ली उन्हें छू कर निकल गई। हमारे यहाँ इसे मौत की आहट मानते हैं और हम सभी को बहुत फ़िक्र हो गई। लेकिन चाहे एक ऐसा अनुष्ठान है जिससे ऐसा श्राप उठाया जा सकता है, मेरे रक्षक ने कहा कि उसके जाने का वक्त आ गया था; कि अब उसे उन दुनियाओं का सफर करना था जो इस दुनिया के बाहर थीं और जिनके बारे में वह जानता था। उसने कहा कि वह एक बच्चे के तौर पर फिर से पैदा हो कर 'मदर' की बाँहों में कुछ देर आराम करना चाहता था। उसका अंतिम संस्कार पास के जंगल में हुआ। सब कुछ बेहद सादगी से हुआ लेकिन पूरी दुनिया से लोग आए।'

'उन लोगों में क्या कोई पैंतीस की उम्र की औरत भी थी, जिसके गहरे भूरे बाल थे?'

'यक़ीन से तो नहीं कह सकती पर हो सकता है। क्यों?'

'बुख़ारेस्ट में मेरे होटल में एक औरत थी जिसने मुझे बताया कि वह एक दोस्त के अंतिम संस्कार में शामिल होने आई थी।'

मुझे लगता है कि उसने अपने "टीचर" के बारे में कुछ कहा था। उसने मुझे जिप्सियों के बारे में और बातें बताने को कहा, पर अब बताने को ऐसा कुछ ख़ास न था, जो वह नहीं जानती थी, क्योंकि रिवाज़ों और परंपराओं के अलावा हम अपने इतिहास के बारे में बहुत कम जानते हैं। मैंने उसे यह गुज़ारिश ज़रूर की कि कभी फ्रांस जाएँ तो सेंट-मारीज़-दे-ला-मेअर के नन्हे से गाँव में सेंट सारा की तस्वीर के सामने मेरी ओर से एक दुशाला ज़रूर चढ़ा दे।

'मैं यहाँ इसलिए आई थी कि मेरी ज़िंदगी में कुछ कमी थी,' वह बोली। 'मुझे अपनी ख़ाली जगहें भरनी थीं और मैंने सोचा था कि सिर्फ तुम्हारा चेहरा देखना काफ़ी रहेगा। लेकिन ऐसा नहीं हुआ। मुझे यह भी समझने की ज़रूरत थी कि...मुझे तुम प्यार करती थीं।'

'मैं तुम्हें प्यार करती हूँ।'

उसके बाद मैं काफ़ी देर तक नहीं बोली। आख़िर मैंने वह बात शब्दों में कह दी थी जो मैं तब से कहना चाह रही थी, जब से मैंने उसे जाने दिया। मैंने आगे कहा: 'मैं तुमसे कुछ माँगना चाहती हूँ।'

'जो चाहो माँग लो।'

'मैं तुमसे माफ़ी चाहती हूँ।'

उसने अपना होंठ दाँतों तले दबा लिया।

'मैं हमेशा से ही बेचैन किस्म की इंसान रही हूँ। मैं जी-तोड़ मेहनत करती हूँ, अपने बेटे का ख़याल रखने में ज़रूरत से ज़्यादा वक्त लगाती हूँ, मैं पागलों की तरह नाचती हूँ, मैंने कैलिग्राफ़ी सीखी, मैं एक के बाद एक किताबें पढ़ती जाती हूँ। लेकिन यह सब उन लम्हों से बचने का तरीका है जब कुछ नहीं हो रहा होता, क्योंकि वे खाली जगहें मुझे खा जाने वाले खालीपन का अहसास देती हैं, जिनमें एक क़तरा भी प्यार नहीं होता। मेरे माँ-बाप ने मेरे लिए वह सब किया है जो कोई माँ-बाप कर सकते थे, और

मैं जो भी करूँ, उन्हें निराशा ही दी है। लेकिन यहाँ जो वक्त हम दोनों ने बिताया है, और विशाल 'मदर' के जश्न मनाते हुए मैंने महसूस किया है कि वे खाली जगहें भरने लगी है। वे अब थोड़े पल के लिए थम जाने की स्थिति है – वह लम्हा, जब ड्रम बजाने वाला अपना हाथ ऊपर उठाता है, उसे दोबारा ज़ोर से नीचे लाने के लिए। मुझे लगता है कि अब मैं जा सकती हूँ। मैं यह नहीं कह रही कि अब मुझे पूरा चैन मिल गया है, क्योंकि मेरी ज़िंदगी को उस लय पर चलने की ज़रूरत है जिसकी उसे आदत हो चुकी है। लेकिन मेरे मन में कड़वाहट नहीं है। क्या सभी जिप्सी विशाल 'मदर' में विश्वास करते है?'

'यदि तुम उनसे पूछो तो उनमें से कोई हाँ नहीं कहेगा। वे जहाँ-जहाँ जा कर बसे, उन्होंने उन्हीं जगहों के संस्कार और परंपराएं अपना लीं, और धार्मिक स्तर पर हमें एक ही बात जोड़ती है और वह है सेंट-मारीज़-दे-ला-मेअर में संत सारा क़ब्र के दर्शन। कुछ कबीले उसे "काली सारा" कहते हैं, या "जिप्सियों की कुवारी मरियम", जिस नाम से वह लूर्दे में जानी जाती है।'

'मुझे जाना होगा,' एथीना ने कुछ देर में कहा। 'जिस दोस्त से तुम उस दिन मिली थी, वह मेरे साथ जा रहा है।'

'वो अच्छा इंसान लगता है।'

'तुम एक माँ की तरह बात कर रही हो।'

'मैं तुम्हारी माँ ही तो हूँ।'

'और मैं तुम्हारी बेटी।'

उसने मुझे गले लगा लिया, इस बार उसकी आँखों में आँसू थे। उसे बाँहों में लिए मैंने उसके सिर पर हाथ फेरा, जैसा मैंने सपना देखा था। मैंने उसे अपना ख़याल रखने को कहा, और उसने मुझे कहा कि उसने बहुत कुछ सीख लिया था।

'तुम और भी बहुत कुछ सीखोगी क्योंकि चाहे आज कल हम सब घरों, शहरों और नौकरियों में फँसे है, तुम्हारी रगों में अभी भी कारवाओं, लंबी यात्राओं और विशाल "मदर" द्वारा हमारे रास्तों में डाले सबक बहते हैं,

ताकि हमारी नस्ल ज़िंदा रहे। सीखो, लेकिन हमेशा दूसरों को साथ रख कर सीखो। अपनी खोज में अकेली मत पड़ो, क्योंकि यदि कोई कदम गलत रखा तो वहाँ तुम्हारी मदद को कोई न होगा।'

वह अभी भी रो रही थी, मुझसे लिपटकर। उसके आँसुओं में एक अनकही याचना थी कि मैं उसे रोक लूँ। मैंने अपने रक्षक से याचना की, कि मैं एक भी आँसू न गिरने दूं, क्योंकि मैं एथीना के लिए अच्छे की कामना करती थी, और उसकी नियति आगे जाने में थी। यहाँ, ट्रांसिलवेनिया में मेरे प्यार के अलावा उसे कुछ न मिलेगा। और चाहे कि मेरा विश्वास है कि प्रेम पूरी ज़िंदगी जीने के लिए काफ़ी है, मुझे पूरा यक़ीन था कि मैं उसे अपने साथ रखने के लिए अपनी पूरी ज़िंदगी कुर्बान करने के लिए नहीं कह सकती थी।

एथीना ने मेरा माथा चूमा और बिना अलविदा कहे चली गई, शायद यह सोच कर कि वह एक दिन लौटगी। हर क्रिसमस उसने मुझे इतने पैसे भेजे कि मैं पूरे बरस बिना सिलाई किए आराम से रह सकती थी, लेकिन मैं कभी बैंक नही गई। कबीले में हर कोई सोचता था कि मैं बेवकूफी कर रही थी।

छह महीने पहले उसने पैसे भेजने बंद कर दिए। ज़रूर वह समझ गई होगी कि अपनी खाली जगहें भरने के लिए मुझे अपनी सिलाई की ज़रूरत है।

मुझे उससे फिर मिलकर बहुत खुशी होगी, लेकिन मैं जानती हूँ कि वह कभी वापिस नहीं आएगी। अब तक तो वह किसी ऊँचे ओहदे पर पहुँच गई होगी और जिसे वह प्यार करती है उससे शादी भी कर ली होगी। और शायद मेरे ढेरों नाती-नातिन हैं, जिसके मायने यह हैं कि इस धरती पर मेरा खून ज़िंदा रहेगा, और मेरी गलतियाँ माफ़ होंगी।

समीरा आर. ख़लील, गृहस्थ

जैसे ही शिरीन घर में घुसी, खुशी से चिल्लाते वियोरल को कस कर पकड़े हुए, मैं जान गई कि सब कुछ मेरी कल्पना से कहीं ज़्यादा बेहतर हुआ था। मुझे लगा कि ईश्वर ने मेरी प्रार्थना सुन ली थी और अब वह खुद को आम ज़िंदगी में ढाल लेगी, अपने बेटे को बड़ा करेगी, दोबारा शादी करेगी और उस अजीब बेचैनी को भूल जाएगी जो उसे एक साथ पागलों जैसे खुश और निराश कर देती थी।

'माँ, मैं आपसे बहुत प्यार करती हूँ।'

अब उसे सीने से लगा लेने की मेरी बारी थी। जितनी भी रातें वह मुझसे दूर रही थी, अब मैं यह बता सकती हूँ, मुझे यही डर खाए जाता था कि वह किसी को वियोरल को लेने के लिए भेज देगी और फिर वे कभी वापिस न आएंगे।

खाना खाने और नहा लेने के बाद उसने हमें अपनी जन्म देने वाली माँ के बारे में बताया। मैंने पूछा कि वह दुबई वापिस कब जा रही थी।

'अगले हफ़्ते, लेकिन पहले मुझे किसी से मिलने स्कॉटलैंड जाना है।'

'एक औरत,' मेरी आँखों में चमक देखते ही उसने बात साफ की। 'मुझे लगता है कि मेरा कोई मिशन है। जब हम ज़िंदगी और कुदरत के जश्न मना रहे थे, मुझे ऐसी चीज़ें पता लगी जो मैंने सोचा भी नहीं था। जो मैंने सोचा था कि सिर्फ डांस से पाया जा सकता है वह तो हर जगह में फैला हुआ है। और उसका चेहरा एक औरत का चेहरा है। मैंने उसे देखा...'

मुझे डर लगा। उसका मिशन, मैंने उसे बताया, अपने बेटे को बड़ा करना, नौकरी में तरक्की करना, और पैसा कमाना, दोबारा शादी करना और ईश्वर, जैसे हम उसे जानते थे, की इज्ज़त करना था।

लेकिन शिरीन कहाँ सुन रही थी।

'वो एक रात को हुआ, जब हम आग के गिर्द बैठे पी रहे थे, हँसी मज़ाक करते हुए, संगीत सुनते हुए। सिवा उस वक्त रेस्तरां में, मुझे वहाँ रहते पूरे वक्त डांस करने की ज़रूरत कभी न लगी थी, जैसे कि मैं किसी और चीज़ के लिए एनर्जी इकटठा कर रही थी। अचानक मुझे लगा जैसे मेरे चारों ओर सब कुछ ज़िंदा हो रहा था, जैसे सृष्टि और मैं एक ही चीज़ थे। मैं तो खुशी से सराबोर हो आँसुओं में भीग गई जब मैंने देखा कि आग की लपटों ने औरत के चेहरे का रूप ले लिया, और वह रूप मुझ पर मुस्कुरा रहा था।'

मैं तो थरथर काँपने लगी। यह जिप्सियों के टोने-मंतर होंगे। लेकिन साथ ही मेरी आँखों के सामने एक छोटी सी स्कूल जाने वाली लड़की का चेहरा उभर आया, जिसने कहा था कि उसने सफेद कपड़ों वाली एक औरत देखी थी।

'ऐसी चीज़ों में न फँस जाना। वे शैतान की कारस्तानी होती हैं। हमने हमेशा ही तुम्हें अच्छी तालीम दी हैं। तुम एक साफ-सुथरी ज़िंदगी क्यों नहीं जी सकती?'

शायद मैंने यह सोच कर जल्दबाज़ी की थी कि अपनी जन्म देने वाली माँ की खोज में किये सफर का उस पर अच्छा असर पड़ा था। लेकिन फिर भी तैश में आने की बजाय, जैसे वह आमतौर पर करती थी, वह मुस्कुराई और अपनी बात जारी रखीः 'साफ-सुथरा क्या है? पापा सारे वक्त काम से क्यों लदे रहते हैं, जबकि हमारे पास तीन पुश्तों तक खाने लायक पैसा है? वे एक ईमानदार इंसान है और जो पैसा वो कमाते हैं उस पर उनका पूरा हक है, लेकिन वो हमेशा इतने घमंड से कहते है कि उनके पास बहुत काम है। क्यों? किसलिए?'

'वे एक इज्ज़तदार और मेहनतकश इंसान हैं।'

'जब मैं घर पर रहती थी तो हर शाम घर आते ही उनका पहला सवाल यही होता था कि मेरा होम-वर्क कैसा चल रहा था, और फिर वे मुझे कुछ उदाहरण दे कर समझाते थे कि उनका काम दुनिया के लिए कितना अहम

था। फिर वे टी. वी. चला लेते थे, लेबनान के सियासी हालात पर कुछ न कुछ बोलते और कोई न कोई टॅक्निकल किताब पढ़कर सो जाते। लेकिन वे हमेशा मसरूफ़ रहते थे। और यही तुम्हारे साथ था। मैं स्कूल में सबसे सुंदर कपड़े पहनने वाली लड़की थी; तुम मुझे पार्टियों में ले जाती थी; तुम हमेशा ही दयालु और प्यार करने वाली माँ थी और तुमने मुझे बेदाग और बेहतरीन तरीके से बड़ा किया। लेकिन अब जब तुम उम्र में बड़ी हो रही हो, तब? अब तुम क्या करोगी जब मैं बड़ी हो गई हूँ और अपने पैरों पर खड़ी हूँ?'

'हम दुनिया घूमने जाएंगे और कुछ दिन, बरसों से कमाई चैन की सांस लेंगे।'

'लेकिन वह सब तुम अभी क्यों नहीं करते जब तुम दोनों की सेहत भी ठीक है।'

'मैंने भी खुद से यही सवाल पूछा था लेकिन मुझे लगा कि मेरे पति को अपने काम की ज़रूरत थी, पैसे के लिए नहीं, बल्कि इसलिए कि वे खुद की ज़रूरत बनाए रखना चाहते थे, यह साबित करना चाहते थे कि इस देश में बाहर से आकर बसे लोग भी अपनी जिम्मेदारियाँ और वादे निभाते हैं। जब भी उन्होंने छुट्टी ली और शहर में होते, तो किसी न किसी बहाने थोड़ी देर के लिए ही सही पर ऑफिस चले जाते, अपने साथियों से बात करने या कोई ऐसा फैसला करने जो आराम से दो दिन बाद किया जा सकता था। मैंने उन्हें सिनेमा, थिएटर, म्यूज़ियम वगैरह ले जाने की कोशिश की, और वे मेरा कहना भी मानते, लेकिन मुझे हमेशा ऐसा लगा कि वे इससे बोर हो जाते थे। उनका तो एक ही चीज़ में दिल लगता था – कंपनी, काम बिज़नेस।

उस दिन पहली बार, मैंने उससे एक दोस्त की तरह बात की, बेटी की तरह नहीं, लेकिन मैंने अपने शब्द ऐहतियात से चुने कि उसे समझ आए।

'क्या तुम यह कह रही हो कि तुम्हारे पापा भी "ख़ाली जगहों" को भरने की कोशिश कर रहे हैं?'

'जिस दिन वे रिटायर होंगे, चाहे कि मुझे नहीं लगता कि ऐसा दिन आएगा, वे एक भारी डिप्रेशन में डूब जाएंगे। मुझे पूरा यक़ीन है। उस मेहनत और मुश्किल से कमाई आज़ादी का क्या करेंगे? हर कोई उन्हें उनके शानदार करियर पर बधाई देगा, उस विरासत पर भी जो उन्होंने अपनी कंपनी को इतनी ईमानदारी से चला कर कायम की, लेकिन उसके बाद किसी के पास उनके लिए वक्त नहीं होगा – ज़िंदगी तो बहती रहती है, और हर कोई उसके बहाव में बरबस बह जाता है। पापा फिर से वही देश निकाला जिएंगे, लेकिन इस बार ऐसा कोई देश नहीं होगा जहाँ वे शरण ले सकेंगे।'

'तुम्हारे पास इससे बेहतर सुझाव है?'

'सिर्फ एकः मैं नहीं चाहती कि यही सब मेरे साथ भी हो। मुझे तो बिल्कुल चैंन नहीं, और इसे गलत तरीके से मत लेना, क्योंकि मैं तुम्हें और पापा को इस परवरिश के लिए दोष नहीं दे रही लेकिन मुझे खुद को बदलने की ज़रूरत है, और वह भी बहुत जल्द।'

डीएड्री ओ' नील, बनाम ऍंडा

वह घने अंधेरे में बैठी है। उसका लड़का तुरंत कमरा छोड़ कर चला गया – रात तो साम्राज्य है आतंक का, अतीत के राक्षसों का, उन दिनों का जब हम जिप्सियों की तरह बेरोकटोक घूमते थे, मेरे टीचर की तरह – 'मदर' उनकी आत्मा पर रहम करें, उनकी याद बरकरार रहे, जब तक कि उनके वापिस आने का वक्त न हो जाए।

जबसे मैंने बत्ती बुझाई है, एथीना को समझ नहीं आ रहा कि क्या करे। वह अपने बेटे के बारे में पूछती है और मैं उसे फ़िक्र न करने को कहती हूँ। मैं बाहर जाती हूँ, टी.वी. चलाती हूँ, कार्टून वाला चैनल लगा कर आवाज़ बंद कर देती हूँ – परेशानी खत्म। कई बार सोचने की कोशिश करती हूँ कि गुज़रे वक्तों में क्या होता होगा, क्योंकि जो औरतें उस अनुष्ठान को करने आती होंगी जिसमें एथीना हिस्सा लेने वाली है, वे भी अपने बच्चे लाती होंगी और उन दिनों तो टी.वी. नहीं था। तब टीचर क्या करते थे? शुक्र है कि मुझे उसकी फ़िक्र करने की ज़रूरत नहीं।

जो बात यह बच्चा अनुभव कर रहा है, टी.वी. के सामने – यानि टी वी उसके लिए एक अलग हकीकत में ले जाता हुआ दरवाज़े की तरह है – आज मैं एथीना को ऐसी ही हकीकत महसूस करवाने वाली हूँ।

एक साथ ही सब कुछ इतना आसान और उलझा हुआ है। आसान यूँ है कि सिर्फ एक ही चीज़ चाहिये, और वो है नज़रिये में बदलाव। मैं अब खुशी की तलाश में और नहीं भटकूंगी। मैं ज़िंदगी को अपनी आँखों से देखूंगी और अपनी खुशी की ज़िम्मेदारी खुद पर लूंगी। आज से मैं ज़िंदा होने के नए सफर पर निकल रही हूँ।

और यह उलझा हुआ भी है: मैं खुशी क्यों नहीं ढूंढ रही जब मुझे सभी ने सिखाया है कि खुशी ही वह लक्ष्य है जो तलाश के लायक है?

आख़िरकार खुशी है क्या?

लोग कहते हैं कि प्रेम ही खुशी है। लेकिन प्रेम न तो कभी खुशी लाया है, न लाता है। इसके उलट, यह हमेशा फ़िक्र में जीने की स्थिति है, जंग का मैदान। प्रेम का अर्थ है नींद-उड़ी रातें, हर पल खुद से पूछना कि हम सही कर भी रहे है या नहीं। और असल में प्रेम तो है पागलपन की हद तक खुशी, और दिल छलनी कर देने वाला दुख।

चलो मान कर देखें, कि प्रेम शांति है। शांति? यदि हम 'मदर' को ही देखें, वह कभी शांत नहीं। जाड़ा गर्मी से युद्ध करता है, सूरज और चाँद कभी मिलते नहीं, शेर आदमी का पीछा करता है आदमी कुत्ते से डरता है, कुत्ता बिल्ली का पीछा करता है, बिल्ली चूहे का, और चूहा आदमी को डरा देता है।

तुम कहते हो कि पैसा खुशी लाता है। बढ़िया। ऐसा है तो जो कोई भी ऊंचे रहन-सहन के लायक कमा लेता है, उसे काम छोड़ देना चाहिए। लेकिन तब वे पहले से कहीं ज़्यादा फ़िक्र में पड़ जाते हैं, जैसे कि उन्हें सब कुछ खो देने का डर हो। पैसा पैसे को खींचता है, यह सच है। गरीबी दुख लाती है यह सच है, लेकिन पैसा खुशी लाएगा, यह ज़रूरी नहीं।

मैंने अपनी काफ़ी सारी ज़िंदगी खुशी की तलाश में बिता दी, लेकिन अब जो मुझे चाहिए – वह है आनंद। आनंद संभोग की तरह है – यह शुरू होता है, और खत्म होता है। मुझे सुख चाहिए। मैं संतोष चाहती हूँ, लेकिन खुशी? अब मैं इस जाल में फँसने वाली नहीं।

जब मैं लोगों के बीच होती हूँ, और उन्हें वह उकसाने वाला और सबसे अहम सवाल पूछती हूँः 'क्या तुम खुश हो?' वे सब जवाब देते हैः 'हाँ मैं खुश हूँ।'

फिर मैं पूछती हूँः 'लेकिन क्या तुम्हें और खुशी नहीं चाहिए? क्या तुम आगे बढ़ते रहना नहीं चाहते?' और वे सब जवाब देते हैः 'हाँ। बिल्कुल।'

तब मैं कहती हूँः 'तो इसका मतलब तुम खुश नहीं हो,' और वे बात बदल देते हैं।

उस कमरे में जाने का वक्त हो गया है जहाँ एथीना बैठी है। वहाँ अंधेरा है। वह मेरे कदमों की आवाज़ सुनती है; माचिस से तीली के टकराने की आवाज़ आती है और मोमबत्ती की रौशनी।

हम सारी सृष्टि में व्याप्त कामना से घिरे हैं, कामना यानी डिज़ायर। वह खुशी नहीं, कामना है। और कामनाएं कभी शांत नहीं होती, क्योंकि जब वे शांत हो जाती हैं तब वे कामनाएं नहीं रहती।

'मेरा बेटा कहाँ है?'

'तुम्हारा बेटा ठीक है; वह टी.वी. देख रहा है। मैं चाहती हूँ कि तुम सिर्फ उस मोमबत्ती को देखो। न तो बोलो, न कुछ कहो। सिर्फ विश्वास करो।'

'किस पर?'

'मैंने तुम्हें कहा कि कुछ मत बोलो। बस विश्वास करो – किसी पर भी शक मत करो। तुम ज़िंदा हो और तुम्हारे ब्रह्माण्ड में सिर्फ एक ही चीज़ है – यह मोमबत्ती। इस में विश्वास करो। यह ख़याल ज़हन से निकाल दो कि रास्ता तुम्हें तुम्हारी मंज़िल तक ले जाएगा। सच यह है कि हर कदम खुद मंज़िल है। हर सुबह खुद से यह बात कहो: "मैं मंज़िल पर हूँ। मैं पहुँच गई हूँ।" इस तरह तुम अपने दिन के हर पल के साथ होगी, हर पल को जी पाओगी।'

मैं कुछ पल को रुकी।

'मोमबत्ती की रौशनी तुम्हारी दुनिया को रौशन कर रही है। इससे पूछो: "मैं कौन हूँ?" मैं फिर रुकी, और फिर कहती गई: "मैं सोच सकती हूँ कि तुम्हारा जवाब क्या होगा। मैं अलां-फलां हूँ। मैंने यह सब जिया है। मेरा एक बेटा है। मैं दुबई में काम करती हूँ। अब मोमबत्ती से फिर पूछो: "मैं क्या नहीं हूँ?"

फिर से मैंने इंतज़ार किया, और फिर से बात जारी रखी: 'तुमने शायद यह कहा: मैं चैन में रहने वाली इंसान नहीं। मैं बाकियों जैसी माँ नहीं जो अपने बेटे और अपने पति से सरोकार रखे, जो अपने घर और बागीचे और गर्मी की छुट्टियाँ बिताने की जगह से तसल्ली कर ले। क्या ऐसा है? अब तुम बोल सकती हो।'

'हाँ, ऐसा ही है।'

'अच्छी बात, हम सही राह पर है। तुम, मेरी तरह, हालात से संतुष्ट नहीं। तुम्हारी "हकीकत" दूसरों की "हकीकत" से मेल नहीं खाती। और तुम्हें डर है कि तुम्हारा बेटा तुम्हारी ही राह चलेगा, क्या यह सही है?'

'हाँ।'

'फिर भी, तुम जानती हो कि तुम रुक नहीं सकती। तुम पूरी कोशिश करती हो और जूझती हो, लेकिन अपने शकों को रोक नहीं सकती। मोमबत्ती को पूरे ध्यान से देखो। इस पल, यह मोमबत्ती तुम्हारा यूनिवर्स, तुम्हारा ब्रह्माण्ड है। यह तुम्हारा ध्यान पकड़े है; यह तुम्हारे चारों ओर कमरे को थोड़ा रौशन कर रही है। गहरी सांस लो, सांस को जितनी देर हो सके फेफड़ो में रोके रहो और फिर साँस बाहर निकाल दो। ऐसा पाँच बार करो।'

उसने वैसा ही किया।

'इस अभ्यास ने तुम्हारी आत्मा को थोड़ा आराम दिया होगा। अब, याद रखना जो मैंने कहा थाः विश्वास करो। अपनी काबिलियतों में विश्वास करो। विश्वास करो कि जहाँ तुम पहुँचना चाहती थीं, वहाँ पहुँच चुकी हो। तुम्हारे जीवन के एक ख़ास पल में जैसा तुमने मुझे दोपहर बाद चाय पर बताया, तुमने अपने बैंक में काम करने वालों का बर्ताव बदल दिया था क्योंकि तुमने उन्हें डांस करना सिखा दिया था। यह सच नहीं। तुमने सब कुछ बदल दिया क्योंकि डांस के ज़रिये तुमने उनकी हकीकत बदल दी। तुमने डांस में और वर्टेक्स वाली कहानी में विश्वास किया। जो तुम्हें पसंद नहीं, तुम उस पर विश्वास नहीं कर सकती, है कि नहीं?'

एथीना ने कर हामी भरी, लेकिन आँखें मोमबत्ती की रौशनी पर टिकाए रही।

'विश्वास कामना नहीं है। विश्वास इच्छा है। कामनाएं वो हैं जिन्हें पूरा करना पड़ता है जबकि इच्छा एक शक्ति है। इच्छा हमारे माहौल को बदल देती है, जैसा तुमने बैंक में अपने काम से किया। लेकिन उसके लिए कामना भी चाहिए। प्लीज़, मोमबत्ती पर ध्यान टिकाए रहो।

'तुम्हारा बेटा कमरा छोड़ कर टी.वी. देखने चला गया क्योंकि उसे अंधेरे से डर लगता है। लेकिन क्यों? हम अंधेरे का कोई भी रूप, कोई भी अर्थ लगा सकते हैं, और ज़्यादातर हम अंधेरे में अपने अंदर के साये ही देखते हैं। यह बच्चों के लिए भी सच है और बड़ों के लिए भी। धीरे-धीरे अपनी दायी बाज़ू ऊपर उठाओ।

उसने अपनी बाजू उठाई। मैंने उसे बाईं बाजू के साथ भी यही करने को कहा। मैंने उसके उरोज़ देखे, जो मुझसे कहीं ज़्यादा खूबसूरत थे।

'अब धीरे-धीरे बाजू नीचे करो। आँखें बंद और गहरी सांस लो। मैं बत्ती जलाने वाली हूँ। ठीक है, अब अनुष्ठान खत्म हुआ। चलो बाहर के कमरे में चलते है।'

उसे उठने में कुछ मुश्किल हुई। जिस मुद्रा में मैंने उसे बैठने को कहा था, उससे उसकी टांगे सुन्न हो गई थी। वियोरल सो गया था। मैंने टी.वी. बंद कर दिया और हम रसोई में चले गए।

'उस सब का क्या मतलब था?' उसने पूछा।

'सिर्फ तुम्हें रोज़मर्रा की हकीकत से हटा कर दूर ले जाना। मैं तुम्हें किसी भी चीज़ पर ध्यान लगाने को कह सकती थी लेकिन मुझे अंधेरा और मोमबत्ती की रौशनी अच्छी लगती है। लेकिन तुम यह जानना चाहती हो कि मेरा असल में क्या इरादा है। है न?'

एथीना बोली कि उसने पाँच घंटे अपने बेटे को गोद में बैठाकर ट्रेन में सफर किया था जबकि उसे काम पर वापिस जाने के लिए सामान बांध रहे होना चाहिए था। मोमबत्ती को ही देखना था तो यह वह अपने घर बैठे ही कर सकती थी, इसके लिए स्कॉटलैंड आने की क्या ज़रूरत थी।

'हाँ, ज़रूरत थी,' मैंने जवाब दिया। तुम्हें यह जानने की ज़रूरत थी कि तुम अकेली नहीं हो, कि और लोग भी हैं जो तुम्हारी हकीकत के साथ जुड़े है। सिर्फ यह जानना भी विश्वास करना मुमकिन बना देता है।'

'किस पर विश्वास?'

'कि तुम सही राह पर हो। और कि हर कदम भी मंजिल है।'

'कौन सी राह?' मैंने सोचा था कि अपनी माँ को ढूंढने रोमानिया जा कर आख़िर मैं वह सुकून पा लूंगी जिसकी मुझे इतनी ज़रूरत है, लेकिन मुझे वह सुकून नहीं मिला। तुम किस राह की बात कर रही हो?'

'मुझे क्या पता। और तुम्हें भी तभी मालूम होगा जब तुम सिखाना शुरू करोगी। जब दुबई वापिस जाओ, तो किसी एक को सिखाना शुरू करो।'

'क्या मैं डांस या कैलिग्राफी सिखाऊं?'

'इन दोनों के बारे में तो तुम पहले ही जानती हो। तुम्हें वह पढ़ाने की ज़रूरत है जो तुम नहीं जानती और जो 'मदर' तुम्हारे जरिये से रौशनी में लाना चाहती है।'

उसने मुझे ऐसे देखा जैसे मैं पागल हो गई थी।

'यह सच है,' मैंने कहा। 'वरना और किस लिए मैंने तुम्हें गहरी सांस लेकर बाहें ऊपर उठाने को कहा? ताकि तुम यह विश्वास करो कि मैं तुमसे ज़्यादा जानती थी। लेकिन यह सच नहीं। यह तुम्हें उस दुनिया से बाहर निकालने का तरीका था जिसकी तुम्हें आदत हो गई है। मैंने तुम्हें 'मदर' का धन्यवाद करने को नहीं कहा, न यह कि वे कितनी भव्य या महान है या कि तुमने आग की लपटों में उनका चेहरा चमकता देखा। मैंने तुम्हें सिर्फ एक बेमानी और बेतुका काम करने को कहा, कि तुम अपनी बाहें ऊपर उठाओ और मोमबत्ती पर ध्यान लगाओ। यही काफ़ी है – कि जब भी मुनासिब हो, हमारे चारों ओर की हकीकत से हट कर कुछ अलग सा करो।'

'जब तुम अपने शागिर्द के करने के लिए कोई भी अनुष्ठान बनाओगी, तो तुम्हें राह दिखाई जाएगी। और जैसा कि मेरे रक्षक ने मुझे बताया, असली शागिर्दगी वहाँ से शुरू होती है। यदि तुम मेरे कहे पर ध्यान देना चाहती हो, तो अच्छा है, लेकिन यदि नहीं, और अपनी ज़िंदगी पर इसी तरह चलना चाहती हो जैसे अब तक, तो देर-सवेर से, एक ऐसी दीवार से टकरा जाओगी जिसे असंतोष कहते हैं।'

मैंने टैक्सी के लिए फ़ोन किया, और कुछ देर हमने फैशन और मर्दों के बारे में बातचीत की, और फिर एथीना चली गई। मुझे यक़ीन था कि वह मेरी सुनेगी, ख़ास तौर पर इसलिए कि वह उन लोगों में से है जो किसी भी चैलेंज को ठुकरा नहीं सकते।

'लोगों को लकीर से हट कर चलना सिखाओ। बस इतनी सी बात है।' मैंने पीछे से चिल्ला कर कहा, जबकि टैक्सी चल पड़ी थी।

यही आनंद है। खुशी वो होती यदि वह पहले से हासिल चीज़ों से तसल्ली महसूस करती – प्रेमी, बेटा, नौकरी। और एथीना, मेरी ही तरह, इस तरह की ज़िंदगी के लिए पैदा नहीं हुई थी।

हैरन रायन, पत्रकार

मैं यह मानने को तैयार नहीं था कि मुझे प्यार हो गया था; मेरी पहले से ही गर्लफ्रेंड थी जो मुझसे प्रेम करती थी और मेरे सुख दुख में बराबर की शरीक थी।

सिबियू में हुई अलग-अलग मुलाकातें और वाकिये एक सफर का हिस्सा थे, और मेरे साथ ऐसा पहली बार नहीं हुआ था। जब हम आम ज़िंदगी के बाहर कदम रखते है और खुद को बचाने के सभी सीखे तरीके और पहले से बनी सोच को घर पर छोड़ कर निकलते हैं तो हम कई नई चीज़ों और रोमांच के लिए खुल जाते हैं।

जब मैं इंग्लैंड लौटा तो मैंने पहला काम यह किया कि अपने प्रोड्यूसरों को बता दिया कि ड्रैकुला के ऐतिहासिक व्यक्तित्व पर डॉक्यूमेंट्री बनाना बकवास बात थी और एक पागल आयरिश लेखक की लिखी एक किताब ने ट्रांसिलवेनिया की बेहद भयानक तस्वीर खींच डाली थी, जो, असल में, इस ग्रह पर कुछ सबसे खूबसूरत जगहों में से एक था। ज़ाहिर है कि प्रोड्यूसर कुछ ख़ास खुश नहीं थे, लेकिन उस वक्त मुझे उनके जज़्बातों की जरा भी परवाह न थी। मैंने टेलिविज़न ही छोड़ दिया और दुनिया के कुछ चुनिंदा अखबारों में से एक में नौकरी कर ली।

यह उस वक्त की बात है जब मुझे यह समझ आने लगा कि मैं एथीना से फिर से मिलना चाहता था।

मैंने उसे फ़ोन किया और हमने उसके दुबई जाने से पहले, सैर पर जाने का प्रोग्राम बनाया। उसने सुझाया कि वह मुझे लंदन दिखाएगी।

जो पहली बस आकर रुकी, हम उसमें चढ़ गए। यह भी न पूछा कि वह कहाँ जा रही थी। फिर हमने यूँ ही एक औरत चुनी, कि जहाँ वो उतरेगी,

हम भी वहीं उतर जाएंगे। वह टैम्पल स्टॉप पर उतरी और हम भी। हम एक भिखारी के पास से गुज़रे जिसने हम से पैसे मांगे, लेकिन हमने नहीं दिए और चलते गए। पीछे से आती उसकी गालियों की बौछार शायद उसका हमसे कुछ भी कहने का एक ही तरीका था।

हमने किसी को टैलिफ़ोन बूथ तोड़ते देखा और मैं पुलिस बुलाना चाहता था लेकिन एथीना ने मुझे रोक दिया; शायद उस बेचारे का अपनी ज़िंदगी के सबसे ख़ास प्यार से रिश्ता टूटा था और उसे अपना गुबार निकालने की ज़रूरत थी। या, कौन जाने, शायद उसके पास बातें करने को कोई अपना न था, और वह दूसरों को वह फोन इस्तेमाल करते देख क्रोध और कुढ़न सह न पाया था।

एथीना ने मुझे आँखें बंद करके हम दोनों के कपड़े बताने को कहा; और मैं हैरान था कि मेरी लगभग हर बात गलत निकली।

उसने मुझसे पूछा कि काम पर, मेरे डेस्क पर कौन से कागज़ थे, और मैंने कहा कि उनमें से कुछ कागज़ वहाँ सिर्फ इसलिए थे कि मैं आलस की वजह से उन्हें निपटा नहीं रहा था।

'क्या तुमने कभी सोचा कि उन कागज़ के टुकड़ों की अपनी ज़िंदगी और जज़्बात हैं, उनमें अर्ज़ है और बताने को कोई कहानी? मुझे नहीं लगता कि तुम ज़िंदगी को वह ध्यान दे रह हो जिसकी वो हकदार है।'

मैंने वादा किया कि अगले दिन जब काम पर जाऊँगा तो उन सब को एक-एक करके पढ़ूंगा।

हाथ में शहर का नक्शा लिए एक विदेशी जोड़े ने एथीना से पूछा कि फलां टूरिस्ट स्पॉट पर कैसे पहुँचे। उसने उन्हें गलत रास्ते बताए।

'जो सब तुमने उन्हें बताया, वह बिल्कुल गलत था।'

'कोई फ़र्क नहीं पड़ता। वे गुम जाएंगे, और दिलचस्प जगहें जानने का यह सबसे अच्छा तरीका है। अपनी ज़िंदगी में फिर से थोड़ी फंतासी भरने की कोशिश करो। हमारे सिर के ऊपर आकाश है जिसे इंसानी कौम ने हज़ारों साल देखा और सोचा है, और इसके बारे में कई तरह की तहरीरें दी है जो सब सही लगती है। सितारों के बारे में तुमने जो कुछ भी पढ़ा है वह

सब भूल जाओ और एक बार फिर वे फरिश्तों में तब्दील हो जाएंगे, या बच्चों में, या उस किसी भी चीज़ में, जिसमें तुम उस पल विश्वास करना चाहते हो। इससे तुम और बेवकूफ नहीं बन जाओगे – आख़िरकार खेल ही तो है – लेकिन यह तुम्हारी ज़िंदगी में जान डाल सकता है।'

अगले दिन जब मैं वापिस काम पर गया, मैंने हर कागज़ को यूँ पढ़ा जैसे वह कोई संदेश था, सिर्फ मेरे लिए। दोपहर को मैं डिप्टी डायरेक्टर के पास गया और जिप्सियों द्वारा पूजी जाने वाली एक देवी के बारे में लेख लिखने का सुझाव दिया। उसे यह बात पसंद आई और मुझे अखबार की तरफ से जिप्सियों के सबसे पवित्र स्थान, सेंटस-मारीज़-द-ला-मेअर में मनाए जा रहे उत्सव में जाने की इजाज़त मिल गई।

विश्वास तो न होगा लेकिन एथीना ने मेरे साथ जाने में कोई दिलचस्पी नहीं दिखाई। उसने कहा कि उसका बॉयफ़्रेंड – वह मनगढ़ंत पुलिसवाला, जिसे वह मुझसे दूरी बनाए रखने के लिए इस्तेमाल कर रही थी – खुश न होगा कि वह किसी और मर्द के साथ सफर पर चली गई।

'क्या तुमने अपनी माँ से वादा नहीं किया था कि तुम सेंट सारा के लिए शॉल लेकर जाओगी?'

'हाँ किया था, लेकिन सिर्फ यदि वह कस्बा मेरे रास्ते में आया। यदि मैं कभी वहाँ पास से गुज़री, तो मैं अपना वादा पूरा करूंगी।'

उस इतवार वह दुबई लौट रही थी, पर उससे पहले वह अपने बेटे को साथ ले स्कॉटलैंड गई, उस औरत से मिलने जो हमें बुख़ारेस्ट में मिली थी। मुझे तो कोई औरत याद नहीं थी लेकिन शायद यह 'स्कॉटलैंड की औरत' वैसा ही बहाना थी जैसे वह मनगढ़ंत बॉयफ़्रेंड, और मैंने ज़िद न करने का फैसला किया। लेकिन जलन तो हुई।

मुझे अपनी यह जलन काफ़ी अजीब लगी। और मैंने फैसला किया कि यदि कभी मुझे मध्य-पूर्व जाकर वहाँ प्रापर्टी के बढ़ते दामों पर लेख लिखने को कहा गया तो मैं वहाँ की ज़मीन-प्रापर्टी, व्यापार, राजनीति और तेल पर वह सब कुछ पढ़ डालूंगा जो मुझे मिलेगा, सिर्फ ताकि खुद को एथीना के पास महसूस कर सकूं।

सेंटस-मारीज़-द-ला-मेअर पर मेरा लेख काफ़ी सराहा गया। परंपरा के मुताबिक संत सारा एक जिप्सी थी जो समंदर किनारे उस छोटे से कस्बे में रह रही थी जब इत्तेफाक से जीसस की बुआ, मारी सैलोमी बाकी शरणार्थियों के साथ रोमन फौज से बचती हुई वहाँ आकर छिपी थी। सारा ने उनकी मदद की और बाद में खुद भी ईसाई धर्म अपना लिया था।

उत्सव के दौरान चर्च में वेदी के नीचे दफ़न दोनों औरतों की अस्थियाँ अवशेष-पात्र में से निकाली जाती हैं और उन्हें ऊँचाई पर ले जाकर उन सभी जिप्सियों को आशीष दी जाती है जो रंगबिरंगे कपड़ों और संगीत के साथ पूरे यूरोप से अपने कारवानों में आए होते हैं। फिर शानदार लबादों में लिपटी सारा की तस्वीर चर्च के पास की जगह से बाहर लाई जाती है – क्योंकि सारा को वैटिकन ने संत का दर्जा नहीं दिया – और उसे गुलाब की पंखुड़ियों से ढकी तंग गलियों में से जुलूस के साथ समंदर किनारे ले जाया जाता है। पारंपरिक पोशाक पहने चार जिप्सी अवशेषों को फूलों भरी नौका में रख देते है और नौका को पानी में आगे तक खींच कर ले जाते हैं। इस तरह शरणार्थियों का कस्बे में आना और सारा से उनके मिलने का वृतांत फिर से निभाया जाता है। उसके बाद सभी जिप्सी संगीत, गाना बजाना, मौज मस्ती और सांडो की दौड़ों से जश्न मनाते हैं।

इस लेख में एक इतिहासकार, एन्तोएन लोकादोर ने मेरी काफ़ी मदद की। उसने मुझे ईश्वर के देवी रूप के बारे में काफ़ी दिलचस्प तथ्य बताए। अखबार के यात्रा वृतांत पन्नों के लिए जो मैंने लिखा था वह मैंने एथीना को भेज दिया। जवाब में मुझे लेख भेजने के लिए सिर्फ थैंक्स की दोस्ताना चिट्ठी आई, लेकिन और कोई बात या ज़िक्र न था। चलो, इससे मैंने यह तो पक्का कर लिया कि दुबई वाला पता सच्चा था।

एन्तोएन लोकादोर, 74 बरस, इतिहासकार, फ्रांस

सारा को दुनिया की कई साँवली मरियमों में से एक कह कर बात ख़त्म की जा सकती है। परंपरा के अनुसार 'सारा जो है काली' संभ्रांत घराने की थी और संसार के रहस्यों को जानती थी। मेरा मानना है कि वह उसी शक्ति का रूप थी जिसे लोग 'विशाल मदर' या सृष्टि की देवी कहते हैं।

इसमें मुझे ज़रा भी आश्चर्य नहीं कि आज ज़्यादा से ज़्यादा लोग प्रकृति आराधना परंपरा की ओर झुक रहे है। क्यों? क्योंकि ईश्वर का पिता रूप पूजा के कठोर श्रम और अनुशासन से जुड़ा है जबकि देवी माँ वाला रूप सभी प्रचलित निषेधों और मनाहियों से ऊपर प्रेम की सत्ता को दर्शाता है।

यह कोई नई बात नहीं। जब भी कोई धर्म अपने नियम कानून सख्त करता है, तब लोग उस धर्म से नाता तोड़ कर आध्यात्मिक संपर्क चाहते हुए अधिक स्वतत्रंता की राह ढूंढते है। मध्य युगों में ऐसा ही हुआ जब कैथोलिक चर्च ने टैक्स लादने और शानदार मौनगाहें और एकांत गाहें बनाने के सिवा कुछ विशेष न किया। 'विचक्राफ्ट' या जादू टोना कही जाने वाली परंपरा इसी के विरोध का रूप है। चाहे कि विचक्राफ्ट को उसके क्रांतिकारी स्वरूप के कारण दबा दिया गया, वह अपनी जड़ें और परंपराएं छोड़ गया जो खुद को सदियों बाद भी जीवित रखे है।

प्रकृति आराधना की परंपरा में प्रकृति की पूजा पवित्र ग्रंथों के प्रति श्रद्धा से कहीं ऊपर है। इस के अनुसार देवी हर चीज़ में व्याप्त है और हर चीज़ देवी का अंश है। यह संसार उसकी अच्छाई की अभिव्यक्ति मात्र

है। कई दार्शनिक सोच प्रणालियाँ जैसे ताओवाद या बौद्ध धर्म – सृष्टि और उसके सृजनकार के बीच कोई भेद नहीं करते। लोग अब जीवन के रहस्य की पहेली सुलझाने की कोशिश नहीं करते, बल्कि उसी का हिस्सा बनना पसंद करते हैं। ताओवाद या बौद्ध धर्म में कोई देवी रूप नहीं, लेकिन उन में यही केन्द्रीय विचार है कि सब कुछ एक है।' 'विशाल मदर' की आराधना में 'पाप' जो कि मनमानी से लादे गए नैतिक नियमों के उल्लंधन का सिद्धान्त है, का कोई अस्तित्व नहीं। ऐसे में संभोग और रीति-रिवाज़ आमतौर पर अधिक आज़ादी वाले होते हैं क्योंकि वे प्रकृति का अंश हैं और इसलिए बुराई या दुष्टता की उपज नहीं माने जा सकते।

नई प्रकृति आराधना यह सिद्ध करती है कि मनुष्य संस्थागत धर्म के बिना आराम से जी सकता है, और साथ ही अपने जीवन को सार्थक करने के लिए आत्मिक खोज में भी लगा रह सकता है। यदि ईश्वर 'मदर' है, देवी है, तो हमें सिर्फ बाकी लोगों से जुड़ कर उसकी स्तुति की ज़रूरत रह जाती है और वह हम उन रिचुअल-अनुष्ठानों से करें जो आत्मा के नारी रूप को तृप्त करे। नृत्य, अग्नि, जल, वायु, पृथ्वी, गीत-संगीत, फूल और सुंदरता इन अनुष्ठानों को पूर्ण मंडित करेंगे।

पिछले कुछ बरसों से यह रीति ज़्यादा से ज़्यादा लोगों को भा रही है। यह संभव है कि हम विश्व-इतिहास के एक महत्वपूर्ण पल के गवाह बन रहे हैं जब अलौकिक और भौतिक का मिलन हो रहा है और दोनों मिल कर एक हो जाएं और दोनों का ही स्वरूप परिवर्तन हो जाए। लेकिन साथ ही, मुझे लगता है कि धार्मिक संगठनों और संस्थाओं की ओर से भी काफी हिंसक प्रतिक्रिया होगी, क्योंकि वे अपने अनुयायी खोते जा रहे हैं।

इतिहासकार होने के नाते सभी तथ्य एक साथ रख, मैं इस कड़े संघर्ष का विश्लेषण करने में संतोष लेता हूँ जो पूजा की स्वतंत्रता और आज्ञापालन के कर्तव्य के बीच लड़ा जा रहा है; एक ओर भगवान जो संसार पर नियंत्रण रखते हैं, और दूसरी ओर देवी जो संसार में व्याप्त है। एक ओर वे लोग जिनके लिए आराधना उत्सव स्वतः और स्वच्छन्द हैं और दूसरी ओर

वे, जो गुट बना कर बस यही सीखते हैं कि क्या करना चाहिए और क्या नहीं।

मैं आशावादी होकर यह विश्वास रखना चाहूंगा कि आख़िरकार मनुष्य को आत्मिक दुनिया की ओर जाती राह मिल गई है, लेकिन आसार इतने अच्छे नहीं। जैसा कि अतीत में अक्सर हुआ, परंपरावादी कट्टर प्रतिहिंसा एक बार फिर 'मदर' या देवी आराधना का गला घोंट सकती है।

एंड्रिया मैक्केन, अभिनेत्री

जब ऐसी कहानी सुनानी हो जो तारीफ़ से शुरू होकर मनमुटाव पर खत्म हुई हो, तो तटस्थ रहना बहुत मुश्किल हो जाता है, लेकिन मैं कोशिश तो ज़रूर करूंगी। और बताना चाहूँगी उस एथीना के बारे में, जो मुझे विक्टोरिया स्ट्रीट के उस फ़्लैट में पहली बार मिली थी।

वह हाल ही में दुबई से लौटी थी, पैसे से लदी और जादू के रहस्यों के बारे में अपनी जानकारी को बाँटने के लिए बेताब। इस बार उसने मध्य-पूर्व में सिर्फ चार महीने बिताए थेः उसने दो सुपरमार्केटों के लिए ज़मीन बेची थी, ढेरों कमिशन कमाया था और इस नतीजे पर पहुँची थी कि उसके पास इतना पैसा था कि तीन बरस तक काम करने की ज़रूरत नहीं थी, और कि वह जब चाहे काम पर वापिस जा सकती थी। अब तो वक्त था 'आज' को भरपूर जी लेने का, जो चाहे कर लेने का, ओर बाकियों को वह सब सिखा डालने का, जो उसने सीखा था।

'क्या चाहती हो?'

'मैं थियेटर में काम करती हूँ और हम ईश्वर के देवी रूप के बारे में नाटक बना रहे है। मैंने अपने एक पत्रकार दोस्त से सुना कि तुमने आल्कान पहाड़ों में जिप्सियों के साथ वक्त बिताया था और वहाँ हुए अनुभव बताने को मान जाओगी।'

'तुम्हारा मतलब है कि तुम यहाँ 'मदर' के बारे में जानने आईं क्योंकि एक नाटक में जरूरत है?'

'उसके बारे में सीखने की तुम्हारी क्या वजह थी?'

एथीना चौंक गई, मुझे ऊपर से नीचे तक देखा, और मुस्कुराईः 'तुम सही हो। एक टीचर के तौर पर यह मेरा पहला सबक हैः उन्हें पढ़ाओ जो सीखना चाहते हैं। सीखने की वजह इतनी मायने नहीं रखती।'

'माफ कीजिए?'

'कुछ नहीं।'

'थिएटर के शुरुआती बीज पवित्र अनुष्ठानों से निकले हैं,' मैंने अपनी बात जारी रखी। 'वे ग्रीस में डायोनीसस के प्रति गाए स्तुति गीतों में से निकला, जो कि वाइन, पुनर्जन्म और प्रजनन का देवता था। लेकिन माना जाता है कि बहुत पहले अतीत में भी लोग एक ऐसा अनुष्ठान करते थे जिसमें ईश्वर से जुड़ने के लिए वे कोई और होने का अभिनय करते थे।'

'दूसरा सबक, थैंक्यू।'

'मैं समझीं नहीं। मैं यहाँ सीखने आई थी, सिखाने नहीं।'

अब मैं इस औरत से चिढ़ती जा रही थी। शायद वह मेरा मज़ाक उड़ा रही थी।

'मेरे रक्षक –'

'तुम्हारे रक्षक?'

'फिर कभी समझाऊंगी। मेरे रक्षक ने कहा था कि मैं अपनी ज़रूरत के सबक तभी सीखूंगी जब मुझे उन्हें सीखने के लिए उकसाया जाएगा। और मेरे दुबई से लौटने के बाद से तुम वह पहली इंसान हो जिसने मुझे वह बात कर दिखाई। जो उसने कहा था, वह अब समझ रहा है।'

मैंने बताया कि उस नाटक के लिए रिसर्च करते-करते मैं एक टीचर से दूसरे टीचर जाती गई, लेकिन उनके पढ़ाए में कभी कुछ शानदार नहीं मिला; लेकिन इसके बावजूद, फिर भी, इस मसले में मेरी दिलचस्पी बढ़ती गई। मैंने यह भी ज़िक्र किया कि ये सभी लोग इस बारे में काफ़ी अनिश्चित लगते थे कि उन्हें क्या चाहिए था।

'मसलन?'

'मसलन सैक्स। कुछ जगहों पर, जहाँ मैं गई, सैक्स पर तो पूरी न-न थी। कुछ और जगहों में, न केवल पूरी छूट थी बल्कि सामूहिक सैक्स को भी पूरा बढ़ावा दिया जाता था।'

उसने मुझसे इस बारे में और जानकारी ली, और मैं समझ नहीं सकी कि वह यह सब मेरा इम्तिहान लेने को कर रही थी या कि उसे वाक़ई मालूम नहीं था कि लोग क्या-क्या करते हैं।

इससे पहले कि मैं उसकी बात का जवाब दे पाती, एथीना बोल पड़ी।

'जब तुम डांस करती हो तो क्या तुम्हे ऐसा लगता है कि तुम अपने से ज़्यादा शक्तिशाली एनर्जी का आह्वान कर रही हो? जब तुम डांस करती हो, तो क्या ऐसे लम्हे होते हैं जब तुम, तुम नहीं होती?'

मुझे तो बिल्कुल समझ नहीं आया कि क्या कहूं। नाइटक्लबों या दोस्तों के घर पार्टियों में नाचते वक्त सेंशुएलिटी का अहसास तो मेरे लिए लाज़मी था। शुरुआत मर्दों के साथ फ्लर्ट करने और उनकी आँखों में झलकती प्यास में मज़े से होती, लेकिन जैसे-जैसे रात बीतती, मैं खुद के साथ ही जुड़ता हुआ महसूस करने लगती, और तब यह बात अपनी अहमियत खो देती कि मैं किसी को अपनी कामनावश कर रही थी या नहीं।

एथीना ने बोलना जारी रखाः 'यदि थिएटर अनुष्ठान है, तो डांस भी वही है। बल्कि डांस अपने साथी के नज़दीक आने का बहुत प्राचीन तरीका है। यह ऐसे है कि जैसे हमें बाकी दुनिया से बांधते धागे पहले से बनाई धारणाओं और डरों से धुल कर साफ हो गए हों। जब तुम डांस करती हो, तो तुम खुद को बेहतर महसूस करती हो, जो कि सबसे ज़्यादा कीमती अहसास है।'

अब मैं उसके कहे को ज़्यादा ध्यान से सुन रही थी।

'उसके बाद, हम वापिस वही बन जाते हैं – ख़ौफ़ खाए लोग, जो अपनी जानी पहचानी हैसियत से ज़्यादा अहम होने की कोशिश कर रहे होते हैं।'

मैं बिल्कुल ऐसा ही महसूस करती थी। या कि यह सबके लिए ऐसा है?'

'क्या तुम्हारा बॉयफ्रेंड है?'

मुझे याद आया कि एक जगह जहाँ मैं 'गाया' परंपरा के बारे में जानने गई थी, एक 'ड्रुइड' ने मुझे उसके सामने संभोग करने को कहा था। जिस तरह ये लोग आध्यात्मिक खोज को अपने खतरनाक और भयानक इरादों के लिए इस्तेमाल करते हैं। इनकी हिम्मत कैसे होती है?

'क्या तुम्हारा बॉयफ्रेंड है?' उसने फिर पूछा।

'हाँ।'

एथीना ने और कुछ नहीं कहा। उसने सिर्फ अपने होठों पर उंगली रखी, चुप रहने का इशारा करते हुए।

और अचानक मैंने पाया कि मेरे लिए ऐसी किसी के सामने चुप रहना बेहद मुश्किल था जिससे मैं तभी मिली थी। आमतौर पर बात करने का चलन है, किसी भी मुद्दे पर, मौसम, ट्रैफ़िक, सबसे बेहतरीन रेस्तरां। हम सफेद रंग में सजे उसके बाहर के कमरे में सोफे पर बैठे थे, जहाँ एक सी.डी. प्लेयर और कुछ सी.डी. रखी थीं। कहीं भी कोई किताबें नहीं थी, न दीवारों पर कोई तस्वीरें। यह जानते हुए कि वह मध्य-पूर्व में घूमी थी, मैंने सोचा था कि उसके कमरे में वहाँ की कई चीज़ें और सजावटी सामान होगा।

लेकिन वह ख़ाली था, और अब यह सन्नाटा भी।

उसकी सलेटी आँखें मेरी आँखों को बांधे थी, लेकिन मैं अड़ी रही और मैंने भी नज़रे नहीं हटाई। शायद यह इरादा मेरे अवचेतन मन से आया था। यह कहने का तरीका, कि मैं तुमसे नहीं डरती, बल्कि चुनौती का सामना करती हूँ। लेकिन इसके बजाय, सब कुछ – वह सन्नाटा और सफेद कमरा, बाहर गली में ट्रैफिक की आवाज़ – सब अजीब सा लगने लगा, जैसे अब सच न था। हम वहाँ कितनी देर यूँ बैठे रहेंगे, कुछ न कहते हुए?

मैं अपने ख़याल देखने लगी। क्या मैं वहाँ अपने नाटक के लिए जानकारी लेने आई थी या कि मैं सचमुच विद्या, ज्ञान और शक्ति चाहती थी? मैं ठीक-ठीक बता नहीं सकती थी कि वह क्या था जिसने मुझे वहाँ आने पर मजबूर किया। क्या कहूं उसे? जादूगरनी?

मेरे लड़कपन के सपने फिर से सामने आ गएः एक सचमुच की जादूगरनी से मिलना, उसके साथ जादू के अंदर छिपे रहस्यों की गहराई में जाना, और फिर बाहर आकर दोस्तों की आँखों में वो आदर और भय के मिलेजुले भाव! हममे से कितनी हैं जिन्होंने औरतों पर सदियों के दमन और अत्याचार के बारे में पढ़ कर मुटिठयाँ नहीं कसीं, और चाहा कि

जादूगरनी बन समाज के सामने विद्रोह के सम्बल में सीना तान लूं, यही अपनी खोई पहचान वापिस पाने का तरीका होगा। मैं खुद इस दौर से गुज़री थी; मैं आज़ाद थी और थिएटर के महत्वाकांक्षी और खींच-तान के माहौल में अपनी ज़िद की करती थी, लेकिन फिर भी मुझे चैन क्यों नहीं था? क्यों मैं हर वक्त कुछ और तलाशती थी?

एक ही उम्र के रहे होंगे... या मैं उससे बड़ी थी? क्या उसका भी कोई बॉयफ्रेंड था?

एथीना मेरे और पास आ गई। अब हम बाज़ू भर से भी कम दूरी पर थे और मुझे डर लगने लगा। कहीं वह लेस्बियन तो नहीं थी?

मैंने उसके चेहरे से नज़रे नहीं हटाई, लेकिन मन ही मन दरवाज़े का ध्यान किया ताकि जब चाहूं निकल सकूं। मुझे किसी ने उसके पास जाने को मजबूर नहीं किया था। न उस घर में घुसने को, न वहाँ बैठ कर वक्त बरबाद करने को, और न बिना कुछ सीखे चुप बैठने को। आख़िर वो चाहती क्या थी?

शायद वह चुप्पी ही चाहती थी। मेरा सारा शरीर तनाव से जकड़ने लगा। मैं अकेली थी, और कोई मदद न थी। घबराहट थी, कि या तो कुछ बोलूं या कि मेरा दिमाग सोचना बंद करे कि मैं खतरे में थी। उसे कैसे पता हो सकता था कि मैं कौन थी? हम वही होते हैं जो हम बोलते हैं।

क्या उसने मेरे बारे में कुछ पूछा था? उसने यह जानना चाहा था कि क्या मेरा कोई बॉयफ्रेंड था। मैंने थिएटर के बारे में कुछ बोलने की कोशिश की, लेकिन मुंह से आवाज़ न निकली। और वे कहानियाँ? जो मैंने उसके जिप्सी खून के बारे में सुनी थीं, और उसका ट्रांसिल्वेनिया में जाकर रहना, जहाँ मानवभक्षी चमगादड़ रहते थे?

मेरा दिमाग चुप न बैठ रहा थाः उसकी फ़ीस कितनी होगी? मैं बुरी तरह घबरा गई थी। मुझे पहले पूछना चाहिए था। क्या ढेरों पैसा लेगी? और अगर मैं नहीं दे सकी, तो क्या ऐसा टोना करेगी जो मुझे बर्बाद कर देगा?

बरबस मैं खड़ी होकर वहाँ से निकल जाना चाहती थी, कि बस थैंक्यू, मैं यहाँ चुप्पी में बैठने को नहीं आई थी। यदि दिमाग के डॉक्टर के पास

जाओ, तो बोलना तो होता है। यदि चर्च जाओ, तो उपदेश सुनना होता है, और यदि जादू की खोज में निकलो, तो उसे सिखाने वाला तुम्हें दुनिया बताए और फिर कुछ अनुष्ठान जिन्हें एक के बाद एक, तरतीब और करीने से करना होता है। लेकिन इस तरह चुप बैठना? यह मुझे यूँ बेचैन क्यों किए दे रहा था?

एक के बाद एक सवाल मेरे दिमाग में कुलबुला रहे थे, और मैं सोचना बंद न कर पा रही थी, और लगातार वजह तलाश रही थी कि क्यों हम दोनो वहाँ बैठे थे, कुछ न बोलते हुए। अचानक, शायद पाँच या दस लंबे मिनटों तक बिना हिले बैठे रहने के बाद, वह मुस्कुराई।

मैं भी मुस्कुराई, और सब ठीक लगा।

'सबसे हट कर अलग बनने की कोशिश करो। यही है सब कुछ।'

'बस यही? क्या चुप बैठे रहना अलग होना है? मेरे खयाल से ठीक इस वक्त लंदन में हज़ारों लोग हैं जो किसी से बात करने को तरस रहे है; और तुम मुझे बस यह बता रही हो कि चुप रहने से फ़र्क पड़ता है?'

'अब, जब तुम बोल रही हो और दुनिया को अपने मुताबिक ढाल रही हो तो तुम खुद को पूरी तरह विश्वास दिला लोगी कि तुम सही हो, और मैं गलत। लेकिन जैसा तुमने खुद महसूस किया, चुप रहने में फ़र्क है। वह लीक से हट कर चलना है।'

'यह एकदम बेमज़ा है। यह कुछ नहीं सिखाता।' उसे मेरी प्रतिक्रिया से कोई फ़र्क नहीं पड़ा।

'तुम किस थिएटर में काम करती हो?' अब वह मेरी ज़िंदगी में दिलचस्पी ले रही थी। शुक्र है मैं वापिस इंसानी दुनिया में आ रही थी, जिसमें मेरा पेशा था, और बाकी सब कुछ! मैंने उसे आकर हमारा नाटक देखने को कहा – मुझे यही एक तरीका समझ आया, बदला लेने का, कि मैं वह कर सकती थी जो एथीना के बस का नहीं था। वह चुप्पी मन में शर्मिंदगी का कसैला स्वाद छोड़ गई थी।

उसने पूछा कि क्या वह अपने बेटे को ला सकती थी, और मैंने कहा, नहीं, वह सिर्फ बड़ों के लिए था।

'चलो, उसे अपनी माँ के पास तो छोड़ ही सकती हूँ। मैं तो मुद्दतों से थिएटर नहीं गई।'

उसने फ़ीस नहीं ली। जब मैं नाटक के बाकी साथियों से मिली, मैंने उन्हें इस रहस्यमयी औरत से मुलाकात के बारे में बताया। वे सब ऐसे किसी से मिलने को पागल हो गए जो पहली बार मिलने पर तुम्हें चुप बैठने को कहे।

एथीना सही दिन सही वक्त पर आई। उसने नाटक देखा, बाद में स्टेज के पीछे हैलो कहने भी आई लेकिन यह नहीं बताया कि उसे नाटक अच्छा लगा या नहीं। मेरे साथियों ने कहा कि उसे उस 'बार' में ले चलते है जहाँ हम नाटक खेलने के बाद जाया करते थे। वहाँ, चुप रहने की बजाय उसने उस सवाल का जवाब दिया जो हमारी पहली मुलाकात में बकाया रह गया था।

'कोई नहीं, यहाँ तक कि 'मदर' भी नहीं चाहेगी कि संभोग सिर्फ जश्न मनाने के लिए हो। प्रेम तो ज़रूरी है। तुमने कहा था न, कि तुम ऐसे लोगों से मिली थी? तो, संभल कर रहना।'

मेरे दोस्तों को कोई अंदाज़ा न था, कि वह किस बारे में बात कर रही थी, लेकिन यह मसला उन्हें भा गया और सवालों की झड़ी लग गई। लेकिन मुझे कुछ खटक रहा था। उसके जवाब किताबी ज्ञान से जुड़े थे, जैसे कि उसे उन बातों का सीधा अनुभव नहीं था। उसने लुभाने के खेल के पैंतरों की बात की, प्रजनन के अनुष्ठानों की, ओर आख़िर में ग्रीक मिथक की, शायद क्योंकि हमारी पहली मुलाकात में मैंने कहा था कि थिएटर का जन्म ग्रीस में हुआ। शायद पूरे सप्ताह वह इसी के बारे में पढ़ती रही थी।

'एक हज़ार बरसों के पुरुष-प्रधान समाज के बाद हम 'विशाल मदर' के मत की ओर लौट रहे हैं। ग्रीक लोग उसे 'गाया' कह कर बुलाते थे, और गाया की मिथक के अनुसार वह केयॉस, यानि विशाल उद्वेलन से पैदा हुई थी जो सृष्टि के पैदा होने से पहले व्याप्त था। उसी के साथ आया इरॉस, प्रेम का देवता, और फिर गाया ने समुद्र और आकाश को जन्म दिया।

'पिता कौन था?' मेरे एक दोस्त ने पूछा। 'कोई नहीं। एक तकनीकी शब्द है 'पार्थेनोजेनेसिस' जो कि प्रजनन का ऐसा तरीका है जिसमें अंड को फर्टिलाइज़ करने के लिए पुरूष अंश की ज़रूरत नहीं होती। इसके लिए एक खूबसूरत धार्मिक शब्द भी है, जो हम सबने सुना है: पवित्र गर्भ धारण, जो मरियम ने किया था।

गाया से वे सभी देवता उपजे जो बाद में ग्रीस के इलीज़ियन इलाकों में जा बसे। उनमे से एक तुम्हारे थिएटर के देवता भी थे – डायोनीसस। लेकिन जैसे-जैसे शहरों में पुरुष मुख्य राजनैतिक शक्ति के रूप में स्थापित हुआ, गाया भुला दी गयी। उसका स्थान ज़ियूस, आरेस, अपोलो वगैरह ने ले लिया, जो कि सक्षम तो थे लेकिन जिनमें वह लुभावनापन और आकर्षण न था जो उस 'मदर' में था जिसने सृष्टि को जन्म दिया।

फिर उसने हमारे काम के बारे में सवाल पूछे। हमारे निर्देशक ने पूछा कि क्या उसे हमें कुछ सिखाने में दिलचस्पी थी।

'क्या?'

'जो तुम जानती हो।'

'ईमानदारी से कहूं तो थिएटर की शुरुआत के बारे में मैं जो कुछ भी जानती हूँ, वह मैंने इसी हफ़्ते पढ़ा है। मुझे जब कुछ सीखने की ज़रूरत होती है, मैं तब उसे सीख लेती हूं। ऐंडा ने मुझे यही करने को कहा था।'

तो मैं सही थी।

'लेकिन जो मुझे ज़िदगी ने सिखाया, वो तुम सब के साथ बाँट सकती हूँ।'

वे सब मान गए। और किसी ने नहीं पूछा कि ऐंडा कौन थी।

डीएड्री ओ' नील, बनाम ऍंडा

मैंने एथीना से कहा: 'तुम्हें यहाँ बार-बार आ कर फालतू सवाल पूछने की ज़रूरत नहीं। यदि किसी ने तुम्हें अपना टीचर बनाने का फैसला किया है तो इस मौके का फ़ायदा उठाकर टीचर क्यों नहीं बन जाती?'

'अपने बारे में अच्छा महसूस करने की कोशिश करो, चाहे उस वक्त तुम बेहद मामूली और छोटा क्यों न महसूस कर रहे हो। उन सभी नकारात्मक और नक्कारा ख़यालों को बाहर फेंक और अपना शरीर और आत्मा 'मदर' के हवाले कर दो। खुद को डांस, या चुप्पी, या रोज़मर्रा के कामों में समर्पित कर दो – जैसे अपने बेटे को स्कूल छोड़ने जाना, खाना बनाना, घर को साफ करना। हर काम, हर चीज़ पूजा बन जाती है यदि तुम वर्तमान पर पूरा ध्यान दो।

'किसी को, किसी भी चीज़ का विश्वास दिलाने की कोशिश मत करो। जब कुछ नहीं मालूम, तो पूछो। या जाकर मालूम करो। लेकिन जब कुछ करो, तो शांत, बहती नदी की तरह होओ और एक ज़्यादा बड़ी और विशाल एनर्जी को अपने अंदर लाने के लिए खुल जाओ। विश्वास करो – यही कहा था न मैंने, जब हम पहली बार मिले थे – सिर्फ यह विश्वास करो कि तुम जो चाहो कर सकती हो।

'शुरुआत में तुम्हें लगेगा कि राह नहीं मिल रही और घबराहट भी होगी। फिर तुम्हें यह विश्वास भी होने लगेगा कि लोग यह सोच रहे हैं कि तुम उन्हें बेवकूफ बना रही हो। यह सच नहीं। इस ग्रह पर लोगों को अपना दिल छोटा करते देर नहीं लगती – बीमारी का डर, हमले, जंग, मौत। उनका खोया आनंद लौटाने की कोशिश करो।'

'साफ बात करो।'

'खुद को हर दिन के हर पल दोबारा गढ़ो, खुद में वे विचार डालो जो तुम्हें उगाएं, उभारें, उठाएं। जब तुम चिड़चिड़ाहट या बौखलाए हुई महसूस करो, तो खुद पर हँसने की कोशिश करो। दिल खोल कर हँसो इस औरत पर जो शकों और चिंताओं से घिरी है; यह मान कर बैठी है कि उसकी परेशानियाँ दुनिया में सबसे बड़ी हैं। इस पूरी हालत के बेतुकेपन पर हँसो, इस बात पर कि 'विशाल मदर' का रूप होते हुए भी, तुम अब भी यही विश्वास करती हो कि जीने के नियम बनाने वाला ईश्वर एक पुरुष है। हमारी ज़्यादातर परेशानियाँ सिर्फ इस बात से शुरू होती हैं – नियमों को मानने से।

'ध्यान देने की आदत डालो।' यदि ध्यान लगाने को कुछ भी न मिले, तो अपनी सांस पर ध्यान दो। 'विशाल मदर' की बहती रौशनी की नदी तुम्हारी सांस के साथ अंदर आ रही है। अपने दिल को धड़कते हुए सुनो, उन ख़यालों को पूरा सोचो जिन्हें तुम काबू नहीं कर सकती। हर रोज़ कुछ मिनट बैठो, बिल्कुल ख़ाली, उस वक्त वह सब कुछ लेते हुए जो लिया जा सकता है। जब बर्तन धो रही होती हो, प्रार्थना करो। शुक्र मनाओ कि धोने को प्लेट है; इसका मतलब यह है कि खाने को कुछ था, कि तुमने किसी को खिलाया, कि तुमने एक या ज़्यादा लोगों पर प्यार से ध्यान दिया, कि तुमने खाना बनाया और मेज़ लगाई। सोच कर देखो कि इस पल करोड़ो लोग हैं जिनके पास धोने को बर्तन नहीं और न कोई ऐसा जिसके लिए वे मेज़ लगाएं।

'बहुत सी औरतें ऐसी भी हैं जो कहती हैः "मैं बर्तन नहीं धोऊँगी, मर्दों को करने दो। ठीक है, यदि वे करना चाहते हैं तो करने दो, लेकिन इसका बराबरी के हकों से कोई नाता नहीं। ये छोटे-मोटे काम करने में कोई हर्ज़ नहीं, चाहे यदि कल मैं इन्ही बातों पर अपने ख़याल एक लेख में छाप दूं तो मुझ पर औरतों की आज़ादी के खिलाफ़ काम करने का इल्ज़ाम लगाया जाएगा। क्या बकवास है! जैसे कि बर्तन धोना, या ब्रा पहनना, या किसी मर्द का मेरे लिए दरवाज़ा खोलना या बंद करना मेरे औरत होने की तौहीन करना है। सच यह है कि जब कोई मर्द मेरे लिए दरवाज़ा खोलता है तो

मुझे अच्छा लगता है। तमीज़ के मुताबिक इसका मतलब है; “यह नाज़ुक है और इसके लिए मुझे ऐसा करना चाहिए।” लेकिन मेरी आत्मा में लिखा है: “मुझे एक देवी की तरह माना जा रहा है। मैं एक रानी हूँ।” मैं यहाँ औरतों की आज़ादी के लिए मुहिम पर नहीं हूँ क्योंकि मर्द और औरत दोनों ही ‘मदर’ का प्रत्यक्ष रूप है और वह दैवी स्वरूप खुद भी एक है। उससे महान और विशाल कौन हो सकता है।

‘तुम जो सीख रही हो उसे तुम्हें पढ़ाते देखकर मुझे बहुत अच्छा लगेगा। यही ज़िंदगी का सबसे बड़ा उद्देश्य है – प्रकाशना! खुद को ज़रिया बनाना; खुद को सुनना और हैरान हो जाना कि भीतर कितना सामर्थ्य भरा है। याद है तुम्हारी बैंक की नौकरी? शायद तुमने कभी ठीक से नहीं समझा कि जो वहाँ हुआ था वह तुम्हारे शरीर, तुम्हारी आँखों, तुम्हारे हाथों से बह कर बाहर आ रही एनर्जी का नतीजा था।

‘तुम कहोगी कि वह डांस की वजह से था। ‘डांस महज़ एक रिचुअल था, अनुष्ठान था। रिचुअल क्या है?’ इसके मायने हैं लगातार एक ही ढर्रे पर चल रहे व्यवहार को किसी और अलग लय पर डाल कर उसका रूप और मकसद बदल दिया जाए ताकि वह उस ईश्वरीय शक्ति के प्रकटीकरण का माध्यम बन सके। इसीलिए मैं फिर कहती हूँ: लीक से हट कर चलो, तब भी, जब तुम बर्तन धो रही हो। हाथों को यूँ चलाओ कि वे दोबारा उसी तरह न करें, चाहे कि वे उसी लय पर चलें। यदि इससे मदद मिले, तो आँखों के सामने कल्पना करके देखो – फूल, पंछी, जंगल में पेड़। किसी एक चीज़ की कल्पना मत करो, जैसे यहाँ मोमबत्ती पर ध्यान लगाया था। किसी झुंड या समूह के बारे में सोचने की कोशिश करो। और जानती हो क्या पाओगी? कि तुमने अपना ख़याल खुद नहीं चुना। एक बानगी देती हूँ: सोचो कि पंछियों का झुंड उड़ रहा है। कितने पंछी थे? ग्यारह, उन्नीस, पाँच? अंदाज़ा तो है, लेकिन तुम्हें सही संख्या नहीं मालूम। तो यह खयाल कहा से आया? किसी ने उसे वहाँ रखा। कोई, जिसे सभी पंछियों, पेड़ों, पत्थरों, फूलों की सही संख्या मालूम है। कोई

है, जिसने एक पल के भी हज़ारवें हिस्से में तुम्हारी कमान संभाली और तुम्हें अपनी शक्ति दिखला दी।

'तुम वो हो जो अपने बारे में विश्वास करती हो।'

'उन लोगों जैसी मत बनो जो पॉज़िटिव थिंकिंग यानि सकारात्मक सोच में विश्वास करते हैं और खुद को बताते हैं कि उन्हें सब प्यार करते हैं, कि वे ताकतवर और समर्थ हैं। तुम्हें ऐसा करने की ज़रूरत नहीं, क्योंकि यह तुम्हें पहले से ही पता है। और जब तुम्हें इस पर शक हो – जो कि उगने-उभरने की इस पौड़ी पर अक्सर होता है – तो जैसे मैंने सुझाया, वैसा करो। बजाय इसके कि यह सिद्ध करने लग जाओ कि तुम अपनी सोची हुई काबिलियत से बेहतर हो, बस हँस दो। हँस दो अपनी चिंताओं और असुरक्षा की भावनाओं पर। शुरू में मुश्किल होगा, लेकिन धीरे-धीरे तुम्हें इसकी आदत पड़ जाएगी।

'अब जाओ और उन सब लोगों से मिलो जो सोचते हैं कि तुम सब जानती हो। खुद को विश्वास दिलाओ कि वे सही हैं, क्यों हम सभी सब कुछ जानते हैः यह सिर्फ विश्वास करने की बात है।

'विश्वास करो।

'जैसा मैंने तुमसे बुख़ारेस्ट में कहा था, जब हम पहली बार मिले थे, सामूहिक प्रयास या मिलकर काम करना ज़रूरी होता है क्योंकि वह हमें आगे बढ़ने को मजबूर करता है। यदि तुम अकेली हो, तो तुम ज़्यादा से ज़्यादा क्या कर सकती हो? सिर्फ तुम खुद पर हँस सकती हो।

'लेकिन यदि तुम दूसरों के साथ हो तो तुम हँसोगी और फिर तुरंत कुछ कर दिखाओगी। मिलकर आगे बढ़ने में चुनौती है। ग्रुप ही हमें अपने मन की नज़दीकियाँ, चाहे वो लोग हों, या खयाल, चुनने की आज़ादी देते हैं। जब हम मिलकर ध्यान लगाते हैं तो जो सामूहिक एनर्जी पैदा होती है वह एक अकेली एनर्जी से कहीं ज़्यादा पुरजोर और पुरअसर होती है और आनंद की चरम सीमा सहज ही मिल जाती है क्योंकि सब का जोश और कोशिश हर किसी का जोश और कोशिश बन जाता है। यक़ीनन

ग्रुप हमें तकलीफ़ देकर तोड़ भी सकते हैं लेकिन यह ज़िंदगी और इंसानी हालात का हिस्सा है – दूसरों के साथ रहना। और जिसने भी ज़िंदा रहना नहीं सीखा, उसने 'मदर' का कहा कुछ भी न सुना, न सीखा।

'तुम किस्मतवाली हो। एक ग्रुप ने अभी-अभी तुम से कुछ सिखाने को कहा है, और यही तुम्हें टीचर बना देगा।'

हैरन रायन, पत्रकार

नाटक मंडली से पहली बार मिलने से पहले एथीना मेरे घर आई। जब से सेंट सारा पर मैंने लेख लिखा, उसे विश्वास हो गया था कि मैं उसकी दुनिया समझता था, जो कि कतई सच नहीं था। मैं बस उसका ध्यान खींचना चाहता था। मैं खुद को विश्वास दिलाने की कोशिश कर रहा था कि कोई अदृश्य सच्चाई हमारी ज़िंदगी पर असर डालने की ताकत रखती थी, लेकिन यह मैं सिर्फ एक ऐसे प्यार की वजह से कर रहा था जिस पर मुझे अब भी पूरी तरह विश्वास नहीं था लेकिन जो धीरे-धीरे, लेकिन पूरी तबाही की ताकत लिए मेरी रगों, मेरे दिलो-दिमाग पर हावी हो रहा था।

मैं अपनी दुनिया में खुश था और उसे बिल्कुल बदलना नहीं चाहता था, पर मुझे उस दिशा में बरबस धकेला जा रहा था।

'मुझे तो डर लग रहा है,' आते ही उसने कहा। 'लेकिन मुझे आगे बढ़ कर वह करना होगा जो वे मुझसे चाहते हैं। मुझे विश्वास करना होगा।'

'तुम्हें ज़िंदगी में बहुत से अनुभव हुए हैं। तुमने जिप्सियों से सीखा, रेगिस्तान में दरवेशों से सीखा...'

'यह पूरा सच नहीं। वैसे भी, सीखने के क्या मानी है – ज्ञान इकट्ठा करना या अपने जीवन को बदलाव देना?'

मैंने कहा कि उस रात डिनर पर बाहर चलते हैं और फिर डांस करेंगे। उसने खाने की बात तो मान ली लेकिन डांस के लिए मना कर दिया।

'जवाब दो,' उसने मेरे अपार्टमेंट में चारों ओर देखते हुए कहा। क्या सीखना किसी शैल्फ पर चीज़ें रख देना है या कि वह सब फेंक देना जो अब काम का नहीं और फिर हल्के हो आगे चलते जाना।'

शैल्फ पर वे सब किताबें थीं जिन पर मैंने ढेरों पैसा और वक्त लगाया था, उन्हें खरीदने, पढ़ने और उन पर लिखने में। वे मेरी शख़्सियत थी, मेरी तालीम और मेरी असली टीचर।

'कितनी किताबें हैं तुम्हारे पास? मुझे लगता है, एक हज़ार से ज़्यादा। लेकिन इन में से ज़्यादातर को तुम फिर कभी नहीं खोलोगे। तुम अभी भी उनसे चिपके हुए हो क्योंकि तुम्हें विश्वास नहीं।'

'मुझे विश्वास नहीं?'

'नहीं, तुम्हें विश्वास नहीं, फुल स्टॉप। कोई भी, जो विश्वास करता है, जाकर पढ़ेगा, जैसे एंड्रिया से बात के बाद मैंने थिएटर पर पढ़ा, लेकिन उसके बाद यह महज़ इतनी सी बात रह जाती है कि 'मदर' को खुद के ज़रिये बोलने दो और उसके साथ-साथ नई बातें पता चलेंगी। तुमने वो खाली जगहें जानबूझ कर छोड़ी हैं, पढ़ने वालों की कल्पना को उकसाने के लिए। और जब तुम इन जगहों को भर दोगे तब अपनी काबिलियत पर विश्वास करने लगोगे।

'कितने ही लोग हैं जो इन किताबों को पढ़ना चाहते होंगे, लेकिन जिनके पास खरीदने के पैसे नहीं हैं? इस दौरान तुम बैठे हो, इस ठहरी, सड़ती हुई एनर्जी के बीच, सिर्फ उन दोस्तों को इम्प्रॅस करने के लिए, जो तुम से मिलने आते हैं। या कि ऐसा है कि तुम्हें लगता है कि तुमने उनसे कुछ नहीं सीखा और उन्हें फिर से देखना पड़ेगा?'

'तो तुम्हें नहीं लगता कि मुझे इस लाइब्रेरी की ज़रूरत है?' मैंने पूछा।

'मुझे लगता है कि तुम्हें पढ़ने की ज़रूरत है, लेकिन इन सब किताबों से क्यों चिपके हुए हो? क्या यह ज़्यादती होगी कि यदि हम अभी यहाँ से निकले और रेस्तरां जाते हुए रास्ते में जो भी मिले, उसे ये किताबें पकड़ाते चलें,'

'ये सब मेरी कार में समाएंगी तक नहीं।'

'तो ट्रक ले आते हैं।'

'लेकिन तब हम वक्त पर रेस्तरां नहीं पहुँच पाएंगे। और वैसे भी, तुम यहाँ आई थी क्योंकि तुम असुरक्षित महसूस कर रही हो, न कि मुझे यह

बताने को, कि अपनी किताबों का क्या करूं। इनके बिना मैं बिल्कूल नंगा महसूस करूंगा!'

'तुम्हारा मतलब है गधा।'

'असभ्य ज़्यादा सही शब्द है।'

'तो तुम्हारी संस्कृति तुम्हारे दिल में नहीं, तुम्हारी किताबों की शेल्फ़ पर है।'

हद की भी कोई हद होती है। मैंने रेस्तरां में मेज़ रिज़र्व करने को फ़ोन उठाया और उन्हें बता दिया कि हम वहाँ पद्रंह मिनट में होंगे। एथीना उस समस्या से बचने की कोशिश कर रही थी जो उसे यहाँ लाई थी। गहरे पैठी असुरक्षा की भावना उसे अपने अंदर देखने की बजाय आक्रामक बना रही थी। उसे एक मर्द साथी की ज़रूरत थी, और शायद मेरा इम्तिहान ले रही थी, यह देखने को, कि मैं कितनी दूर जाऊँगा। वह खूबसूरती और प्यार की पैंतरेबाज़ी से यह पता लगा रही थी कि मैं उसके लिए क्या कुछ करने को तैयार था।

महज़ उसके आस-पास की हवा में सांस लेना मेरी ज़िंदगी सकारथ कर देता था। क्या वह यह सुनना चाहती थी?

तो ठीक है, मैं उसे डिनर पर बता दूगां। मैं लगभग कुछ भी कर सकता था, यहाँ तक कि उस औरत को भी छोड़ देता जिसके साथ मैं तब रह रहा था, लेकिन यक़ीनन, मैं अपनी किताबें नहीं दे रहा था।

टैक्सी में हम थिएटर ग्रुप के विषय पर वापिस आ गए, चाहे उस वक्त मैं उस विषय पर भी बात करने को तैयार था जिसे मैं आमतौर पर छूता तक नहीं था – प्रेम। ऐसा विषय जो मुझे मार्क्स, यूंग, ब्रिटिश लेबर पार्टी या अखबार के दफ़्तर की रोज़मर्रा ज़िंदगी से कहीं ज़्यादा उलझा हुआ लगता था। 'तुम्हें फ़िक्र करने की ज़रूरत नही,' उसका हाथ पकड़ना चाहते हुए मैंने कहा। 'सब ठीक से चलेगा। कैलिग्राफी की बात करना। डांस की बात करना। उन चीज़ों के बारे में बोलो जो तुम जानती हो।'

'यदि मैंने ऐसा किया तो वे चीज़ें कभी न जान पाऊंगी जो मैं नहीं जानती। जब मैं वहाँ होऊंगी तो मुझे अपने मन को शांत छोड़ देना है और

अपने दिल को बोलने देना है। लेकिन यह पहली बार करूंगी इसलिए मुझे डर लग रहा है।'

'क्या मैं तुम्हारे साथ चलूं?'

उसने झट मान लिया। हम रेस्तरां पहुँचे, वाइन ऑर्डर की, और पीने लगे। मैं इसलिए पी रहा था कि हिम्मत जुटाऊं और जो महसूस कर रहा था वह कह डालूं, जबकि अजीब बात यह थी कि जिसके लिए इस प्यार का इज़हार करना था, उसे मैं न के बराबर जानता था। और वह इसलिए पी रही थी कि उसे उन चीज़ों के बारे में बात करने से डर लग रहा था जिनके बारे में वह जानती न थी।

वाइन के दूसरे गिलास के बाद मैंने देखा कि वह तनाव की आख़िरी हद पर खड़ी थी। मैंने उसका हाथ पकड़ने की कोशिश की, लेकिन उसने नरमाई से हाथ वापिस ले लिया।

'मुझे डर कैसे लग सकता है।'

'लग सकता है एथीना। मुझे अक्सर डर लगता है और फिर भी, जब ज़रूरत पड़ती है, मैं आगे बढ़ कर अपने डर का मुकाबला करता हूँ।'

मैं भी खिंचा हुआ था। मैंने हमारे गिलास दोबारा भरे। वेटर पूछने को बार बार आता रहा कि हम क्या खाएंगे, और मैं उसे लौटाता रहा कि हम बाद में ऑर्डर करेंगे।

मैं जो मन में आता, कहता जा रहा था। एथीना शालीनता से सुन रही थी, लेकिन जैसे कोसों दूर थी, किसी अंधेरी दुनिया में, जो अतीत की छायाओं से भरी थी। बातों के दौरान उसने फिर से स्कॉटलैंड वाली औरत के बारे में बताया, और कि उसने क्या कहा था। मैंने पूछा कि क्या इस बात में कोई तुक था कि तुम्हें वह पढ़ाना चाहिए जो खुद को नहीं आता।

'क्या तुम्हें किसी ने सिखाया था कि प्रेम कैसे करते है?' उसने सवाल किया।

क्या वो मेरे मन की बात पढ़ रही थी? 'और फिर भी' वह बोलती गई, 'तुममें प्रेम करने की उतनी ही काबिलियत है जितनी किसी और इंसान में। तुमने कैसे सीखा? सीखा नहीं, तुम प्रेम में विश्वास करते हो। तुम विश्वास करते हो, इसलिए प्रेम करते हो।'

'एथीना...'

मैं हिचकिचाया, फिर मैंने अपनी बात पूरी कर ही डाली, जबकि वैसे बिल्कुल नहीं, जैसे मेरा इरादा था।

'...शायद हमें खाना ऑर्डर कर देना चाहिए।'

मैं समझ गया कि मैं अभी उन चीज़ों का ज़िक्र करने को तैयार न था जो मेरी ज़िंदगी को उलझा रही थीं। मैंने बैरे को बुलाया और कई छिटपुट चीज़ें, फिर खाना, फिर मीठा और एक और बोतल वाइन का ऑर्डर दे डाला।

मुझे जितना वक्त मिल सके, उतना ही बेहतर।

'तुम अजीब से पेश आ रहे हो। तुम्हारी किताबों के बारे में जो मैंने कहा, क्या उस वजह से? तुम वो करो जो तुम्हें अच्छा लगे। तुम्हारी दुनिया बदलना मेरा काम नहीं। मैं अपनी नाक वहाँ घुसा रही थी जहाँ उसकी ज़रूरत नहीं।'

'एथीना, तुम हमेशा मुझे कुछ बता रही होती हो... नहीं, मुझे सिबियू में, उस बार में जो हुआ, जिप्सी म्यूज़िक के साथ उसके बारे में बात करनी...'

'वहाँ रेंस्तरां में?'

'हाँ, वहीं। आज हम किताबों के बारे में बात कर रहे थे, वो चीज़ें जो हम इकटठी करते हैं और जो जगह घेरती हैं। शायद तुम सही हो। कुछ है जो मैं तब से करना चाहता हूँ जब से तुम्हें उस रात नाचते देखा। दिन पर दिन वह मेरे दिल पर बोझ बनता जा रहा है।'

'मैं नहीं जानती तुम क्या कह रहे हो।'

'बिल्कुल तुम जानती हो। मैं उस प्रेम के बारे में बात कर रहा हूँ जो मुझे अब दिखाई देता है और जिसे मैं ज़ाहिर होने से पहले घोट देने की पूरी कोशिश कर रहा हूँ। मैं चाहता हूँ कि तुम इसे स्वीकार कर लो। यह मेरा छोटा सा अंश लिए है, लेकिन यह मेरा अपना नहीं। यह पूरी तरह सिर्फ तुम्हारा नहीं, क्योंकि मेरी ज़िंदगी में कोई और है, लेकिन मुझे खुशी होगी यदि तुम फिर भी इसे स्वीकार कर सको। तुम्हारे देश का एक अरब कवि, ख़लील जिब्रान, कहता है, "कहने पर देना सुदंर है,

बिन मांगे देना बेहतर।" जो कुछ मुझे कहना है, वह सब आज न कहा, तो मैं अपने चारों ओर गुज़रते हालात का दर्शक बन रह जाऊँगा और वह इंसान कभी नहीं, जिस पर वे हालात गुज़रे। मैंने गहरी सांस ली। वाइन ने मुझे खुल जाने में मदद की थी। उसने अपना गिलास खाली किया और मैंने भी। बैरा खाना ले आया, हर डिश के बारे में चुनिंदा बात बताते हुए, कि उसमें क्या था और उसे कैसे पकाया गया था। एथीना और मैं एक दूसरे पर आँखें टिकाए रहे। एंड्रिया ने मुझे बताया था कि एथीना ने उसके साथ भी यही किया था, जब वे दोनों पहली बार मिले थें, और उसे यक़ीन था कि यह महज़ दूसरों को दबाने का तरीका था।

यह चुप्पी निरा आतंक था। मैंने सोचा वह मेज़ पर से उठेगी और अपने उसी स्कॉटलैंड यार्ड वाले बॉयफ्रेंड का हवाला देगी या कहेगी कि सुन कर खुशी हुई, लेकिन उसे कल की क्लास के बारे में सोचना था।

'और ऐसा कुछ है क्या, जो तुम रोक सकते हो? किसी दिन, जो कुछ तुम्हारा है सब हाथ से दिया ही जाएगा। पेड़ इसलिए देते हैं कि इसमें ही उनकी सांस है, न देना मिट जाना है।'

वह मद्धम और नपी तुली आवाज़ में बोल रही थी क्योंकि अब तक वह काफ़ी पिये हुए थी, लेकिन फिर भी उसकी आवाज़ ने हमारे चारों ओर सब कुछ ख़ामोश कर दिया।

'और उससे बेहतर क्या बड़ाई जो उस हिम्मत और भरोसे में, बल्कि उपकार में है, जो लेने में शामिल है? दे पाते हो अपना जरा सा अंश, जब देते हो हाथ से। जब दे देते हो खुद को ही, उसे सच में देना कहते हैं।'

यह सब उसने बिना मुस्कुराए कहा। मुझे लगा कि मैं किसी स्फिंक्स से बात कर रहा था, आधी शेरनी आधी औरत, जो अबूझ पहेलियाँ डाल रही थी।

'उसी कवि के शब्द है जिसका तुम ज़िक्र कर रहे थे। मैंने इन्हें स्कूल में पढ़ा था लेकिन मुझे वह किताब नहीं चाहिए जिसमें ये शब्द लिखे है। मैंने उसके शब्द अपने दिल में रखे हैं।'

उसने थोड़ी और वाइन पी। मैंने भी वही किया। मेरी यह पूछने की हिम्मत तो न हुई कि उसने मेरा प्रेम कबूल किया या नहीं, लेकिन मेरा दिल अब पहले से हल्का था।

हो सकता है कि तुम ठीक कहती हो। मैं अपनी किताबें पब्लिक लाइब्रेरी में दान कर दूंगा और सिर्फ वे रखूंगा जो मैं सचमुच किसी दिन दोबारा पढ़ूंगा।

'क्या अभी तुम इस बारे में बात करना चाहते हो?'

'नहीं। बस मैं ये नहीं जानता कि इस बात को जारी कैसे रखना है।'

'तो क्या खाना खाएं और उसी का मज़ा लें?'

नहीं, यह ठीक तो बिल्कुल नहीं रहेगा। मैं कुछ और ही सुनना चाहता था, लेकिन पूछने से डर लगता था और इसलिए मैं एक के बाद एक लाइब्रेरी, किताबों और कवियों के बारे में जो मन में आया बोलता रहा, और काश कि इतना सारा खाना न मंगाया होता। अब तो मैं छूट कर भाग जाना चाहता था क्योंकि समझ नहीं पा रहा था आगे कैसे चलूं।

आख़िर में उसने मुझसे वादा लिया कि मैं उसकी पहली क्लास के लिए थिएटर पहुँचूंगा, और मेरे लिए, यह एक इशारा था। उसे मेरी ज़रूरत थी; उसने मुझसे वह स्वीकार कर लिया था जो मैं बिना जाने तब से देना चाहता था जब मैंने उसे ट्रांसिल्वेनिया के एक रेस्तरां में नाचते देखा था, लेकिन जो मैं उस रात को ही समझ पाया। या विश्वास कर पाया, उसी के शब्दों में।

एंड्रिया मैक्केन, अभिनेत्री

सारा कसूर मेरा है। मैं न होती तो एथीना उस सुबह थिएटर कभी न आती, न हम सब को इकट्ठा कर के स्टेज पर लिटाती, न सांस से जुड़ी रिलैक्स करने की कसरत करवाती, कि हम अपने शरीर के हर हिस्से के प्रति सजग हो जाएं।

'अपनी जांघे ढीली छोड़ दो...'

हम सब ने ठीक वैसा किया, जैसे कि देवी ने आदेश किया हो, चाहे कि हम यह सब सैंकड़ों बार कर चुके थे। असल में हम यह जानना चाहते थे कि इसके बाद क्या होगा।

'...अब अपना चेहरा ढीला छोड़ दो और गहरे साँस लो।'

क्या वह सचमुच सोचती थी कि हमें कुछ नया सिखा रही थी? हम सब तो सोच रहे थे कि लेक्चर या बातचीत होगी। लेकिन छोड़ो। उसके बाद क्या हुआ, उसकी बात करते है। हम पूरी तरह ढीले हो गए और उसके बाद ऐसी चुप्पी छा गई जिसने हमें पूरी तरह चकरा दिया। जब मैंने बाद में अपने साथियों से बात की, तो हम सब यही सोच बैठे थे कि अब उठ कर बैठ सकते थे, और कि चारों ओर देखें, लेकिन ऐसा हो न सका। हम लेटे रहे, ध्यान में, और वे पंद्रह मिनट बेहद लंबे खिंचे।

वह फिर से बोली।

'अब तक तुम्हें मुझ पर शक करने का काफ़ी वक्त मिल चुका है। तुममें से एक दो बेचैन भी दिखाई दिए। लेकिन अब मैं तुम से सिर्फ एक बात चाहती हूँः जब मैं तीन तक गिनती गिनूं, तुम कुछ और बन जाओः जो अब तक थे, उससे जुदा। कोई और इंसान नहीं, न जानवर, न घर। वह सब भूलने की कोशिश करो जो तुमने थिएटर में सीखा है। मैं तुम्हें

कलाकार होने को भी नहीं कह रही, कि तुम अपनी काबिलियत दिखाओ। जो मैं चाहती हूँ वो यह है कि इंसान होना छोड़ कर खुद को किसी ऐसी चीज़ में बदल दो जिसे तुम नहीं जानते।'

हम अभी भी फर्श पर लेटे थे, आँखें मूंदे, किसी को नहीं देख सकते थे कि वो क्या करेगा। एथीना हम में से हर एक के इसी अकेलेपन का फ़ायदा उठा रही थी।

'मैं कुछ शब्द बोलूंगी और तुम सब के मन में तुरंत उन शब्दों से जुड़ी तस्वीरें उभरेंगी। याद रखो कि तुम सभी पहले से सोची गई बातों के ज़हर से भरे हो और यदि मैं कहूं "नियति" तो तुम सब अपनी आने वाली ज़िंदगी के बारे में सोचने लगोगे। यदि मैं कहूं "लाल" तो तुम कोई मनोवैज्ञानिक सी बात सोचोगे। मैं यह सब नहीं चाहती। जैसा मैंने कहा, मैं चाहती हूँ कि तुम सब इस सब से हट कर, कुछ और बन जाओ।'

वह समझा नहीं सकी कि वह क्या चाहती थी। जब किसी ने कुछ न कहा तो मैंने सोचा कि वे सब उसकी इज्ज़त का ख़याल रख रहे थे लेकिन वे एथीना को दोबारा नहीं बुलाएंगे। शायद वे मुझे भी ताना देंगे जो मैंने उसे बुलाया।

'पहला शब्द है "सेक्रड"।' पवित्र। कि मैं बोरियत से मर ही न जाऊँ, मैंने इस खेल में शामिल होने का फ़ैसला किया।

मैंने अपनी माँ की कल्पना की अपने बॉयफ्रेंड की, मेरे होने वाले बच्चों और एक शानदार करियर की।'

'"पवित्र" शब्द दर्शाने वाली मुद्रा बनाओ।'

मैंने अपनी बाहें सीने पर समेट ली जैसे अपने सभी अज़ीज़ लोगों को सीने से लगा रही होऊं। मुझे बाद में पता लगा कि ज़्यादातर लोगों ने अपनी बांहें पूरी खोल सलीब की मुद्रा बनाई थी और एक औरत ने अपनी टांगे खोल दी थीं, जैसे प्यार के लिए।

'फिर से ढीला छोड़ दो, और फिर से सब कुछ भूल जाओ और आँखें बंद रखो। मैं दोष नहीं दे रही लेकिन जो मैंने देखा, उसमें तुम "पवित्र" शब्द के मायने दर्शाती मुद्रा बना रहे हो। मैं तुमसे यह नहीं चाहती। जब

मैं तुम्हें अगला शब्द दूंगी तो उसे वैसा दर्शाने की कोशिश मत करो जैसा वह दुनिया में दिखाई देता है। अपने दिलो-दिमाग के सभी चैनल खोलो और हकीकत का ज़हर बाहर बह जाने दो। मेरे दिए शब्द के बारे में सिर्फ सोचो और फिर तुम उस दुनिया में प्रवेश कर सकोगे जहाँ मैं तुम्हें ले जाना चाहती हूँ।'

अब उसकी बात में पुरज़ोर विश्वास झलक रहा था। वह जानती थी कि वह क्या कह रही थी, और मैंने पाया कि थिएटर में फैली एनर्जी बदल गई। अब वह टीचर थी, लैक्चर देने वाली नहीं।

'धरती,' वह बोली।

अचानक मैं समझ गयी कि वह क्या चाहती थी। अब असल बात मेरी कल्पना नहीं, बल्कि ज़मीन को छूता हुआ मेरा शरीर था। मैं खुद धरती थी।

'धरती को दर्शाती हुई मुद्रा बनाओ।' मैं नहीं हिली। मैं उस मंच की ज़मीन थी।

'बिल्कुल सही,' वह बोली। 'तुममें से कोई नहीं हिला। पहली बार तुम सबने एक जैसी बात महसूस की। किसी चीज़ को बतलाने या दिखलाने की बजाय तुमने खुद को उस चीज़ में ढाल लिया।'

वह फिर चुप हो गई, और पाँच मिनट तक कुछ न बोली। उस चुप्पी में हम बेसहारा से थे, और समझ नहीं पा रह थे कि वह चुप क्यों थीः क्या उसे खुद नहीं पता था कि आगे क्या करना था, या कि वह हमारे मेहनत करने के तरीके से अनजान थी।

'मैं एक तीसरा शब्द बोलने जा रही हूँ।'

वह रुकी।

'केंद्र।'

मुझे लगा, और इस पर मेरा कतई कोई वश नहीं था – कि मेरा सारा प्राण, मेरी सारी शक्ति मेरी नाभी को चली गई और वहाँ वह पीली रौशनी का गोला बन गई। मैं डर गई। यदि कोई उसे छू ले तो मैं मर जाऊंगी।

'केंद्र के लिए मुद्रा बनाओ।'

उसके शब्द आदेश थे। मैंने तुरंत अपना पेट हाथों से ढक लिया, खुद को बचाने के लिए।

'बिल्कुल सही,' एथीना बोली। 'अब उठ कर बैठ सकते हो।'

मैंने आँखें खोली और दूर ऊपर मंच की लाइट देखी जो फिलहाल बुझी हुई थीं।

मैंने हाथों से अपना चेहरा मला और खड़ी हो गई। मैंने देखा कि मेरे साथी काफ़ी हैरान लग रह थे।

'क्या यह लैक्चर था?' डायरेक्टर ने पूछा।

'चाहो तो इसे लैक्चर कह सकते हो।'

'ठीक है, आने के लिए शुक्रिया। अब हमें अपने अगले नाटक के लिए रिहर्सल करनी है।'

'लेकिन मेरा काम तो अभी खत्म नहीं हुआ।'

'शायद फिर कभी सही।'

हर कोई डायरेक्टर के इस बर्ताव पर हैरान था। शुरू में चाहे हम सब को शक हुआ था, लेकिन उसके बाद हमें मज़ा आ रहा था – यह बाकी सब चीज़ों से फर्क था, और इसमें कोई और चीज़ बनने या उसकी नकल करने की बात नहीं थी – न चीज़ें, न लोग, न सेब की कल्पना, न मोमबत्ती की। नही हाथ पकड़े घेरे में बैठना जैसे कि कोई पवित्र अनुष्ठान कर रहे हों। यह सिर्फ कुछ बेतुका था और हम जानना चाहते थे कि आगे क्या होगा।

चेहरे पर बिना कोई भाव लाए एथीना झुकी और अपना बैग उठा लिया। उसी वक्त कुर्सियों के बीच से आवाज़ आई।

'बहुत खूब!'

हैरन अब उसके पास आ गया। डायरेक्टर उससे डरता था क्योंकि हैरन अपने अखबार के थिएटर आलोचकों का जानता था और वैसे भी मीडिया में उसकी अच्छी जान पहचान थी।

'तुम सब ने अलग-अलग इंसान होना छोड़ा और ख़याल में तब्दील हो गए।'

'अफसोस कि तुम्हारे पास वक्त नहीं, पर फ़िक्र मत करो एथीना, हम कोई और ग्रुप ढूंढेंगे और उनके साथ काम करेंगे, और तब मैं देख पाऊंगा कि तुम्हारा "लॅक्चर" खत्म कैसे होता। मेरे जानने वाले काफ़ी लोग हैं।

मैं अभी भी अपनी नाभी की ओर बहती रौशनी के बारे में सोच रही थी। यह औरत थी कौन? क्या मेरे साथियों को भी यही अनुभव हुआ था?

'एक मिनट,' डायरेक्टर बोला, और उसे मालूम था कि हर कोई हैरान लग रहा था। 'शायद आज की रिहर्सल आगे सरका दें...'

'नहीं, ऐसा तो बिल्कुल मत करो। वैसे भी, मुझे वापिस अखबार के दफ़्तर पहुँचना है और इस औरत के बारे में कुछ लिखना है। तुम अपना रोज़ का काम जारी रखो। मुझे तो आज एक ज़बरदस्त स्टोरी मिल गई है।'

यदि उन दोनों मर्दों की बहस में एथीना को अजीब लगा तो उसने दिखाया नहीं। वह मंच से नीचे उतरी और हैरन के साथ चली गई। हमने डायरेक्टर से पूछा कि उसने ऐसा क्यों किया था।

'बुरा न मानना एंड्रिया, लेकिन मुझे लगा कि इस सब बकवास से, जिसमें हम आज शामिल हुए थे, बार में सैक्स पर हुई बातचीत ज़्यादा दिलचस्प थी। ध्यान दिया तुमने, कैसे वह बार-बार चुप हो जाती थी? उसे खुद मालूम नहीं था कि आगे क्या करना था!'

'लेकिन मुझे कुछ अजीब सा अहसास हुआ,' उम्र में कुछ ज़्यादा बड़े एक ऐक्टर ने कहा। जब उसने "केंद्र" कहा, यूँ लगा जैसे मेरे सारे प्राण, मेरी सारी शक्ति, मेरी नाभि में केन्द्रित हो गई। मुझे पहले कभी इस तरह का अनुभव नहीं हुआ।'

'तुम्हें भी? तुम्हें पूरा यक़ीन है?' एक ऐक्ट्रेस ने पूछा, और उसकी बात से साफ समझ आ रहा था कि उसे भी यही महसूस हुआ था।

'वो औरत जादूगरनी सी लगती है,' डायरेक्टर ने बीच में बात काट दी। 'वापिस काम पर चलें।'

हमने अपनी रोज़ के एक्सरसाइज़ शुरू किये, फिर वार्म-अप और मेडिटेशन, वह सब जो किताबों के मुताबिक था। फिर कुछ छोटे बदलाव लाते हुए, हमने नई स्क्रिप्ट पढ़ी। धीरे-धीरे एथीना की मौजूदगी धुंधली होकर मिटती गई और सब कुछ वापिस पहले की ओर लौट आया – एक थिएटर, एक रिवाज़ जो ग्रीक लोगों ने हज़ारों साल पहले बनाया था, जहाँ हमें दूसरे लोग बन जाने का नाटक करने की आदत थी।

लेकिन यह सिर्फ नाटक और अभिनय था। एथीना वैसी नहीं थी, और मैंने तो उससे दोबारा मिलने का फैसला कर ही लिया था, खासतौर पर डायरेक्टर की बात के बाद।

हैरन रायन, पत्रकार

एथीना के बिना जाने, मैंने ठीक वही सिलसिला दोहराया था जो नाटक मंडली ने उसके हर निर्देश को मानते हुए किया। सिवा इसके कि मैंने अपनी आँखें खुली रखी, यह देखने को, कि स्टेज पर क्या हो रहा था। जैसे ही उसने बोला कि केंद्र के लिए मुद्रा बनाओ मैंने अपनी नाभी पर हाथ रख दिया था, और मैं यह देख कर हैरान हो गया कि हर किसी ने वैसा ही किया था। यह सब हो क्या रहा था?

उस दोपहर मुझे एक राष्ट्रपति पर लेख लिखना था जो ब्रिटेन के सरकारी दौरे पर था। फ़ोन पर बातों के सिलसिले के बीच मन लगाने को, मैंने सोचा कि ऑफ़िस के लोगों से पूछता हूँ कि वे 'केंद्र' के लिए क्या मुद्रा बनाएंगे। ज़्यादातर ने राजनैतिक दलों के बारे में मज़ाकिया ताने कसे। एक ने पृथ्वी के केंन्द्र की ओर इशारा किया। एक और ने अपने दिल पर हाथ रखा। लेकिन किसी ने भी, एक ने भी अपनी नाभी पर हाथ नहीं रखा। लेकिन आख़िर में मुझे किसी एक से इस बारे में बात करने का मौका मिला, जिसे इस बारे में जानकारी थी।

जब मैं घर पहुँचा तो एंड्रिया नहा चुकी थी और खाने की मेज़ लगा वह मेरे आने का इंतज़ार कर रही थी। उसने काफी महंगी वाइन की बोतल खोली, दो गिलास भरे और एक मुझे पकड़ा दिया।

'तो कल रात डिनर कैसा था?'

कोई कब तक झूठ जियेगा? मैं इस औरत को खोना नहीं चाहता था जो इस वक्त मेरे सामने खड़ी थी, जिसने अच्छे और बुरे वक्त में मेरा साथ दिया था।

मैं उसे प्यार करता था लेकिन अब मैं ये किस उन्माद में मैं अंधा हो गिरता जा रहा था? एक ही दिल को दो के प्यार के बराबर विशाल होना था।

क्योंकि मैं संभावना के पीछे सच्चाई का साथ नहीं छोड़ सकता था, मैंने रेस्तरां में जो हुआ उसकी अहमियत को छोटा करने की कोशिश की, ख़ास तौर पर क्योंकि कुछ हुआ ही नहीं था – सिवा इसके कि वहाँ एक ऐसे शायर के जज़्बात कहे गए थे जिसने प्यार की खातिर बहुत कुछ सहा था।

'एथीना को जानना काफ़ी मुश्किल है।'

एंड्रिया हँस पड़ी।

'इसलिए तो मर्दों को वह इतनी लुभावनी लगती है। तुरंत ही तुम सब में उसकी रक्षा करने की भावना जाग उठती है।'

बेहतर है कि बात बदल दी जाए। मुझे हमेशा से ही विश्वास रहा है कि औरतों में कोई छिपी काबिलियत होती है जिससे वे मर्द के ज़हन में चल रही हर बात जान लेती हैं। ये सब जादूगरनियाँ होती है।

'जो आज थिएटर में हुआ, मैं उसके बारे में सोच रहा था। तुम्हें नहीं मालूम, लेकिन पूरी एक्सरसाइज़ के दौरान मैंने अपनी आँखें खुली रखी थी।'

'तुम तो हमेशा ही आँखें खुली रखते हो। शायद यह जर्नलिस्ट होने की तालीम है। और अब तुम उस पल की बात करोगे जब हम सबने एक जैसे किया। रिहर्सल के बाद बार में हमने इस बारे में काफ़ी बात की।'

'एक इतिहासकार ने मुझे एक ग्रीक मंदिर के बारे में बताया था जहाँ वे भविष्य बताते थे (संपादकः डेल्फी में अपोलो देवता का मंदिर) और जहाँ एक संगमरमर का पत्थर था जिसे "नाभि" कहते थे। उस समय की कहानियाँ डेल्फी को पृथ्वी का केन्द्र बताती है। अपने अखबार की लाइब्रेरी में मैंने और पड़ताल कीः जोर्डन के पेट्रा शहर में एक और "कोनिक नेवल" यानि त्रिकोणीय नाभि है जो न सिर्फ पृथ्वी बल्कि पूरी सृष्टि के केन्द्र का प्रतीक है। दोनों ही नाभियाँ उस धुरी को दर्शाने की कोशिश करती हैं जिस पर पृथ्वी की एनर्जी गतिमान है, और यह जनमानस में व्याप्त लेकिन न

दिख पाने वाले विचार का साकार चिन्ह है। जेरूसलम को भी दुनिया की नाभि कहा गया है, जैसे कि प्रशांत महासागर के एक द्वीप को, और एक और जगह भी, जिसे मैं भूल गया हूँ, क्योंकि मैंने दोनों चीज़ों को एक साथ याद रखने की कोशिश नहीं की थी।'

'जैसे डांस।'

'क्या?'

'कुछ नहीं।'

'नहीं, मैं जानता हूँ तुम क्या कह रही हो – बैली डांसिग जो मध्य-पूर्व से उपजी है और जो इतिहास में दर्ज नाचने का सबसे पुराना तरीका है, जिसमें सब कुछ पेट के गिर्द घूमता है। मैं इस का ज़िक्र करने से बच रहा था क्योंकि मैंने तुम्हें बताया था कि ट्रांसिल्वेनिया में मैंने एथीना को डांस करते देखा था। ऑफ कोर्स उसने कपड़े पहन रखे थे, लेकिन...'

'...सारी थिरकन उसके पेट से शुरू होती थी, और धीरे-धीरे उसके पूरे शरीर में फैल जाती थी।'

वह सही थी।

फिर से बात बदलने का वक्त आ गया था। और वक्त आ गया था कि थिएटर पर बात करें, और अखबारों की ऊबाऊ बातें, फिर थोड़ी वाइन पियें और फिर बिस्तर में प्यार, जबकि बाहर बारिश पड़नी शुरू हो गई थी। मेरा ध्यान गया कि प्यार के चरम अतिरेक में एंड्रिया का सारा ध्यान उसके पेट पर केन्द्रित था। मैंने यह पहले भी कई बार देखा था लेकिन इस पर ज़रा भी सोचा न था।

एन्तोएन लोकादोर, इतिहासकार

हैरन फ़्रांस में मुझे फोन करने पर ढेरों पैसे खर्च करने लगा। उसे सारी जानकारी उसी सप्ताह के अंत तक चाहिए थी और वह एक ही चीज़ के पीछे पड़ा था, यानि "नाभि" जो कि मुझे सबसे कम दिलचस्प और सबसे कम रोमांटिक चीज़ लग रही थी। लेकिन अंग्रेज़ और फ़्रेंच नज़रिया तो हमेशा से ही जुदा रहा है और इसलिए ज़्यादा सवाल पूछने की जगह मैंने इस विषय पर विज्ञान के नज़रिये को जानने की कोशिश की।

मैं जल्द ही समझ गया कि ऐतिहासिक जानकारी काफ़ी न थी। कहीं किसी प्राचीन इमारत का ज़िक्र था कि सभी प्राचीन संस्कृतियाँ इस बात पर सहमत थी और उन स्थानों के लिए वे एक ही शब्द का प्रयोग करती थीं जिन्हें वे पवित्र मानती थी। इस पर मैंने पहले कभी ध्यान न दिया था और अब मुझे इसमें दिलचस्पी होने लगी। मैं इनके पीछे की जानकारी खोजने लगा जो इन सब को एक सूत्र में बांध देः मानवीय व्यवहार और विश्वास।

मुझे सबसे पहली और सबसे तर्कपूर्ण व्याख्या तो तुरंत ही छोड़नी पड़ी, कि हम गर्भ में नाभि-नाल द्वारा पोषण पाते हैं, और इसलिए हम सभी के लिए नाभि जीवन का केन्द्र है। एक मनोवैज्ञानिक ने तुरंत ही कहा कि इस थ्योरी में कोई तुक नहीं। इंसान का पहला ख़याल नाभि-नाल को 'काटने' का होता है और उसके बाद से दिमाग या दिल ही ज़्यादा महत्वपूर्ण प्रतीक बन जाते हैं।

जब हम किसी चीज़ में दिलचस्पी लेने लगते है तो हर चीज़ उसी की ओर इशारा करती हुई लगती है। इसे रहस्य-रोमांसवादी 'साइन' कहते हैं और अविश्वासी इसे 'इत्तफ़ाक' का नाम देते हैं, और मनोवैज्ञानिक

'ध्यान केन्द्रित करना,' जबकि इसे इतिहासकार क्या कहें यह पता लगाना बाकी है। एक रात मेरी सोलह बरस की बेटी अपनी नाभि छिदवा आई।

'तुमने ऐसा क्यों किया?'

'क्योंकि मेरा मन किया।'

कारण तो बिल्कुल सहज और सच्चाई से बताया गया था। जब मैं उसके कमरे में गया तो वहाँ उसकी चहेती पॉप स्टार की तस्वीर लगी थी। उसका पेट नंगा था और दीवार पर लगी उस तस्वीर में वह वाकई दुनिया का केन्द्र लग रहा था।

मैंने हैरन को फ़ोन करके पूछा कि उसे इस विषय में इतनी दिलचस्पी क्यों थी। पहली बार उसने मुझे बताया कि थिएटर में क्या हुआ था और किस तरह वहाँ सभी लोगों ने एक आदेश पर बिना सोचे एक जैसी मुद्रा बनाई। थी। मेरी बेटी से उस विषय पर और जानकारी मिलनी नामुमकिन थी और तब मैंने विशेषज्ञों की राय लेने का फैसला किया।

किसी को भी इस विषय में ज़्यादा दिलचस्पी नहीं थी जब तक मुझे फ्रांस्वा शेप्का नहीं मिले जो भारत के थे, (संपादकः वैज्ञानिक के आग्रह पर उनका नाम और देश बदल दिया गया है) और जो उस वक्त प्रचलित इलाज के तरीकों में क्रांतिकारी बदलाव ला रहे थे। उनके मुताबिक ज़िंदगी के बेहद तकलीफदेह हादसों को सम्मोहन द्वारा बचपन में वापिस जा कर ठीक कर सकने का विचार बिल्कुल नाकाम था। बहुत सी परेशानियाँ जो बड़े होते ठीक हो गई थी, इस तरीके से दोबारा उभर आती थी और लोग अपनी नाकामियों और हार के लिए अपने माता-पिता को कसूरवार ठहराने लगते थे।

शेप्का कई मनोविश्लेषक संगठनों के खिलाफ मुहिम छेड़े हुए था, और "नाभि" जैसे विषय पर बात करने में उसे काफ़ी राहत मिली।

लेकिन वह सीधे बात पर नहीं आया। उसने कहा कि अब तक के सबसे ज़्यादा माने गए साइकोऐनेलिस्ट, कार्ल गुस्ताव यूंग के मुताबिक हम सब की जीवन धारा एक ही स्रोत से निकली है। उसे 'विश्व की आत्मा' कहते हैं। हम जितना चाहें खुद को एक अलग इंसान, एक अलग इकाई

समझें, हम सभी की याददाश्त का एक हिस्सा सब में एक जैसा है। हम सभी आदर्श सौंदर्य, नृत्य, आराध्य और संगीत की खोज में रहते हैं

इस दौरान समाज यह परिभाषा देने की कोशिश करता है कि ये आदर्श यथार्थ में कैसे साकार किये जाएं। वर्तमान में, उदाहरण के तौर पर, सुंदर होने का आदर्श है बेहद पतला होना, और फिर भी, हज़ारों वर्ष पहले देवियों को मोटा दर्शाया जाता था। खुशी पर भी यही बात लागू होती है: कुछ नियमों की सिलसिलेवार कड़ी है, और यदि उनका पालन नहीं करोगे, तुम्हारा चेतन मन यह स्वीकार ही नहीं करेगा कि तुम खुश हो।

मनुष्य के जीवन में प्रगति को यूंग चार अवस्थाओं में बांटते थे: पहला था परसॉना, या मुखौटा, जो व्यक्तित्व हम रोज़ ओढ़ते है और जिस तरह का इंसान हम कहलाना चाहते है। हम यह विश्वास करते है कि दुनिया हम पर निर्भर है, कि हम शानदार माता-पिता हैं और हमारे बच्चे हमें नहीं समझते, कि हमारे बॉस इंसाफ नहीं करते, कि हर इंसान का एक ही सपना है: काम न करने का, और हर वक्त घूमने का। बहुत से लोगों को यह समझ आता है कि इस कहानी में कहीं कुछ गलत है, लेकिन क्योंकि वे कुछ बदलना नहीं चाहते, वे तुरंत यह खयाल अपने मन से निकाल देते है। कुछ हैं जो इसमें छिपी गलती को समझने की कोशिश करते हैं लेकिन उनके हाथ लगती है सिर्फ छायाएं।

छाया हमारा अंधेरे वाला हिस्सा है, जो बताती है कि हमें कैसा व्यवहार करना है। जब हम खुद को मुखौटे से आज़ाद करने की कोशिश करते है, तो हम अपने अंदर रौशनी करते हैं, और हमें दिखाई देते हैं जाले, कायरपन, कमीनापन।

छाया हमारी प्रगति को रोकने के लिए है, और यह अक्सर सफल हो जाती है, और हम भाग कर वापिस चले जाते हैं वहाँ, जहाँ हम शक करने से पहले थे। फिर भी कुछ लोग हैं जो अपने जालों को देख कर भी पीछे नहीं हटते और कहते है: 'हाँ, मुझ में कुछ कमियाँ हैं, लेकिन फिर भी मैं अच्छा-भला हूँ, और मैं आगे जाना चाहता हूँ।'

उस पल में छाया ओझल हो जाती है और हम विशाल आत्मा के सम्पर्क में आते हैं।

'आत्मा' शब्द से यूंग का अर्थ धार्मिक नहीं था; वह विश्व की आत्मा के प्रति वापसी के बारे में बात करते हैं, जो सारे ज्ञान का स्रोत है। तब हमारे इंस्टिक्ट, हमारे सहज-बोध और पैने हो जाते हैं, भावनाएं और अधिक तीव्र, 'साइन' या प्रतीकों की समझ तर्क से अधिक महत्वपूर्ण, और फिर हमें यह समझ आने लगता है कि सच्चाई के एक से ज़्यादा रूप हो सकते हैं और एक से ज़्यादा सच्चाइयाँ होना भी संभव है। जिन बातों की हमें आदत नहीं, हम उनसे जूझने लगते हैं और कई बार ऐसे बर्ताव करते हैं जो हमने खुद से कभी उम्मीद न की थी।

और हम पाते हैं कि यदि हम उस एनर्जी के बहाव को सही माध्यम में डाल सकें तो उसे हम एक बहुत ठोस केन्द्रबिन्दू के गिर्द बटोर सकते हैं, जिसे यूंग पुरूषों के लिए 'वाइज़ ओल्ड मैन' या 'ज्ञानीवृद्ध पुरूष' और औरतों के लिए 'विशाल मदर' का नाम देते हैं।

इनका खुद को प्रकट करने देना खतरनाक हो सकता है। आमतौर पर कहें तो कोई भी जो इस अवस्था में पहुँच जाता है तो खुद को संत, या आत्माओं का वशकारक या मसीहा मानने लगता है। यदि किसी को वाइज़ ओल्ड मैन या विशाल मदर की एनर्जी के सम्पर्क में आना है तो बहुत ऊंचे स्तर की परिपक्वता या समझदारी ज़रूरी है।

'यूंग पागल हो गए थे,' मेरे दोस्त ने कहा, जब उसने इस स्विटज़रलैंड के मनोविश्लेषक द्वारा बताई गई चारों अवस्थाएं विस्तार से बता दीं। 'जब वे खुद अपने 'वाइज़ ओल्ड मैंन' के सम्पर्क में आए तो वे कहने लगे थे कि फिलिमॉन नामकी आत्मा उनका मार्गदर्शन करती थी।'

'और आख़िर में...'

'...हम नाभि के प्रतीक पर पहुँचते है। न सिर्फ लोग, बल्कि सभी समाज भी इन चारों अवस्थाओं से गुज़रते है। पश्चिमी सभ्यता का भी एक परसॉना या मुखौटा है, वे विचार जो हमें राह दिखाते हैं। बदलते

हालात के साथ खुद को ढालने की कोशिश में यह छाया के साथ सम्पर्क में आता है, और हम विशाल जन प्रदर्शन देखते हैं, जिनमें सामूहिक एनर्जी का इस्तेमाल किया जा सकता है, अच्छे के लिए, और बुरे के लिए भी। अचानक, किसी कारण से, मुखौटा या छाया, दोनों ही इंसानों के लिए पर्याप्त नहीं रहती, और तब वह पल आता है, छलांग लगाने का, विशाल आत्मा के साथ सम्पर्क बनाने का। तब नए जीवन मूल्य उभरने लगते हैं।'

'यह मैंने भी देखा है। मैंने देखा है कि ईश्वर के देवी रूप की उपासना करने वाला मत-सम्प्रदाय दोबारा ज़ोर पकड़ रहा है।'

'बहुत बढ़िया उदाहरण है। और इस प्रक्रिया के अंत में, यदि उन नए जीवन मूल्यों को स्थापित होना है, तो पूरी मानव जाति उन प्रतीकों के सम्पर्क में आएगी, जो कि वह गुप्त भाषा है जिससे वर्तमान पीढ़ियाँ अपने पूर्वजों के ज्ञान को समझ पाएंगी।

पुनर्जन्म के प्रतीकों में से एक प्रतीक है नाभि। विष्णु, सृष्टि में उत्पत्ति और विनाश के भारतीय देवता की नाभि में वे देवता बैठते हैं जो हर चक्र पर राज करेंगे। योगी नाभि को देह में बने कई चक्रों में से एक मानते हैं। आदिम जनजातियाँ उन स्थानों पर स्मारक बनाते थे जिन्हें वे विश्व की नाभि मानते थे। दक्षिण अमेरिका में, वे लोग जो ट्रांस या सम्मोहन की अवस्था में जाते है, कहते हैं कि मनुष्य का असली स्वरूप एक प्रकाशमान अँडे जैसा है, जो बाकी मनुष्यों से उनकी नाभि से निकल रहे रेशों के माध्यम से संपर्क करता है। मेडिटेशन में सहायता करने वाले 'मंडला' की संरचना भी इसी का प्रतीक रूप है।'

नियत तिथि से पहले ही यह सारी जानकारी मैंने हैरन को इंग्लैंड भेज दी थी। मैंने उसे बताया कि जो औरत कुछ लोगों के दल में एक जैसी बेतुकी मुद्रा बनवा सकी, उसमें विशाल शक्ति होगी। और मुझे यह जानकर हैरानी न होगी यदि उसमें परा-मनोवैज्ञानिक शक्तियाँ पाई जाएं। मैंने हैरन को सुझाव दिया कि उस औरत को और करीब से जानने की कोशिश करे।

मैंने इस विषय पर पहले कभी न सोचा था, और मैंने इसे तुरंत भूलने की कोशिश की। फिर भी मेरी बेटी ने कहा कि मैं अजीब व्यवहार कर रहा था, कि केवल अपने बारे में सोच रहा था। संक्षेप में, मैं अपनी ही नाभि को देखने में लीन था।

डीएड्री ओ' नील, बनाम ऍंडा

'पूरा सत्यानाश हो गया। तुमने मेरे दिमाग में यह बात डाली कैसे कि मैं टीचर बन सकती थी? मुझे दूसरे लोगों के बीच शर्मिंदा क्यों किया? मुझे तो यही भूल जाना चाहिए कि तुम्हारे नाम की कोई औरत हैं। जब मुझे डांस सिखाया गया तो मैंने डांस किया। जब मुझे कैलिग्राफ़ी सिखाई गई तो वह भी मैंने अच्छे से की। लेकिन मुझ से मेरी हद के बाहर जाने की मांग करना निरी नीच हरकत थी। इसलिए मैंने स्कॉटलैंड की ट्रेन पकड़ी, इसीलिए मैं यहाँ आई, कि तुम देखो, कि मैं तुमसे कितनी नफ़रत करती हूँ।'

उसका रोना बंद न होने पा रहा था। शुक्र है वह अपना बच्चा अपने माँ-बाप के पास छोड़ कर आई थी। वह ऊँची आवाज़ में बोल रही थी और उसकी साँस में वाइन की गंध थी। मैंने उसे अंदर आने को कहा। मेरे घर के दरवाज़े पर इस तरह शोर मचाना मेरी इज्ज़त में इज़ाफा नहीं करने वाला था। पहले ही लोगों ने तरह-तरह की बातें फैला रखी थीं कि मैं शैतान के नाम पर सैक्स के जश्न मनाती थी।

लेकिन वह अब भी वहीं खड़ी थी, चिल्लाते हुएः 'सब तुम्हारा कसूर है! तुमने मुझे शर्मिंदा किया!' एक खिड़की खुली, और फिर एक और। चलो, जो दुनिया की धुरी बदल देने पर आमादा हो, उसे पड़ोसियों की नाराज़गी सहने की आदत तो डाल लेनी चाहिए। मैं एथीना के पास गई और वह किया जो वह मुझसे चाहती थी। मैंने उसे बाहों में ले लिया।

वह रोती रही, अपना सिर मेरे कंधे पर रखे। बहुत प्यार से मैं उसे सीढ़ियाँ चढ़ा अंदर ले गई। मैंने चाय बनाई जिसका तरीका मैं किसी को नहीं बताती क्योंकि वह मुझे मेरे रक्षक ने सिखाई थी। मैंने चाय उसके

सामने रख दी जो उसने एक घंटे में खत्म की। ऐसा करने से यह तो साबित हो गया कि वह अब भी मुझ पर विश्वास करती थी।

'मैं ऐसी क्यों हूँ?' उसने पूछा। तब मैं समझ गई कि वाइन का असर खत्म हो गया था।

'ऐसे मर्द हैं जो मुझे प्यार करते हैं। मेरा बेटा है जो मुझे बहुत प्यार करता है और मुझे जीवन का आदर्श मानता है। मेरे माँ-बाप हैं जिन्होंने मुझे गोद लिया था और जिन्हें मैं अपना असली परिवार मानती हूँ, और जो मेरे लिए अपनी जान दे सकते है। मैं अपनी जन्म देने वाली माँ की खोज में गई और मैंने अपने अतीत के ख़ाली स्थान भरे हैं। मेरे पास अगले तीन साल के लिए इतना पैसा है कि सिर्फ मज़े करूं। और फिर भी मुझे चैन नहीं।

'मैं दुखी हूँ और शर्मिंदा भी कि भगवान ने मुझे वो तकलीफ़े दीं जिनसे मैं उबर सकी और वो करिश्मे, जिनका मैंने सही इस्तेमाल किया, लेकिन फिर भी मैं चैन से नहीं। मैं हमेशा ही और चाहती हूँ। ऊपर से थिएटर चली गई और अपने लिए एक और परेशानी खड़ी कर ली।'

'क्या तुम्हें लगता है कि तुमने गलत किया?'

उसने मुझे हैरानी से देखाः 'यह क्यों पूछ रही हो?'

मैंने कुछ नहीं कहा, बस उसके जवाब का इंतज़ार करती रही।

'नहीं, मैंने सही किया। मैं वहाँ एक पत्रकार दोस्त के साथ गई, और मुझे कुछ न पता था कि मैं क्या करने वाली थी, लेकिन अचानक खुद-ब-खुद सब होने लगा। जैसे किसी विशाल शून्य से प्रकट हुई। विशाल मदर को मैंने अपने साथ महसूस किया – मुझे राह दिखाते, अगला कदम बताते, मेरी आवाज़ में वो विश्वास भरते, जो मेरा नहीं था।'

'तो फिर शिकायत क्यों करती हो?'

'क्योंकि किसी को समझ नहीं आया।'

'क्या यह बड़ी बात है? इतनी बड़ी कि तुम स्कॉटलैंड आओ और सबके सामने मेरी बेइज्ज़ती करो?'

'हाँ, बड़ी बात है। यदि मैं जो चाहे कर सकती हूँ और जब जानती हूँ कि सही कर रही हूँ, तो फिर मुझे कम-से-कम प्यार और तारीफ क्यों नहीं मिली?

तो यह परेशानी थी। मैंने उसका हाथ पकड़ा और उसे उसी कमरे में ले गई जहाँ कुछ हफ़्ते पहले, वह मोमबत्ती पर ध्यान लगाए बैठी थी। मैंने उसे खुद को शांत करने को कहा, चाहे मुझे यक़ीन था कि उस पर मेरी चाय का असर होना शुरू हो गया था। मैंने एक गोल शीशा लिया और उसके सामने रख दिया।

'तुम्हारे पास सब कुछ है और तुमने अपनी जगह पाने के लिए पूरा संघर्ष किया है। अब अपने आँसू देखो, लेकिन इस बार उस पर हँसो नहीं, उसे समझने की कोशिश करो।'

मैंने उसे मेरी बातों पर अमल करने का वक्त दिया। जब मैंने देखा कि वह मेरी मंशा के मुताबिक ट्रांस में जा रही थी, तो मैंने बोलना जारी रखाः

'जीवन का रहस्य क्या है? हम इसे "ग्रेस" या "ईश्वर की कृपा" कहते हैं। हर कोई अपनी किस्मत से संतुष्ट होने की कोशिश करता है। सिवा मेरे। सिवा तुम्हारे। सिवा उन चुने हुए लोगों के, जिन्हे ज़िंदगी के ऊंचे मकसद के लिए कोई छोटी-बड़ी कुर्बानी देनी पड़ सकती है।

'हमारी कल्पना हमारे चारों ओर की दुनिया से कहीं ज़्यादा बड़ी है; हम अपनी हदों के बाहर जाते है। इसे "विचक्राफ्ट" या "जादू टोना" कहा जाता था, लेकिन शुक्र है कि अब हालात बदल गए हैं, वरना मैं और तुम अब तक खूंटे से बाँध कर जला दिए गए होते। जब लोगों ने औरतों को जलाना बंद कर दिया, विज्ञान ने हमारे व्यवहार की वजह भी ढूंढ निकाली जिसे "औरतों का हिस्टीरिया" कहा जाता है। अब हमें जलाया तो नहीं जाता लेकिन परेशानी तो कायम है, ख़ासतौर पर काम की जगह पर। लेकिन फ़िक्र मत करो; वक्त आने पर वे इसे ही ज़हीन होने या ज्ञान पाने का नाम देंगे। शीशे में देखती रहो। क्या दिखाई देता है?'

'एक औरत।'

'और उस औरत के पीछे क्या है?'

वह हिचकिचाई। मैंने फिर पूछा और वह बोली: 'एक और औरत, मुझसे ज़्यादा खालिस और अक्लमंद। ऐसा है जैसे कि वह एक रूह है जो मेरी नहीं, लेकिन जो फिर भी मेरा हिस्सा है।'

'बिल्कुल ठीक। अब मैं तुम्हें धातु विज्ञान, ऐल्केमी के सबसे ज़्यादा शक्तिशाली प्रतीक की कल्पना करने को कहूंगी: एक साँप जो गोलाई में अपनी पूंछ को मुँह में लिए है। सोच सकती हो?'

उसने सिर हिलाया।

'यह ज़िंदगी है, तुम्हारे और मेरे जैसों के लिए। हम लगातार खुद को तोड़ने और बनाने में लगे रहते है। तुम्हारी ज़िंदगी में हर चीज़ ने यही सिलसिला अपनाया है: खोने से पाने तक; तलाक से नया प्यार; बैंक में काम करने से रेत में ज़मीन बेचने तक। सिर्फ एक चीज़ हमेशा है – तुम्हारा बेटा। वह तुम्हारी ज़िंदगी को पिरोने वाली डोर है और तुम्हें उस की इज्ज़त करनी है।'

उसने फिर से रोना शुरू कर दिया, लेकिन इस बार उसके आँसू अलग थे।

'तुम यहाँ इसलिए आई थी क्योंकि तुमने आग की लपटों में एक चेहरा देखा था। वही चेहरा अब तुम शीशे में देख रही हो, उसका सम्मान करने की कोशिश करो। दूसरे क्या सोचते हैं इससे अपने पंखों पर बोझ न पड़ने दो, क्योंकि कुछ बरसों में, या दशकों में, या कुछ सदियों में, सोचने का वह तरीका बदल जाएगा। तुम आज वह सब जियो, वह जो बाकी दुनिया आने वाले वक्तों में जिएगी।

'तुम क्या चाहती हो? तुम खुश होना तो चाह नहीं सकती क्योंकि वह बहुत आसान और बोरिंग है। तुम सिर्फ प्यार करना भी नहीं चाह सकती, क्योंकि वह नामुमकिन है। तो तुम क्या चाहती हो? तुम ज़िंदगी के साथ इंसाफ करना चाहती हो कि उसे आख़िरी हद तक पुरज़ोर तरीके से जियो। यह सात तालों की कैद से भी बदतर है और यही अंतहीन आनंद के द्वार खोल देता है।

'इस खतरे से सावधान रहने की कोशिश करो, और उस आनंद और रोमांच को अनुभव करो जो शीशे में दिख रही औरत के पीछे वाला चेहरा होने में है।'

उसकी आँखें मुंदी थीं लेकिन मैं जानती थी कि मेरे शब्द उसकी आत्मा में पहुँच गए थे और वहीं रहेंगे।

'यदि तुम जोखिम उठा कर दूसरों को राह दिखाना जारी रखना चाहती हो, तो रखो। यदि तुम ऐसा नहीं करना चाहती तो जान लो कि तुम पहले ही ज़्यादातर लोगों से कहीं आगे तक जा चुकी हो।'

उसका शरीर ढीला पड़ने लगा। मैं उसे बाँहों में लिए बैठी रही, जब तक वह सो न गई।

मैंने कई और बातें उसके कानों में कहने की कोशिश की, क्योंकि मैं इन्हीं अवस्थाओं से गुज़र चुकी थी, और मैं जानती थी कि यह कितना मुश्किल था – ठीक वैसे, जैसा मेरे रक्षक ने मुझे बताया था और जैसे मैंने खुद दुख झेल कर सीखा था। लेकिन, चाहे यह मुश्किल था, यह अनुभव कम दिलचस्प बिल्कुल न था।

कौन सा अनुभव? एक इंसान और एक दैवी अहसास को एक साथ जीना। तनाव से विश्राम में आना।

विश्राम से समाधि या ट्रांस में। ट्रांस के द्वारा अन्य लोगों के साथ सम्पर्क में आना। उस सम्पर्क से वापिस तनाव में और यही सिलसिला, जैसे साँप अपनी पूँछ को खुद निगल लेता है।

इस तरह जीना आसान न था, ख़ासतौर पर क्योंकि इसमें बिना शर्त के प्रेम का दरकार होता है, जो न दुख झेलने से डरता है, न दुत्कार से, और न छिन जाने से।

जो एक बार यह पानी पी लेता है, उसकी प्यास किसी और झरने पर न बुझेगी।

एंड्रिया मैक्केन, अभिनेत्री

'उस दिन तुमने गाया का ज़िक्र किया था जिसने खुद को पैदा किया था और बिना मर्द की ज़रूरत के बच्चा भी पैदा किया। तुमने कहा, और यह बिल्कुल सही है, कि धीरे-धीरे, आख़िरकार, विशाल मदर की जगह पुरूष देवताओं ने ले ली। लेकिन तुम 'हेरा' के बारे में भूल गईं जो तुम्हारी पसंदीदा देवी के वंश की थी। हेरा ज़्यादा अहम इसलिए है क्योंकि वह प्रैक्टिकल है। वह आकाश और धरती पर राज करती है। और ऋतुओं और तूफानों पर। उन्हीं यूनानी मिथकों के मुताबिक, जिनका हवाला तुमने दिया था, जो आकाशगंगा हम आसमान में देखते हैं वह उसी के स्तनों से बहे दूध से बनी थी। वे स्तन बेहद खूबसूरत रहे होंगे क्योंकि सर्वशक्तिमान ज़्यूस ने खुद को एक पक्षी में बदल लिया था, सिर्फ इसलिए कि वह उसे पा सके।'

हम नाइट्सब्रिज में एक बड़े डिपार्टमेंटल स्टोर में घूम रहे थे। मैंने उसे फ़ोन किया था कि मैं उससे बात करना चाहती थी, और उसने मुझे सर्दियों की सेल में बुलाया था। बेहतर होता कि किसी शांत से रेस्तरां में चाय पर बात होती या खाने पर।

'इस भीड़ में तुम्हारा बेटा खो सकता है।'

'उसकी फ़िक्र न करो। आगे बोलो, क्या कह रही थी।'

'हेरा ने ज़्यूस की चालाकी पकड़ ली और उसे शादी करने पर मजबूर किया। लेकिन शादी की रस्म के तुरंत बाद ओलिम्पस का वह महान देवता अपनी आशिक वाली हरकतों पर वापिस चला गया, और हर उस औरत पर डोरे डालता जिस पर वह फ़िदा हो, चाहे वह मनुष्य होती या देवी।

लेकिन हेरा तो वफ़ादार रही। अपने पति को दोष देने की बजाय वह औरतों को उनके खुलेपन पर दोष देती रही।'

'क्या हम सभी ऐसा नहीं करती?'

मुझे नहीं पता उसका क्या मतलब था तो मैं आगे बोलती गई जैसे कि उसकी बात ही न सुनी हो।

'फिर उसने ज़्यूस को मज़ा चखाने की सोची कि कोई देवता या मनुष्य चुन वह उसके साथ रात बिताएगी। सुनो, क्या हम थोड़ी देर बैठ कर कॉफ़ी नहीं पी सकते?

लेकिन एथीना उसी वक्त एक लॉंज़री की दुकान में घुस गई थी।

'यह सुंदर है?' उसने एक काफ़ी उत्तेजक बादामी रंग का ब्रा और पैंटी सेट उठा लिया था।

'हाँ, बहुत। तुम इसे पहनोगी तो क्या कोई इसे देखेगा?'

'तुम सोचती हो कि मैं कोई संत हूँ? लेकिन हेरा वाली बात जारी रखो।'

'ज़्यूस उसके बर्ताव से बौखला गया, लेकिन हेरा खुद मुख्तार ज़िंदगी जी रही थी और अपनी शादी की उसने रत्ती भर परवाह न की। क्या सच में तुम्हारा बॉयफ़्रेंड है?'

'हाँ।'

'मैंने तो कभी नहीं देखा।'

वह भुगतान के डेस्क पर गई, कपड़ों के पैसे चुकाए और उन्हें बैग में रख लिया।

'वियोरल को भूख लगी है और मुझे यक़ीन है कि उसे ग्रीक मिथकों में ज़रा भी दिलचस्पी नहीं, तो जल्दी करो और हेरा की कहानी खत्म करो।'

'अंत थोड़ा मूर्खता भरा है। ज़्यूस को लगा कि वह अपने प्यार को खो न दे, तो उसने नाटक किया कि वह फिर से शादी करने वाला था। जब हेरा को पता लगा, तो उसे समझ आ गया कि शायद ज़्यादती हुई थी। और प्रेमी रखना एक बात थी लेकिन तलाक के बारे में सोचना भी नामुमकिन था।'

'तो फिर कुछ भी नया नहीं हुआ।'

उसने फैसला किया कि ऐन शादी की रस्म के वक्त पहुँच जाएगी और तमाशा खड़ा कर देगी, और सिर्फ तब ही उसे मालूम हुआ कि ज़्यूस एक पुतले से शादी कर रहा था।

'फिर हेरा ने क्या किया?'

'वह ठहाका मार कर हँस पड़ी। इससे उनके बीच की लड़ाई पिघल गई, और एक बार फिर वह आकाश की रानी बन गई।'

'वाह! तो यदि तुम्हारे साथ कभी ऐसा हो...'

'क्या?'

'यदि तुम्हारा मर्द किसी और से दिल लगा ले, तो हँसना मत भूलना।'

'मैं कोई देवी नहीं। मैं बदला लेना चाहूँगी। वैसे भी, ऐसा क्यों है कि मैंने कभी तुम्हारा बॉयफ्रेंड नहीं देखा?'

'क्योंकि वह हमेशा काम पर होता है।'

'तुम उसे मिली कहाँ?'

'बैंक में, जहाँ मैं काम करती थी। उसका खाता वहाँ था। और अब, बुरा न मानो तो मेरा बेटा मेरा इंतज़ार कर रहा है। तुम ठीक कहती हो, यदि उस पर नज़र न रखी तो इस भीड़ मे वह खो सकता है। हाँ, याद आया, अगले हफ़्ते मेरे घर एक मीटिंग कर रहे हैं और तुम आना।'

'हाँ, और जानती हूँ कि इंतज़ाम किसने किया है।'

एथीना ने मेरे दोनों गालों पर हल्के से चूमा और चली गई। कम-से-कम उसे चेतावनी तो मिल गई थी।

उस दोपहर, थिएटर में, डायरेक्टर ने ख़ासतौर पर मुझसे नाराज़गी ज़ाहिर की कि मैं 'उस औरत' के घर कुछ ऐक्टर ले जा रही थी। मैंने उसे समझाया कि यह मेरा इंतज़ाम नहीं था। हैरन नाभियों के विषय को छोड़ न पा रहा था और उसने मुझसे पूछा था कि क्या कुछ ऐक्टर उस बीच में रोक दिए गए 'लेक्चर' को जारी रखना चाहेंगे।

'लेकिन इसके बाद,' मैंने कहा, 'उनसे पूछना मेरी मर्ज़ी थी।'

मर्ज़ी तो मेरी थी ही, लेकिन यह तो मैं कतई न चाहती कि वह अकेला एथीना के घर जाए।

सब ऐक्टर आ गए थे, लेकिन नए नाटक को एक बार फिर से पढ़ने की जगह, डायरेक्टर ने प्रोग्राम बदल दिया।

'आज हम साइकोड्रामा की एक और एक्सरसाइज़ करेंगे।' (संपादकः यह मानसिक इलाज की एक तकनीक है जिसमें लोग अपनी ज़िंदगी के अनुभव ऐक्टिंग के ज़रिये दर्शाते हैं।) इसकी कोई ज़रूरत न थी। हम सब जानते थे कि नाटक के लेखक द्वारा दर्शाई सिचुएशन में हर किरदार कैसे पेश आएगा।

'क्या मैं एक विषय सुझा सकती हूँ?' हर कोई मेरी ओर देखने लगा। डायरेक्टर हैरान लग रहा था।

'यह क्या है? विद्रोह?'

'नहीं, सुनो। ऐसी सिचुएशन बनाते है। जिसमें एक आदमी, काफ़ी मुश्किलों के बाद एक बड़ा अनुष्ठान करने के लिए लोगों को तैयार करता है, जैसे कि पतझड़ की फसल कटाई का उत्सव मनाना हो। इस दौरान एक अजनबी औरत आती है और उसके बारे में तरह-तरह की अफवाहें फैलने लगती हैं – जैसे कि वह औरत के भेस में देवी है। उसकी सुंदरता और इन अफ़वाहों की वजह से, जो ग्रुप उस आदमी ने बनाया था, कि जिससे गाँव की परंपराएं ज़िंदा रहे, वह टूटने लगता है, ओर ग्रुप के सभी सदस्य अनुष्ठान में हिस्सा लेने की जगह उस औरत को देखने चले जाते हैं।'

'लेकिन इससे उस नाटक का तो कोई ताल्लुक नहीं जिसकी हम रिहर्सल कर रहे हैं।'

एक ऐक्ट्रेस ने कहा।

लेकिन डायरेक्टर समझ गया था कि मैं क्या कहना चाहती थी।

'आइडिया अच्छा है। शुरू करते हैं।' और मुझसे उसने कहाः 'एंड्रिया, तुम वह नई औरत हो। इससे तुम्हें गाँव की सिचुएशन बेहतर समझ आएगी। और मैं वह भला आदमी होऊंगा जो पहले से चलती परंपराओं को बचाना चाहता हूँ। ग्रुप में पति-पत्नी के जोड़े होंगे जो चर्च जाते हैं, हर शनिवार समुदाय के लिए काम करते हैं, और एक दूसरे की मदद करते हैं।'

हम फर्श पर लेटे, रिलैक्स करने की कुछ एक्सरसाइज़ की। और फिर उस दिन की चुनी हुई एक्सरसाइज़ पर आ गए। मुख्य पात्र (मैं) ने तरह-तरह के हालात बनाए और बाकियों ने उन हालात में अपनी प्रतिक्रियाएं दी।

जब यह एक्सरसाइज़ शुरू हुई तो मैंने खुद को एथीना बना लिया। मेरी फ़ंतासी में वह शैतान की तरह घूम रही थी, अपने राज के बाशिंदे तलाशती, लेकिन जिसने गाया का भेस ओढ़ा हुआ था, उस देवी का रूप जो अंतरयामी है और जिसने सृष्टि की रचना की थी। पद्रंह मिनट तक सभी ने 'जोड़े' बनाए, एक दूसरे को जाना, और मिलकर एक सांझा अतीत बुना जिसमें बच्चे, खेत, सोच समझ और दोस्तियाँ शामिल थीं। जब मुझे लगा कि यह छोटी सी दुनिया तैयार थी, तो मैं स्टेज के एक कोने पर बैठ गई, और प्रेम के बारे में बोलने लगी।

'हम यहाँ इस छोटे से गाँव में हैं, और तुम्हें लगता है कि मैं एक अजनबी हूँ, और इसीलिए तुम्हें मेरी बातों में दिलचस्पी है। तुमने कभी बड़ी यात्राएं नहीं की और नहीं जानते कि पर्वतों के पार क्या होता है, लेकिन मैं तुम्हें बता सकती हूँः ज़मीन की तारीफ़ करने का कोई फ़ायदा नहीं। ज़मीन इस गाँव के लिए हमेशा भरपूर देगी। असली ओर अहम बात है इंसानों की तारीफ़ करना। तुम कहते हो कि तुम्हें सफर करना प्यारा लगता है, लेकिन तुम 'प्यार' या 'प्रेम' शब्द का गलत इस्तेमाल कर रहे हो। प्रेम या प्यार लोगों को जोड़ने वाला रिश्ता होता है।

तुम्हारी एक ही ख्वाहिश है कि तुम्हारी फसल अच्छी हो, और इसलिए तुमने ज़मीन से प्रेम करने का फैसला किया। प्रेम कामना, या ज्ञान या प्रशंसा नहीं है। यह एक चुनौती है। यह एक आग है जो दिखाई नहीं देती इसलिए, यदि तुम सोचते हो कि मैं इस ज़मीन पर अजनबी हूँ, तो तुम गलत हो। हर चीज़ मेरी जानी-पहचानी है क्योंकि मैं पुरज़ोर ताकत और जोश लेकिर आई हूँ, और जब मैं जाऊंगी, कोई अछूता न रहेगा। मैं सच्चा प्रेम लाई हूँ, न कि वो, जो किताबों या परियों की कहानियों में लिखा जाता है।'

उन 'जोड़ों' में से एक 'पति' मेरी ओर देखने लगा। उसकी 'पत्नी' चैन खो बैठी। बाकी एक्सरसाइज़ के दौरान, डायरेक्टर या भला आदमी – अपनी पूरी कोशिश करता गया, यह समझाने की, कि परंपरा कायम रखने की, ज़मीन की प्रशंसा स्तुति और उससे पिछले बरस से ज़्यादा फसल मांगने की कितनी अहमियत है।

मैंने सिर्फ प्रेम की कही।

'वह कहता है कि ज़मीन को रिचुअल चाहिए, अनुष्ठान चाहिए, तो मैं तुम्हें गारंटी देती हूँ कि यदि तुम लोगों के बीच प्रेम है, तो तुम्हें भरपूर फसल मिलेगी, क्योंकि प्रेम वह भावना है जो सब कुछ बदल देती है। लेकिन यहाँ मैं क्या देखती हूँ? दोस्ती। गर्माहट का सैलाब कब का खत्म हो चुका है क्योंकि तुम्हें एक दूसरे की आदत पड़ चुकी है। इसलिए ज़मीन वही देगी जो उसने पिछले बरस दिया था, न ज़्यादा, न कम। और इसलिए अपनी आत्मा के अंधेरे में तुम चुपचाप कलपते हो, कि ज़िंदगी में कुछ नहीं बदलता।

'क्यों? क्योंकि तुमने हमेशा ही उस शक्ति को दबा कर रखने की कोशिश की है जो सब कुछ बदल देती है, और यह सब सिर्फ इसलिए ताकि तुम्हारी ज़िंदगी बिना किसी बड़ी चुनौती या हलचल के आराम से चलती रहे।'

भले आदमी ने समझायाः 'हमारा समुदाय हर तरह के वक्त को झेल पाया क्योंकि हमारे रीति-रिवाज़ पुख्ता कानूनों पर बने है और जो प्रेम पर भी बराबर लागू होते हैं। जो कोई भी सबका भला सोचे बिना प्रेम करता है वह लगातार डर की ज़िंदगी जीता है कि कहीं वह अपने साथी को दुख न पहुँचाए, कहीं उसे नाराज़ न कर दे, और कहीं वह सब छिन न जाए जो कुछ उसने बनाया था। कोई अजनबी, जिसका कोई आगा-पीछा न हो, वह जो चाहे कह सकती है; लेकिन वह यह नहीं जानती कि यहाँ तक पहुँचने का सफर कितना मुश्किल था। वह क्या जाने वो सब कुर्बानियाँ, जो हमने अपने बच्चों के लिए कीं। वो नहीं जानती कि कैसे हम बिना थके मशक्कत करते हैं ताकि ज़मीन हमारे लिए दिल खोल कर दे, ताकि

हमें चैन मिले, और ताकि हम भविष्य के लिए कुछ बचा कर रख सकें।'

एक घंटा, मैं प्रेम के उन्माद की पैरवी करती रही जो सब कुछ निगल जाता है, जबकि भला आदमी उस भावना की बात करता रहा जो शांति और ठहराव लाती है। अंत में मैं खुद से बातें करती अकेली रह गई, जबकि सभी लोग उसके गिर्द जा जुटे।

मैंने अपना किरदार पूरे जोश से निभाया था, और एक ऐसे विश्वास के साथ, जो मैं खुद नहीं जानती थी। लेकिन इस सब के बावजूद वह अजनबी औरत अकेली ही गाँव छोड़कर गई, कोई उसकी बातों में न आया।

और इससे मैं तो बहुत खुश हो गई।

हैरन रायन, पत्रकार

मेरा एक काफ़ी पुराना दोस्त है जो कहता हैः 'लोग अपने टीचर से पच्चीस फ़ीसदी सीखते हैं, पच्चीस फ़ीसदी ख़ुद को सुन कर, पच्चीस फ़ीसदी दोस्तों से और बाकी का पच्चीस फ़ीसदी उन्हें वक्त सिखा देता है।'

एथीना के अपार्टमेंट में उस पहली मीटिंग में, जहाँ वह थिएटर में शुरू की गई क्लास को समेटने की कोशिश कर रही थी, हम सबने सीखा तो, मगर... मुझे यक़ीन नहीं, कि किससे।

वह अपने बेटे के साथ अपने छोटे से बाहरी कमरे में हमारा इंतज़ार कर रही थी। मैंने देखा कि कमरा पूरी तरह सफेद रंगा हुआ था और उसमें सिर्फ एक सी.डी. प्लेयर और सी.डी. का ढेर रखा था। मुझे यह देख कर अजीब लगा कि उसका बेटा भी वहाँ था, क्योंकि यक़ीनन वह उस क्लास से बोर होने वाला था। मैं यह मान कर चल रहा था कि वह वहीं से शुरू करेगी जहाँ पहली क्लास रोकी गई थी, ओर एक-एक शब्द से हमें आगे के आदेश देगी। लेकिन उसने कुछ और ही किया। उसने कहा कि वह साइबेरिया के संगीत की सी.डी. बजाएगी और कि हम सभी को सिर्फ सुनना था। और कुछ नहीं।

'मेडिटेशन से मेरा कुछ नहीं बनता,' वह बोली। बस लोग बैठे होते हैं, या तो आँखें मूंदे और चेहरे पर मुस्कान लिये, या फिर गंभीर चेहरा लिए अपनी ही महानता के घमंड में, और वे किसी भी चीज़ पर ध्यान नहीं लगा रहे होते फिर भी इस यक़ीन में होते है कि वे ईश्वर या देवी से सम्पर्क बनाए हुए हैं।

फिर से वह अजीब-सी बेचैनी थी, जैसे एथीना जानती नहीं थी कि वह क्या कर रही थी। लेकिन थिएटर के लगभग सभी एक्टर वहाँ थे, डायरेक्टर समेत, जो, एंड्रिया के मुताबिक दुश्मन पार्टी की जासूसी करने आया था।

संगीत रुक गया।

'इस बार मैं चाहूँगी कि तुम सब एक ऐसी लय पर नाचो जिसका धुन से कोई ताल्लुक नहीं।'

एथीना ने फिर से संगीत लगाया, इस बार पुरज़ोर ऊँचा, और डांस करने लगी, और उसने खूबसूरती से नाचने की बिल्कुल कोशिश न की। सिर्फ एक अधेड़ आदमी ने, जो नए नाटक में पियक्कड़ राजा का किरदार निभा रहा था, कहना माना। एक औरत ने अपनी घड़ी देखी – सिर्फ दस मिनट बीते थे।

एथीना रुकी और अपने चारों ओर देखा।

'तुम सब खड़े क्यों हो?'

'ऐसा है,' एक ऐक्ट्रेस ने सहम कर बोला, 'ऐसा करना काफी मज़ाकिया-सा लग रहा है। हमें धुन के साथ थिरकना सिखाया गया है, उसके उलट नहीं।'

'मेरा कहा मानो, और जैसा कहती हूँ बस वैसा करो। बदलाव सिर्फ तब आता है जब हम हर उस चीज़ के खिलाफ जाएँ जिसे करने की हमें आदत है।'

'पियक्कड़ राजा' की ओर मुड़ कर वह बोली: 'तुम संगीत की लय के उलट नाचने को राज़ी क्यों हो गए?'

'ओह, मुझमें तो लय है ही नहीं'

सब हँस पड़े और हमारे ऊपर छाये गहरे बादल छँट गए।

'ठीक है, मैं फिर से शुरू कर रही हूँ, और तुम चाहे तो रुक सकते हो, और जो जाना चाहे वे जा सकते हैं। इस बार फैसला मैं करूंगी कि क्लास कब खत्म होगी। कोई भी इंसान जो सबसे आक्रामक रवैया अपना सकता है वो यह है कि जिसे वह अच्छा या सुंदर मानता है, उसी के खिलाफ़

जाए। यही हम आज करने जा रहे है। हम सब बहुत बेकार डांस करने वाले हैं।'

यह महज़ एक और ऐक्स्पेरिमेंट था और क्योंकि हम अपनी मेज़बान को शर्मिंदा नहीं करना चाहते थे, सब ने कहना माना और बुरा डांस किया। मैं खुद से जूझ रहा था क्योंकि मन तो खुद-ब-खुद उस शानदार और रहस्यमयी थाप पर थिरकना चाहता था। मुझे लगा जैसे मैं साज़िंदों की बेइज्ज़ती कर रहा था और संगीत बनाने वाले की भी। बार-बार मेरा शरीर उन बेतुके कदमों के खिलाफ विद्रोह कर उठता, और मुझे ज़बरदस्ती खुद से वह करवाना पड़ रहा था जो मुझे कहा गया था। उसका लड़का भी नाच रहा था, पूरे वक्त हँसते हुए। फिर, अचानक वह रुक गया और सोफे पर बैठ गया जैसे कि अपनी कोशिश से थक गया हो। सी.डी. भी रोक दी गई चाहे वह अभी खत्म न हुई थी।

'रुको।'

हम सब उसे देखने लगे।

'मैं कुछ ऐसा करने जा रही हूँ जो मैंने पहले कभी नहीं किया।'

उसने अपनी आँखें बंद की और अपना सिर अपने हाथों में थाम लिया।

'मैंने पहले कभी लय के खिलाफ नाच नहीं किया...'

तो यह ऐक्स्पेरिमेंट उसके लिए हमसे कहीं ज़्यादा खराब साबित हुआ था।

'मेरी तबियत ठीक नहीं...'

मैं और डायरेक्टर दोनों तुरंत खड़े हो गए। एंड्रिया ने मुझ पर तीर-सी चुभती नज़र डाली, लेकिन फिर भी मै एथीना के पास गया। लेकिन इससे पहले कि मैं उसके पास पहुँच पाता, उसने हमें अपनी जगहों पर लौट जाने को कहा।

'क्या किसी को कुछ कहना है? उसकी आवाज़ काँप रही थी, और वह अभी भी अपना चेहरा हाथों में छिपाए थी।'

'हाँ।'

यह एंड्रिया थी।

'पहले, मेरे बेटे को गोदी में लो और उसे बताओ कि मैं ठीक हूँ। लेकिन मुझे फिलहाल ऐसे ही बैठना है।'

वियोरल डरा हुआ था। एंड्रिया ने उसे गोदी में लिया और उसके सिर पर हाथ फेर कर उसे शांत कराने लगी।

'क्या कहना है?'

'कुछ नहीं। मैंने अपना मन बदल लिया है।'

'बच्चे की वजह से तुम अब नहीं बोल रहीं, पर फिर भी, कह ही डालो।'

एंड्रिया ने धीरे से अपने हाथ हटाए और सिर उठाया। उसका चेहरा जैसे किसी अजनबी का चेहरा था।

'नहीं, मैं नहीं बोलूँगी।'

'ठीक है। और तुम,' एथीना ने अधेड़ उम्र के ऐक्टर से कहा। 'कल डॉक्टर के पास ज़रूर जाओ। यह फ़िक्र की बात है कि तुम रात को सो नहीं सकते और तुम्हें बार-बार बाथरूम जाना पड़ता है। यह प्रॉस्टेट का कैंसर है।'

उस आदमी का रंग उड़ गया।

'और तुम,' अपनी सेक्शुअल पहचान को स्वीकार कर लो। डरो मत। यह स्वीकार करो कि तुम्हें औरतों से नफ़रत है और मर्दों से प्रेम।

'क्या तुम यह कह रही हो – '

'बीच में मत बोलो। मैं यह एथीना की वजह से नहीं कह रही। मैं सिर्फ तुम्हारी सेक्शुऐलिटी की बात कर रही हूँ। तुम्हें मर्दों से प्रेम है और मुझे लगता है कि उसमें कोई बुराई नहीं।'

वह एथीना की वजह से नहीं कह रही? लेकिन वह खुद एथीना ही तो थी।

'और तुम,' उसने मेरी ओर इशारा किया। 'यहाँ आओ। मेरे सामने घुटनों के बल झुको।'

मैं डर रहा था कि एंड्रिया कुछ कर न बैठे और शर्माते हुए कि सबकी आँखें मुझ पर टिकी थीं, मैंने फिर भी वही किया जो वह चाहती थी।

'सिर नीचे झुकाओ। मुझे अपनी गर्दन के पीछे छूने दो।'

मैंने उसकी उँगलियों का दबाव महसूस किया, पर और कुछ नहीं। हम उस तरह लगभग एक मिनट तक बैठे रहे और फिर उसने मुझे वापिस अपनी सीट पर जाने को कहा।

'अब तुम्हें नींद की गोलियों की ज़रूरत नहीं पड़ेगी। आज के बाद तुम्हारी नींद लौट आएगी।'

मैंने एंड्रिया को देखा। मैंने सोचा कि वह कुछ कहेगी, लेकिन वह मेरे जितनी ही हैरान लग रही थी। उसे भी उतना ही बड़ा झटका लगा था।

एक ऐक्ट्रेस ने, जो शायद वहाँ सबसे छोटी थी, हाथ खड़ा किया।

'मैं कुछ कहना चाहती हूँ, लेकिन मैं जानना चाहती हूँ कि मैं किससे बात कर रही हूँ।'

'हागिया सोफ़िया।'

'मैं जानना चाहती हूँ...'

उसने एक नज़र सब की ओर देखा, शर्म से, लेकिन डायरेक्टर ने सिर हिला कर उसे आगे बोलने का इशारा किया।

'...कि क्या मेरी माँ ठीक से है?'

'वह तुम्हारे साथ ही है। कल, जब तुम घर छोड़कर गई तो उसने तुमसे तुम्हारा हैंड बैग घर में ही छुड़वा दिया। तुम उसे ढूँढने वापिस गईं और पाया कि तुम्हारे पास घर की चाबियाँ नही थी। तुमने ताला तोड़ने वाले की तलाश में ढेरों वक्त बरबाद किया, जबकि तुम्हें जिससे मिलना था, मिल लेती और वह नौकरी भी पा लेती जो तुम चाहती थीं। लेकिन यदि सब वैसे होता जैसा तुमने सोचा था, तो छह महीने बाद तुम एक कार दुर्घटना में मारी जाती। कल बैग भूल जाने से तुम्हारी ज़िंदगी बदल गई।'

लड़की रोने लगी।

'क्या कोई और कुछ पूछना चाहता है?'

एक और हाथ उठा। डायरेक्टर का।

'क्या वह मुझसे प्रेम करता है?'

तो यह सच था। लड़की की माँ की कहानी से कमरे में भावनाओं का बवंडर उठ खड़ा हुआ था।

'तुम गलत सवाल पूछ रहे हो। जो तुम्हें पूछना चाहिए वो यह है कि क्या तुम उसे वो प्रेम दे सकते हो जिसकी उसे ज़रूरत है। और फिर जो कुछ भी होगा, या नहीं होगा, एक जैसी तसल्ली लाएगा। कि तुम प्रेम करने की काबिलियत रखते हो, यह जान लेना ही काफ़ी है। यदि यह वो नहीं होगा तो कोई और होगा। तुमने एक झरना खोज निकाला है, बस उसे बह कर बाहर आने दो, और वह तुम्हारी दुनिया भरपूर कर देगा। क्या होगा, यह देखने को खुद को बचाए दूर न खड़े रहो। पहला कदम लेने से पहले यक़ीन की गारंटी का इंतज़ार मत करते रहो। जो दोगे, वही पाओगे, चाहे कि वह ऐसी जगह से आएगा जो तुमने सोची भी न थी।'

ये शब्द मुझ पर भी लागू होते थे। फिर एथीना या वह जो भी थी – एंड्रिया की ओर मुड़ी।

'तुम।'

मेरा खून जम गया।

'उस दुनिया को खो देने के लिए तैयार रहना जो तुमने खुद रची है।'

'दुनिया से तुम्हारा क्या मतलब है?'

'जो तुम सोचती हो कि तुम्हारे पास पहले से है। तुमने अपनी दुनिया को कैद में रखा हुआ है और तुम जानती हो कि तुम्हें उसे आज़ाद करना होगा। मैं जानती हूँ कि तुम मेरा मतलब समझ रही हो, चाहे कि तुम इस बारे में सुनना नहीं चाहती।'

'मैं समझ गई।'

मुझे यक़ीन था कि वे दोनों मेरे बारे में बात कर रही थी। क्या यह सब एथीना ने इसलिए रचा था?

फिर वह बोलीः 'बच्चे को मेरे पास ले आओ।'

वियोरल जाना नही चाहता था; वह अपनी माँ में आए उस बदलाव से डरा हुआ था। लेकिन एंड्रिया ने नरमाई से उसका हाथ पकड़ा और उसकी माँ के पास ले गई।

एथीना या हागिया सोफ़िया, या शिरीन, या जो भी – ने ठीक वैसे किया जैसे मेरे साथ किया था, और बच्चे की गर्दन के पीछे का हिस्सा अपनी अंगुलियों से दबाया।

'जो तुम देख रह हो, उन चीज़ो से मत डरो मेरे बच्चे। उन्हें दूर धकेलने की कोशिश न करो क्योंकि वे तो वैसे ही चली जाएँगी। फ़रिश्तों के साथ होने की खुशी लो, जब तक ले सकते हो। तुम अभी डरे हुए हो लेकिन तुम उतने नहीं डरे जितना डर सकते थे, क्योंकि तुम जानते हो कि कमरे में बहुत से लोग हैं। तुमने हँसना और नाचना बंद कर दिया जब तुमने मुझे तुम्हारी माँ के गले लगते देखा, और जब मैंने उसके मुँह से बोलने की इजाज़त मांगी। लेकिन तुम जानते हो कि मैं ऐसा कतई न करती यदि मुझे उसकी मंजूरी न मिली होती। अब तक मैं हमेशा रौशनी के रूप में प्रकट हुई हूँ, और अब भी मैं वही रौशनी हूँ, लेकिन आज मैंने बोलने का फैसला किया।

उस छोटे से लड़के ने उसके गिर्द बाहें डाल दीं।

'तुम सब जा सकते हो। मुझे इसके साथ अकेला छोड़ दो।'

एक-एक करके हम अपार्टमेंट से बाहर आ गए, उस माँ को बच्चे के साथ छोड़ कर। घर जाते हुए, टैक्सी में मैंने एंड्रिया से बात करने की कोशिश की, लेकिन उसने कहा कि जो अभी हो चुका था, उसके सिवा हर बात की जा सकती थी।

मैंने कुछ न कहा। मेरी आत्मा में उदासी भर गई। एंड्रिया को खोना बेहद कठिन था। दूसरी ओर, मैं व्यापक शांति महसूस कर रहा था। उस शाम की घटनाएँ हम सब में बदलाव लाई थीं, और उसके मानी ये थे कि मुझे उस औरत के सामने बैठ, जिसे मैं बहुत प्यार करता था, यह नहीं कहना पड़ेगा कि मैं किसी और से प्रेम करता था।

इस बार मैंने खामोशी चुनी। घर पहुँच मैंने टी.वी. चला दिया, और एंड्रिया नहाने चली गई। मैंने आँखें मूंद लीं और जब मैंने उन्हें दोबारा खोला तो कमरा रौशनी से भरा था। सुबह हो गई थी और मैं दस घंटे तक सोया रहा था। मेरे बाजू में एक खत पड़ा था, जिसमें एंड्रिया ने लिखा

था कि उसने मुझे जगाना नहीं चाहा, कि वह सीधे थिएटर चली गई थी, लेकिन मेरे लिए कॉफ़ी रखी थी। वह छोटा सा ख़त काफ़ी रोमांटिक था, उस पर लिप्स्टिक के निशान थे और एक छोटा सा दिल भी काट कर चिपकाया हुआ था।

अपनी "दुनिया को आज़ाद करने" का उसका कोई इरादा नहीं था। वह उसके लिए संघर्ष करने वाली थी। और मेरी ज़िंदगी एक बुरे ख्वाब से बेहतर न होने वाली थी।

उस शाम उसने फ़ोन किया, और उसकी आवाज़ में कोई भाव न था। उसने बताया कि अधेड़ उम्र वाला ऐक्टर अपने डॉक्टर से मिलने गया था, जिसने उसकी जाँच की और पाया कि उसका प्रॉस्टेट बढ़ा हुआ था। फिर खून की जाँच से पता चला कि पी.एस.ए. नाम की प्रोटीन का स्तर काफ़ी ऊँचा था। बायोप्सी के लिए नमूना जाँच के लिए भेज दिया गया था, लेकिन कुल मिला कर जो डॉक्टरी तस्वीर उभर रही थी उसका इशारा दूसरी ओर जाता था, कि उसे जानलेवा कैंसर था।

डॉक्टर ने कहा कि वह बहुत किस्मत वाला था, क्योंकि चाहे उनके सब से बुरे डर भी सच निकले, वे अब भी ऑपरेशन कर सकते थे और निन्यानवे फ़ीसदी वह ठीक हो जाएगा।

डीएड्री ओ' नील, बनाम ऍंडा

क्या मतलब है तुम्हारा हागिया सोफ़िया! यह वो थी, एथीना, लेकिन उस नदी के सबसे गहरे हिस्से को छू, जो उसकी आत्मा से होकर बहती है, वह 'मदर' के साथ सम्पर्क में आ गई थी।

उसने सिर्फ यह किया था कि उसने दूसरी हकीकत में हो रही घटनाएँ देख ली थी। उस जवान ऐक्ट्रेस की माँ, जो अब मर चुकी है, वक्त से परे की दुनिया में रहती है और इसलिए वह घटनाओं का बहाव रोक सकी, जबकि हम इंसान सिर्फ आज के बारे में जान सकते हैं। लेकिन किसी छिपी हुई बीमारी के बारे में जान लेना, नर्वस सिस्टम को छूकर रुकी हुई एनर्जी का बहाव ठीक कर देना यह कोई छोटी बात नहीं, यह हम सब की पहुँच में है।

हाँ, ऐसी काबिलियत वाली कई औरतों को खूंटे से बांध जला दिया गया, बाकियों को समाज से निकाल दिया गया और कईयों को अपनी आत्मा में विशाल मदर की चिंगारी को छिपा कर या दबा कर जीना पड़ा। मैं एथीना को उस महान शक्ति के सम्पर्क में कभी न लाई। उसने ऐसा करने का फैसला किया, क्योंकि मदर ने पहले ही उसे इस बारे में कई संकेत दिए थे: नाचते हुए वह खुद लौ बन जाती थी, कैलिग्राफ़ी सीखते हुए वह खुद हर्फ़ों में ढल जाती थी, वह उसे आग की लपटों में दिखी और शीशे में भी। जो मेरी शागिर्द को पता नहीं था वह यह, कि उस विशाल मदर के साथ कैसे जिये, जब तक इन घटनाओं की यह पूरी कड़ी न खुल गई।

एथीना, जो हर किसी को लीक से हट कर चलने को कहती थी, दरअसल खुद भी बाकी इंसानों जैसी ही थी। उसकी अपनी लय थी जिस

के मुताबिक अपनी ज़िंदगी को दिशा देती थी। क्या वो ज़्यादातर लोगों से ज़्यादा जानने की इच्छा रखती थी? मुमकिन है। क्या वो आख़िरकार इस अहसास से छुटकारा पा सकी, कि ज़िंदगी ने उसके साथ ज़्यादती की थी? बिल्कुल। क्या उसे दूसरों के साथ वह सब बाँटने की ज़रूरत महसूस होती थी जो वह सीख रही थी, चाहे वे बैंक के नौकर हो या रंगकर्मी? कुछ बार तो जवाब 'हाँ' था, लेकिन कई बार मुझे उसे उकसाना पड़ता था, क्योंकि हम अकेलेपन में जीने के लिए नहीं बने हैं, और हम खुद को तभी जान पाते हैं जब खुद को दूसरों की आँखों में देखते हैं।

लेकिन मैंने इससे ज़्यादा दखल नहीं दिया। शायद 'मदर' उस रात खुद प्रकट होना चाहती थीं, और शायद उन्होंने उसके कान में कुछ फूँका होगा: 'जो कुछ तुमने अब तक सीखा है, उसके विपरीत जाओ। तुम, जो लय की माहिर हो, लय को अपने शरीर से गुज़रने तो दो, पर उसे हावी न होने दो।' एथीना ने वह एक्सरसाइज़ इसलिए सुझाई होगी। उसका अवचेतन मन 'मदर' के आगमन के लिए पहले ही तैयार था, लेकिन एथीना खुद तब भी संगीत की लय पर ही नाच रही थीं, तो कोई भी बाहरी ताकत खुद को उसमें प्रकट नहीं कर पा रही थी।

यही मेरे साथ होता था। ध्यान लगा कर रौशनी के साथ सम्पर्क में आने का सबसे बेहतरीन तरीका था बुनाई करना, जो मेरी माँ ने मुझे बचपन में सिखाया था। मैं सलाइयाँ चलाना, कंडे गिनना और उन्हें दोहराने और सजाने से खूबसूरत नमूने बनाना जानती थी। एक दिन मेरे रक्षक ने मुझे बिल्कुल बेतुके तरीके से बुनने को कहा। वैसा मैंने किया तो, लेकिन दुख उठा कर, क्योंकि मैंने तो प्रेम, सब्र और मन लगा कर बुनना सीखा था। फिर भी वे अड़े रहे कि मैं बुरी बुनूँ।

मैंने दो घंटे बुनाई की, और पूरा वक्त यह सोचती रही कि यह बिल्कुल बेतुकी बात थी। मेरे सिर में दर्द हो रहा था, लेकिन हर पल मुझे ज़बरदस्ती लड़ना पड़ा, कि कहीं सलाइयाँ मेरे हाथों को खूबसूरती की ओर न ले जाएं। खराब काम तो कोई भी कर सकता है, तो वे मुझसे ऐसा क्यों करवा रहे थे?

और अचानक कुछ हुआः मैंने सलाइयाँ चलाना रोका और खुद के अंदर के विशाल खालीपन को महसूस किया, जो एक सुहानी गर्माहट भरी, दुलारती और दिल जोड़ती मौजूदगी से भर गया था। मेरे चारों ओर की हर चीज़ बदल गई थी, और मेरा वो बातें कहने का मन था जो मैं कभी कहने का साहस न करूं। मैंने होश न छोड़ा; मैं जानती थी कि मैं, मैं ही थी, लेकिन इसके उलट, यह भी सच था कि मैं वो न थी जिसके साथ रहने की मुझे आदत थी।

तो मैं समझ रही हूँ कि क्या हुआ था, चाहे कि मैं वहाँ न थी। एथीना की आत्मा संगीत की धुन में लगी थी जबकि उसकी देह उसके ठीक विपरीत दिशा में। कुछ देर बाद उसकी आत्मा उसकी देह से जुदा हो गई, एक 'स्पेस' खुली, और आख़िरकार मदर उसमें प्रवेश कर गयीं। या यूँ कहें तो मदर के अंदर से एक पल भर की चिंगारी फूटी और दिखी। आदिरूप लेकिन कमसिन, फिर भी सब पता था उसे। बहुत ख़ास, बहुत प्यारी, लेकिन घमंड ने छुआ न था। पल भर में उसका नज़रिया बदला, और वह वो सब देखने लगी जो उसे बचपन में दिखाई देता था – वे सभी दुनियाएं, जो इस दुनिया में एक साथ बसती हैं। ऐसे पलों में न सिर्फ लोगों के शरीर दिखाई देते हैं बल्कि उनकी भावनाएं भी। लोग कहते हैं कि बिल्लियों में भी यही शक्ति होती है, और मैं भी यह मानती हूँ।

ऐसा है कि भौतिक और आत्मिक दुनिया के बीच ज्यूँ कोई ढँक देने वाला कम्बल पड़ा है – जिसका रंग, गहराई और रौशनी बदलती रहती है। इसे रहस्यवाद में 'औरा' या रौशनी का घेरा कहते हैं। यहाँ तक समझ लें तो फिर बाकी आसान होता चला जाता है। यह रौशनी का घेरा बताता है कि पहले क्या कुछ हो चुका है, और कि मौजूदा हालात क्या हैं। यदि मैं वहाँ होती, तो वह देखती कि मेरी देह के गिर्द बैंगनी रंग की रौशनी फैली थी जिसमें कुछ पीले धब्बे छिटके हुए थे। इसका अर्थ है कि मुझे अभी बहुत सफर तय करना है और इस पृथ्वी पर मेरा मिशन अभी पूरा नहीं हुआ।

इंसानी 'औरा' के साथ पारदर्शी आकार भी घुले-मिले रहते है जिन्हें लोग 'भूत' कहते हैं। उस कम उम्र की ऐक्ट्रेस की माँ का यही केस था

और इस तरह के वाकियों में ही किसी की किस्मत बदली जा सकती है। मुझे लगभग पूरा यक़ीन है कि पूछने से पहले ही उस ऐक्ट्रेस को यक़ीन था कि उसकी माँ उसके पास थी, और हैरानी तो सिर्फ हैंडबैग वाली कहानी पर हो सकती थी।

उस बिना लय के डांस से हर कोई सहम गया था। क्यों? क्योंकि हमें उस तरह काम करने की आदत है जैसे वह किया जाना चाहिए। कोई गलत कदम उठाना नहीं चाहता, ख़ासतौर पर जानबूझ कर। एथीना भी नहीं। आसान नहीं रहा होगा उसके लिए, जब उसने सब को अपने प्यार और विश्वास के उलट काम करने को कहा।

मुझे खुशी है कि उस वक्त 'मदर' ने वह संघर्ष जीत लिया, एक और इंसान ने अपनी 'सेक्शुएलिटी' को स्वीकार कर लिया है, और एक तीसरे ने नींद की गोलियां लेना बंद कर दिया है। और यह सब इस वजह से कि एथीना ने लय तोड़ा, उस वक्त ब्रेक लगा कर, जब गाड़ी पुरज़ोर रफ्तार से भाग रही थी, और इस तरह सब कुछ उलट-पलट कर दिया।

अब मेरी बुनाई की बात वापिस आएं – ठीक वैसे ही जैसे ज़िंदगी की लय को तोड़ना सीख कर ही एथीना अपने भीतर की गहरी लय से जुड़ सकी। मैंने गलत बुनने का वह तरीका काफ़ी अर्सा जारी रखा, जब तक कि मैं उस मौजूदगी को बिना किसी बाहरी मदद के जगाने में कामयाब न हो गई, जब तक मैं उसे जान गई, और उसकी आदी हो गई। यही एथीना के साथ हुआ। जब हम जान जाते है कि प्रत्यक्ष ज्ञान, परसेप्शन, के द्वार कहाँ है, तो उन्हें खोलना और बंद करना बिल्कुल आसान हो जाता है, यानि जब हमें अपने 'अजीब व्यवहार' की आदत हो जाती है। और यह तो कहना होगा कि उसके बाद मेरी बुनाई और तेज़, और बेहतर हो गई, ठीक वैसे ही, जैसे एथीना और अधिक गहराई और लय पर नाच करने लगी जब उसने एक बार ज़िंदगी की लय को तोड़ना सीख लिया।

एंड्रिया मैक्केन, अभिनेत्री

कहानी जंगली आग की तरह फैल गई। अगले सोमवार, जब थिएटर की छुट्टी थी, एथीना का अपार्टमेंट खचाखच भरा था। हम सब अपने-अपने दोस्तों को लाए थे। उसने वैसे ही किया जैसे पिछली बार; उसने हमें बिना लय नाच करवाया। शायद हागिया सोफ़िया से सम्पर्क में आने के लिए उसे हम सब की सामूहिक एनर्जी की ज़रूरत थी। उसका लड़का फिर से वहाँ था, और मैंने उस पर नज़र रखने का फैसला किया। जब वह साफे पर बैठ गया संगीत रुक गया और ट्रांस शुरू हुआ।

और सवाल भी। पहले तीन सवाल, जैसा कि तुम सोच ही सकते हो, प्रेम के बारे में थे: क्या वो मेरे साथ रहेगा, क्या वो मुझसे प्रेम करती है, क्या वो मुझे धोखा दे रहा है? एथीना कुछ न बोली। जिस चौथी को जवाब न मिला वह इस बार ऊँची आवाज में बोली: 'तो वो मुझे धोखा दे रहा है या नहीं?

एथीना बोली: 'मैं हागिया सोफ़िया हूँ। इस दुनिया में मेरे साथ सिर्फ प्रेम आया था। मैं हर शै की शुरुआत हूँ, और मेरे पहले सिर्फ बंवडर था। इसलिए, अगर तुममें से कोई भी बवंडर की ताकतों को काबू करना चाहता है, तो हगिया साफिया से मत पूछना। मेरे लिए, हर चीज़ में प्रेम भरा है। इसे पाने की चाहत मुमकिन नहीं क्योंकि यह अपनी मंजिल खुद है। यह धोखा नहीं दे सकता क्योंकि यह दूसरे को काबू रखने के बारे में नहीं। इसे कैद करके रखा नहीं जा सकता क्योंकि यह एक दरिया है और किनारे तोड़ सैलाब हो जाएगा। कोई भी, जो प्रेम कैद को रखने की कोशिश करेगा वह उस झरने को काट देगा जहाँ से वह बहता है, और रुका हुआ पानी सड़ कर बदबू देने लगेगा।'

फिर हागिया बताती गई, बीमारी का अंदेशा, काम पर मुश्किलें, माँ-बाप और बच्चों के बीच टकराव, कामुकता, दबी संभावनाएं जिन्हें उभारा न जा रहा था। मुझे याद है कि वो तीस से ऊपर की एक औरत की ओर मुड़ी और बोली: 'तुम्हारे पिता ने तुम्हे बताया था कि ज़िंदगी के मानी क्या हैं और एक औरत को कैसे पेश आना चाहिए। तुमने अपने सपनों से हमेशा लड़ाई की है, और "मैं चाहती हूँ" शब्दों को कभी मन में भी आने न दिया। ये शब्द हमेशा बाकी शब्दों के शोर में दबा दिये गए जैसे "मुझे करना होगा," या "शायद" या "ज़रूरी है"। लेकिन तुम खूबसूरत गाती हो। एक बरस गाना सीखना तुम्हारे काम को बहुत बेहतर बना देगा।,

'लेकिन मुझे अपने पति और बच्चे का ख़याल भी रखना है।'

'एथीना का भी बच्चा है। शुरू में तुम्हारा पति नाराज़ होगा लेकिन धीरे धीरे वह मान जाएगा। और यह जानने के लिए तुम्हें हागिया सोफ़िया होने की ज़रूरत नहीं।'

'शायद मेरी सीखने की उम्र निकल चुकी है।'

'तुम जो हो, उसे मानने से इंकार कर रही हो। मैंने जो कहना था, वो कह दिया।'

एक के बाद, उस कमरे में मौजूद हर कोई – सब खड़े हुए – क्योंकि बैठने को जगह नहीं थी, पसीने-पसीने – चाहे सर्दियाँ अभी खत्म न हुई थीं, बेवकूफ महसूस करते हुए कि इस तरह की जगह आए थे – सामने बुलाये गए कि हागिया सोफ़िया का मश्वरा सुनें।

आख़िर में मैं बची।

'बाद में रुक जाना यदि तुम दो न रह कर एक हो जाना चाहो।'

इस बार मेरी गोद में उसका बेटा नहीं था। उसने सब कुछ देखा था, और यूँ लगा कि पहली क्लास के बाद हुई बातचीत उसका डर निकालने के लिए काफ़ी रही थी।

मैंने सिर हिलाकर हामी भरी। पिछली क्लास से उलट, जबकि उसके कहने पर सब बाहर निकल गए थे, इस बार अनुष्ठान खत्म करने से पहले हागिया सोफ़िया ने उपदेश दिया। तुम्हें मुझसे आख़िरी जवाब नहीं

मिलेगा। मेरा मिशन है तुम्हें उकसाना। पुराने वक्त में राजा और उसके लोग भविष्य जानने के लिए ज्योतिषियों के पास जाते थे। लेकिन भविष्य को पूरा जानना मुमकिन नहीं क्योंकि वह आज और अभी लिए फैसलों के मुताबिक बनेगा। साइकल के पैडल चलाते रहो, क्योंकि पल भर को भी रुके, तो गिर जाओगे।

'तुममें से वो, जो सिर्फ हागिया सोफ़िया से वो सुनने आए थे जो तुम सच होने की उम्मीद कर रहे थे, प्लीज़, दोबारा न आएं। या फिर नाचो और अपने आस-पास के लोगों को भी इसके लिए उकसाओ। कुदरत उनको नहीं बख्शेगी जो किसी ऐसी दुनिया में जीना चाहते हैं जो मर कर खत्म हो चुकी है। नई दुनिया उस 'मदर' की दुनिया है जो प्रेम को साथ ले महान आकाश को पानियों से अलग करने आई थी। जो भी यह विश्वास करेगा कि वो हार गया, हमेशा ही हारेगा। जिसने भी यह फैसला किया है कि वो खुद को बदल नहीं सकता, ढर्रे में फँस कर मर जाएगा। जिसने भी बदलाव की रफ़्तार को रोकने की कोशिश की, धूल हो जाएगा। श्राप पड़े उन पर जो न खुद नाचते है, न दूसरों को नाचने देते है।'

उसकी आँखें लपटों सी दहक रही थी। 'तुम जा सकते हो।'

सब जा रहे थे और उनमें से ज़्यादातर के चेहरे पर बौखलाहट थी। वे मरहम ढूंढते आए थे और बदले में पहले से भी ज़्यादा सोचने पर मजबूर हो गए थे। वे आए थे यह सुनने को, कि प्रेम को मर्ज़ी से चलाया जा सकता है, और सुनने को मिला यह कि वो सर्वग्रासी आग सब कुछ जला देगी। वे ये यक़ीन पाने को आए थे कि उनके फैसले सही थे, कि उनके पति, पत्नियाँ, बॉस, सब उनसे खुश थे, लेकिन उसकी जगह उन्हें सिर्फ सवालिया निशान मिले।

लेकिन कुछ तो मुस्कुरा रहे थे। उन्हें नाच की अहमियत समझ आ गई थी और उस रात के बाद से बेशक, हमेशा ही वे अपने शरीर और आत्माओं को नाच के बहाव में बह जाने देंगे – चाहे उन्हें कोई भी कीमत चुकानी पड़े।

अब सिर्फ एथीना का लड़का, हागिया सोफ़िया, हैरन और मैं कमरे में रह गए थे।

'मैंने तुम्हें यहाँ अकेले रुकने को कहा था।' एक शब्द बिना कहे, हैरन ने अपना कोट उठाया और चला गया।

हागिया सोफ़िया मुझ पर नज़रें टिकाए थी। और इंच दर इंच मैंने उसे एथीना में बदलते देखा। इस बदलाव को बताने का एक ही तरीका है, कि जैसे किसी नाराज़ बच्चे में बदलाव आता हैः हम बच्चे की आँखों में गुस्सा देख सकते है, लेकिन ध्यान बँट जाने पर और गुस्सा चले जाने पर वह बच्चा, वो नहीं रहता, जो कुछ पल पहले ही रो रहा था। वह 'मौजूदगी,' यदि उसे वह नाम दे सकें, तुरंत ही हवा में घुल, गायब हो गई थी, जैसे ही उसके माध्यम का ध्यान टूटा।

और अब मैं ऐसी औरत के सामने खड़ी थी जो बेहद थकी हुई थी।

'मेरे लिए चाय बना दो।'

वो मुझे आदेश दे रही थी। और अब वह महज़ वो औरत थी जिसमें मेरा बॉयफ्रेंड दिलचस्पी ले रहा था।

लेकिन एक कप चाय बनाने में मेरा स्वाभिमान तो नहीं टूटेगा। मैं रसोई में गई, पानी उबाला, उसमें कुछ कैमोमाइल की पत्तियाँ डाली और कमरे में आ गई। बच्चा उसकी गोद में सो गया था।

'मैं तुम्हें अच्छी नहीं लगती,' वह बोली।

मैंने कुछ जवाब न दिया।

'तुम भी मुझे अच्छी नहीं लगती,' वह बोलती गई।

'तुम सुंदर हो, ऐक्ट्रेस भी अच्छी हो, और तुम में तहज़ीब और तालीम का वो दर्ज़ा है जो मेरे परिवार के लाख चाहने पर भी मुझमें नहीं है। लेकिन फिर भी तुम डरती हो, घमंडी हो और तुम्हें शक है। जैसा हागिया सोफ़िया ने कहा, तुम 'दो' हो, जबकि तुम एक हो सकती हो।'

'मैं नहीं जानती थी कि तुम्हें ट्रांस के वक्त कही गई बातें याद थी, क्योंकि यदि ऐसा है तो तुम भी 'दो' मे बटी हो एथीना और हागिया सोफ़िया।'

'मेरे दो नाम हो सकते हैं, लेकिन मैं एक ही हूँ – या फिर दुनिया का हर इंसान हूँ। और मैं ठीक इसी बारे में बात करना चाहती हूँ। क्योंकि मैं

एक हूँ, और इसलिए जब मैं ट्रांस मे जाती हूँ तो उसमें से निकली चिंगारी मुझे बहुत सीधे हुक्म देती है। यक़ीनन मैं उस दौरान बेहोशी की हालत में होती हूँ, मैं वे बातें कह रही होती हूँ जो मेरे अंदर की किसी अनजानी जगह से आ रही होती हैं, जैसे कि मैं 'मदर' की छाती से लगी हूँ वह दूध पीते हुए जो हम सब की आत्माओं में होकर बहता है और दुनिया के हर कोने में ज्ञान ले जाता है। पिछले हफ़्ते, जब मैं पहली बार इस नए रूप से सम्पर्क में आई तो, मुझे एक बेतुका सा संदेश मिला – मुझे राह दिखानी है।'

वह रुकी।

'ज़ाहिर है कि यह बात मुझे ठीक न लगी, क्योंकि मुझे तुम अच्छी ही नहीं लगती।'

वह रुकी, इस बार ज़्यादा देर के लिए। 'लेकिन आज फिर, उसने यह संदेश फिर दोहराया और इसलिए मैं यह फैसला तुम पर छोड़ती हूँ।'

'तुम उसे हागिया सोफ़िया क्यों कहती हो?'

'हागिया सोफ़िया एक बेहद ख़ूबसूरत मस्जिद का नाम है जिसकी तस्वीर मैंने एक किताब में देखी थी। तुम चाहो तो मेरी शागिर्द बन सकती हो। यही बात तुम्हें पहले दिन यहाँ खींच लाई थी। तुमने कहा – "मैं थिएटर में काम करती हूँ और हम ईश्वर के देवी रूप पर एक नाटक करने जा रहे है। मैंने अपने एक जर्नलिस्ट दोस्त से सुना है कि तुमने बाल्कान पर्वतों में जिप्सियों के साथ वक्त बिताया है और कि तुम उनके साथ हुए अपने अनुभवों के बारे में बात करने को तैयार होगी।"'

'क्या तुम मुझे वो सब सिखाने वाली हो जो तुम जानती हो?'

'नहीं, वो सब सिखाना है, जो मैं नहीं जानती। वो मुझे तुमसे सम्पर्क में आकर सीखना है, और तुमसे पहली बार मिलने पर यही बात मैनें कही थी। जब मैं वह सब सीख लूँगी जिसकी मुझे ज़रूरत है, हम अपनी-अपनी राह पर चले जाएँगे।'

'जो तुम्हें पसंद नहीं, क्या उसे पढ़ा सकोगी?'

'जो मुझे पसंद नहीं, मैं उससे प्यार भी कर सकती हूँ और उसकी इज्ज़त भी। जिन दो बार मैं ट्रांस में गई हूँ, मैंने तुम्हारा "औरा" देखा और

वह अब तक का सबसे विकसित 'औरा' है। तुम इस दुनिया में बदलाव ला सकती हो, यदि मेरा सुझाव मान लो तो।'

'क्या तुम मुझे "औरा" देखना सिखाओगी?'

यदि तुम सही राह पर हो, तो तुम भी यह करना सीख जाओगी।'

तब मुझे समझ आया कि मैं भी उसे प्यार कर सकती थी जो मुझे वैसे नापसंद थी। मैंने 'हाँ' कह दी।

'तब इस 'हाँ' को एक अनुष्ठान में बदल देते हैं। रिचुअल हमें अनजानी दुनिया में ले जाते हैं, लेकिन यह तो तुरत ही समझ आ जाता है कि वह दुनिया खेल या मज़ाक नहीं। और सिर्फ हाँ कहना काफी नहीं, ज़िंदगी दाँव पर लगानी होगी। तब तुम यह न कहोगी "मुझे इसके बारे में सोचने की ज़रूरत है।" तुम कहोगी – '

'मैं तैयार हूँ। सीधे रिचुअल पर चलें। वैसे, ये रिचुअल तुमने कहाँ से सीखा?'

'अब सीखूंगी। अब मुझे 'मदर' से उपजी चिंगारी से सम्पर्क में आने के लिए रोज़ की लय को तोड़ने की ज़रूरत नहीं – क्योंकि एक बार जब वह चिंगारी तुम्हारे भीतर बस जाए, तो उसे दोबारा ढूंढना आसान हो जाता है। अब मैं जानती हूँ कि कौन-सा दरवाज़ा खोलने की ज़रूरत है, चाहे कि वह भीतर और बाहर जाने वाले कई और दरवाज़ों में छिपा है। बस थोड़ी सी खामोशी ज़रूर चाहिए।

फिर से वह चुप्पी!

हम वहाँ बैठ गए, आँखें खुली और फैलाव में घूरती हुई, जैसे कि हम जीने-मरने की जंग शुरू करने को थे। रिचुअल! पहली बार एथीना के घर आने से पहले मैं कई अनुष्ठानों में हिस्सा ले चुकी थी, और हर बार बस यूँ लगा कि मुझे इस्तेमाल किया गया था। कि मैं अपनी ही नज़रों में छोटी हो गई थी – एक ऐसे दरवाज़े पर खड़ी, जहाँ से अंदर दिखाई तो देता था, पर जिसे मैं खोल न सकती थी।

जो कुछ एथीना ने किया वह बस यह था कि मेरी बनाई हुई चाय थोड़ी-सी पी ली।

'रिचुअल खत्म हुआ। मैंने तुम्हें मेरे लिए कुछ करने को कहा। तुमने वह किया, और मैंने उसे स्वीकार कर लिया। अब तुम्हारी बारी है, मुझसे कुछ मांगने की।'

तुरंत ही मुझे हैरन का ध्यान आया, लेकिन उसके बारे में बात करने का यह सही वक्त न था।

'अपने कपड़े उतारो।'

उसने मुझसे नहीं पूछा कि क्यों। उसने बच्चे को देखा, कि वह सोया हुआ था, और फौरन अपना स्वैटर उतारने लगी।

'नहीं, सचमुच, यह ज़रूरी नहीं है। मैं नही जानती मैंने ऐसा क्यों कहा।'

लेकिन वह कपड़े उतारती रही, पहले अपना ब्लाउज़, फिर जीन्स, फिर अपनी ब्रा। मैंने उसके उरोज़ देखे, और वैसे खूबसूरत उरोज़ मैंने कभी न देखे थे। आख़िर में उसने अपनी निकर भी उतार दी। और वह मेरे सामने थी, अपनी नग्नता मुझे सौंपती हुई।

'मुझे आशीर्वाद दो,' एथीना बोली।

अपनी टीचर को आशीर्वाद दूँ? लेकिन मैं पहला कदम उठा चुकी थी, और अब रुक नहीं सकती थी, तो मैंने चाय के कप में उंगलियाँ डुबोईं और थोड़ी-सी चाय उसके ऊपर छिड़क दी।

'जैसे यह पौधा चाय में ट्रांसफॉर्म हो गया, और जैसे पानी इस पौधे में घुलमिल गया, मैं तुम्हें आशीष देती हूँ और विशाल 'मदर' से दुआ करती हूँ कि जिस झरने से यह पानी आया वह सदा बहता रहेगा, और वह मिट्‌टी, जिससे यह पौधा आया, वह सदा ही उपजाऊ और उदारमन रहेगी।'

मैं अपने शब्दों पर हैरान थी। वे न तो मेरे अंदर से आए थे, न बाहर से। यह यूँ था जैसे मैं उन्हें सदा से जानती थी, और अनगिनत बार यही सब दोहरा चुकी थी।

'तुम्हें आशीष मिल चुका है। अब कपड़े पहन सकती हो।'

लेकिन वह नहीं हिली, वह सिर्फ मुस्कुराई। अब वो क्या चाहती थी? यदि हागिया सोफ़िया 'औरा' देखने की काबिलियत रखती थी, उसे पता

होगा कि मुझे किसी औरत से संभोग करने में रत्ती भर भी दिलचस्पी न थी।

'ज़रा रुको।'

उसने बच्चे को उठाया, उसे उसके कमरे में ले गई और तुरंत वापिस आ गई।

'तुम भी अपने कपड़े उतारो।'

यह कौन कह रही थी? हागिया सोफ़िया, जिसने मेरी संभावनाओं की बात की थी और जिसके मुताबिक मैं सबसे सही शागिर्द थी? या एथीना, जो कुछ भी कर सकती थी – एक ऐसी औरत जिसे ज़िंदगी ने अपनी हदों से बाहर जाना सिखाया था और अपने हर सवाल का जवाब पाना भी?

हमने यह ऐसा मुकाबला छेड़ दिया था जिससे पीछे हटने का कोई रास्ता न था। मैं भी उसी की तरह, बिना शर्माए, मुस्कुराते हुए, आँखों में वही भाव लिए कपड़े उतारती गई।

उसने मेरा हाथ पकड़ा और हम सोफ़े पर बैठ गए।

अगला आधा घंटा, एथीना और हागिया सोफ़िया, दोनों मौजूद थीं। वे जानना चाहती थीं कि मेरे अगले कदम क्या होंगे। जैसे ही उन्होंनें मुझसे यह सवाल पूछा, मैंने देखा कि यह सब मेरे सामने साफ़-साफ़ लिखा था। और उस ज्ञान के दरवाजे सिर्फ इसलिए बंद थे क्योंकि मै यह नहीं समझ सकी थी कि पूरी दुनिया में सिर्फ मुझमें ही उन्हें खोलने की शक्ति थी। और किसी में नहीं।

हैरन रायन, पत्रकार

मेरे अखबार का उप-संपादक मुझे एक वीडियो देता है और हम उसे देखने प्रोजेक्शन रूम में चले जाते हैं।

वीडियो 26 अप्रैल 1986 की सुबह बनाया गया था और उसमें एक आम कस्बे में आम ज़िंदगी दिखाई गई थी। एक आदमी बैठा कॉफ़ी पी रहा है। एक माँ अपने नन्हें बच्चे को घुमाने ले जा रही हैं। लोग वक्त पर काम पर पहुँचने की जल्दी में। कुछ लोग बस स्टॉप पर बस का इंतज़ार कर रहे हैं। एक आदमी चौक में बैंच पर बैठा अखबार पढ़ पढ़ रहा था।

लेकिन उस वीडियों में कुछ गड़बड़ है। स्क्रीन पर बाएं से दाएं लकीरें आ रही हैं, जैसें कि ट्रैकिंग के बटने से उसे ठीक करने की ज़रूरत है। मैं यही करने के लिए उठता हूँ लेकिन उप-संपादक मुझे रोक देता है।

'यह ऐसा ही है। देखते रहो।'

वीडियो में उस छोटे से कस्बे के दृश्य आते रहे, जिनमें दिलचस्पी लायक कुछ न था।

'मुमकिन है कि इनमें से कुछ लोगों को यह मालूम है कि वहाँ से दो किलोमीटर दूर एक दुर्घटना हुई है। मुमकिन है कि ये जानते हैं कि तीस लोगों की मौत हुई है – संख्या बड़ी है, लेकिन इतनी बड़ी नहीं कि कस्बे के निवासियों का रोज़ का काम रुक जाए।'

अब फिल्म स्कूल बसों को पार्किंग में लगते दिखा रही है। वे वहाँ से कई दिन न हिलेंगी। दृश्य खराब पर खराब होते जा रहे हैं।

'यह ट्रैकिंग की वजह से नही है, यह रेडियेशन है। यह वीडियो रूस की खूफ़िया पुलिस के.जी.बी. ने बनाया था। 26 अप्रैल की रात को एक बज कर तेईस मिनट पर यूक्रेन के चेर्नोबिल कस्बे में विश्व

की सबसे भयानक दुर्घटना घटी, जिसके लिए इंसान खुद ज़िम्मेदार था। जब एक परमाणु रिएक्टर में विस्फोट हुआ तो वहाँ के लोगों को हिरोशिमा में गिराए गए बम से नब्बे गुणा ज़्यादा रेडियेशन का घात हुआ। वह पूरा इलाका तुरंत खाली करवाना चाहिए था, लेकिन किसी ने कुछ नहीं कहा। महज़ एक सप्ताह बाद वहाँ के स्थानीय अखबार के बत्तीसवें पृष्ठ पर पाँच पंक्तियों का लेख छपा जिसमे मज़दूरों की मौत का ज़िक्र था, लेकिन और कोई खुलासा न था। इस दौरान पूरे सोवियत रूस में मज़दूर-दिवस के जश्न हुए, और यूक्रेन की राजधानी कीव में तो लोगों ने गलियों में परेड की, इस बात से अनजान, कि वे मौत की हवा में साँस ले रहे थे।

'मैं चाहता हूँ कि तुम चेर्नोबिल जाओ और वहाँ के मौजूदा हालात देखकर आओ। तुम्हें अभी-अभी तरक्की मिली है और तुम विशेष संवाददाता बना दिए गए हो। तुम्हारी तनख़्वाह में बीस फ़ीसदी बढ़ोतरी हुई है और तुम ही यह तय करोगे कि हमें किस तरह का लेख छापना चाहिए।'

मुझे खुशी से उछल रहे होना चाहिए, लेकिन इसके उलट मुझे एक गहरी उदासी ने आ जकड़ा है, जिसे मैं ज़ाहिर नहीं कर सकता। उससे बहस करना भी मुमकिन नहीं – कैसे कहूं कि इस वक्त मेरी ज़िंदगी में दो औरतें है – कि मैं लंदन छोड़ना नहीं चाहता – कि मेरी ज़िंदगी और दिमागी संतुलन दोनों दाँव पर लगे हैं। मैं पूछता हूँ कि कब जाना है। जितनी जल्दी हो सके, उसने कहा, क्योंकि अफ़वाह गरम है कि कई और देश भी अपनी परमाणु ऊर्जा का उत्पादन बढ़ा रहे हैं।

मैं इस मुसीबत में से इज्ज़त बचा कर निकलने में कामयाब हो गया। मैंने कहा कि पहले तो मुझे इस विषय पर विशषज्ञों से बात करनी होगी और मुद्दे के सारे पहलू समझने होंगे और फिर जब मेरे पास ज़रूरी जानकारी इकट्ठी हो जाएगी, तब मैं चेर्नोबिल के लिए निकलूंगा।

वह मान गया और मुझे हाथ मिलाकर बधाई दी। मेरे पास एंड्रिया से बात करने का वक्त नहीं था क्योंकि जब मैं घर पहुँचा, वो थिएटर से वापिस न आई थी। मैं तुरंत सो गया और जब फिर उठा तो सिरहाने

में एक और छोटा-सा खत था कि वह काम पर चली गई है और मेज़ पर कॉफ़ी रखी है।

दफ़्तर में मैं अपने बॉस को थोड़ा खुश करने की कोशिश करता हूँ जिसने मेरी 'ज़िंदगी सुधार दी है', और रेडियेशन और एनर्जी पर जानकारी के लिए अलग अलग विशेषज्ञों को फ़ोन करता हूँ। मुझे पता लगता है कि कुल मिला कर पूरी दुनिया में उस दुर्घटना का 90 लाख लोगों पर सीधा असर हुआ, जिनमें 30 से 40 लाख बच्चे शामिल थे। शुरू की वे 30 मौतें, विशेषज्ञ जान गोफ़मैन के मुताबिक, 475,000 जान लेवा कैंसरों और उतने ही दूसरे कैंसरों में तब्दील हो गई।

कुल 2000 कस्बे और गाँव नक्शों पर से ही मिट गए। बेलारूस के स्वास्थ्य मंत्रालय के अनुसार 2005 से 2010 के बीच थायरॉयड का कैंसर बहुत तादाद में बढ़ जाएगा, जो रेडियोएक्टिविटी के लगातार ऊँचे स्तरों का सीधा परिणाम होगा। एक और विशेषज्ञ बताता है कि 90 लाख लोग तो रेडियेशन के सीधे शिकार हुए। साथ ही दुनिया के अलग अलग देशों के 65 करोड़ लोगों में दूषित खाद्य पदार्थों के माध्यम से रेडियेशन का ज़हर फैला।

यह एक गंभीर मसला है जिसे पूरी संजीदगी से लिया जाना चाहिए। दिन खत्म होने पर मैं उप-संपादक के पास जाता हूँ और सुझाव देता हूँ कि उस दुर्घटना की साल-गिरह पर मैं चेर्नोबिल जाऊँ, और इस दौरान और रिसर्च करूंगा, और विशेषज्ञों से बात करूँगा, और पता लगाऊँगा कि ब्रिटिश सरकार ने इस त्रासदी के परिणामस्वरूप क्या कदम उठाए थे। वह मान गया।

मैं एथीना को फ़ोन करता हूँ। यह तो लाज़िमी है क्योंकि वो हमेशा ही दावा करती है कि उसका बॉयफ्रेंड स्कॉटलैंड यार्ड में काम करता है। वह वादा करती है कि वह अपने बॉयफ़्रेंड' से बात करेगी, लेकिन यह वादा नहीं कर सकती कि मैं जो जवाब चाहता हूँ, वे मिल जाएंगे।

वह यह भी बताती है कि वह अगले दिन स्कॉटलैंड जा रही है, और अगली ग्रुप मीटिंग के वक्त ही वापिस आ पाएगी।

कौन-सा ग्रुप!

एक ही तो ग्रुप है, वह कहती है। तो वो एक पक्का ग्रुप बन गया है!

मैं घर जाता हूँ, टी.वी. पर ख़बरें देखता हूँ, अकेले खाना खाता हूँ और बाद में, एंड्रिया को थिएटर से लेने फिर बाहर जाता हूँ। जब मैं वहाँ पहुँचता हूँ तो नाटक का अंत हो रहा था, और मैं यह देख कर हैरान था कि स्टेज पर जो औरत है, वो उस औरत से बिल्कुल अलग है जिसके साथ मैं पिछले दो बरसों से रह रहा हूँ। उसके सभी भाव, हर हरकत जादू से रंगी है और मुँह से कहे हर शब्द में ग़ज़ब की गहराई और असर है।

मैं एक अजनबी को देख रहा हूँ

'एथीना से बात कैसी रही ?' घर के रास्ते में मैं उससे पूछता हूँ।

'अच्छी ! काम कैसा रहा ?'

बात उसने बदली थी। मैं उसे अपनी तरक्की के बारे में बताता हूँ और चेर्नोबिल के बारे में, लेकिन मुझे लगा कि जैसे उसे दिलचस्पी नहीं थी। मुझे लगने लगा कि मैं उस प्यार को खो रहा था जो मेरा था – जबकि वह प्यार मेरा न था जिसे जीतने की मुझे उम्मीद थी। लेकिन जैसे ही हम अपने अपार्टमेंट पहुँचे, उसने इकट्ठे नहाने की बात की, और इससे पहले कि मैं कुछ जान पाता, हम बिस्तर में थे। उसने वह ड्रम वाला संगीत ज़ोर से चला दिया था, जिसकी टेप उसने एथीना से ली थी, और मुझे पड़ोसियों की परवाह न करने को कहा।

उसके बाद जो हुआ वह मेरी समझ से बाहर की बात है। क्या यह औरत, जो इस वक्त वहशियों की तरह प्यार कर रही है, आख़िर अपनी कामुकता को समझ गई है, और क्या यह इसे उस दूसरी औरत ने सिखाया था, या कि उसने इसे उकसाया था? वह मुझसे लिपटी यही कहती रही:

'आज मैं तुम्हारा मर्द हूँ, और तुम मेरी औरत।'

हम लगभग एक घंटा यही सब करते रहे। बीच में कुछ पल ऐसे थे जब मुझे शर्म भी आई, उसे रुकने को कहना चाहा, लेकिन वह पूरी तरह हावी थी और मैंने सब उस पर छोड़ दिया क्योंकि मेरे वश में कुछ था ही नहीं। बल्कि उसको मैं और जानना चाहता था।

बाद में मैं पूरा थक गया था, लेकिन एंड्रिया में तो दोबारा नई एनर्जी थी।

'इससे पहले कि तुम सो जाओ, मै चाहती हूँ कि तुम कुछ जान लो, वह बोली। 'यदि इस राह पर आगे जाओगे तो सैक्स तुम्हें देवताओं और देवियों के साथ संभोग का मौका देगा। जैसे अभी। मैं चाहती हूँ कि तुम यह जानते हुए नींद में जाओ कि मैंने आज तुम्हारे अंदर की विशाल मदर को जगा दिया था।'

मैं पूछना चाहता था कि क्या यह उसने एथीना से सीखा था, पर हिम्मत न हुई।

'कहो कि तुम्हें एक रात के लिए औरत होना अच्छा लगा।'

'हाँ लगा।' मुझे नहीं पता कि मुझे हमेशा अच्छा लगेगा या नहीं, लेकिन यह कुछ ऐसा था जिसने मुझे एक साथ डर और आनंद दोनों में डुबो दिया।

'कहो कि तुम हमेशा वह महसूस करना चाहते थे जो तुमने अभी किया।'

हालात में खुद को बह जाने देना एक बात है, लेकिन उस पर पूरे होश में टिप्पणी करना अलग बात। मैं कुछ न बोला लेकिन मुझे यक़ीन था कि उसे मेरा जवाब मालूम था।

'ठीक है,' एंड्रिया बोलती गई, 'यह सब मेरे भीतर था और मुझे अंदाज़ा तक न था। जैसे कि मुखौटे के पीछे वह शख़्सियत जो आज मंच पर सामने आई। क्या तुमने भी देखा?'

'हाँ! तुममें से एक ख़ास रौशनी निकल रही थी

वह कैरिज़्मा था – वो दैवी शक्ति जो खुद को आदमी और औरतों में ज़ाहिर करती है। वो शक्ति जिसे हमें किसी को दिखाने की ज़रूरत नहीं क्योंकि हर कोई उसे देख सकता है, यहाँ तक कि वे भी, जो इतने संवेदनशील नहीं। लेकिन यह तभी होता है जब हम बिना कपड़ों के होते हैं, जब हम दुनिया के लिए मर कर खुद के लिए दोबारा पैदा होते हैं। पिछली रात, मैं मर गई। आज रात, जब मैं मंच पर गई, तब मैंने अपनी राख में से दोबारा जन्म लिया।

मैं हमेशा दूसरों की तारीफ हासिल करने, अक्लमंद बातें करने और अपने माँ-बाप को खुश करने की कोशिश में लगी रही। लेकिन साथ ही हर मौके का फ़ायदा उठाया, वह करने को, जो मैं वाकई चाहती थी। मैंने हमेशा अपनी राह खुद बनाई है – खून, आँसू और अंदरूनी ताकत से, लेकिन कल रात मुझे समझ आया कि मेरा तरीका गलत था। मुझे सिर्फ खुद को अपने सपने के सुपुर्द करना है, और, अगर मैं पाऊँ कि मुझे तकलीफ़ हो रही है, मुझे बस दांत भींच कर उसे सहना है, क्योंकि वह गुज़र जाएगी।'

'यह तुम मुझे क्यों बता रही हो?

'मुझे बात खत्म करने दो। उस सफर में, जहाँ तकलीफ़ उठाना ही अकेला नियम था, मैंने उन चीज़ों के लिए संघर्ष किया जिनके लिए संघर्ष करने का कोई फ़ायदा न था। जैसे प्रेम के लिए। लोग या तो प्रेम में होते हैं, या नहीं, और दुनिया की कोई ताकत किसी को ज़बरदस्ती प्रेम नहीं करवा सकती। हम खुद को छल सकते हैं कि हम एक-दूसरे से प्रेम करते हैं। हम दोस्ती और राज़दारी की पूरी ज़िंदगी जी सकते हैं, हम बच्चे पाल सकते हैं, हर रात संभोग कर सकते है, और इसके बावजूद एक भयानक खालीपन महसूस होगा। मर्दों और औरतों के बीच रिश्तों के बारे में जो कुछ भी मैंने सीखा, उन सब के नाम पर मैं उन चीज़ों के लिए संघर्ष करती रही जो संघर्ष के लायक ही न थी। और उनमें तुम शामिल हो।

'आज, जब हम संभोग कर रहे थे, जब मैं अपना सब कुछ दे रही थी, और देख रही थी कि तुम भी अपनी पूरी कोशिश कर रहे थे, मैं जान गई कि जो कुछ तुम दे सकते हो, उसमें मुझे अब दिलचस्पी नहीं। मैं आज तुम्हारे साथ सोऊँगी, लेकिन कल मैं चली जाऊँगी। थिएटर मेरा रिचुअल है और वहीं मैं वह सब कहूँगी और करूँगी जो मुझे कहने और करने की ज़रूरत है।'

मुझे हर चीज़ पर पछतावा होने लगा। ट्रांसिल्वेनिया जाना और उस औरत से मिलना जो शायद मेरी ज़िंदगी बरबाद कर रही थी। उस 'ग्रुप' की पहली मीटिंग का इंतज़ाम करना, रेस्तरां में अपना प्रेम कबूलना। उस पल मैं एथीना से नफ़रत करता था।

'मैं जानती हूँ कि तुम क्या सोच रहे हो,' एंड्रिया बोली। 'कि तुम्हारी दोस्त एथीना ने मेरा दिमाग फिरा दिया है – लेकिन यह सच नहीं।'

'मैं एक मर्द हूँ। मेरे जैसे लोग जल्द ही खत्म हो जाने के खतरे में हैं क्योंकि मुझे अपने गिर्द ज़्यादा मर्द नहीं दिखाई देते। बहुत कम होंगे जो वह सब दांव पर लगाएँगे जो मैंने लगाया है।'

'मुझे यक़ीन है कि तुम सही हो, और इसलिए मैं तुम्हें पसंद भी करती हूँ, लेकिन क्या तुम मुझसे यह नहीं पूछोगे कि मैं कौन हूँ, क्या चाहती हूँ और किस की कामना करती हूँ?'

मैंने पूछा।

'मैं सब कुछ चाहती हूँ। मुझे जंगली हवस चाहिए और नर्माई भी। मैं पड़ोसियों को परेशान करना चाहती हूँ और उन्हें मनाना भी। मुझे अपने बिस्तर मैं औरत नहीं चाहिए, मुझे मर्द चाहिए, सच के मर्द, जैसे कि तुम। वो मुझसे प्रेम करते हैं या मुझे इस्तेमाल कर रहे हैं, इससे फ़र्क नहीं पड़ता। मेरा प्रेम उससे कहीं ऊँचा है। मैं आज़ादी से प्रेम करना चाहती हूँ, और मैं अपने गिर्द बाकी सब को भी यही आजादी देना चाहती हूँ।

'जो बात मैंने एथीना से की थी वह अपने भीतर दबी हुई एनर्जी को जाग्रत करने के तरीकों के बारे में थी, जैसे कि संभोग करना या सड़क में चलते हुए कहना 'मैं इस वक्त यहाँ हूँ, इस सांस और कदम में। कुछ ख़ास नहीं, न कोई विशेष अनुष्ठान। सिर्फ एक ही चीज़ में हमारी मीटिंग कुछ अजीब थी, और वह कि हम दोनो ने ही कपड़े उतार दिए थे। अब से वो और मैं हर सोमवार मिलेंगे, और यदि मुझे कुछ कहना है तो मैं हमारी मीटिंग के बाद कह सकती हूँ।'

मुझे लगा कि एंड्रिया धीरे धीरे शांत हो रही थी। मैंने दो कप कॉफ़ी बनाई। उसकी मुस्कान वापिस आ गई और उसने मेरी तरक्की के बारे में पूछा। उसने कहा कि वह उन सोमवार की मीटिंगों के बारे में चिंतित थी क्योंकि उसे उसी सुबह पता लगा था कि दोस्तों के दोस्त आगे और लोगों को बुला रहे थे और एथीना का अपार्टमेंट बहुत छोटा था। मैंने पूरा ज़ोर लगा कर दिखावा किया कि उस शाम जो कुछ भी हुआ, वह सब

कुछ देर की घबराहट या माहवारी से पहले का तनाव या उसकी जलन का नतीजा था। मैंने उसे अपनी बाँहों में ले लिया और वह मेरे कंधे की छाँह में सिमट गई। और अपनी घोर थकान के बावजूद मैं उसके सो जाने का इंतज़ार करता रहा। उस रात मुझे कोई सपने नहीं आए।

और अगली सुबह जब मैं जगा तो मैंने देखा कि उसके कपड़े न थे, चाबी मेज़ पर थी, और अलविदा का कोई खत तक न था।

डीएड्री ओ', नील, बनाम ऍंडा

चुड़ैलों, परियों और बच्चों पर भूत-प्रेतों के आ जाने की कहानियाँ और फिल्में बेहद लोकप्रिय हैं। इसमें कोई बुराई नहीं – लोगों को अपनी कल्पना का खुल कर इस्तेमाल करने का पूरा हक है, और विश्वास की खोज में यह भी एक शुरुआती दौर है। कोई भी, जो बिना धोखा खाए इन सभी दौरों से गुज़र जाता है, कभी-न-कभी सही और असली परंपरा तक पहुँच जाएगा।

सही और असली परंपरा यह है: कि टीचर कभी भी शार्गिद को यह नहीं बताता कि उसे क्या करना है। वे महज़ साथ सफर कर रहे राही हैं, और दोनों को 'बेगानेपन' का अजीब अहसास होता है जब वे खुद को लगातार बदलते नज़रियों, खुलती हदों, बंद होते दरवाज़े और उन नदियों से जूझते पाते हैं जो उन के रास्ते की रुकावट लगती हैं और जो, असल में, पार की ही नहीं जानी चाहिएं, बल्कि जिन के पीछे चलना होता है।

टीचर और शागिर्द में एक ही फ़र्क होता है: पहला दूसरे के मुकाबले कम डरता है। और जब वे रात को बात करने के लिए आग के सामने बैठते है तो हो सकता है कि टीचर अपने तजुर्बे से कोई सुझाव दे: कि तुम इस रास्ते चलो और वह पा लोगे जो मैंने पाया। 'तुम ऐसा क्यों नहीं करते?' लेकिन मर्द हो या औरत, वह यह नहीं कहेंगे क्योंकि हर इंसान के लिए उसकी राह और मंज़िल अलग होती है।

सच्चा टीचर अपने शागिर्द को साहस देता है कि वह अपनी दुनिया को बुरी तरह झिझोड़ दे।

मैं एक कम उम्र, जोश से भरी डॉक्टर थी, और लोगों की मदद करने के जज़्बे से रोमानिया के अंदरूनी इलाकों में काम करने गई थी। यह

ब्रिटिश सरकार द्वारा चलाए एक्स्चेंज कार्यक्रम के तहत मुमकिन हुआ था। अटैचियों में ढेरों दवाइयाँ और दिमाग में ढेरों बिना आज़माई राय लिए मैं चल दी। मुझे पता था लोगों से कैसे बर्ताव करना होता है, कि खुश होने के लिए हमें क्या चाहिए, कि हमें किन सपनों को अपने अंदर पनपने देना चाहिए। बुख़ारेस्ट में उन दिनों वहशी तानाशाही का ज़ोर था। मैं टीकाकरण योजना में हिस्सा लेने ट्रांसिल्वेनिया पहुँची।

मुझे मालूम न था कि मैं शतरंज के खेल में महज़ एक मोहरा थी, जहाँ अदृश्य हाथ मेरे विश्वास और आदर्शों का गलत फ़ायदा उठा रहे थे। इस प्रोग्राम के पीछे कुछ और ही फ़ायदे और इरादे थेः एक ऐसी सरकार को संभाला जा रहा था जो तानाशाह का बेटा चला रहा था, ताकि ब्रिटेन उस बैनर तले हथियार बेच सके जहाँ रूस का कब्ज़ा था।

मेरे सारे नेक इरादे ढेर हो गए जब मैंने देखा कि टीकों की कमी नहीं थी; कि इलाके में और भी कई बीमारियाँ फैल रही थीं; कि मैं अन्य टीकों, दवाइयों या सामान के बारे में कितनी ही बार लिखती, वे कभी नहीं आए। मुझे कहा गया कि मैं अपने काम से सरोकार रखूँ, बस।

मैं बेसहारा थी और मेरा खून खौल रहा था। मैंने गरीबी को बहुत नज़दीक से देखा था। मैं मदद कर सकती थी, बशर्ते कि कोई पैसा दे, लेकिन उन्हें तो यह सब चाहिए ही न था। हमारी सरकार बस अखबारों में नाम चाहती थी कि अपने वोटरों को यह बता सकें कि उन्होंने दुनिया में कई जगहों पर इंसानी मदद के कई मिशन भेजे थे। उनके इरादे नेक थे – हथियार बेचने के।

मैं टूट गई थी। यह किस तरह की दुनिया थी? एक रात, मैं सर्द जंगल में निकल पड़ी, भगवान को कोसते हुए, जो हर चीज़ और हर किसी से नाइंसाफ़ी करता था। मैं एक बलूत के पेड़ के नीचे बैठी थी जब मेरे रक्षक मेरे पास आए। उन्होंने कहा कि मैं जाड़े से मर सकती थी। 'तुम यहाँ क्या कर रहे हो?'

'मैं एक औरत से बात कर रहा हूँ जो मुझे सुन सकती है, उस दुनिया में जहाँ सब बहरे हो गए हैं।'

मैंने सोचा उनका इशारा मेरी ओर था, लेकिन वे जिस औरत की बात कर रहे थे वह जंगल ख़ुद था। जब मैंने उस इंसान को पेड़ों के बीच घूमते देखा, ऐसे इशारे और बातें करते जो मैं नहीं समझ सकती थी, मेरे दिल में चैन आ गया। तो दुनिया में मैं अकेली न थी जो खुद से बातें करती थी। जब मैं वापिस कैंप जाने के लिए खड़ी हुई, वे फिर से मेरे पास आए।

'मैं जानता हूँ कि तुम कौन हो,' वे बोले। गाँव के लोग कहते हैं कि तुम बहुत शरीफ इंसान हो, खुश रहती हो और हमेशा मदद करने को तैयार लेकिन मुझे तो कुछ और ही दिखाई दे रहा है – तुम क्रोध और निराशा से भरी हो।'

वो सरकारी जासूस हो सकते थे। लेकिन मैंने उन्हें सब कुछ बताने का फैसला कर लिया चाहे कि मुझे पकड़े जाने का खतरा था। कैंप अस्पताल की डॉरमिट्री अभी खाली थी क्योंकि मेरे सभी साथी कस्बे में सालाना जश्न में गए थे, और मैंने उन्हे ड्रिंक ऑफर की। उन्होंने अपनी जेब से एक बोतल निकाली।

'पालिंका,' बोतल में रोमानिया की चहेती ड्रिंक थी जो काफ़ी तेज़ असर थी। 'मेरी ओर से।'

हमने पालिंका पी और मैंने ध्यान तक न दिया कि मुझे नशा चढ़ता जा रहा था। मुझे अपनी हालत तब समझ आई जब मैं बाथरूम जाने के लिए उठी, लड़खड़ाई और ठोकर खा कर चारों खाने चित्त गिर पड़ी।

'हिलना मत,' वो आदमी बोला। 'देखो कि तुम्हारी आँखों के ऐन सामने क्या है।'

'चींटियों की कतार।'

'वे सब सोचती हैं कि उन्हें सारा ज्ञान है। उनके पास याद्दाश्त है, अक्ल है, मिलकर काम करने की ताकत है, और त्याग की भावना भी। वे गर्मियों में खाना ढूँढती हैं, सर्दियों के लिए इंतज़ाम रखती हैं, और अब, इस बर्फ़ीली बसंत में, वे फिर काम पर निकल पड़ी हैं। यदि कल एटम बम से पूरी दुनिया तबाह हो जाए, तो भी चींटियाँ ज़िंदा बचेंगी।'

'तुम्हें यह सब कैसे मालूम,'

'मैंने बायॉलॉजी पढ़ी है।'

'तो फिर तुम अपने लोगों की हालत सुधारने के लिए क्यों नहीं काम करते? जंगल के बीच क्या कर रहे थे, वो भी पेड़ों से बात करते हुए?'

'पहली बात, मैं अकेला नहीं था; पेड़ों के इलावा तुम भी मेरी बातें सुन रही थीं। लेकिन तुम्हारे सवाल का जवाब देना है। मैंने बायॉलॉजी इसलिए छोड़ी थी क्योंकि मैं लुहार बनना चाहता था।'

मुश्किल से मैं अपने पैरों पर खड़ी हो गई। मेरा सिर अब भी घूम रहा था, लेकिन दिमाग तो साफ था ही, कि मैं उस बेचारे की हालत समझ सकती थी। युनिवर्सिटी की डिग्री के बावजूद बेचारे को काम नहीं मिला था। मैंने कहा कि ऐसा मेरे देश में भी होता था।

'नहीं, मेरा यह मतलब नहीं था। मैंने बायॉलॉजी इसलिए छोड़ी थी क्योंकि मैं लुहार का काम करना चाहता था। मुझे लोहे पर हथौड़े मारते वो लुहार देखने में अच्छे लगते थे, हथौड़ों की मार का संगीत अच्छा लगता था। हर वार से चिंगारियाँ निकलती, दहकती लाल धातु ठंडे पानी में डुबा दी जाती और फिर चारों ओर भाप के बादल। बायॉलॉजी से मैं दुखी था क्योंकि मेरा सपना सख्त धातु को नर्माई में ढालने का था। फिर, एक दिन, एक रक्षक आया।'

'रक्षक?'

उन चींटियों को वह सब करते देख, जो करने के लिए वे बनी हैं – पहरेदार चींटियाँ खुद को रानी चींटी के लिए कुरबान करने के लिए तैयार रहती हैं, यह उनका स्वभाव है। मजदूर चींटियाँ अपने वज़न से दस गुणा ज़्यादा बोझ उठा लेती हैं, वे ऐसी सुरंगें बनाती हैं जो तूफान और बाढ़ का मुकाबला कर सकती हैं। वे अपने दुश्मनों से जानलेवा मुकाबले करती हैं, अपने समुदाय के लिए कष्ट उठाती हैं, और वे कभी सवाल नहीं उठाती। लोग भी चींटियों के आदर्श समाज की नकल करने की कोशिश करते हैं, और मैं भी यही कर रहा था जब तक किसी ने मुझसे यह सवाल न पूछा – "क्या तुम यह सब करते हुए खुश हो?"

"यक़ीनन मैं खुश हूँ," मैंने कहा। "मैं अपने लोगों के काम आ रहा हूँ।"

“और यह काफ़ी है!” ‘मुझे नहीं पता कि वह काफ़ी था या नहीं, पर मैंने कहा कि वो मुझे काफ़ी घमंडी और बदतमीज़ लगा। उसने जवाब दियाः “शायद। लेकिन तुम ज़िंदगी में सिर्फ यही हासिल करोगे। तुम वही सब दोहराओगे जो आज तक होता आया है – कि सब तरतीब और हिसाब से हो, कि समाज की ताकत बरकरार रहे।” “लेकिन दुनिया ने तरक्की की है,” मैंने कहा। उसने पूछा कि क्या मैंने इतिहास पढ़ा था? यक़ीनन मैंने पढ़ा था। उसने एक और सवाल पूछाः हज़ारों बरस पहले, क्या हममें विशाल इमारतें, जैसे पिरामिड, बनाने की काबिलियत नहीं थी? क्या हम देवताओं की पूजा नहीं कर सकते थे, या कपड़ा बुनना, आग पैदा करना, प्रेमी या पत्नी ढूँढना, या लिख कर संदेश भेजना? यक़ीनन हम यह सब कर सकते थे। लेकिन चाहे हम गुलामों की जगह तनख्वाह पर गुलामी करने वाले ले आए हैं, या हमारी सारी तरक्की साइंस में हुई है, इंसान आज भी अपने पूर्वजों वाले सवाल ही पूछ रहा है। थोड़े में कहें तो उनमें कोई विकास नहीं हुआ।’

तुम उसे रक्षक क्यों कहते हो?

‘क्योंकि उसने मुझे बताया कि दुनिया में दो परंपराएं हैं। एक, जो हमें सदियों तक एक ही चीज़ दोहराते रहने पर मजबूर करती है, और दूसरी, जो एक अज्ञात दुनिया का दरवाज़ा खोल देती है। लेकिन दूसरी परंपरा कठिन है, और यदि इसमें बहुत से लोग शामिल हो जाए तो यह समाज को नष्ट कर सकती है, जिसे चींटियों से सबक लेकर, हमने इतना वक्त और कोशिश लगा कर बनाया गया है। और इसलिए दूसरी परंपरा धरती के नीचे चली गई और इतनी सदियों से वह सिर्फ इसलिए ज़िंदा रह सकी है क्योंकि उसके अनुयायियों ने संकेतों, चिन्हों और प्रतीकों की भाषा के माध्यम से पीढ़ी दर पीढ़ी उसे ज़िंदा रखा है।’

‘क्या तुमने और सवाल पूछे?’

‘यक़ीनन मैंने पूछे, क्योंकि चाहे मैंने इंकार किया, वह जानता था कि मैं अपने मौजूदा काम से नाखुश था। मेरे रक्षक ने कहाः “मैं वे कदम उठाने से डरता हूँ जो नक्शे पर नहीं, लेकिन अपने डर के बावजूद यदि मैं

वो कदम उठाता हूँ, तो मेरी ज़िंदगी रोमांचक होगी।" मैंने परंपरा के बारे में और सवाल पूछे और उसने कुछ ऐसा कहाः "जब तक ईश्वर महज़ मर्द है, हमारे पास खाने को भी होगा, और रहने को भी। लेकिन जब 'मदर' दोबारा अपनी आज़ादी हासिल कर लेगी तब हो सकता है कि हमें मुश्किलों में रहना पड़े और पेट भरने को सिर्फ प्रेम हो, या हो सकता है कि हम जज़्बातों और काम में संतुलन ला सकें। उस आदमी ने, जो मुझे बाद में समझ आया, कि मेरा रक्षक था, पूछाः "यदि तुम बायॉलोजिस्ट न होते तो क्या होते?" मैंने कहाः "एक लुहार, लेकिन उनके पास ज़्यादा पैसा नहीं होता।" और उसने जवाब दियाः "ठीक है, जब तुम बायॉलोजिस्ट होने से थक जाओ, तब जा कर मज़े करना, जिंदगी का वह जश्न मनाना, जो धातु को ढालने में है। वक्त बीतते, तुम पाओगे कि यह तुम्हें खुशी से भी ज़्यादा कुछ देगा – यह तुम्हें ज़िंदगी के मायने देगा।" "जिस परंपरा की बात तुमने की है, मैं उस पर कैसे चलूँ?" मैंने पूछा।

"जैसा मैंने बताया, प्रतीकों की मदद से," उसने जवाब दिया। "वह करना शुरु करो जो तुम चाहते हो, और बाकी सब तुम्हें खुद-ब-खुद रौशन हो जाएगा। विश्वास करो कि ईश्वर ही 'मदर' है और अपने बच्चों का ख़याल रखती है और उनके साथ कुछ भी बुरा नहीं होने देती। मैंने विश्वास किया और मैं ज़िंदा भी बचा रहा। मुझे पता लगा कि और लोग भी थे जिन्होंने विश्वास किया, लेकिन जिन्हें पागल, गैरज़िम्मेदार और अंधविश्वासी कहा जाता है। वक्त की शुरुआत से ही उन्होने प्रकृति से प्रेरणा ली। हम पिरामिड तो बनाते हैं लेकिन हम अपने प्रतीक भी बनाते हैं।"'

'यह कहने के बाद वह चला गया और मैंने उसे फिर कभी नहीं देखा। मैं सिर्फ यह जानती हूँ कि उस पल से मुझे प्रतीक दिखाई देने लगे क्योंकि उसने मेरी आँखें खोल दी थीं। एक शाम मैंने अपने परिवार को यह बता दिया कि चाहे मेरे पास वह सब कुछ था जो एक इंसान चाह सकता है, मैं खुश नहीं था और कि मैं असल में एक लुहार बनने के लिए पैदा हुआ था। मेरी बीवी ने आपत्ति की और बोलीः "तुम एक जिप्सी पैदा हुए थे

और जहाँ तुम आज हो, वहाँ पहुँचने के लिए तुम्हें न जाने कितने ताने और मुसीबते झेलनी पड़ी हैं, और फिर भी तुम वापिस जाना चाहते हो?" लेकिन मेरा बेटा बहुत खुश था क्योंकि उसे भी हमारे गाँव में लुहारों को देखना अच्छा लगता था और उसे भी बड़े शहरों की लैबोरेटरीज़ पसंद नहीं थीं।

'मैंने अपना वक्त बायॉलॉजी की रिसर्च और एक लुहार का शागिर्द होने के बीच बाँट दिया। मैं हमेशा थका रहता था, लेकिन मैं पहले से ज़्यादा खुश था। एक दिन मैंने अपनी नौकरी छोड़ दी और अपना लुहार का बिजनेस खोल लिया, जो कि शुरू से ही ठप्प हो गया। फिर जैसे ही मैंने ज़िंदगी में विश्वास किया, सब पहले से भी ज़्यादा खराब हो गया। एक दिन मैं काम में लगा हुआ था और अचानक मेरे आँखों के सामने एक प्रतीक आ गया।

'मेरी वर्कशॉप में अनगढ़ लोहा आता है और मुझे उसे कार के हिस्से, खेती के औज़ार और रसोई के बर्तनों में ढालना होता है। जानती हो कैसे? पहले मैं लोहे को तब तक गर्म करता हूँ जब तक वो लाल न हो जाए; तब मैं उसे अपने सबसे भारी हथौड़े से तब तक पीटता हूँ जब तक वह मेरी मन चाही शक्ल न ले ले। तब मैं उसे ठंडे पानी की बाल्टी में डुबो देता हूँ और पूरी वर्कशॉप उससे निकली भाप से भर जाती है, जबकि तापमान में अचानक बदलाव से लोहा सनसना कर तिड़कने लगता है। मुझे यह सब करते जाना होता है जब तक मेरी बनाई चीज़ अपनी सही शक्ल न ले ले। एक बार करना काफ़ी नही।'

लुहार काफ़ी देर चुप रहा, फिर एक सिगरेट जलाई और आगे बोलाः

'कई बार जो लोहा आता है वह इस तरह का बर्ताव सह नहीं पाता। तेज़ गर्मी, हथौड़े की चोटें और ठंडा पानी उसे तिड़का देता हैं। और तब मैं समझ जाता हूँ कि मैं कभी भी उससे एक अच्छा हल, या इंजिन का शाफ्ट नहीं बना सकूंगा। तब मैं उसे वर्कशॉप के दरवाज़े पर पड़े टूटे फूटे लोहे के ढेर पर फेंक देता हूँ।'

एक और लंबी चुप्पी, फिर लुहार ने अपनी बात पूरी कीः

'मैं जानता हूँ कि यह ईश्वर की मर्ज़ी है कि मैं इन मुसीबतों से होकर

निकलूँ। ज़िंदगी की चोटों को मैंने स्वीकार कर लिया है, और कई बार मैं खुद को उतना ही ठंडा और निस्संग पाता हूँ जितना कि वह पानी जो लोहे को इतना दर्द देता है। लेकिन मेरी एक ही प्रार्थना होती है: "प्लीज़ ईश्वर, मेरी मदर, मुझे तब तक चोटें देते रहना जब तक मैं वो न पा लूँ जो तुमने मेरे लिए चाहा है। जो भी तरीका तुम बेहतर समझो, जितनी देर तक तुम चाहो, बस मुझे उस मलबे के ढेर पर मत फेंकना जहाँ बेकार आत्माओं को फेंकते हो।"'

उस आदमी से मेरी बात खत्म हुई। चाहे मैं पिये हुए थी लेकिन मैं जानती थी कि मेरी ज़िंदगी बदल गई थी। हम जो कुछ भी सीखते हैं उसके पीछे एक परंपरा होती है, और मुझे ऐसे लोगों की खोज में जाने की ज़रूरत थी जो जानते हुए या अनजाने में ईश्वर के देवी रूप को प्रकट कर सकते थे। अपनी सरकार और उसके सियासी दाँव-पेंचों को कोसने की बजाय मैंने वो करने को फैसला किया जो मैं वाकई चाहती थी: लोगों के ज़ख्म भरना। मुझे और कुछ करने में कोई दिलचस्पी नहीं थी।

क्योंकि मेरे पास ज़रूरी सामान या मदद न थी, मैं वहीं के लोगों के पास गई और उन्होंने मुझे जड़ी-बूटियों की दुनिया से वाक़िफ़ करवाया। मैंने पाया कि यह एक लोकप्रिय परंपरा थी जो सैंकड़ों बरस पुरानी थी और जो पीढ़ी दर पीढ़ी चली आ रही थी। इसमें इलाज के तरीके नहीं, तजुर्बे का निचोड़ आगे रखा जाता था। अब मैं युनिवर्सिटी द्वारा दिया गया काम, या अपनी सरकार को हथियार बेचने में मदद, या राजनैतिक प्रचार करने का ज़रिया नहीं थी। उनकी मदद से मैं बहुत कुछ कर पाई, उस सब से कहीं ज़्यादा जो मैं कर पाती, तो अब मैं वहाँ इसलिए थी क्योंकि लोगों की बीमारी ठीक करने में मुझे खुशी मिलती थी। यह सब मुझे प्रकृति के और नज़दीक ले आया और मुझे मौखिक परंपरा और पौधों की दुनिया को करीब से समझने का मौका मिला। ब्रिटेन वापिस जा कर मैंने अन्य डॉक्टरों से बात करने का फैसला किया, और पूछा: क्या तुम्हें हमेशा पता रहता है कि मरीज़ को कौन-सी दवा देनी है या कि कभी-कभी तुम अपने अंदर की आवाज़ पर फैसला करते हो? उनमें से लगभग सभी ने, कुछ

सोचने के बाद, यही कहा कि अक्सर एक आवाज़ उन्हें सही राह दिखाती थी और जब भी उन्होंने उस आवाज़ की सलाह नज़र-अंदाज की, उनका किया इलाज गलत निकला।

मेरे रक्षक ने मेरी दुनिया का संतुलन हिला दिया – चाहे कि वह सिर्फ एक जिप्सी लुहार थे। हर बरस कम-से-कम एक बार मैं उनके गाँव जाती थी और हम ढेरों बातें करते थे। एक बार मैं उनके बाकी शागिर्दों से मिली और हम सब ने अपने डरों और अपनी जीत के बारे में बातें कीं। मेरे रक्षक ने कहाः 'कई बार मुझे भी डर लगता है, लेकिन उन पलों में ही मुझे इल्म की राह मिलती है और मैं उस पर चल पड़ता हूँ।'

अब मैं एडिनबरा में डॉक्टरी करती हूँ और खूब पैसा कमाती हूँ, और इससे भी ज़्यादा कमाऊँ यदि लंदन में काम करूँ। लेकिन मैं ज़िंदगी को पूरा जीना चाहती हूँ और अपने लिए वक्त निकालती हूँ। जो पसंद है वही करती हूँ: मैं प्राचीन चिकित्सा पद्धतियों का इस्तेमाल करती हूँ और उन्हें आज की सबसे आधुनिक चिकित्सा पद्धतियों से, जिनमें यूनान की हिपोक्रैटिक परंपरा भी शामिल है, जोड़ देती हूँ। मैं इस विषय पर एक रिसर्च पेपर भी लिख रही हूँ, और मेरे वैज्ञानिक दोस्त, जब वे इस लेख को इस विषय की ख़ास पत्रिका में पढ़ेंगे, तो उन्हें भी वे कदम उठाने का साहस होगा जो मन ही मन वे कब से चाह रहे हैं।

मैं नहीं मानती कि सारी बीमारियाँ मन से उपजती हैं; सचमुच की बीमारियाँ भी होती हैं। ऐंटिबायॉटिक्स और ऐंटिवायरल्स इंसानी कौम के लिए बहुत मददगार साबित हुई हैं। यह सच की तरक्की है। मैं ऐसे विश्वास नहीं करती कि अपेंडिक्स का मरीज़ महज़ ध्यान लगाने से या मेडिटेशन से ठीक हो जाएगा। उसे जो चाहिए वह है बढ़िया और तुरंत ऑपरेशन। तो मैं हर कदम हिम्मत और डर से उठाती हूँ, और तकनीक और प्रेरणा, दोनों को साथ लेकर चलती हूँ। और मैं संभल कर रहती हूँ कि ऐसी बातें किस से कर रही हूँ। क्योंकि वरना लोग मुझे जादू-टोने वाली का खिताब दे अलग हो जाएंगे और बहुत सी ज़िंदगियाँ जो मैं बचा सकती थी, बच न पाएँगी।

जब मेरे कदम डगमगाते हैं तो मैं विशाल मदर से मदद माँगती हूँ। आज तक उन्होंने हमेशा ही मुझे संभल कर रहने को कहा है। उन्होंने एथीना को भी यही सलाह दी थी लेकिन एथीना अपनी आँखों के सामने खुलती हुई दुनिया से ऐसी मोहित थी कि उसने एक न मानी।

लंदन का एक अखबार, 24 अगस्त, 1991 पोर्तोबॅलो की जादूगरनी

लंदन (© जेरेमी लटन): 'यह एक और कारण है कि मैं भगवान में विश्वास नहीं करता। मेरा मतलब है उन लोगों का बर्ताव देखो जो विश्वास करते हैं।' यह प्रतिक्रिया थी रॉबर्ट विल्सन की, जो पोर्तोबॅलो रोड पर एक दुकानदार हैं।

यह सड़क, जो दुनिया भर में अपनी एंटीक सामान की दुकानों और शनिवार के कबाड़ी बाज़ार के लिए मशहूर है, कल रात एक युद्ध के मैदान में बदल गयी जहाँ अमन बहाल करने के लिए केन्सिंग्टन और चैल्सी के शाही थाने से लगभग पचास पुलिस अफ़सरों को आना पड़ा। इस पूरी तोड़-फोड़ के खत्म होने तक पाँच लोग घायल हो गए थे चाहे कि किसी की हालत गंभीर नहीं थी। दो घंटे चली की मुठभेड़ का कारण रेवरेंड पुजारी श्री इयन बक द्वारा आयोजित प्रदर्शन था जो वे इंग्लैंड के बीचों-बीच हो रही शैतान की पूजा के विरूद्ध कर रहे थे। रेवरेंड बक के अनुसार संदिग्ध लोगों का एक दल पिछले छह महीने से हर सोमवार की रात इस कॉलोनी में मिलता है, क्योंकि वे सोमवार की रात शैतान को जगाते हैं।

शैतान की पूजा की अगवाई लेबनान की शिरीन एच. ख़लील करती है, जो खुद को 'एथीना' के नाम से बुलाती है। याद रहे प्राचीन ग्रीस में कि एथीना प्रज्ञा और ज्ञान की देवी थी। छह महीने पहले लगभग दो सौ लोगों ने एक गोदाम में मिलना शुरू किया जो पहले ईस्ट इंडिया कंपनी की मिल्क़ियत थी, लेकिन धीरे-धीरे लोगों की तादाद बढ़ती गई और हालत यह हो गई कि भीड़ बाहर तक फैलने लगी। जब उनकी मौखिक शिकायतें, अर्ज़ियाँ और अखबारों को लिखे पत्र कामयाब न हुए तो रेवरेंड

बक ने लोगों की ही मदद लेने का फैसला किया। उन्होने अपनी चर्च के अनुयायियों को कल शाम सात बजे तक गोदाम के सामने घेराव करने को कहा ताकि 'शैतान के पुजारियों' को अंदर जाने से रोका जा सके।

'जैसे ही हमारे पास शिकायत पहुँची, हमने किसी को उस जगह का मुआयना करने भेजा लेकिन वहाँ ड्रग्स का नामोनिशान न था ओर न ही कोई गैरकानूनी काम हो रहे थे,' एक अफ़सर ने बताया, जो अपना नाम गुप्त रखना चाहता था, क्योंकि अभी-अभी वारदात की जाँच के आदेश जारी हो गए हैं। वे ऊँची आवाज़ या शोर संबंधी कानून भी नहीं तोड़ रहे थे क्योंकि ऐन दस बजे वे अपना संगीत बंद कर देते हैं, तो फिर हम कुछ नहीं कर सकते। आख़िरकार ब्रिटेन में धर्म की आज़ादी तो है ही।

लेकिन रेवरेंड बक का कहना कुछ और है।

'असलियत यह है कि इस पोर्तोबॅलो की जादू-टोने वाली धूर्त और छलावे छलने वाली औरत की सरकार में ऊँची जान पहचान है, और इसीलिए पुलिस भी हाथ पर हाथ धरे बैठी रही, जबकि उसे अमन और इज्ज़त कायम रखने की पगार आम जनता की जेब से जाती है। हम ऐसे ज़माने में जी रहे हैं जहाँ मनमानी करने की आज़ादी है, और यह बिना हदों की आज़ादी लोक-लाज और लोकशाही को मुँह फाड़ कर निगल जाएगी।'

श्रीमान बक कहते हैं कि उन्हें शुरू से ही इन लोगों पर शक था। इन लोगों ने यह ढहती हुई इमारत किराए पर ली और पूरे के पूरे दिन उसे ठीक करने पर लगाए 'जो कि साफ सबूत है कि वे किसी मत-सम्प्रदाय से सबंध रखते हैं और उनके दिलो-दिमाग किसी और के काबू में है। भला आजकल क्या कोई भी मुफ़्त में काम करता है?' जब रेवेरेंड बक से पूछा गया कि क्या उनकी चर्च के लोग कभी समुदाय के लिए मुफ़्त में काम करते है तो उन्होंने जवाब दिया कि हाँ, लेकिन वह हम जीसस के नाम पर करते है।

कल जब वह अपने अनुयायियों से मिलने गोदाम पर आई, तो उसे उसके बेटे और उसके दोस्तों को अदंर जाने से रोका गया। रेवरेंड बक

के अनुयायियों ने भोंपू और इश्तहार उठा रखे थे और वे भी इस कोशिश में शामिल होने को उकसा रहे थे। यह शोर और तू-तू-मैं-मैं जल्द ही मारपीट में बदल गया, और जल्द ही दोनों गुटों को रोकना नामुमकिन हो गया। 'वे कहते हैं कि वे जीसस के नाम पर लड़ रहे हैं, लेकिन असल में वे चाहते हैं कि लोग ईसा मसीह के उपदेशों को नज़रअंदाज़ करते रहें, जिनके अनुसार "हम सभी देवता हैं,"' नामी ऐक्ट्रेस एंड्रिया मैक्केन ने कहा, जो शिरीन ख़लील या एथीना की अनुयायियों में से एक हैं। मिस मैक्केन को दाईं आँख के ऊपर चोट लगी, जिसकी तुरंत मरहमपट्टी कर दी गई, और इससे पहले कि यह रिपोर्टर इस सम्प्रदाय से उनके संबंधों के बारे में और जान पाता, वे वहाँ से चली गई।

जब अमन बहाल हो गया तो श्रीमती खलील अपने पाँच वर्षीय बेटे को शांत करने की चिंता में थी, लेकिन उन्होंने हमें बताया कि गोदाम में सिर्फ मिल कर नाचना होता है। फिर एक रूह को बुलाया जाता है जिसे हागिया सोफ़िया के नाम से जाना जाता है और जिससे लोग कोई भी सवाल पूछ सकते हैं। यह पूरा अनुष्ठान एक उपदेश और 'विशाल मदर' की सामूहिक पूजा के साथ खत्म होता है। जिस अफसर को पहली शिकायतों की जाँच की ज़िम्मेदारी सौंपी गई थी, उसने इन सभी तथ्यों की पुष्टि की।

जहाँ तक हम यक़ीन के साथ कह सकते हैं, इस ग्रुप का न कोई नाम है और न ही यह चैरिटी के तौर पर सरकारी रिकॉर्ड में दर्ज़ है। वकील शॅल्डन विलियम्स के मुताबिक यह ज़रूरी नहीं: 'हम एक आज़ाद देश में रहते हैं और लोग ग़ैर-मुनाफ़ा काम के लिए किसी भवन या घेराबंद जगह पर इकट्ठा हो सकते हैं, जब तक वे रंगभेद या नशीले पदार्थों के सेवन संबंधी कानून नहीं तोड़ रहे।'

श्रीमती ख़लील ने ऐसे किसी भी सुझाव को ठुकरा दिया कि वे इन प्रदर्शनों की वजह से अपनी मीटिंग्स बंद कर देंगी।

'हम एक दूसरे का उत्साह बढ़ाने के लिए मिलते हैं क्योंकि अकेले रह कर सामाजिक दबाव का सामना करना बहुत मुश्किल है। मेरी मांग

है कि तुम्हारा अखबार इस तरह के धार्मिक भेदभाव की निंदा करे जो हमारे साथ सदियों से किया जा रहा है। जब भी हम कुछ ऐसा करते हैं जो सरकार द्वारा स्थापित या मान्यता प्राप्त धर्मों के साथ मेल नहीं खाता, हमेशा हमें कुचल देने की कोशिश की जाती है, जैसे आज हुई। पुराने वक्तों में हमें शहादत, जेल, खूंटे पर जला दिया जाना या देश निकाला सहना पड़ता, लेकिन अब हम जवाब देने की स्थिति में हैं, और बल का जवाब बल से दिया जाएगा, ठीक वैसे, जैसे प्रेम-सहानुभूति का जवाब प्रेम-सहानुभूति से दिया जाएगा।'

जब उसे रेवरेंड बक के आरोपों के बारे में बताया गया तो उसने रेवरेंड बक पर 'अपने अनुयायियों को इस्तेमाल करने और असहनशीलता व झूठ की आड़ में हिंसा फैलाने' का आरोप लगाया।

समाजशास्त्री आर्तोद लॅनॉकस के मुताबिक आगामी समय में इस तरह की घटनाएँ और बढ़ेंगी, और जिनमें शायद पहले से स्थापित धर्मों के बीच अधिक टकराव होंगे। अब, जबकि मार्क्सवादी आदर्श समाज की धारणा, समाज के आदर्शों का माध्यम बनने में असफल रही है, तो विश्व में धार्मिक पुनर्जीवन के लिए अनुकूल परिस्थितियाँ बन रही हैं, जो कि हमारी सभ्यता के महत्वपूर्ण तिथियों के डर पर आधारित है। लेकिन फिर भी मुझे विश्वास है कि लोगों की बुद्धि वापिस लौट आएगी और धर्म फिर से कमज़ोर लोगों का शरण स्थल बन जाएगा।

लेकिन इंग्लैंड में वैटिकन के सहायक बिशप डॉम एवारिस्तो पियात्ज़ा इस मत का खंडन करते हैं: 'जो हम देख रहे हैं वह वो आध्यात्मिक जागृति नहीं जिसके लिए हम सभी प्यासे हैं, बल्कि यह एक तरह की तैयार ज़मीन है जिसमें सब कुछ पैदा हो सकता है। जिसमें सब कुछ स्वीकृत है और जिसे अमेरिका में 'न्यू एजिज़्म' या नया दौर कहते हैं – जिसमें सख्त नियमों और कट्टर विचारधाराओं का सम्मान नहीं होता, और इंसानी दिलो-दिमाग को बरबाद करने के लिए बेतुके खयाल अतीत से ऊपर आने लगते है। इस लड़की जैसे अनैतिक लोग कमज़ोर और सीधे

लोगों में अपने विचार भरने की कोशिश कर रहे हैं, क्योंकि इनका अकेला उद्देश्य पैसा बनाना, और व्यक्तिगत ताकत को बढ़ाना है।'

जर्मनी के इतिहासकार फ्रांज़ हर्बर्ट, जो फिलहाल लंदन में गेते संस्थान में काम कर रहे हैं, का अलग विचार हैः 'पहले से स्थापित धर्म हमारी अस्मिता और जीवन के उद्देश्य संबंधी सवाल अब नहीं पूछते। इसकी जगह वे सिर्फ कट्टर नियमों और विचारधारा की श्रृंखला पर अड़े हैं जो व्यक्ति को सामाजिक और राजनैतिक ढाँचे की केवल एक अदनी सी कड़ी बनाने पर आमादा है। तो वास्तविक आत्मिकता या स्पिरिचुएलिटी की तलाश में लोग नई दिशाओं में जा रहे हैं, ओर अंततः ये सभी रास्ते अतीत और आदिकालीन धर्मों की ओर जाते हैं, जब वे सत्ता के ढाँचों से दूषित नहीं हुए थे।'

उस पुलिस स्टेशन में, जहाँ इस घटना की रिपोर्ट दर्ज़ हुई, सार्जेंट विलियम मॉर्टन ने अपने बयान में कहा कि यदि शिरीन ख़लील का ग्रुप अगले सोमवार अपनी मीटिंग रखना चाहे और यदि वे खुद को असुरक्षित महसूस करें, तो वे पुलिस सुरक्षा के लिए लिखित अर्ज़ी दे सकते हैं और इस तरह पिछली रात हुई घटनाएँ दोबारा होने से रोकी जा सकती हैं।

(अतिरिक्त जानकारीः एंड्रयू फिश। फोटोग्राफरः मार्क गिलहॅम)

हैरन रायन, पत्रकार

जब मैंने पोर्तोबॅलो के हादसे की रिपोर्ट पढ़ी, मैं यूक्रेन से वापसी की उड़ान पर था, मन में ढेरों शक लिए हुए। चेर्नोबिल की दुर्घटना के बारे में मैं अभी भी पूरे सबूत नहीं जुटा पाया था। क्या वह वाकई उतनी बड़ी थी जितना कहा गया था, या कि बड़े-बड़े तेल उत्पादकों ने उसका इस्तेमाल किया था ताकि बिजली उत्पादन के बाकी स्रोतों का इस्तेमाल करने से पहले कई बार सोचा जाए।

फिर भी एथीना पर छपे लेख की बातों से मैं बुरी तरह हिल गया था। लेख के साथ छपी तस्वीरें, टूटी खिड़कियाँ, आपे से बाहर हुए रेवरेंड बक और एक खूबसूरत औरत जिसकी आँखें दहक रही थीं और जिसने गोद में अपना बेटा उठा रखा था। एयरपोर्ट से मैं सीधा पोर्तोबॅलो गया, यह यक़ीन लिए कि मेरे दोनों अंदाज़े सच निकलेंगे।

अगले सोमवार जो मीटिंग हुई, उस इलाके की सबसे सफल घटनाओं में गिनी जाएगी: पास के बहुत से लोग आए, कुछ लेख में लिखी 'रूह' को देखने, बाकी धर्म और अपनी बात कहने की आज़ादी की तख्तियाँ उठाए।

इमारत में सिर्फ दो सौ लोग बैठ सकते थे तो बाकी भीड़ बाहर फुटपाथ पर खड़ी इंतज़ार कर रही थी, कि उस औरत को एक नज़र देख सकें जो सर्वहारा की पुजारिन के तौर पर देखी जा रही थी।

जब वह आई तो ढेरों तालियाँ बजी, लोगों ने उसे अपनी अर्ज़ियाँ पकड़ाई और मदद के लिए कईयों ने हाथ पसारे; कुछ ने फूल बरसाए, और एक औरत ने उसे औरतों की आज़ादी और 'मदर' की पूजा के हक के लिए संघर्ष करते रहने को आवाज़ दी। पिछले सप्ताह के चर्च के अनुयायी ज़रूर भीड़ से डर गए होंगे और इस बार उनकी शक्लें न दिखी,

चाहे कि उन्होंने पिछले दिनों कई धमकियाँ दी थी। किसी ने लड़ाई की बात न की और अनुष्ठान साधारण तरीके से ख़त्म हुआः पहले नाचना, फिर हागिया सोफ़िया का प्रकट होना और आख़िर में एक और नाच।

उपदेश के दौरान एथीना ऐसे बोली जैसे उस पर कोई और रूह हावी थीः 'हम सब का प्रेम के प्रति कर्त्तव्य है और हमें उसे यह आज़ादी देनी है कि वह खुद को जिस तरह चाहे प्रकट करे। हम न तो डर सकते हैं और न डरना चाहिए जब अंधेरे की शक्तियाँ अपनी आवाज़ उठाना चाहें। और ये वही शक्तियाँ हैं जिन्होंने हमारे दिल और दिमाग पर कब्ज़ा करने के इरादे से "पाप" नाम का शब्द बनाया। ईसा मसीह ने एक वेश्या को कहा थाः "क्या किसी पुरूष ने तुम्हारी निंदा नहीं की है? न ही मैं करता हूँ।" साब्बथ को वे लोगों के दुख-पीड़ा और बीमारियाँ ठीक करते थे, उन्होंने एक वेश्या को अपने पैर धोने की इजाज़त दी, उन्होंने एक चोर को वादा दिया कि वह स्वर्ग की खुशियाँ पाएगा, उन्होंने निषेध किए गए भोजन खाए, और कहा कि हमें सिर्फ अपने 'आज' से सरोकार रखना हे क्योंकि खेत में खिले कमल न तो मजदूरी करते हैं न कपड़ा ही कातते हैं, लेकिन वे अपनी शान में रौशन हैं।'

'पाप क्या है? प्रेम को प्रकट होने से रोकना पाप है। और 'मदर' प्रेम है। हम एक नई दुनिया में प्रवेश कर रहे हैं जिसमें हम अपने कदमों की राह चलना चुन सकते हैं, न कि वह जो समाज हम पर थोपता है। यदि ज़रूरत पड़ी तो हम अंधेरे की शक्तियों का मुकाबला फिर करेंगे, जैसे हमने पिछले सप्ताह किया। लेकिन कोई भी हमारी आवाज़ या हमारे दिल को चुप न करा सकेगा।'

मैं एक औरत को एक देवी में बदलते देख रहा था। वह पूरे संकल्प, गरिमा और आत्म-विश्वास के साथ बोल रही थी। मेरे मन में एक उम्मीद जगी, कि शायद वाकई, यह सब सच था, कि हम सचमुच एक नई दुनिया में प्रवेश कर रहे थे, और कि मैं उसे देखने के लिए ज़िंदा रहूंगा।

उतनी ही तालियों और तारीफ़ के बीच, जिसमें वह आई थी, एथीना चली गई, और जब उसने मुझे भीड़ में देखा तो मुझे बुला कर कहा कि मेरी कमी उसे खली थी। उसे विश्वास था कि वह सही कर रही थी।

अखबार के लेख का यह खुशगवार पहलू था और सब कुछ वहीं खत्म हो सकता था। मैं चाहता था कि उन हालात के बारे में मैंने जो नतीजे निकाले थे वो गलत हों, लेकिन तीन दिन बाद मेरा अंदाज़ा सही निकला। अब दुष्परिणाम सामने आने की बारी थी।

रेवरेंड बक ने ब्रिटेन की सबसे नामचीन और कट्टरपंथी वकीलों की फर्म का सहारा लिया जिसकी सरकार में ऊंची पहुँच थी। एथीना के अखबार में छपे बयानों की बिना पर वह एथीना पर मुकद्दमा दायर कर रहे थे। बक ने एक पत्रकार सम्मेलन बुलाया और कहा कि वे मानहानि, मिथ्यावाद और नैतिक आधार पर भरपाई का मुकद्दमा कर रहे थे।

मेरे उपसंपादक ने मुझे बुलाया। वह जानता था कि मैं एथीना को जानता था और उसका सुझाव था कि हम उसके साथ एक विशेष इंटरव्यू छापें। पहले तो मेरा मन ग्लानि से भर गयाः मैं अपनी दोस्ती का इस्तेमाल अखबार बेचने के लिए करूँगा?

लेकिन आगे बातचीत करने के बाद मुझे लगने लगा कि इससे कुछ अच्छा हो सकता था। एथीना को अपनी बात सामने रखने का मौका मिलेगा; बल्कि असल में वह इस इंटरव्यू से वो सभी बातें मशहूर कर सकती थी जिनके लिए वो अब खुल कर संघर्ष कर रही थी। मैंने और मेरे उपसंपादक ने इरादा बनाया कि समाज मे उभरते नए सोचने के नज़रियों और धार्मिक विश्वास की खोज में आ रहे क्रांतिकारी बदलावों पर हम लेखों की श्रृंखला छापेंगे, और उनमें से एक में मैं एथीना का दृष्टिकोण सामने रखूंगा।

उसी शाम मैं उसके घर गया, और जाने की वजह भी साफ थी कि गोदाम के सामने उसने खुद मुझे आने का न्यौता दिया था। पड़ौसियों ने मुझे बताया कि पिछले दिन कचहरी वालों ने उसे सम्मन देने की कोशिश की थी लेकिन नाकामयाब रहे। घर पर ताला था।

मैंने बाद में फोन भी किया, लेकिन बेकार। रात होते फिर कोशिश की, लेकिन किसी ने जवाब न दिया। तब से लगातार बढ़ती फ़िक्र में मैं हर आधे घंटे में फ़ोन करता रहा। जब से हागिया सोफ़िया ने मेरी नींद न

आने की बीमारी ठीक की थी, थकान से चूर मैं रात ग्यारह बजे तक सो जाता था, लेकिन इस बार चिंता मुझे जगाए रही।

डायरेक्टरी से मैंने उसकी माँ का फ़ोन नम्बर लिया, लेकिन तब तक देर हो चुकी थी, और यदि एथीना वहाँ नहीं थी तो मैं सिर्फ पूरे परिवार को फ़िक्र में डाल दूंगा। क्या करूँ? मैंने टी.वी. चलाया, यह देखने को, कि कहीं कुछ हुआ तो नहीं था – लेकिन कुछ ख़ास नहीं। लंदन पहले-सा चल रहा था, अपने अजूबों और खतरों को साथ लिए।

मैंने एक आख़िरी कोशिश का फैसला किया। फ़ोन की घंटी तीन बार बजी, और आखिरकार किसी ने फ़ोन उठाया। मैं तुरंत एंड्रिया की आवाज़ पहचान गया।

'क्या चाहिए?' उसने पूछा।

'एथीना ने मुझे मिलने को कहा था। क्या सब कुछ ठीक-ठाक है?'

'सब ठीक है, और नहीं भी। यह तुम्हारे देखने के तरीके पर निर्भर करता है। लेकिन मुझे लगता है कि तुम मदद कर सकोगे।'

'वो कहाँ है?'

उसने बिना कुछ और कहे फ़ोन रख दिया।

डीएड्री ओ' नील, बनाम ऍंडा

एथीना मेरे घर के पास एक होटल में ठहरी थी। लंदन की छोटी मोटी वारदातों, ख़ास तौर पर शहर के बाहरी इलाकों में हुई झड़पों की खबरें स्कॉटलैंड तक कभी नहीं पहुँचती। न ही हमें इसमें कोई ख़ास दिलचस्पी है कि अंग्रेज़ अपनी छोटी-मोटी परेशानियों से कैसे निपटते हैं। हमारा अपना झंडा है, अपनी फ़ुटबाल टीम है और जल्द ही हमारी अपनी पार्लियामेंट भी होगी।

मैंने एथीना को एक पूरा दिन आराम करने दिया। रोज़ की तरह मंदिर जा कर अनुष्ठान करने की बजाय, मैंने उसे और उसके बेटे को एडिनबरा के पास एक जंगल ले जाने का फैसला किया। वहाँ, जब उसका बेटा पेड़ों के बीच खेलता हुआ इधर-उधर भाग रहा था, तो उसने मुझे खुल कर बताया कि क्या हुआ था।

जब वह चुप हुई तो मैंने कहाः 'अभी दिन है। आसमान में बादल हैं, और लोगों को विश्वास है कि बादलों के पार सर्वशक्तिमान ईश्वर रहता है, जो इंसान की किस्मत लिखता है। लेकिन अभी अपने बेटे को देखो, अपने पैरों को देखो, अपने चारों ओर की आवाज़ों को सुनोः यहाँ नीचे 'मदर' है, हमारे कितने नज़दीक, बच्चों के लिए किलकारियाँ लाती, और हमारे लिए एनर्जी – हम, जो उसकी देह पर चलते हैं। क्यों लोग उस में विश्वास करते हैं जो बहुत दूर है, और उसे भूल जाते हैं जो उनकी आँखों के सामने है – एक जीता-जागता करिश्मा।'

'मैं जवाब जानती हूँ। क्योंकि वहाँ ऊपर कोई है जो हमें राह दिखा रहा है और अपने हुक्म दे रहा है, बादलों के पीछे छिपा, अपने ज्ञान में सर्वे-सर्वा, जिस पर कोई सवाल नहीं उठा सकता। यहाँ नीचे, हमारा

संपर्क एक जादुई सच्चाई से है, और यह चुनने की आज़ादी भी, कि हमारे कदम कहाँ जाएंगे।'

'बिल्कुल सही। लेकिन तुम्हें क्या लगता है, लोग यही चाहते हैं? क्या वे अपने कदम चुनने की आज़ादी चाहते हैं?'

'हाँ, मुझे लगता है कि वे ऐसा चाहते हैं। जिस ज़मीन पर मैं अभी खड़ी हूँ, उसने मेरे लिए कई अनजान राहें बनाई हैं, ट्रांसिल्वेनिया के एक गाँव से लेकर मध्य-पूर्व के एक शहर तक, वहाँ से एक द्वीप पर बसा एक और शहर, और फिर वहाँ से एक और द्वीप पर बसा एक और शहर, और फिर रेत और वापिस ट्रांसिल्वेनिया। शहर के बाहरी इलाकों में एक बैंक से पर्शियन गल्फ में जमीन बेचने वाली एक कंपनी। एक डांस ग्रुप से रेगिस्तान में रहता एक खानाबदोश। और जब भी मेरे कदम मुझे आगे ले गए, मैंने "न" की जगह "हाँ" कहा।'

'इस सबसे तुमने क्या सीखा?'

'आज मैं लोगों के औरा देख सकती हूँ। मैं अपनी आत्मा में "मदर" को जगा सकती हूँ। अब मेरी ज़िंदगी में मायने हैं, और मैं जानती हूँ कि मैं किस के लिए संघर्ष कर रही हूँ। लेकिन तुम यह सब क्यों पूछ रही हो? तुमने भी तो वह सबसे अहम शक्ति हासिल की है – लोगों के दुख, तकलीफ़, बीमारी ठीक कर देने की ताकत। एंड्रिया भी अब भविष्य के बारे में बता सकती है और रूहों से बात कर सकती है। स्पिरिचुएलिटी के इस सफर में मैं हर वक्त उसके साथ रही हूँ।'

'तुमने और क्या पाया है?'

'ज़िंदा होने की खुशी। मैं जानती हूँ कि मैं यहाँ हूँ, और कि सब कुछ एक करिश्मा है, राह दिखाती ज्ञान की रौशनी है।'

छोटा लड़का गिर गया और उसका घुटना छिल गया। बिना सोचे, एथीना उसकी ओर भागी, जख़्म को पोंछ कर साफ किया, उसे कहा कि फ़िक्र न करे और लड़का फिर से खेल में लग गया। मैंने इसे एक संकेत की तरह लिया।

'जो अभी तुम्हारे बच्चे के साथ हुआ? मेरे साथ भी हुआ। और यह अब तुम्हारे साथ भी हो रहा है? है न?'

'हाँ, पर मुझे नहीं लगता कि मैं ठोकर खा कर गिरी। मुझे लगता है कि मेरा फिर से इम्तिहान लिया जा रहा है, और मेरा अगला कदम भी मुझे रौशनी के रूप में आएगा।'

ऐसे पलों में, टीचर को कुछ नहीं कहना होता, सिर्फ शागिर्द को आशीर्वाद देना होता है। मैंने सुझाव दिया कि उस रात हम फिर जंगल में आएँ, सिर्फ हम दोनों। उसने पूछा कि वह अपने बेटे को कहाँ छोड़ेगी, और मैंने कहा कि उसका इंतज़ाम मैं कर दूंगी। मेरी एक पड़ोसी पर मेरा अहसान था और वह खुशी से वियोरल का ध्यान रखेगी।

शाम ढलते हम उसी जगह वापिस आ गए, और रास्ते में हमने उन चीज़ों के बारे में बातें की जिनका आने वाले अनुष्ठान से कोई ताल्लुक न था। एथीना ने मुझे वैक्सिंग के लिए नया मोम इस्तेमाल करते देखा था और वह उसके बारे में और जानना चाहती थी। हम काफ़ी बातूनी हो गए थे और हमने खूबसूरत होने के घमंड, फैशन, कपड़े खरीदने की सबसे सस्ती जगहों, औरतों के नज़रिए और बर्ताव के तरीकों, नारीवाद और हेयरस्टाइल के बारे में बातें की। बीच में एथीना ने कुछ ऐसा भी कहाः 'लेकिन यदि आत्मा उम्र से ऊपर है, तो मुझे नहीं मालूम कि हम इस सब की फिक्र क्यों करते हैं,' और फिर वह समझ गई कि हल्की फुल्की बातचीत करना और रिलैक्स करने में कोई बुराई नहीं। इससे भी ज़्यादा अहम बात यह थी कि इस तरह की बातों में मज़ा भी आता है, और हम देखने में कैसे लगते हैं, यह औरतों की ज़िंदगी में अभी भी काफ़ी बड़ी बात है (मर्दों के लिए भी, अलग तरीके से, और वे इसके बारे में इतना खुल कर बात नहीं करते)।

जब हम उस जगह के नज़दीक पहुँचे जो मैंने चुनी थी या बल्कि जहाँ जंगल मेरे कदमों को खींच रहा था, मुझे 'मदर' के होने का अहसास होने लगा। मेरे लिए यह अहसास एक ख़ास तरह का रहस्यमयी और अंदर से

उपजता आनंद होता है जो हमेशा ही मेरे दिल को छू लेता है। और तब मेरी आँखें भर आती है।

अब हल्की-फुल्की बातों का वक्त खत्म हुआ।

'आग जलाने के लिए लकड़ियाँ इकट्ठी कर लेते हैं।'

'लेकिन यहाँ तो अंधेरा है।'

'चाहे वह बादलों से ढँका है पर फिर भी पूरे चाँद से इतनी रौशनी तो है कि देख सकें। अपनी आँखों को साधो, वे उससे कहीं ज़्यादा देखने को बनी हैं जितना तुम सोचती हो।'

उसने मेरा कहा करना शुरू किया। कभी-कभी वह गाली दे उठती जब कोई काँटा चुभ जाता।

लगभग आधा घंटा बीत गया, और उस दौरान हम दोनों ही नहीं बोले। 'मदर' के समीप होने के अहसास से मुझमें एक अजीब सा उल्लास था, जोश था। और बेहद ऊँची उठती खुशी, जो उस औरत के साथ होने में थी जो अभी भी एक बच्ची से बड़ी न थी, और जो मुझ पर विश्वास करती थी और मदर की तलाश में मेरे साथ शामिल थी।

एथीना अभी भी सवालों के जवाब देने की पौढ़ी पर थी, ठीक वैसे ही जैसे उस दोपहर उसने मेरे सवाल का जवाब दिया था। कभी मैं भी उस जैसी थी, जब तक कि मैंने खुद को रहस्य की दुनिया में खिंच जाने से रोक, वह दुनिया अपनाई जहाँ था सिर्फ ध्यान, अनुष्ठान, पूजा, स्तुति, और ईश्वर की देन को, उसके 'गिफ्ट' को, साकार प्रकट होने देना।

मैं एथीना को लकड़ियाँ इकटठ्ा करते देख रही थी और उसमें मैंने खुद को देखा, जो मैं कभी थी, छिपे रहस्यों और गुप्त शक्तियों को खोजती। जीवन ने मुझे कुछ बिल्कुल अलग ही सिखाया थाः वे शक्तियाँ गुप्त थी ही नहीं और रहस्य बहुत पहले ही खोल दिए गए थे। जब काफ़ी लकड़ियाँ इकट्ठी हो गई तो मैंने उसे रुकने का इशारा किया।

मैंने कुछ बड़ी टहनियाँ ढूँढी और उन्हें छोटी लकड़ियों पर रख दिया। मोटी लकड़ियों के आग पकड़ने से पहले छोटी लकड़ियों को जलना होता

है ताकि हम अपनी आत्मा की पूरी ताकत को खोल पाएं कि पहले हमारी कमज़ोरियों को बाहर आने का मौका मिलना चाहिए।

ताकि हम उन शक्तियों को पहचानें जो हम अपने भीतर छुपाएं हैं, और उन रहस्यों को भी जो पहले ही खुल चुके हैं, सबसे पहले ज़रूरी था कि ऊपरी परत – अपेक्षाएं, डर, दिखावे – जला दिए जाएं। उसके बाद, अब हम उस शांति में प्रवेश कर रहे थे जो जंगल पर उतर रही थी, सहलाती हवा के साथ, बादलों के पीछे से चाँदनी, जानवरों की आवाज़ें जो रात में शिकार के लिए निकलते हैं – इस तरह 'मदर' के जीवन और मौत का चक्र पूरा करते।

मैंने आग जलाई।

हम दोनों का ही मन बोलने को न किया। जैसे युगों तक हम आग को नाचते देखते रहे, यह जानते हुए कि पूरी दुनिया में, लाखों लोग, इसी तरह अपनी आग के पास बैठे होंगे, और इससे कोई फ़र्क नहीं पड़ता कि उनके घर में किस लकड़ी या मशीन से जली आग थी; वे ऐसा करते थे क्योंकि वे एक प्रतीक के सामने बैठे थे।

काफ़ी कोशिश कर हम उस ट्रांस जैसी अवस्था से निकले जिसका मेरे लिए चाहे कोई स्पष्ट साफ अर्थ नहीं था, और जिसने मुझे देवताओं, 'औरा' या भूतों के दर्शन भी नहीं करवाए, लेकिन जिसने मुझे वह अहसास दिया जिसकी मुझे ज़रूरत थी, कि ईश्वर की कृपा मुझ पर बरस रही थी। एक बार फिर, मैं वापिस वर्तमान में आई, और उस लड़की पर ध्यान दिया, और उस अनुष्ठान पर, जो मुझे करना था।

'तुम्हारी शागिर्द कैसी है?' मैंने पूछा।

'मुश्किल, लेकिन न हो तो मैं वो न सीख पाऊँगी जो मुझे सीखने की ज़रूरत है।'

'और वो कौन सी शक्तियाँ बढ़ा रही है?'

'वह हमारे साथ चलती दूसरी दुनिया के लोगों की रूहों से बात करती है।'

'जैसे तुम हागिया सोफ़िया से बात करती हो?'

'नहीं। जैसा तुम जानती हो, हागिया सोफ़िया मेरे भीतर 'मदर' का साकार रूप है। वो अदृश्य हस्तियों से बात करती है।'

मैं यह जानती थी लेकिन पूरा यक़ीन करना चाहती थी। मैं नहीं जानती कि लंदन में हुई घटनाओं की बात उसने एंड्रिया से की थी या नहीं, लेकिन उससे फ़र्क नहीं पड़ता।

मैं उठी, अपने साथ लाए बैग से 'मुट्ठी भर' चुनी हुई जड़ी-बूटियाँ निकाली और उन्हें आग की लपटों में फ़ेंक दिया।

'जंगल बोलने लगा है,' एथीना ने कहा, जैसे यह बिल्कुल आम बात थी, और यह अच्छा था, इसका अर्थ था कि अब करिश्मे उसकी ज़िंदगी का हिस्सा बन रहे थे।

'क्या कह रहा है?'

'फ़िलहाल कुछ नहीं, बस आवाज़ें हैं।'

कुछ ही मिनट बाद उसे वह गीत सुनाई देने लगा, जो आग से उपजा था।

'ओह, खूबसूरत है!'

और यह एक छोटी लड़की ने कहा था, जो उस वक्त न बीवी थी, न माँ।

'जैसे हो, वैसे बैठी रहो। न ध्यान लगाना है, न मेरे जैसा कुछ करना है, न मेरा कहा समझना है। रिलैक्स करो और अच्छा महसूस करो। और कई बार हम जीवन से सिर्फ यही उम्मीद कर सकते हैं।'

मैं झुकी, लकड़ी का लाल दहकता अंगारा लिया और उसके गिर्द एक घेरा बना दिया, सिर्फ एक छोटी सी जगह खुली रखी, जहाँ से मैं घेरे में प्रवेश कर सकूँ। मैं भी वो संगीत सुन रही थी जो एथीना को सुनाई दे रहा था। और मैं उसके गिर्द नाचने लगी, आवाहन करते कि पुरुष अग्नि और धरती का प्रणय हो, जो अब उसे स्वीकार कर रही थी, बाहें और टांगे पसारे। वह अग्नि जो सब कुछ शुद्ध कर देती है। मैं नाचती रही। और मैंने उस बच्ची के लिए हर विपदा से छाँह के संकेत बनाए, जो उस घेरे में मुस्कुराती हुई बैठी थी।

जब लपटें शांत हो गई, मैंने थोड़ी-सी राख ली और एथीना के सिर पर छिड़क दी। फिर अपने पैरों से मैंने वो घेरा मिटा दिया जो मैंने उसके चारों ओर बनाया था।

'थैंक्यू,' वह बोली। 'मुझे अहसास है कि मुझे बहुत प्यार मिल रहा है; कि मैं सुरक्षित हूँ।'

'मुसीबत की घड़ी में, इस अहसास को याद रखना।'

'अब जबकि मुझे अपनी राह मिल गई है, मुसीबत की घड़ियाँ न होंगी। मुझे अपना मिशन पूरा करना है।'

फिर उसका विश्वास कुछ डगमगाया।

'और मुसीबत की घड़ियों में?'

'बस वह याद रखो जो तुमने अभी कहाः तुम्हें प्यार करने वाले कई हैं, तुम पर चाहत और सुरक्षा की छाँव है।'

'मैं पूरी कोशिश करूँगी।'

उसकी आँखें आँसुओं से भर गई थीं। एथीना मेरा जवाब समझ गई थी।

समीरा आर. ख़लील, गृहस्थ

मेरा अपना नाती! मेरे नाती का इस सब से क्या ताल्लुक? भला हम किस तरह की दुनिया में रह रहे हैं? क्या हम अभी भी मध्य युग में हैं, जब औरतों को जादू-टोने वाली कह कर जला दिया जाता था।

मैं उसके पास भाग कर गई। उसकी नाक से खून बह रहा था, लेकिन उसे मेरी घबराहट की परवाह न थी और मुझे परे हटा दिया।

'मुझे अपना बचाव करना आता है, और मैंने किया।' चाहे मैंने अपनी कोख से बच्चा न जना हो, लेकिन मैं बच्चों के दिल को जानती हूँ। वियोरल से कहीं ज़्यादा मुझे एथीना की फ़िक्र थी। वियोरल को ज़िंदगी में बहुत सी लड़ाईयाँ झेलनी पड़ेंगी और उसकी आँखों में ख़ुद पर नाज़ झलक रहा था।

'स्कूल में कुछ बच्चों ने कहा कि मम्मी शैतान की पूजा करती है!'

थोड़ी देर में शिरीन भी आ पहुँची, और वियोरल का खून से सना चेहरा देख कर उसने काफ़ी रोनाधोना किया। वह सीधे स्कूल जा कर हैडमास्टर से बात करना चाहती थी, लेकिन पहले मैंने उसे अपने गले से लगा लिया।

जब वह कुछ शांत हुई तो मैंने उसे समझाया कि वह हमारे पास घर आ जाए और हम सब संभाल लेंगे। जब उसके पिता ने उस पर दायर किए गए मुकद्दमे के बारे में पढ़ा, उन्होंने तुरंत कुछ वकीलों से बात की थी। हम उसे इस मुसीबत से निकालने की हर कोशिश करेंगे।

मेरी बेटी की ख़ुशी से ज़्यादा अहम कुछ न था, चाहे मैं कभी न समझ पाई कि उसे हमेशा सबसे मुश्किल रास्ता ही क्यों चुनना होता था। लेकिन एक माँ को कुछ समझने की ज़रूरत नहीं, उसे सिर्फ प्यार की छाँव देनी

होती है। और नाज़ करना होता है। यह जानते हुए भी, कि हम उसे लगभग सब कुछ दे सकते थे, वह ज़िंदगी में बहुत जल्द अपनी राह खुद बनाने निकल गई। उसने अपने हिस्से की ठोकरें, नाकामयाबियाँ और तूफ़ान अपनी ज़िद पर अड़े रह कर अकेले झेले।

वह अपनी माँ को ढूंढने निकली, यह जानते हुए कि वह कौन-सा जोखिम उठा रही थी, और आख़िर में, उससे मिलना एथीना को हमारे और करीब ले आया। मैं जानती हूँ कि उसने एक बार भी मेरी सलाह न सुनी – डिग्री हासिल करो, शादी करो, किसी के साथ बिना शिकवा रहने की परेशानियाँ झेलो, ज़माने की बनाई हदों के बाहर जाने की कोशिश न करो। और नतीजा क्या हुआ?

अपनी बेटी की कहानी देखते मैं एक बेहतर इंसान बनी हूँ। ज़ाहिर है कि मैं ईश्वर के देवी रूप 'मदर' के बारे में कभी समझ न पाई, और न ही एथीना का हमेशा अजनबियों के बीच रहना, या, इतना सब कुछ हासिल कर लेने के बावजूद सुकून में न रह पाना। पर काश मैं उस जैसी हो सकती।

मैं खाना बनाने के लिए उठने को थी, पर उसने मुझे रोक दिया।

'कुछ देर तुम्हारे साथ यूँ ही बैठे रहना चाहती हूँ, तुम्हारी बाँहों के बीच। यही मेरे लिए सब कुछ है। वियोरल, जा कर टी.वी. देखो। मैं तुम्हारी नानी से बात करना चाहती हूँ।'

लड़का चला गया।

'मैंने तुम्हें बहुत दुख दिए होंगे।'

'बिल्कुल नहीं। हमारी सारी खुशियाँ तुम से और तुम्हारे बेटे से हैं। तुम्हीं हमारे जीने की वजह हो।'

'लेकिन मैंने तो – '

'मुझे खुशी है कि यह सब ऐसे हुआ। अब मैं यह कह सकती हूँः कुछ लम्हें आए हैं जब मुझे तुमसे सख्त नफ़रत हुई, जब पछतावा हुआ कि नर्स की सलाह मान कर मैंने कोई और बच्चा क्यों नहीं ले लिया। फिर मैं खुद से पूछतीः "कोई माँ अपनी बेटी से कैसे नफ़रत कर सकती है?" मैंने नींद

की गोलियाँ ली, अपने दोस्तों के साथ ताश खेली, ढेरों शॉपिंग की, और यह सब उस प्यार की भरपाई करने को, जो मैंने तुम्हें दिया और जो मुझे लगा कि मुझे वापिस नहीं मिल रहा था।

'कुछ महीने पहले, जब तुमने एक और नौकरी छोड़ने का फैसला किया जो तुम्हारे लिए पैसा और इज्ज़त दोनों लाती, मैं हिम्मत हार गई। मैं नज़दीकी चर्च में गई। मैं मरियम से मन्नत माँगना चाहती थी, कि तुम्हें हकीकत में वापिस लाएं।

'मैं खड़ी मरियम और बच्चे को देखती रही। और मैंने कहाः "तुम एक माँ हो और जानती हो कि क्या हो रहा है। मुझसे कुछ भी ले लो, लेकिन मेरी बच्ची को बचा लो, क्योंकि मुझे लगता है कि वह खुद को तबाह करने पर तुली है।"'

शिरीन की बाँहों ने मुझे और कस कर पकड़ लिया। वह फिर से रो रही थी, लेकिन इस बार उसके आँसू अलग थे। मैं अपने जज़्बात काबू में रखने की पूरी कोशिश कर रही थी।

'और जानती हो उस पल मैंने क्या महसूस किया? मुझे लगा कि जैसे वह मुझसे बात कर रही थी और बोलीः "सुनो, समीरा, मैंने भी ऐसा ही सोचा था। मैं बरसों तड़पती रही क्योंकि मेरा बेटा मेरी कही एक भी न सुनता था। मैं उसके महफ़ूज़ रहने की फ़िक्र करती थी, मुझे उसके चुने दोस्त पसंद नहीं थें और वह कानूनों, रिवाज़ों, मज़हब या अपने से बड़ों के लिए इज़्जत नहीं दिखाता था।" आगे कहने की ज़रूरत है?'

'हाँ, मैं बाकी कहानी भी सुनना चाहती हूँ।'

'मरियम ने बात यूँ ख़त्म कीः "लेकिन मेरे बेटे ने मेरी नहीं सुनी। और अब मुझे खुशी है कि नहीं सुनी।"'

मैंने प्यार से उसकी बाहें हटाईं और खड़ी हुई। 'तुम दोनों को कुछ खा लेना चाहिए।'

मैं रसोई में गई, प्याज़ का सूप और तब्बुलॅह बनाया और रोटी गर्म की, इस सब को मेज़ पर रख दिया, और हम सब ने दोपहर का खाना खाया। हमने मामूली चीज़ों के बारे में बातें की जो ऐसे वक्त में हमेशाा हमें और

नज़दीक ले आती हैं और हमें एक दूसरे के साथ में मिलती खुशी को और गहरा कर देती हैं – चाहे बाहर पेड़ों को जड़ों से उखाड़ता तूफान तबाही के बीज ही क्यों न बो रहा हो। उस दोपहर के ख़त्म होने पर मेरी बेटी और मेरा नाती दरवाज़े के बाहर निकल जाएंगे, एक बार फिर हवाओं, गरजते बादलों और लपकती बिजली का सामना करने – लेकिन यह उनकी मर्जी थी।

'माँ, तुम ने कहा कि तुम मेरे लिए कुछ भी कर सकती थी, है न?'

यह सच था। ज़रूरी हो तो अपनी जान भी दे सकती थी।

'क्या तुम्हें नहीं लगता कि मैं भी वियोरल के लिए कुछ भी करने के लिए तैयार होऊंगी?'

'मुझे लगता है कि यह माँ का कुदरतन स्वभाव है। यह प्यार का सबसे बेहतरीन सबूत होता है।'

वह खाना खाती रही।

'तुम जानती हो तुम्हारे पिता इस केस में खुशी से मदद करेंगे, लेकिन अगर तुम चाहो तो।'

'ऑफ़ कोर्स। यही मेरा परिवार है।'

मैंने दो बार, तीन बार सोचा, पर कहने से खुद को रोक नहीं पाईः

'क्या मैं एक सलाह दूं? मैं जानती हूँ कि तुम्हारे कई दोस्त हैं जिनकी अच्छी पहुँच है, जैसे वो पत्रकार। तुम उसे तुम्हारी कहानी लिखने के लिए क्यों नहीं कहती, कि तुम्हारे मुताबिक क्या हुआ था? प्रैस उस पुजारी रेवरें ड बक को खूब छापती है, और लोग ये सोच बैठेंगे कि वही सही है।'

'तो जो मैं कर रही हूँ, तुम उसे सही मानती हो?'

'हाँ शिरीन। चाहे मैं तुम्हें समझ नहीं पाती, चाहे कई बार मैं यूँ तड़पती हूँ जैसे मरियम अपनी पूरी ज़िंदगी तड़पी, और चाहे तुम ईसा मसीह भी नहीं जिसके पास पूरी दुनिया के लिए सबसे अहम संदेश था, मैं तुम्हें जीतते देखना चाहती हूँ।'

हैरन रायन, पत्रकार

जब एथीना मेरे घर पहुँची तब मैं अपने तहलका मचा देने वाले इंटरव्यू की तैयारी में जुटा था, जिसमें मैं पोर्तोबॅलो की घटनाओं और समाज में ईश्वर के देवी रूप के पुनर्जन्म के साथ-साथ एथीना का इंटरव्यू छापने वाला था। लेकिन मुझे बहुत संभल कर कदम रखने थे।

जो मैंने गोदाम में देखा था वो यह, कि एक औरत कह रही थीः 'तुम यह सब कर सकते हो, सिर्फ "विशाल मदर" की शरण में आओ, उससे सीखो – प्रेम में विश्वास करो और करिश्मे खुद-ब-खुद होने लगेंगे।' और भीड़ मान भी गई, लेकिन ज़्यादा देर के लिए नहीं, क्योंकि हम ऐसे युग में जी रहे थे जिसमें खुशी का रास्ता सिर्फ गुलामी से होकर जाता था। अपनी खुशी अपनी मर्ज़ी से चुनना बेहद ज़िम्मेदारी का काम था, और यह अपने साथ ढेरों दुख लाता है।

'मुझे तुमसे कुछ लिखवाना है,' वह बोली। मैंने उसे बताया कि हमें थोड़ा इंतज़ार करना चाहिए – यह भी तो मुमकिन था कि अगले सप्ताह तक सारा मामला खुद-ब-खुद ठंडा पड़ जाए – लेकिन फिर भी, इस दौरान मैंने एनर्जी के औरत के रूप में प्रकट होने पर कुछ सवाल तैयार किए थे।

'फिलहाल, उस पूरे झगड़े और तोड़-फोड़ में सिर्फ वहाँ के लोगों और सस्ते अखबारों को दिलचस्पी है। किसी भी ढंग के अखबार ने उस पर एक भी शब्द नहीं छापा। इस तरह के छोटे-मोटे झगड़े और झड़पें लंदन में आए दिन की बात है, और इस वक्त बड़े अखबारों में खबर बनना ठीक नहीं होगा। बेहतर होगा कि तुम्हारा ग्रुप दो या तीन सप्ताह न मिले। लेकिन मुझे लगता है कि यदि एनर्जी के देवी रूप के विषय को गंभीरता से

लिया जाए तो यह लोगों को खुद से कुछ अहम सवाल पूछने पर मजबूर कर देगा।'

'उस रात डिनर पर, तुमने कहा था कि तुम मुझसे प्रेम करते थे। और अब तुम न सिर्फ मुझे यह बता रहे हो कि तुम मेरी मदद नहीं करना चाहते, बल्कि मुझसे वह सब छोड़ने को कह रहे हो जिसमें मैं विश्वास करती हूँ।'

इस सब का क्या अर्थ लगाऊं? क्या वह आखिरकार उस प्रेम को स्वीकार कर रही थी जो मैंने उसे उस रात समर्पित किया था, और जो मेरे जीवन के हर पल मेरे साथ रहता था? लेबनानी कवि ख़लील जिब्रान के मुताबिक, 'देना' लेने से कहीं ज़्यादा अहम था, लेकिन चाहे इन शब्दों में गहरा मर्म था, मैं भी उस दुनिया का हिस्सा था जिसमें 'हाड़-माँस के इंसान' बसते थे, और मुझमें भी वही कमजोरियाँ थी, असमंजस के पल थे, और चैन की ज़िंदगी की ख्वाहिश थी, कि मैं अपने जज़्बातों का गुलाम बन अपनी भावनाओं के आगे घुटने टेक दूँ, बिना कोई सवाल पूछे, बिना यह तक जाने कि वह भी मुझसे प्रेम करती थी या नहीं। बस वह मेरा प्रेम स्वीकार कर ले; मुझे विश्वास था कि हागिया सोफ़िया भी मुझसे सहमत होगी। अब लगभग दो बरस से एथीना मेरी ज़िंदगी से गुज़र रही थी, और मुझे डर था कि वह अपनी राह पर चलती क्षितिज के पार ओझल हो जाएगी, और मैं अकेला रह जाऊँगा।

'क्या तुम प्रेम के बारे में कह रही हो?'

'मैं तुम्हारी मदद माँग रही हूँ।'

क्या करूँ? खुद पर काबू रखूँ, कि बात बढ़ाने से बिगड़ न जाए? या कदम बढ़ाऊँ, उसे बाँहों में ले लूँ और उसे सब खतरों से बचा लूँ।

मेरा दिमाग मुझे बताता रहा कि बोलः 'अब किसी चीज़ की फ़िक्र मत करो। मैं तुमसे प्रेम करता हूँ,' लेकिन इसकी जगह मैंने कहाः 'मैं मदद करना चाहता हूँ। मेरा विश्वास करो। मैं तुम्हारे लिए कुछ भी कर सकता हूँ यदि मुझे लगा कि वह तुम्हारे लिए सही रहेगा।'

मैंने उसे बताया कि मेरे अखबार के उपसंपादक ने देवी के पुनर्जागरण पर लेखों की श्रृंखला की योजना बनाई थी, जिसमें खुद एथीना से भी

एक इंटरव्यू शामिल था। शुरुआत में मुझे यह बढ़िया आइडिया लगा था लेकिन अब मैं समझ रहा था कि फिलहाल इंतज़ार करना ही बेहतर रहेगा।

मैंने कहा:

'या तो अपना मिशन आगे बढ़ाओ या खुद को बचाओ। मैं जानता हूँ कि तुम यह अच्छे से जानती हो कि जो तुम कर रही हो वह बेहद ख़ास है कोई फर्क नहीं पड़ता इससे कि लोग तुम्हारे बारे में क्या सोचते हैं। है न?'

'मैं अपने बेटे के बारे में सोच रही हूँ। आजकल हर रोज़ वह स्कूल में किसी न किसी झगड़े या बहस में पड़ जाता है।'

'कुछ दिन की बात है। एक सप्ताह में यह सब भुला दिया जाएगा। वह पल कदम उठाने का होगा, खुद को बेवकूफाना हमलों से बचाने का नहीं, बल्कि अपने काम के सही विस्तार को सामने रखने का, पूरी समझ और विश्वास के साथ। और यदि तुमको मेरे जज़्बातों पर शक है, और तुम फिर भी आगे बढ़ना चाहो, तो मैं अगली मीटिंग में तुम्हारे साथ चलूँगा। और जो होगा देख लेंगे।'

अगले सोमवार मैं उसके साथ मीटिंग में गया। मैं भीड़ का हिस्सा नहीं था; मैं सब कुछ ठीक वैसे देख रहा था जैसे वह देख रही थी।

लोग गोदाम में ठसाठस भरे थे; ढेरों फूल थे और तालियाँ बज रही थी, लड़कियाँ उसे 'देवी की पुजारिन' पुकार रही थी, और कुछ स्मार्ट कपड़े पहने औरतें उससे अलग से बात करने की भीख माँग रही थी क्योंकि उनके परिवार में कोई गंभीर तौर पर बीमार था। भीड़ हमें धकेलने लगी और अंदर जाने का रास्ता रोक लिया। हमने यह सोचा भी न था कि हमें किसी तरह की सिक्योरिटी की ज़रूरत पड़ेगी, और मैं डर गया था। मैंने एथीना की बाज़ू पकड़ी, वियोरल को गोद में उठाया, और हम अंदर घुस गए। खचाखच भरे हॉल में गुस्से में आग बबूला एंड्रिया हमारा इंतज़ार कर रही थी।

'मुझे लगता है कि इन्हें बता देना चाहिए कि तुम आज कोई करिश्मे नहीं दिखा रही!' वह एथीना पर चिल्लाई। 'तुम खुद को महान कहलाने के लालच में फँस रही हो! हागिया सोफ़िया इन सब लोगों को चले जाने के लिए क्यों नहीं कहती?'

'क्योंकि वह लोगों की बीमारियाँ बता सकती है,' एथीना ने कहा। 'और जितने ज़्यादा लोगों को फ़ायदा हो उतना ही बेहतर है।'

वह और कहना चाहती थी, लेकिन भीड़ तालियाँ बजाने लगी और वह फट्टों के बने मंच पर चढ़ गई। उसने अपने घर से साथ लाया टेपरिकॉर्डर चला दिया, लोगों को संगीत की लय पर नाचने के निर्देश दिए और अनुष्ठान शुरू हुआ। बीच में एक जगह वियोरल उठा और कोने में जाकर बैठ गया – वह पल हागिया सोफ़िया के प्रकट होने का पल था। एथीना ने वह सब किया जैसे मैंने उसे पहले कई बार करते देखा थाः उसने अचानक संगीत रोका, अपना सिर पकड़ा, और लोग, खामोश, इंतज़ार करने लगे, जैसे किसी अदृश्य ताकत का कहना मान रहे थे।

अनुष्ठान बिना किसी बदलाव के, हमेशा की तरह चला। जहाँ मैं खड़ा था वहाँ से मैं देख सकता था कि कई लोगों की आँखों में आंसू थे, बाकी यूँ खड़े थे जैसे किसी महान संत की मौजूदगी में थे। फिर अंतिम उपदेश का पल आया, इससे पहले कि 'मदर' की सामूहिक प्रशंसा – स्तुति हो।

क्योंकि मैं जानता था कि उसके बाद क्या होने वाला था, मैंने वहाँ से बिना किसी परेशानी के निकलने के सबसे बेहतर तरीके के बारे में सोचना शुरू किया। काश कि वह एंड्रिया की सलाह मान ले और लोगों को बता दे कि वे करिश्मों की तलाश में वहाँ आना बंद कर दें। मैं वियोरल के पास चला गया ताकि जैसे ही उसकी माँ बोलना बंद करे, हम वहाँ से निकल सकें।

और उस पल मैंने हागिया सोफ़िया की आवाज़ सुनी।

'आज,समाप्ति से पहले, हम डाएट के बारे में बात करेंगे। पतले होने के सभी डाएट प्रोग्राम भूल जाओ?'

'डाएट? पतले होने के प्रोग्राम भूल जाओ?'

'हजारों बरस हम इस लिए ज़िंदा रहे हैं क्योंकि हम खाना खा सके। और अब वही खाना हमें चालीस की उम्र पर, जवान देह चाहने पर मजबूर करता हैं? क्या वक्त को रोक पाना मुमकिन है? ऑफ कोर्स नहीं। और इतना पतले ही क्यों होना हैं?

मैंने भीड़ में कानाफूसी सुनी।

'हमें पतला होने की कोई ज़रूरत नहीं। कहीं हम किताबें खरीदते हैं, जिम जाते हैं, हम वक्त को रोक पाने की कोशिश में दिमाग की काफ़ी ताकत खर्च करते हैं, जबकि हमें इस दुनिया में मौजूद होने का जश्न मना रहे होना चाहिए। बेहतर ज़िंदगी कैसे जिएँ, यह सोचने की जगह हम वज़न के बारे में सोचते रहते हैं।

'इस के बारे में सब भूल जाओ। चाहे जितनी किताबें पढ़ लो, जितनी सज़ा देनी है दे लो, लेकिन फिर भी दो ही बातें हो सकती है – या तो जीना छोड़ दो या मोटे हो जाओ।

'नपा-तुला खाओ, लेकिन खाने का मज़ा लोः जो इंसान के मुँह में जाता हैं वह बुरा नहीं, बल्कि जो उसके मुँह से निकलता है, वह बुरा है। याद रखो कि भूखे न रहने के लिए हमने हज़ारों बरस संघर्ष किया है। यह किसका विचार था कि हमें पूरी ज़िंदगी पतला रहना है? मैं बताती हूँः आत्मा का खून चूसने वाले वैंपायरों का, उनका, जो भविष्य से इतना डरते हैं कि वे सोचते हैं वक्त के पहिये को रोका जा सकता है। हागिया सोफ़िया गारंटी दे सकती है कि यह मुमकिन नहीं। जो एनर्जी तुम डायटिंग करने में लगा रहे हो, उसे खुद को स्पिरिचुअल खुराक देने में लगाओ। यह जान लो कि विशाल मदर खुलकर और सोच-समझ कर देती है।

'इस बात की इज्ज़त करोगे तो वक्त के साथ तुम उतने ही मोटे होओगे जितना ज़रूरी है। उन कैलोरीज़ को बनावटी तरीकों से खर्च करने की जगह उन्हें उस एनर्जी में बदल दो जो तुम्हें अपने सपनों को पाने के लिए चाहिए। कोई भी इंसान सिर्फ डाइट के बूते पर ज़्यादा दिन पतला नहीं रहा।

पूरी चुप्पी छाई थी। एथीना ने समापन की रस्म शुरू की और हम सब ने 'मदर' की मौजूदगी को खुशी से मनाया। मैंने वियोरल को कस कर सीने से लगा लिया, खुद से वादा करते हुए कि अगली बार सिक्योरिटी के लिए अपने कुछ दोस्त लेकर आऊँगा। हम उसी शोर और तालियों के बीच निकल गए जिसमें हम आए थे।

बाहर, अचानक एक दुकानदार ने मेरी बाजू पकड़ ली: 'यह सब बकवास है! अगर मेरी एक भी खिड़की टूटी तो मैं तुम पर मुकद्दमा ठोक दूँगा।

एथीना हँसते हुए ऑटोग्राफ दे रही थी।

वियोरल खुश लग रहा था। मैं मन ही मन मना रहा था कि उस रात वहाँ कोई पत्रकार न आया हो। आख़िरकार जब हम खुद को भीड़ से निकाल पाए, तो हमने एक टैक्सी रोकी।

मैंने पूछा कि क्या वे कहीं खाना खाने चलेंगे। 'ऑफ़ कोर्स,' एथीना बोली, 'मैं यही तो कह रही थी।'

एन्तोएन लोकादोर, इतिहासकार

गलतियों की इस लम्बी श्रृंखला में, जो 'पोर्तोबॅलो की जादूगरनी कांड' कहा जाने लगा, मैं पत्रकार हैरन रायन के सीधेपन पर हैरान हूँ जबकि उसे अंतर्राष्ट्रीय मीडिया में काम करने का कई बरसों का अनुभव है। जब हमने बात की, तो वह सस्ते अखबारों में छपी सुर्खियों पर उबल रहा था:

'देवी की डाएट!' एक अखबार की सुर्खी थी। "खा-खा कर पतले हो जाओ," कहती है पोर्तोबॅलो की जादूगरनी!' एक और मुखपृष्ठ पुकार रहा था।

धर्म जैसे संवेदनशील विषय को छूने के बाद एथीना एक कदम आगे बढ़ गई थी: उसने डाएट के बारे में बात की थी, और इस विषय में पूरे देश को दिलचस्पी थी – युद्ध, हड़ताल और प्राकृतिक विपदाओं से भी कहीं ज़्यादा। हम सब चाहे ईश्वर में विश्वास करें या न करें, लेकिन हम सभी पतला होना चाहते हैं।

रिपोर्टरों ने पोर्तोबॅलो के दुकानदारों से बात की तो उन सभी ने कसम खा कर कहा कि पहले पहल उन्होंने मुट्ठी भर लोगों को अनुष्ठान करते और उसमें लाल और काली मोमबत्तियाँ जलाते देखा था। चाहे यह सस्ती सनसनी फैलाने के इरादे से कहा गया होगा, लेकिन रायन को समझ होनी चाहिए थी कि जब कोर्ट में केस चलेगा तब आरोपी जज का ध्यान इस ओर आकर्षित करने के लिए हर ऐसी बात का इस्तेमाल करेगा ताकि एथीना को झूठी और खतरनाक सिद्ध किया जा सके, कि वह सभ्य समाज की नींव में बसे जीवन मूल्यों पर आघात कर रही थी।

उसी सप्ताह ब्रिटेन के सबसे प्रतिष्ठित अखबारों में से एक ने अपने संपादकीय पृष्ठ पर रेवरेंड बक, इवान्जॅलिकल चर्च के पुरोहित, का लेख छापा: 'एक सच्चा क्रिश्चन होने के नाते, मेरा कर्तव्य है कि चांटा लगने

पर या झूठे इल्ज़ाम लगने पर मैं दूसरा गाल आगे कर दूँ। लेकिन फिर भी हमें यह नहीं भूलना चाहिए कि चाहे ईसा मसीह ने दूसरा गाल आगे किया हो, उन्होंने चाबुक का प्रयोग भी किया था, उन लोगों के विरुद्ध, जिन्होंने ईश्वर के घर को चोरों की गुफ़ा बनाने की कोशिश की थी। पोर्तोबॅलो रोड पर आजकल हम यही देख रहे हैं: अनैतिक और स्वार्थी लोग, जो खुद को आत्माओं के खेवटिया बता रहे हैं, जो झूठी उम्मीदें जगा कर सभी बीमारियों के निदान का दावा कर रहे हैं, यहाँ तक कि यह घोषणा तक कर डाली है कि उनकी सीख पर चलने से पतला और खूबसूरत रहा जा सकता है।

'इस कारणवश मेरे पास कोर्ट जाने के अतिरिक्त और कोई विकल्प नहीं है ताकि इन हालात को आगे बढ़ने से रोका जा सके। इस आंदोलन के अनुयायी दावा कर रहे हैं कि वे अब तक अज्ञात ईश्वरीय देन को जगा सकते हैं और साथ ही वे एक सर्वशक्तिमान ईश्वर की प्रभुसत्ता से इंकार करते हैं जिसकी जगह वे गैर-ईसाई और विधर्मी देवियों, जैसे वीनस और ऐफ्रोदिति, की पूजा कर रहे हैं। उनके लिए हर वह चीज़ करने की स्वतंत्रता है जो "प्रेम" के नाम पर की जा रही है। लेकिन "प्रेम" क्या है? एक अनैतिक शक्ति जो किसी भी उद्देश्य को उचित बना देती है? या कि समाज के वास्तविक जीवन मूल्यों के प्रति शपथ और समर्पण, जैसे परिवार और परंपरा?'

अगस्त की आमने-सामने की मुठभेड़ को याद रखते हुए, पुलिस ने अगली सभा में आधा दर्जन अफ़सर तैनात किए। एथीना एक बॉडीगार्ड के साथ आई जिसका इंतज़ाम रायन ने किया था, और इस बार न केवल तालियाँ थीं बल्कि गालियाँ और हो-हल्ला भी था। एक औरत ने जब एथीना के साथ पाँच बरस का बच्चा देखा तो दो दिन बाद बाल कानून 1989 के तहत एथीना पर मुकद्दमा दायर कर दिया, यह आरोप लगाते हुए कि एक माँ अपने बच्चे पर हमेशा के लिए बुरा असर डाल रही थी और कि बच्चे को पिता के संरक्षण में रखा जाए।

ल्यूकास जॅसन-पीटरसन ने अखबारों को इंटरव्यू देने से इंकार कर दिया। साथ ही उसने रिपोर्टर को धमकी दी कि यदि उसने अपने

लेखों में वियोरल का नाम भी लिया तो परिणाम के लिए वह खुद ज़िम्मेदार होगा।

अगले दिन, उस अखबार की सुर्खी थी:

'पोर्तोबॅलो की जादूगरनी का भूतपूर्व पति बेटे के लिए कत्ल भी करेगा!'

उसी दोपहर बाल कानून 1989 के तहत दो और मुकद्दमे दायर हुए और दोनों में ही बच्चे को कोर्ट के संरक्षण में रखने की अपील थी।

उसके बाद और सभाएँ नहीं हुई। एथीना के समर्थक और विरोधी लोगों के दल दरवाज़े के बाहर भीड़ लगाए थे और वर्दी में पुलिस शांति कायम रखने को तैनात थी, लेकिन एथीना नहीं आई। अगले सप्ताह भी यही हुआ, केवल इस बार भीड़ भी कम थी और पुलिस भी।

तीसरे सप्ताह गोदाम के सामने कुछ फूलों के गुच्छे थे और कोई आते जाते लोगों को एथीना की फ़ोटो बाँट रहा था।

फिर यह विषय लंदन के दैनिक अखबारों के मुखपृष्ठों से ओझल हो गया। और जब रेवरेंड इयन बक ने मानहानि और मिथ्यावाद के सभी मुकद्दमे वापिस लेने के निश्चय की घोषणा की क्योंकि 'ईसाई धर्म के अनुसार पश्चाताप करने वालों को हम क्षमा करते है,' किसी बड़े अखबार ने उसके वक्तव्य को छापने में दिलचस्पी नहीं दिखाई, और वह किसी छोटे रसाले के पाठक पन्ने पर ही छप सका।

जहाँ तक मैं जानता हूँ, वह कभी भी राष्ट्रीय स्तर की खबर न बन सका और केवल लंदन की खबरों के पन्नों पर छपा। सभाओं के बंद हो जाने के एक मास बाद मैं ब्राइटन गया, और जब मैंने वहाँ अपने मित्रों से इस विषय पर चर्चा करने की कोशिश की, तो उनमें से किसी को अनुमान तक न था कि मैं किसके बारे में बात कर रहा था।

रायन इस पूरे कांड की सच्चाई खोल सकता था, और जो उसका अख़बार कहता, वह पूरा मीडिया उठा लेता। लेकिन मुझे हैरानी है कि उसने अखबार में शिरीन ख़लील के बारे में एक शब्द भी न छापा।

मेरे विचार में एथीना के कत्ल का पोर्तोबॅलो की घटनाओं से कोई संबंध न था। वह केवल एक वीभत्स और संयोगवश घटना थी।

हैरन रायन, पत्रकार

एथीना ने मुझे टेपरिकॉर्डर चलाने को कहा। टेपरिकॉर्डर नया था, और वैसा मैंने पहले कभी न देखा था – बहुत बढ़िया किस्म का और बेहद छोटा।

'सबसे पहले मैं यह बताना चाहती हूँ कि मुझे मौत की धमकियाँ दी जा रही हैं। दूसरी बात, मैं तुमसे यह वादा चाहती हूँ कि चाहे मैं मर भी जाऊँ, तुम किसी और को यह टेप सुनाने से पहले पाँच बरस इंतज़ार करोगे। आने वाले वक्त में लोगों को खुद मालूम हो जाएगा कि क्या सच है और क्या झूठ। कहो कि तुम्हें मंज़ूर है। इस तरह तुम एक कानूनी राज़ीनामे में बंध जाओगे।'

'मुझे मंज़ूर है लेकिन मैं सोचता हूँ कि – '

'कुछ मत सोचो। यदि मैं मरी पाई जाऊँ, तो यह मेरा आख़िरी बयान होगा, इस शर्त पर कि यह अभी न छापा जाए।'

मैंने टेपरिकॉर्डर बंद कर दिया।

'तुम्हें डरने की कोई ज़रूरत नहीं। सरकार में मेरे बहुत से दोस्त हैं, जिन पर मेरे अहसान हैं, जिन्हें मेरी ज़रूरत है या पड़ेगी। हम – '

'क्या मैंने पहले ज़िक्र किया है कि मेरा बायॅफ़्रेंड स्कॉटलैंड यार्ड में काम करता है?'

फिर से! यदि वह सचमुच था तो वह ज़रूरत पड़ने पर वहाँ क्यों नहीं था, जब एथीना और वियोरल पर हमला हो सकता था?

मेरे सिर में सवालों की बाढ़ आ गई थीः क्या वो मेरा इम्तिहान लेने की कोशिश कर रही थी? उस औरत के दिमाग में क्या चल रहा था? क्या

उसका दिमाग हिला हुआ था, एक घंटा मेरा साथ चाहते हुए, अगले पल उसका ज़िक्र करती जिसका वजूद ही न था?

'टेपरिकॉर्डर चलाओ,' वह बोली।

मेरा मन खराब हो रहा था। मुझे लग रहा था कि वह शुरू से ही मेरा इस्तेमाल कर रही थी। काश मैं कह सकता: 'चली जाओ। मेरी ज़िंदगी से बाहर। जबसे मैं तुमसे पहली बार मिला मेरी ज़िंदगी नर्क बन गई है। मैं बस इतना चाहता हूँ कि तुम यहाँ आओ, मेरे गिर्द बाहें डाल दो और चुंबनो के बीच कह दो कि तुम हमेशा हमेशा के लिए मेरे साथ रहना चाहती हो।' लेकिन यह कभी होता नहीं।

'क्या हुआ? कोई परेशानी है?'

वह जानती थी कि क्या परेशानी थी। या, बल्कि, यह हो नहीं सकता था कि वह जानती न हो, कि मैं क्या महसूस कर रहा था, क्योंकि मैंने अपने प्रेम को कभी नहीं छिपाया, चाहे कि मैंने उस का खुलकर इज़हार सिर्फ एक बार किया था। लेकिन उससे मिलने के लिए मैं हर और मुलाकात छोड़ देता; मैं हर उस वक्त वहाँ था जब उसे मेरी ज़रूरत थी; मैं उसके बेटे के साथ भी रिश्ता बना रहा था, इस विश्वास के साथ, कि किसी दिन वह मुझे 'पापा' कह कर बुलाएगा। मैंने उसे कभी नहीं रोका, उससे, जो वह कर रही थी। मैंने उसके ज़िंदगी जीने के तरीके को मंज़ूर किया, उसके फैसलों को भी; मैं हर उस पल खामोश रह कर तड़पा, जब जब वह दुख में थी; मैं खुश था जब उसकी जीत होती; मुझे उसके फैसलों पर टिके रहने की आदत पर फ़ख्र था।

'तुमने टेपरिकॉर्डर बंद क्यों किया?'

एक पल के लिए मैं झूल रहा था, स्वर्ग और नर्क के बीच, विद्रोह और समर्पण के बीच, ठंडे दिमागी तर्क और तबाह कर देने वाले जज़्बातों के बीच। अंत में अपनी पूरी ताकत लगा कर मैंने खुद पर काबू पा लिया। और बटन दबाया।

'आगे चलें।'

'जैसा कि मैं कह रही थी, मुझे मौत की धमकियाँ मिल रही हैं, मुझे गुमनाम फ़ोन आ रहे हैं। वे मेरी बेइज्ज़ती करते हैं और कहते हैं कि मैं खतरनाक हूँ, कि मैं शैतान का राज बहाल करने की कोशिश कर रही हूँ, और कि वे ऐसा होने नहीं देंगे।'

'क्या तुमने पुलिस से बात की है?'

मैंने जान बूझ कर उसके बॉयफ्रेंड का ज़िक्र नहीं किया, यह दिखाने को, कि मैंने वैसे भी उस कहानी पर विश्वास नही किया।

'हाँ, की है। उन्होंने उन धमकियों को रिकॉर्ड कर लिया है। वे पब्लिक फोन बूथ से आती हैं, लेकिन पुलिस ने मुझसे फ़िक्र न करने को कहा है, कि वे मेरे घर पर नज़र रखे हुए हैं। उन्होंने एक आदमी को गिरफ़्तार भी किया है: वह दिमागी तौर पर बीमार है और खुद को ईसा मसीह के संदेशकों में से एक का अवतार होने का दावा करता है, और कि "इस बार उसे हथियार उठाने हैं ताकि ईसा मसीह को दोबारा सूली पर न चढ़ाया जाए।" वह अब जेल में है। पुलिस ने बताया कि वह पहले भी इसी तरह की धमकियाँ दे चुका है और अस्पताल में कई बार भर्ती रहा है।'

'यदि केस उनके पास है तो फ़िक्र की कोई ज़रूरत नहीं। हमारी पुलिस दुनिया की सबसे काबिल पुलिस है।'

'मैं मौत से नहीं डरती। यदि मैं आज मरती हूँ, तो भी मेरे साथ ऐसे पल जाएंगे जो मेरी उम्र के कम ही लोगों को महसूस करने को मिले होंगे। जिस बात का मुझे डर है, और जिसके लिए मैंने तुम्हें हमारी बात चीत रिकार्ड करने को कहा है, वह यह है कि हो सकता है मैं किसी का कत्ल कर दूं।'

'किसी का कत्ल?'

'तुम जानते हो कि वियोरल को मुझसे अलग करने के लिए कानूनी कार्रवाई चल रही है। मैंने दोस्तों से बात की है लेकिन कोई कुछ नहीं कर सकता। हमें सिर्फ फैसले का इंतज़ार करना होगा। उनके मुताबिक – बाकी जज पर निर्भर करता है – ये कट्टर लोग जीत जाएंगे। इसीलिए मैंने बंदूक खरीदी है। मैं जानती हूँ कि माँ से दूर किए जाने का एक बच्चे

पर क्या असर होता है, क्योंकि यह मैंने खुद महसूस किया है। तो जब पहला कारिंदा आएगा, वियोरल को मुझसे दूर ले जाने को, तो मैं गोली चलाऊँगी, और मैं तब तक गोलियाँ चलाती रहूँगी जब तक वे खत्म न हो जाएँ। यदि तब तक उन्होंने मुझे न गोली मार दी, तो मैं घर के चाकुओं से लड़ूँगी। यदि वे चाकू छीन लेंगे तो मैं अपने दांतों और नाखूनो का इस्तेमाल करूंगी। पर कोई मुझसे वियोरल को छीन न सकेगा, उन्हें मेरी लाश पार करके जाना होगा। ये सब रिकॉर्ड कर रहे हो न?'

'हाँ, पर और तरीके भी तो हैं– '

'नहीं हैं। मेरे पिता केस पर नज़र रखे हैं। वे कहते हैं कि जब बात परिवार संबंधी कानून पर आती है तो कुछ ख़ास नहीं किया जा सकता। अब रिकॉर्ड को बंद कर दो।'

'क्या यही तुम्हारा बयान था?'

उसने जवाब नहीं दिया। जब मैंने कुछ नहीं किया तो उसने पहल की। वह अपने पुराने टेपरिकॉर्डर के पास गई और चरागाहों वाला संगीत लगा दिया, जिसे मैं दिल से जानता था। वह उसी तरह नाचने लगी जैसे अनुष्ठान में नाचती थी, लय के बिल्कुल विपरीत, और मैं जानता था कि वह क्या करने की कोशिश कर रही थी। उसका नया टेपरिकॉर्डर अभी भी चल रहा था, वहाँ जो कुछ भी हो रहा था उसका खामोश गवाह बने। खिड़कियों से ढलती दोपहर की धूप छन कर आ रही थी, लेकिन एथीना किसी और ही रौशनी की तलाश में थी, ऐसी रौशनी जो सृष्टि की रचना के साथ पैदा हुई थी।

जब उसे 'मदर' की मौजूदगी की चिंगारी महसूस हुई, उसने नाचना बंद किया, संगीत को रोका, अपना सिर अपने हाथों में पकड़ा और कुछ देर के लिए बिना हिले-डुले बैठी रही। फिर उसने अपना सिर उठाया और मेरी ओर देखा।: 'तुम जानते हो कि यहाँ कौन है, है न?

'हाँ। एथीना और उसका देवी रूप, हागिया सोफ़िया।'

'मुझे इस सब की आदत हो गई है। मुझे नहीं लगता कि यह ज़रूरी है पर उससे सम्पर्क में आने का यह रास्ता मैंने ढूंढा था, और अब यह मेरे

जीवन की परंपरा बन गई है। तुम जानते हो कि तुम किससे बात कर रहे हो? नहीं जानते? एथीना से। मैं हागिया सोफ़िया हूँ।'

'हाँ।, मैं जानता हूँ। जब मैंने दूसरी बार तुम्हारे घर पर नाच किया, मैंने पाया कि मेरा भी एक स्पिरिट गाइड था, जो मेरी आत्मा को राह दिखाता था: फ़िलेमॉन। लेकिन मैं उससे ज़्यादा बात नहीं करता, मैं उसकी कही नहीं सुनता। मैं सिर्फ यह जानता हूँ कि जब वह होता है, तो यूँ लगता है कि आख़िरकार हम दोनो की आत्माएं मिल गई हैं।'

'बिल्कुल ठीक। और आज फ़िलेमॉन और हागिया सोफ़िया प्रेम के बारे में बात करेंगे।'

'क्या मुझे पहले डांस करना होगा?'

'कोई ज़रूरत नहीं। फ़िलेमॉन मुझे समझ लेगा, क्योंकि मैं देख रही हूँ कि मेरे डांस ने तुम्हें छू लिया था। मेरे सामने बैठा शख़्स उस चीज के लिए तड़प रहा है जो उसे लगता है उसे कभी न मिला – मेरा प्रेम। लेकिन तुम्हारी इस शख़्सियत के परे जो इंसान है वह जानता है कि सारा दर्द, फ़िक्र और छोड़ दिये जाने के अहसास बेकार और बचकाने हैं। मैं तुमसे प्रेम करती हूँ। उस तरह नहीं जिस तरह तुम्हारा इंसानी रूप चाहता है, बल्कि जिस तरह वह दैवी चिंगारी चाहती हैं – हम दोनों उसी खेमे में रहते हैं जो हमारी राह में उसने रखा है। वहाँ हम जानते हैं कि हम अपनी भावनाओं के दास नहीं, बल्कि उनके स्वामी हैं। हम एक दूसरे के लिए करते हैं और हमारे लिए भी किया जाता है, हम अपने कमरों के दरवाज़े खोलते हैं और आगोश मे बँध जाते हैं। शायद हम एक दूसरे का चुंबन भी लेते हैं क्योंकि जो कुछ पृथ्वी पर इतनी प्रबलता से होता है अदृश्य धरातल पर भी उसका उतना ही प्रबल रूप होगा। और तुम जानते हो कि यह सब कह कर मैं न तो तुम्हें उकसाने की कोशिश कर रही हूँ और न ही तुम्हारी भावनाओं से खेल रही हूँ।

'फिर प्रेम क्या है?'

'प्रेम विशाल मदर की आत्मा, खून और देह है। मैं तुमसे ऐसा प्रेम करती हूँ जैसे जानबूझ कर बिछोह मे भेजी गई आत्माएँ रेगिस्तान के

बीचो-बीच मिलें। हम दोनों के बीच कभी शरीर का मिलन न होगा, लेकिन कोई ऐसी चाहत व्यर्थ नहीं, न ही कोई भी प्रेम व्यर्थ ज़ाया होता है। यदि मदर ने वह प्रेम तुम्हारे भीतर जगाया है, तो उसे मेरे भीतर भी जगाया है, जबकि तुम्हारा दिल उसे ज़्यादा आसानी से स्वीकार कर लेता है। प्रेम की एनर्जी कभी खो नहीं सकती – यह हर चीज़ से ज़्यादा पुरज़ोर ताकत रखता है और उसे कई रूपों में व्यक्त करता है।'

'मुझमें इस सब के लिए शक्ति नहीं। ऐसी गूढ़ और काल्पनिक बातें मुझे पहले से भी कहीं ज़्यादा निराश और अकेला बना देती है।'

'और न ही मुझमें इतनी शक्ति है। मुझे भी कोई चाहिए जो मेरे साथ हो। लेकिन एक दिन हमारी आँखें खुल जाएँगी, प्रेम के सभी रूप प्रकट और साक्षात होंगे, और तब इस धरती पर से सभी दुख-पीड़ाएँ मिट जाएँगी। मुझे लगता है कि अब ज़्यादा देर न लगेगी । हम में से बहुत से लोग उस लम्बी यात्रा से लौट रहे हैं जिसमे हमें वह ढूंढने के लिए मजबूर किया गया था जिसमें हमे कोई दिलचस्पी न थी। अब हमें समझ आ गया है कि वह सब छलावा था। लेकिन यह वापसी का सफर दर्द के बिना नहीं होगा, क्योंकि हम बहुत वक्त से दूर थे और अब अपने ही देश में अजनबी हैं। उन साथियों को ढूंढने में समय लगेगा जो साथ ही निकल पड़े थे, और उन जगहों को भी, जहाँ हमारी जड़ें और हमारे खज़ाने दबे पड़े हैं। लेकिन यह होगा ही ।'

न जाने क्यों, जो उसने कहा, मुझे छू गया – और मैं आगे बढ़ता चला गया।

'मैं प्रेम के बारे में बात करते रहना चाहता हूँ।'

'हम बात कर रहे हैं। जो कुछ मैने जिंदगी में हमेशा खोजा है, यही उसका उद्देश्य था – कि मैं खुद में प्रेम को प्रकट होने दूँ बिना किसी बाधा के, उसे मेरी ख़ाली जगहों को भर देने दूँ, कि मैं प्रेम में नाचूँ, मुस्कुराऊँ, अपना जीवन सकारथ करूँ, अपने बेटे को छाँव दूँ, जन्नत से जुड़ जाऊँ और मर्दों और औरतों से भी उन सब से जो मेरी राह में रखे गए थे। मैंने अपनी भावनाओं को काबू में रखने की कोशिश की, इस तरह की

बातें करके, कि "वह मेरे प्रेम का सही पात्र है" या "वह मेरे लायक नहीं"। तब तक, जब तक मैंने अपनी किस्मत न समझ ली, जब मैंने देखा कि मैं अपने जीवन की सबसे अहम चीज खो सकती थी।'

'तुम्हारा बेटा।'

'हाँ। वह प्रेम के सभी मायनों का साकार रूप है। जब यह बात उठी कि उसे मुझसे ले लिया जाए, तब मैंने खुद को पाया, और फिर समझी कि न तो मुझे कुछ मिल सकता है, और न ही मैं कुछ खो सकती हूँ। कई घंटे रोने के बाद मुझे यह बात समझ आई। इतना तड़पने के बाद मेरे उस हिस्से ने, जिसे मैं हागिया सोफ़िया कहती हूँ, कहाः "क्या बकवास है। प्रेम हमेशा ही पास रहता है। चाहे, जल्दी या देर से, तुम्हारा बेटा चला ही जाएगा।" अब मुझे समझ आने लगा था।

'प्रेम आदत नहीं है, न वादा, या अहसान। यह वो नहीं जो रोमांटिक गाने हमें बताते हैं – प्रेम तो बस है। यही एथीना या शिरीन या हागिया सोफ़िया का बयान है – प्रेम प्रेम है। उसकी कोई परिभाषा नहीं। प्रेम करो और ज़्यादा सवाल न पूछो। बस प्रेम करते रहो।'

'यह मुश्किल है।'

'तुम रिकॉर्ड कर रहे हो?'

'तुमने मशीन बंद करने को कहा था।'

'तो दोबारा चला दो।'

मैंने टेपरिकॉर्डर फिर चला दिया।

एथीना बोलती गईः 'यह मेरे लिए भी मुश्किल है। इसीलिए मैं वापिस घर नहीं जा रही। मैं छिपने जा रही हूँ। पुलिस मुझे पागल लोगों से बचा सकती है, लेकिन समाज के न्याय से नहीं। मुझे एक मिशन पूरा करना था लेकिन वह मुझे इतना आगे, इतनी दूर तक ले गया कि मुझे मेरा बेटा छिन जाने का खतरा तक मोल लेना पड़ा। ऐसा नहीं कि मुझे पछतावा है। मैने अपनी किस्मत का लिखा पूरा किया।'

'तुम्हारा मिशन क्या था?'

'तुम जानते हो कि वह क्या था। तुमने शुरू से सब देखा है। "मदर" के लिए सही हालात तैयार करना। उस परंपरा को जारी रखना जिसे सदियों से दबाया जा रहा है, लेकिन जो अब फिर उत्कर्ष की ओर बढ़ रही है।'

'शायद...'

मैं चुप हो गया, लेकिन उसने एक शब्द भी न कहा, जब तक मैंने अपनी बात पूरी न कर ली।

'शायद तुम वक्त से पहले आ गई और लोग अभी तैयार नहीं।'

एथीना हँस पड़ी।

हाँ वे तैयार नहीं। इसीलिए तो वे सारी मुठभेड़ें, वह सारी तोड़-फोड़ और रहस्यवाद की दलीलें थी। क्योंकि अंधेरे की शक्तियाँ दम तोड़ रही हैं और ऐसी चीज़ें उनका आख़िरी सहारा हैं। वे बहुत ताकतवर लगती हैं, जैसे मरने से पहले जानवर, लेकिन बाद में वे इतने पस्त हो जाते हैं कि उठ ही नहीं सकते। मैंने कई दिलों में बीज बोए हैं और हर दिल इस पुनर्जागरण को अपने ख़ास तरीके से रौशनी देगा, लेकिन उनमें से एक दिल ऐसा है जो परंपरा को उसकी सम्पूर्णता में निभाएगी – एंड्रिया।'

एंड्रिया जो उससे नफ़रत करती थी – जो उसे हमारे रिश्ते को तोड़ने की दोषी मानती थी – जो हर किसी को, जो सुनने को तैयार हो, यह बताती थी कि एथीना ने अंहकार और खुद के प्रेम को सिर चढ़ जाने दिया था – और एक ऐसी चीज़ को नष्ट कर दिया था जो बेहद कठिनाई से बनाई गई थी।

एथीना खड़ी हो गई और अपना बैग उठा लिया। हागिया सोफ़िया अब भी उसके साथ थी।

'मैं तुम्हारे औरा की रौशनी देख सकती हूँ। बेबात दुख-पीड़ा के कुछ घाव भरने लगे हैं।'

'तुम जानती हो कि एंड्रिया तुम्हें पसंद नहीं करती।'

'बेशक। लेकिन लगभग आधे घंटे से हम प्रेम के बारे में बात कर रहे हैं। पसंद-नापसंद का प्रेम से कोई ताल्लुक नहीं। एंड्रिया अपने मिशन

को पूरा करने की सारी काबिलियत रखती है। उसमें मुझसे कहीं ज्यादा तजुर्बा और ऊर्जा है। उसने मेरी गलतियों से सीखा; वह जानती है कि उसे अक्लमंदी से और सँभल कर चलना है क्योंकि एक ऐसे युग में, जब कट्टरवाद का जंगली पशु आख़िरी सासें गिन रहा है, टकराव होना लाज़िमी है। हो सकता है एंड्रिया एक इंसान के तौर पर मुझसे नफ़रत करती है, और शायद इसीलिए उसने अपने "गिफ़्ट" इतनी जल्दी विकसित कर लिए – यह सिद्ध करने को, कि वह मुझसे ज़्यादा काबिल है। जब नफ़रत किसी को बेहतरी की राह पर डाल देती है तो वह प्रेम करने के ही कई तरीकों में से एक में बदल जाती है।

उसने अपना टेपरिकॉर्डर उठाया, उसे अपने बैग मे रखा और चली गई।

सप्ताह के अंत में कोर्ट ने अपना फैसला सुना दिया। हर तरफ के गवाहों की बात सुनी गई थी, और शिरीन ख़लील, जो एथीना के नाम से जानी जाती थी, को अपना बच्चा रखने की इजाज़त दे दी गई थी।

इससे भी ज़्यादा, लड़के के स्कूल के हैडमास्टर को चेतावनी दी गई थी कि लड़के के ख़िलाफ किसी भी तरह का भेद-भाव सज़ा के लायक माना जाएगा।

मैं जानता था कि उस अपार्टमेंट में फ़ोन करने का कोई फ़ायदा न था जहाँ वह रहती थी। वह एंड्रिया के पास चाबी छोड़, अपना टेपरिकॉर्डर और कुछ कपड़े लेकर चली गई थी, और कह गई थी कि वह कुछ समय तक बाहर रहेगी।

मैं उसके फ़ोन का इंतज़ार करता रहा कि वह मुझे जीत के जश्न में शामिल होने को बुलाएगी। हर बीतते दिन के साथ एथीना के लिए मेरा प्रेम दुख का स्त्रोत न रह कर खुशी और सुकून की झील बनता गया। अब मैं उतना अकेला महसूस नहीं करता था। स्पेस में कहीं हमारी आत्माएँ – और उन सबकी, जो देश निकाले से वापिस आ रहे थे – पूरे उल्लास में अपने दोबारा मिलने का जश्न मना रहे थे। पहला सप्ताह बीता और मैंने सोचा कि वह हाल ही के तनाव से उबरने की कोशिश कर रही होगी।

एक महीने बाद मैंने मान लिया कि ज़रूर वह दुबई वापिस चली गई होगी और उसने अपनी पुरानी नौकरी ले ली होगी। मैंने वहाँ फ़ोन किया और मुझे बताया गया कि बहुत अर्से से उनकी एथीना से कोई बात नहीं हुई। लेकिन यदि मुझे मालूम हो कि वह कहाँ थी, तो क्या मैं मेहरबानी करके उसे एक संदेश दे सकता थाः दरवाज़ा हमेशा के लिए खुला था, और उसकी कमी बहुत खलती थी।

मैंने 'मदर' के पुनर्जागरण पर लेखों की श्रृंखला लिखने का फैसला किया, जिस पर मुझे कई नागवार ख़त आए और जिनमें मुझ पर ईसा-विरोधी विधर्मियों का हौसला बढ़ाने के इल्ज़ाम लगाए गए थे, लेकिन वे लेख हमारे पाठकों को बेहद पसंद आए।

दो महीने बाद, जब मैं लंच के लिए निकलने वाला था, एक पत्रकार ने मुझे फ़ोन किया। शिरीन ख़लील, पोर्तोबॅलो की जादूगरनी की लाश हैम्स्टॅड में पाई गई थी। उसका बेरहमी से कत्ल कर दिया गया था।

अब जबकि मैंने रिकॉर्ड किए सभी इंटरव्यू कागज के पन्नों पर उतार लिए हैं, इन्हें मैं एथीना को सौंपने वाला हूँ। शायद वह रोज़ की तरह स्नोडॉनिया नैशनल पार्क में सैर करने गई है। आज उसका जन्मदिन है – या, वो तारीख जिसे उसके माता-पिता ने चुना, जब उन्होंने उसे गोद लिया था – और यह मेरा तोहफ़ा है, उसके लिए।

वियोरल भी शाम की पार्टी में अपने नाना-नानी के साथ आएगा, और वो उसके लिए एक सरप्राइज ला रहा है। उसने अपने संगीत की पहली रिकॉर्डिंग की है – एक दोस्त के स्टूडियो में – और वह उसे पार्टी के दौरान बजाएगा।

बाद में वह मुझसे पूछेगीः 'तुमने यह सब क्यों किया?'

और मैं कहूँगाः 'क्योंकि मैं तुम्हें समझना चाहता था। यह मेरी ज़रूरत थी।'

जितने भी बरसों से हम साथ हैं, उस पूरे दौरान मैंने जो भी उसके बारे में सुना, उन्हें कहानियाँ समझता रहा, जिनमें कुछ सच्चाई थी, कुछ रहस्य। लेकिन अब मैं जानता हूँ कि वे कहानियाँ सच हैं।

जब भी मैंने उसके साथ चलने का सुझाव दिया, चाहे वे उसके अपार्टमेंट में सोमवार की शाम के अनुष्ठान थे, या रोमानिया की यात्रा, या दोस्तों के साथ पार्टियाँ, उसने हमेशा मुझे रोक दिया। वह आजाद रहना चाहती थी, और उसके मुताबिक, लोग पुलिस से डरते थे। मेरे जैसे किसी के सामने होने पर, बेकसूर भी खुद को अपराधी महसूस करने लगते थे।

लेकिन फिर भी, उसे बिना बताए मैं दो बार पोर्तोबॅलो के गोदाम गया। और उसे बिना बताए मैंने अपने कई साथियों को उसके इर्द-गिर्द रहने को कहा ताकि उसे मीटिंग्स में आने-जाने में कोई खतरा न हो, और कम-से-कम एक शख़्स, जो बाद में एक धार्मिक सम्प्रदाय का सदस्य निकला, छुरे के साथ पकड़ा गया था। उसने बताया कि उसे रूहों ने पोर्तोबॅलो की जादूगरनी का थोड़ा-सा खून लाने को कहा था क्योंकि वह 'विशाल मदर' का साक्षात रूप थी। वह खून, उसने कहा, एक अनुष्ठान में हवन सामग्री को पवित्र करने के लिए चाहिए था। उसका एथीना को मारने का कोई इरादा न था; वह सिर्फ एक रुमाल पर उसका थोड़ा सा खून चाहता था। जाँच से भी यही नतीजा निकला कि उसका कत्ल का इरादा नहीं था, लेकिन फिर भी, उस पर लगाए आरोप सिद्ध हुए और उसे छह महीने की जेल हुई।

एथीना के कत्ल की कहानी मेरा आइडिया नहीं था। एथीना समाज से ओझल हो जाना चाहती थी और उसने मुझसे पूछा कि क्या यह संभव था? मैंने उसे समझाया कि यदि कोर्ट यह फैसला देता है कि बच्चे को सरकार की निगरानी में रखा जाए, तो मैं कानून के ख़िलाफ़ नहीं जा सकता था, लेकिन जब जज ने एथीना के पक्ष में फैसला सुनाया तो हम उसकी प्लान पर अमल करने के लिए तैयार थे।

एथीना अच्छे से जानती थी कि यदि एक बार गोदाम की मीटिंग्स सस्ती चर्चा और अफ़वाहों का विषय बन गईं तो उसका मिशन हमेशा के लिए फ़ेल हो जाएगा। भीड़ के सामने खड़े होकर इस बात से इंकार करना, कि वह एक रानी थी, या जादू-टोने वाली, या देवी का रूप, बिल्कुल फ़िज़ूल था, क्योंकि लोग उनके पीछे चलते हैं जिनके पास शक्ति होती है, और

वे शक्ति उसे ही देते हैं जिसे वे चाहते हैं। और यह उस सब के एकदम ख़िलाफ़ होता जो वह अपने उपदेशों में कहती थी – कि हर इंसान को अपना धर्म, अपना विश्वास चुनने की आज़ादी हो, अपना प्रसाद खुद पवित्र करने की शक्ति हो, और हम सभी अपने-अपने 'गिफ्ट' या ईश्वर की देन को खुद जगाएं, बिना किसी गाइड या बिचौलिये की मदद के।

न ही ओझल हो जाने से कोई फ़ायदा था। लोग इस तरह के कदम को जंगलों में सन्यास लेना समझेंगे या स्वर्ग की प्राप्ति, या हिमालय के पर्वतों में गुप्त तीर्थयात्रा, और हमेशा ही वे उसकी वापसी का इंतज़ार करेंगे। उसके करिश्मों के बारे में और कहानियाँ फैलेंगी और मुमकिन है कि उसके नाम पर कोई मत बन जाए। हमें यह सब होता दिखाई देने लगा जब उसने पोर्तोबॅलो जाना बंद कर दिया। मेरे मुख़बिरों ने खबर दी कि सबकी उम्मीदों के उलट उसका मत खतरनाक तेज़ी से बढ़ रहा थाः आए दिन उस तरह के और ग्रुप बन रहे थे, कई लोग हागिया सोफ़िया के 'वारिस' होने का दावा कर रहे थे। अखबार में छपी उसकी फ़ोटो, जिसमें वह वियोरल को गोद में उठाए थी, ब्लैक मार्केट में बिक रही थी। उसे क्रूर और तंग दिल समाज की सूली पर शहीद के तौर पर दर्शाया जा रहा था। तांत्रिक समुदाय में 'ऑर्डर ऑफ़ एथीना' नाम से एक गुप्त संस्था का ज़िक्र होने लगा जिसमे – पैसे देने पर – उसकी संस्थापक यानि एथीना से मिलवाया जा सकता था।

अब तो सिर्फ 'मौत' का इंतज़ाम होना बाकी था, लेकिन मौत पूरी तरह आम तरीके से होनी चाहिए थी, जैसे कि किसी बड़े शहर में कोई आम कत्ल की वारदात। इसमें हमें कुछ ख़ास सावधानियाँ बरतनी थीः

यह अपराध, किसी भी सूरत में, धार्मिक कारणों से या शहादत के लिए किया हुआ न लगे, वरना हम जिन हालात को फैलने से रोकने की कोशिश कर रहे थे, यह उन्हीं हालात को बढ़ावा देगा।

कत्ल के बाद लाश का चेहरा बुरी तरह ज़ख्मी हो ताकि उसकी पहचान न की जा सके।

कातिल का पता न लगे, न ही उसे हिरासत में लिया जा सके।

एक लाश की ज़रूरत होगी।

लंदन जैसे शहर में ज़ख्मी और जली लाशें आए दिन मिलती हैं, लेकिन आमतौर पर हम अपराधी का पता लगा लेते हैं। तो हमें हैम्पस्टॅड में हुए कत्ल से पहले दो महीने इंतज़ार करना पड़ा। हमें कातिल भी मिल गया, जो इत्तफ़ाक से खुद भी मर चुका था – वह पुर्तगाल जा छिपा था और वहाँ उसने अपने भेजे में गोली मार कर खुदकुशी कर ली थी। इंसाफ़ हो चुका था, और अब बस मुझे अपने सबसे नज़दीकी दोस्तों से थोड़ी मदद चाहिए थी। एक हाथ दूसरे को धोता हैः वे कई बार मुझे ऐसी चीजें करने को कहते थे जो पूरी तरह कानून के दायरे में नहीं आती थी।

तो यही हुआ। जैसे ही लाश मिली, मुझे और मेरे कई बरसों के दोस्त को यह केस सौंप दिया गया, और, लगभग साथ-ही-साथ हमें पुर्तगाल की पुलिस से जानकारी मिली कि उन्हें गिमारेस शहर में एक लाश मिली थी जिसके साथ रखी चिठ्ठी में उसने एक कत्ल का जुर्म कबूल किया था जो हमारे यहाँ हुए कत्ल से मेल खाता था। साथ ही उसने अपना सारा पैसा चैरिटी के सस्थानों को दान कर देने को कहा था। यह प्रेम के उन्माद में हुआ अपराध था – प्रेम का अंत अक्सर यूँ होता है।

अपने पीछे छोड़े गए खत में मृतक ने कहा कि वह उस औरत को भूतपूर्व सोवियत संघ के एक देश से लाया था और उसकी मदद के लिए उसने हर मुमकिन काम किया था। वह उससे शादी करने को भी तैयार था ताकि उसे ब्रिटिश नागरिक होने के सभी हक मिल सकें, और फिर उसे वह ख़त मिला जो वह एक जर्मन मर्द को भेज रही थी जिसने उसे अपने महल में कुछ दिन बिताने को बुलाया था।

ख़त में उस औरत ने लिखा था कि उससे और इंतज़ार नहीं हो रहा था और कि वह उसे हवाई टिकट भेज दे ताकि वे जल्द-से-जल्द एक हो सकें। उससे पहले वे लंदन के एक कैफ़े में मिले थे और उन्होंने एक दूसरे को सिर्फ दो ख़त लिखे थे।

हमारे पास सब कुछ था।

मेरा दोस्त हिचकिचा रहा था – किसी को भी अपनी फ़ाइल में ऐसा केस पसंद नहीं जो हल न हो सका हो लेकिन जब मैंने कहा कि इसकी जिम्मेदारी मैं अपने ऊपर ले लूंगा, तो वह मान गया।

मैं वहाँ गया जहाँ एथीना छिप कर रह रही थी – ऑक्सफ़ोर्ड में एक प्यारा-सा घर। मैंने एक सिरिंज से उसका थोड़ा-सा खून लिया। मैंने उसके बालों की एक लट काटी और उसे थोड़ा-सा जला दिया। वापिस वारदात की जगह मैंने ये 'सबूत' आस-पास बिखेर दिए। मैं जानता था कि क्योंकि कोई भी उसके असली माता-पिता को नहीं जानता था, कोई डी. एन. ए. शिनाख़्त मुमकिन न होगी। तो बस मुझे यह करना था कि मैं अपनी उंगलियों से सलीब का निशान बनाऊँ और उम्मीद रखूँ कि इस कत्ल की अखबारों में ज़्यादा चर्चा न हो।

कुछ पत्रकार आए। मैंने उन्हें कातिल की खुदकुशी के बारे में बताया, सिर्फ देश का ज़िक्र करते हुए, और शहर के बारे में कुछ न कहा। मैंने कहा कि जुर्म की कोई वजह नहीं पता लगी थी, लेकिन यह बात साफ थी कि यह कत्ल बदला लेने की भावना से या किसी भी धार्मिक वजह से नहीं किया गया था। जैसा मुझे समझ आया था (और पुलिस भी गलती कर सकती है) मृतक का बलात्कार किया गया था। माना जा रहा है कि उसने अपने हमलावर को पहचान लिया था, जिसने खुद को बचाने के लिए उसका कत्ल किया और चेहरे को बुरी तरह बिगाड़ दिया।

यदि जर्मन और ख़त लिखता तो वे वापिस भेज दिए जाते। एथीना की तस्वीर अखबारों में सिर्फ एक बार छपी थी, जब पोर्तोबॅलों में घेराव और पथराव हुआ था, तो इसलिए उसे पहचाने जाने की संभावना न के बराबर थी। मेरे अलावा सिर्फ तीन और लोगों को यह कहानी मालूम है – उसके माता-पिता और बेटे वियोरल को। वे सब उसकी अंत्येष्टि पर मौजूद थे और कब्र पर लगे पत्थर पर उसका नाम है। उसका बेटा हर शनिवार-इतवार उससे मिलने जाता है और स्कूल में अपनी पढ़ाई में अव्वल आता है।

हाँ, हो सकता है कि किसी दिन एथीना इस एकांत के जीवन से तंग आ जाए और लंदन लौटने का फ़ैसला करे। लेकिन लोगों की याददाश्त काफी छोटी होती है, और उसके नज़दीकी दोस्तों के सिवा उसे कोई याद न रखेगा। तब तक एंड्रिया प्रेरणा और बदलाव का स्त्रोत बन जाएगी और सच कहें तो मिशन को जारी रखने में वह एथीना से कहीं ज़्यादा क़ाबिल है। वो एक ऐक्ट्रेस भी है – और पब्लिक से कैसे पेश आना है, अच्छी तरह जानती है।

जहाँ तक मुझे मालूम है, एंड्रिया का काम फैल रहा है, वह भी अनचाही मशहूरी के बिना। मुझे समाज में ऊंचे और ख़ास ओहदों पर बैठे लोगों के बारे में जानकारी मिलती रहती है जो उसके साथ सम्पर्क में हैं। और ज़रूरत पड़ने पर, जब हालात पूरी तरह तैयार हो जाएंगे तो वे इस दुनिया के रेवरेंड इयन बक और उन जैसे लोगों के दोगलेपन का अंत कर देंगे।

और एथीना यही चाहती है। खुद के लिए मशहूरी नहीं – जैसा एंड्रिया ने भी सोचा था। मैंने उसकी ज़िंदगी के टुकड़े जोड़ कर एक पूरी तस्वीर बना दी थी ताकि वह यह जान जाए कि उसने कितने बहादुर और अहम काम किए थे। लेकिन जैसे-जैसे बातचीत जारी रही, मैं अपनी खुद की छिपी हुई शख़्सियत से रू-ब-रू होने लगा, चाहे कि मैं इन चीज़ों में ज़्यादा विश्वास नहीं करता। और मैं इस नतीजे पर पहुँचा कि इन सारे काम और कोशिश के पीछे उस सवाल का जवाब जानने की ख्वाहिश थी, जो मुझे कभी न मिलाः एथीना मुझसे क्यों प्रेम करती थी, जबकि हम दोनों के स्वभाव में इतने फ़र्क थे और यहाँ तक कि ज़िंदगी और दुनिया को देखने का हमारा नज़रिया तक एक जैसा नहीं था?

मुझे याद है कि जब मैने उसे पहली बार चूमा, विक्टोरिया स्टेशन के पास एक 'बार' में – उन दिनों वह एक बैंक में काम कर रही थी, और मैं स्कॉटलैंड यार्ड में एक जासूस था। कई बार साथ वक्त बिताने के बाद उसने मुझे अपने मकान मालिक के अपार्टमेंट में जाकर नाच करने का न्यौता दिया, लेकिन मैं कभी नहीं गया – यह मेरा स्टाइल नहीं। यह मेरे

मतलब की बात नहीं। और नाराज होने की बजाय उसने कहा कि वह मेरे फैसले की इज्ज़त करती थी। जब मैं उसके दोस्तों के बयानों को दोबारा पढ़ता हूँ तो मुझे बेहद नाज़ होता है, क्योंकि एथीना ने शायद किसी और के फैसलों की इज्ज़त नहीं की।

महीनों बाद, उसके दुबई जाने से पहले मैंने उसे बता दिया कि मैं उससे प्रेम करता था। उसने कहा कि वह भी मुझसे प्रेम करती थी, लेकिन साथ ही यह भी कहा कि हमें लंबे समय तक अलग रहने को भी तैयार रहना होगा। हम में से हर एक, एक अलग देश में काम करेगा, लेकिन सच्चा प्रेम ऐसी जुदाई सहन कर लेगा।

सिर्फ उस एक बार मैंने उससे पूछने की हिम्मत की थीः 'तुम मुझसे क्यों प्रेम करती हो?

उसने जवाब दियाः 'न तो मैं जानती हूँ और न मुझे परवाह हैं।'

अब,जब मैं अपनी पूरी बात कह चुका हूँ, और इन पन्नों को संभाल रहा हूँ, तो मुझे लगता है कि शायद मुझे मेरा जवाब मिल गया है, जो एथीना की उस पत्रकार से हुई आख़िरी बात-चीत में था।

प्रेम तो बस होता है।

25 फ़रवरी, 2006,19:47:00
संशोधित प्रारूप सेंट एक्सपेडिटस, 2006 के दिन सम्पूर्ण

लेखक की जीवनी
पॉलो क्वेल्हो

पॉलो क्वेल्हो का जन्म अगस्त 1947 में ब्राज़ील की राजधानी रियो द जनीरो में हुआ। उनके पिता, पेद्रो केइमा क्वेल्हो डिसूज़ा एक इंजीनियर थे और उनकी माँ, लीजिया घर संभलती थी। बचपन से ही क्वेल्हो कला से जुड़े काम का ख्वाब देखते थे जो उनके मध्यवर्गीय परिवार को कतई पसंद न था।

जीसस के उपदेश पर आधारित शिक्षा देने वाले स्कूल के सख्त माहौल में क्वेल्हो को अपने जीवन की सही मंज़िल मालूम हुईः वे एक लेखक बनना चाहते थे। लेकिन क्वेल्हो के माता-पिता की अलग ही मंशा थी। जब पॉलो के साहित्य से लगाव को वे दबा न सके, तो उसे दिमागी तौर पर बीमार मान कर दो बार अस्पताल में भर्ती करवाया जहाँ उन्हें बिजली के झटकों का 'इलाज' दिया गया। उस वक्त पॉलो सत्रह बरस के थे। उसके बाद जब वह थिएटर से जुड़े और एक पत्रकार के रूप में काम करने लगे, तब भी उनके माता-पिता उन्हें फिर वापिस अस्पताल में ले आए।

क्वेल्हो हमेशा से ही लीक से हट कर चले, और 'नए' की तलाश में रहते थे। जब 1968 के उन्माद में गुरिल्ला व हिप्पी तौर तरीके तानाशाही में कसमसाते ब्राज़ील पर हावी हुए तो क्वेल्हो ने भी प्रगतिवादी राजनीति का साथ दिया तथा शांति व प्रेम के संदेश वाली युवा पीढ़ी में शामिल हो गए। आध्यात्मिक अनुभवों की खोज में कार्लोस कैस्टेनेडा के नक्शे कदम पर चलते हुए क्वेल्हो ने पूरे लातिनी अमेरिका की यात्राएं की।

उन्होंने थिएटर में काम किया और पत्रकारिता भी आज़माई और 2001 नाम की विकल्परूपी पत्रिका का प्रकाशन करते रहे। संगीत के क्षेत्र

में उन्होंने राउल सेक्सास के साथ गीत लिखे, जिससे ब्राज़ील के रॉक म्यूज़िक की दिशा बदल गई। 1973 में क्वेल्हो और राउल 'आल्टरनेटिव सोसाइटी' नामक संस्था से जुड़े, जो इंसान की आज़ाद सोच व जुबान के हक में मुहिम छेड़े थी और इस इरादे से उन्होंने कॉमिक भी छापे। संस्था के सदस्य गिरफ्तार कर लिए गए। दो दिन बाद, क्वेल्हो को फ़ौजी दस्तों द्वारा अगवा कर लिया गया और उन्हें ढेरों यातनाएं दी गई।

इस अनुभव का क्वेल्हो पर गहरा असर हुआ। छब्बीस की उम्र में क्वेल्हो ने फ़ैसला किया कि तलवार की धार पर जी रही ज़िंदगी छोड़, वे 'आम' ज़िंदगी जीना चाहते थे। उन्होंने म्यूज़िक इंडस्ट्री में एक्ज़ीक्यूटिव के रूप में काम किया। उन्होंने लिखने की कोशिश की लेकिन सफलता तब तक हाथ न लगी जब तक उनकी मुलाकात एक अजनबी से न हुई। यह अजनबी सबसे पहले उन्हें एक दर्शन में प्रकट हुए, और दो महीने बाद वे क्वेल्हो को ऐम्स्टरडैम के एक कैफ़े में मिले और उन्होंने क्वल्हो को सलाह दी कि उन्हें कैथलिक मत में वापिस जाना चाहिए और कि वे जादू की कल्याणकारी प्रणाली का अध्ययन करे। उन्होंने क्वेल्हो को सैंटियागो की पैदल तीर्थयात्रा करने का मशवरा दिया जो मध्ययुगों के तीर्थ यात्री करते थे।

उस तीर्थ यात्रा को पूरा करने के एक बरस बाद क्वेल्हो ने 'द पिल्ग्रिमेज' नामक किताब लिखी। इस में क्वेल्हो के अनुभव दर्ज हैं और उनका विश्वास भी, कि आम लोगों के जीवन में ही 'खास' अनुभव होते हैं। उसके एक बरस बाद क्वेल्हो ने एक अलग ही किताब लिखी, 'द ऐल्केमिस्ट' जिसके पहले संस्करण की सिर्फ नौ सौ कापियाँ बिकी और प्रकाशक ने उसे दोबारा न छापने का फ़ैसला किया।

लेकिन क्वेल्हो अपने सपने पर कायम रहे। उन्होंने एक और बड़ी और बेहतर प्रकाशकों की फ़र्म ढूंढी। फिर 'ब्रीडा' नामकी किताब लिखी; इस किताब को प्रैस से बहुत ख्याति मिली और उनकी बाकी दोनों किताबें, 'द एल्केमिस्ट' और 'द पिल्ग्रिमेज' बैस्टसेलर लिस्ट पर आ गई।

पॉलो ने कई लोकप्रिय और बेहद बिकने वाली किताबें लिखी हैं जिनमें 'द वाल्कायरीज़', 'बाय द रिवर पेद्रा आइ सैट डाउन एंड वप्ट', 'द फिफ्थ

माउंटेन', 'मैनुअल ऑफ द वॉरियर ऑफ लाइट', 'वेरोनिका डिसाइड्स टु डाई', 'इलॅवन मिनट्स', 'द ज़हीर', 'द डेविल एंड मिस प्रिम', और 'लाइक द फ्लोइंग रिवर' शामिल हैं।

आज दुनिया के सभी देशों में पॉलो क्वेल्हो की किताबें बेहद लोकप्रिय हैं और बेस्टसैलर लिस्ट में दर्ज़ रहती हैं। सन् 2002 में पुर्तगाल की सर्वोच्च साहित्यिक संस्था 'जर्नल द लेतरा द पोर्चुगल' द्वारा 'द ऐल्केमिस्ट' को पुर्तगाली भाषा में सबसे अधिक बिकने वाली किताब का खिताब दिया गया।

सन् 2003 में क्वेल्हो का उपन्यास 'इलॅवन मिनट्स' दुनिया का सर्वाधिक बिकने वाला उपन्यास रहा (यू एस ए टुडेः पब्लिशिंग ट्रॅड्स)।

अपने उपन्यासों के अतिरिक्त क्वेल्हो सारी दुनिया के अखबारों में छपने वाले साप्ताहिक स्तंभ भी लिखते हैं, और कभी-कभार मौजूदा हालात पर लेख भी। इंटरनेट पर उनके समाचार पत्र 'द मैनुअल ऑन लाइन' के 70,000 से अधिक ग्राहक हैं।

क्वेल्हो और उनकी पत्नी क्रिस्टीना औटिसिका पॉलो क्वेल्हो संस्थान के संस्थापक हैं जो ब्राज़ीली समाज के सर्वहारा को सहायता तथा आगे बढ़ने के अवसर उपलब्ध करवाने के प्रति समर्पित है।